Las ruinas de la Tierra 2 - Dioses y hombres

J.N. Chaney y Christopher Hopper

Dioses y hombres

Las ruinas de la Tierra 2

Podium

A nuestros fieles lectores que ayudaron a catapultar a Bic,
sir Franky y los Phantoms a la infamia.

Las ruinas de la Tierra 2 - Dioses y hombres

Dioses y hombres
Las ruinas de la Tierra #2

LOS SERES HUMANOS son como un rebaño de ovejas que se dirige al matadero.

Su única esperanza de sobrevivir reside en un equipo que acaba de abandonar el planeta.

Tras su exitosa misión, en la que lograron destruir el anillo de esclavización instalado en la ciudad de Nueva York, Bic y el resto del Equipo Phantom atraviesan el anillo original de la Antártida y llegan al corazón del Imperio androquí.

Pero a medida que el alcance de la operación de la especie extraterrestre se hace evidente, el Equipo Phantom se da cuenta de que no puede quedarse de brazos cruzados mientras la humanidad es sometida. Hay que esforzarse por frenar el avance del enemigo, o incluso detenerlo del todo.

Bajo el liderazgo de Bic, el equipo diseña un plan para infiltrarse y neutralizar parte de la operación de los androquíes. Conocen nuevos aliados y consiguen recursos. Pero cuando los espías enemigos encuentren pruebas de que existe una conspiración, será solo cuestión de tiempo que la esperanza de los Phantoms de frustrar los planes del enemigo se desvanezca.

¿Conseguirán Bic y su equipo de guerreros de élite poner freno a la invasión androquí? ¿O sucumbirán ante la operación de esclavización más grande jamás llevada a cabo en la galaxia?

En el primer libro de Ruinas de la Tierra…

Tras sobrevivir a duras penas a un violento encuentro con fuerzas robóticas desconocidas en la excavación de las montañas subglaciales Ellsworth, en la Antártida, Patrick Finnegan, alias Bic, regresó a casa y se jubiló del Cuerpo de Marines de Estados Unidos. Pero en cuanto consiguió su ansiada soledad, Bic sintió el deber de investigar una extraña anomalía que se cernía sobre el Bajo Manhattan. Para su sorpresa, las fuerzas enemigas que había encontrado en el hemisferio sur eran solo la avanzadilla de lo que pronto descubriría que era una invasión extraterrestre a escala planetaria.

Bic se vio obligado a unirse a un pequeño contingente formado por militares de varias clases y se lanzó a la caza del único hombre que sabía que podría tener alguna pista para acabar con el enemigo: su amigo de la infancia, el doctor Aaron Campbell. Pero cuando su búsqueda se vio interrumpida por los ángeles de la muerte androquíes, Bic acabó con un rifle sintiente y con una inteligencia artificial llamada sir Franky.

Finalmente, el recién nombrado Equipo Phantom encontró una forma de pasar por debajo de la letal cúpula que envolvía la ciudad de Nueva York e intentó llevar a cabo un asalto al anillo del puente de Brooklyn. Pero cuando su misión inicial fracasó, Bic se vio obligado a buscar cobertura en el subsuelo de la ciudad. Allí, a pesar de los numerosos enfrentamientos con perseguidores extraterrestres, los Phantoms fueron rescatados por la Bratva rusa y Bic se reencontró con un viejo aliado: Vladimir Petrov, amante de EE. UU. y de las riñoneras.

Con la inesperada ayuda de los benefactores rusos, Bic, Hollywood, Bumper, Espectro, Yoshi, Z-Lo, Aaron, Lada y Franky idearon un ataque con explosivos ANFO que derribó el portal enemigo de forma tan efectiva como espectacular. Pero aunque acabaran de evitar el secuestro de millones de personas, el Equipo Phantom se dio cuenta de que su misión no había hecho más que empezar. Existían ciudades en todo el mundo acuciadas por los mismos horrores que habían vivido en Nueva York.

A pesar de su profundo deseo de volver a Pensilvania y desaparecer en la soledad de la campiña, Bic decidió responder a la llamada para salvar a la humanidad y resistir al Imperio androquí. ¿El plan? Trasladar la lucha a la puerta principal del enemigo, el único lugar que Bic no quería volver a ver en su vida: el anillo situado en las excavaciones de las montañas subglaciales Ellsworth, en la Antártida.

Cuando Bic estaba a punto de atravesar el umbral del portal, miró a Franky y dijo:

—Que sea lo que Dios quiera.

—¡Te equivocas, mi buen hombre! —le gritó Franky mientras la electricidad atravesaba la piedra y se extendía a través de él y hasta su receptor—. ¡Que sea lo que nosotros queramos!

PRIMERA PARTE

Capítulo 1

16:00, domingo, 27 de junio de 2027
Ubicación desconocida
Última ubicación conocida: montañas subglaciales Ellsworth,
Antártida

—¿Algo que quieras decirnos, Franky? —le grito a mi arma extraterrestre dentro de Dolores, la nave que hemos robado. Franky no ha podido volver a disparar desde nuestro enfrentamiento con los tiranos en el metro de Manhattan y me pregunto si han dañado sus procesadores.

—¿Te importaría ser un poco más específico, Patrick? —dice con su voz de John Cleese—. Podría decir tantas cosas que me llevaría un rato largo.

—Parece que hemos llegado a una zona de maniobras —digo mientras coloco la palma sobre el panel de control de Dolores—. Para una invasión.

—¿Y qué esperabas? —replica Franky.

Me encojo de hombros.

—¿Tal vez algo un poco menos hostil?

—Te aseguro que no hay ningún peligro inminente. Esto no es más que un día cualquiera en la oficina.

—Más vale que sea verdad, porque, si nos acaban disparando, pienso darte de comer a los lenguados.

—Eres un auténtico psicópata, Patrick.

El Equipo Phantom al completo hemos atravesado el portal y, sorprendentemente, no ha habido ninguna visita desagradable. Tenemos frente a nosotros el hangar más grande y avanzado que he visto jamás. Un resplandor rojizo ilumina el espacio cavernoso repleto de ángeles de la muerte, tiranos y naves como la nuestra.

Más al fondo distingo otras naves que parecen de combate. ¿Que por qué lo digo? Bueno, tienen alas rechonchas con vainas de armas, colas en V y cabinas oscuras de aspecto malvado; en mi opinión, eso significa que quieren matarte. Una valoración muy científica, lo sé. Además, hay naves aún más grandes que parecen cargueros armados.

Una vez más, me siento como si estuviera en el plató de una película. Con la diferencia de que sé que esto no es ciencia ficción, porque en la Tierra están sacrificando y tratando a la humanidad como ganado.

—Tenemos visita —dice Z-Lo desde el asiento del piloto.

La enorme pantalla de Dolores muestra cuatro naves como la nuestra y dos naves de combate que se dirigen hacia nosotros. Una retícula aparece sobre cada nave con los datos y las coordenadas de cada vehículo.

—¿Qué armas tenemos? —pregunta la sargento Susanne Catania, alias Hollywood. Recorre la pantalla con sus ojos negros de mirada inteligente, intentando evaluar la situación.

—No necesitamos armas —responde Franky.

—¡Ya, claro! —grita Bumper.

Nunca le digas a un SEAL que no necesita un arma. Se hará una con unos bastoncillos para los oídos y cinta aislante y te matará antes de que te des cuenta.

—¿Estás seguro de que no son hostiles, Franky? —pregunto.

—Ya te he dicho que no. Mantén la distancia, Z-Lo —le dice al chaval—. No tienen motivo alguno para atacarnos.

—Lo mismo decían del Imperio romulano —dice Yoshi desde el otro asiento de la cabina. Parece nervioso—. Oh, mira, están preparando los torpedos de fotones. Igual es que hay un pícnic y no lo sabíamos.

—Silencio, Yoshi —le digo al antiguo miembro de los equipos de pararrescate de la Fuerza Aérea y alcohólico oficial del equipo. Aunque casi muero por su culpa en el puente de Brooklyn, es un buen médico y un buen tirador.

—¿Seguro que no desean querer matarnos, lord Phantom? —pregunta Vlad con su marcado acento ruso—. He visto muchas películas americanas donde buenos creen que todo superbién y luego ¡bam! La gente muriendo como...

—Por el amor de la reina madre —interrumpe Franky—. ¿Podríais hacerme el favor de tomaros un Xanax? Estas naves no quieren atacarnos. Para ellos no somos más que una nave que está de regreso.

Miro por encima del hombro a Franky.

—Entonces estás seguro.

—Así es —responde Franky; después se dirige a Z-Lo—: Pon rumbo a la zona de aterrizaje que te estoy mostrando en pantalla. Y despacio, por favor. No hace falta que llamemos la atención innecesariamente.

Le doy una palmadita en el hombro al muchacho.

—Con calma.

Z-Lo asiente con la cabeza y sigue pilotando con las manos envueltas en anillos de luz naranja. Nos alejamos del rumbo de las seis naves, que pasan por nuestro lado sin disparar, lo cual es todo un triunfo, y luego atraviesan el portal. Las ves, ya no las ves.

Oigo a todo el Equipo Phantom suspirar de alivio.

—¿Vuelven a la Tierra? —le pregunta Bumper a Franky.

—Efectivamente, Phantom Tres. Parece que la noticia de nuestra reciente misión en el Bajo Manhattan ha llegado a oídos del alto mando y la Matriz ha solicitado refuerzos.

—¿La Matriz? —Descuelgo a Franky de mi espalda—. Mencionaste algo así cuando nos conocimos.

—Ah, sí, tienes razón. Por aquel entonces no era del todo yo.

—Pero ahora sí lo eres. Y te has comprometido a ayudarnos, así que...

—Entonces, ¿quién es la Matriz? —interviene Hollywood.

—La reina de Androquía, a falta de un término mejor. Imaginad una colonia de hormigas o una colmena. El principio básico es el mismo.

—¿Y Matriz envía fuerza militar para investigar Gran Manzana de Nueva York? —pregunta Vlad detrás de mí. Aún lleva la riñonera con la bandera deEstados Unidos. Pero ahora, además, lleva unos pantalones militares verdes con bolsillos y una camiseta blanca de Celine Dion de finales de los noventa con las mangas cortadas.

—El asunto ha despertado interés en Androquía, ciertamente —responde Franky—. Mirad ahí.

Dos de las naves más grandes del extremo del hangar despegan y se dirigen hacia nosotros. Me recuerdan a unos C130 enormes. Los putos cacharros ni siquiera tienen pinta de poder alzar el vuelo y dudo que puedan atravesar el anillo. Es como si alguien hubiera cogido un cacho de metal, le hubiera dado un par de golpes para aplanarlo y luego le hubiera pegado mil lucecitas y aparatos al azar.

—¿Qué son esos cacharros? —le pregunto a Franky.

—El apodo es intraducible y hace referencia a un animal nativo de Androquía Prime. Su equivalente terrestre más cercano sería algo entre un rinoceronte y un castor. ¿Un rinotor, quizá?

—Igual de feo el nombre que su aspecto —dice Hollywood.

—¿Y cuál es su función? —pregunto.

—Defensa y construcción.

—¡Que paren las rotativas! —ordena Vlad—. ¿Significa que enemigo quiere reconstruir anillo gigante explotado?

—Justo, Vladimir. Eso es exactamente lo que significa.

—Bueno, eso no bueno.

Los rinotores maniobran y pasan por el anillo casi rozando los costados.

—¿De qué ha servido destruirlo si lo van a reconstruir? —pregunta Yoshi, y luego le da un trago a su petaca.

Me quedo mirándolo fijamente hasta que desvía la mirada.

—Por eso estamos aquí. Para encontrar una manera de detenerlos. A ellos y a todo —digo.

—Recibido. —Yoshi cierra la petaca y se la mete en el chaleco.

Z-Lo baja a Dolores hasta una rampa con marcas de color amarillo brillante que contrastan con el suelo negro. La nave se mezcla con al menos otras cien dispuestas en filas de dos. Aunque mezclarse no es el mejor término, porque el grafiti que adorna la nave es casi como si estuviéramos gritando: «¡Eh, capullos! ¡Miradnos, ya hemos llegado!».

Z-Lo inicia la secuencia de apagado del motor y noto cómo la tripulación comienza a relajarse. Lo hemos conseguido. Primer paso completado.

—No quiero alarmar a nadie —dice Franky—. Pero están a punto de venir a inspeccionarnos.

Me inclino hacia la pantalla.

—¿A inspeccionarnos? ¿Quién?

—Todas las naves que regresan han de ser inspeccionadas por la Autoridad Terminal.

—¿No puedes meterte en el sistema y decirles que todo está bien?

—Hace mucho que perdí esa habilidad, Patrick.

Lo miro con el ceño fruncido.

—¿Desde cuándo?

—Desde que dejé que los androquíes me rastrearan, lo que suponía ponerte en peligro, ¿recuerdas?

Se me viene a la cabeza nuestro primer intercambio en la Garden State.

—Así que se acabó la conexión al internet de los androcallos.

Los llamo androcallos a propósito. Utilizar este término despectivo que nos inventamos contribuye a que veamos al enemigo como alguien menos peligroso.

—Correcto. Aunque se me sigue dando bien conversar con ellos e incluso puedo hacer que parezcas uno de ellos. Siempre y cuando te parezcas a uno, claro.

Estoy a punto de preguntarle a qué se refiere cuando de repente lo entiendo.

—La armadura.

—Bravo, amigo mío.

—¿Entonces quieres que se disfrace como si esto fuera carnaval? —pregunta Hollywood.

Charles suelta una risilla arrogante.

—Naturalmente. ¿Tú no, Hollywood?

Se pone una mano en la cadera y me sonríe.

—¿Y ver cómo intenta caminar llevando ese armatoste? —Suelta una pequeña carcajada—. Me encantaría. Llevar tacones es un suplicio.

—Ven —dice Lada, la hermana mayor de Vlad, que tiene los brazos cubiertos de tatuajes—. Yo ayudo desvestirte y vestirte. Yo aseguro que todo queda bien, ¿sí?

—No, gracias, puedo yo solo.

—No sé yo —dice Hollywood con un cierto brillo en los ojos—. Algo me dice que vas a necesitar el toque de una mujer.

—Y no tenemos mucho tiempo —añade Franky—. Es hora de prepararse, capitán Calzoncillos.

* * *

Por mucho que proteste, Lada insiste en ayudarme a ponerme la armadura extraterrestre. Afortunadamente, las únicas cosas de las que tengo que desprenderme son el casco de Kevlar, el chaleco MOLLE, las bolsas utilitarias, los guantes y las botas. Sabe Dios que si fuera por la tigresa rusa llena de tatuajes no llevaría nada ya. Me quedo con los calzoncillos y el uniforme de camuflaje y luego bebo un trago de mi mochila de hidratación.

El *kit* androcallo se basa en un traje negro que se parece mucho al neopreno pero con un forro interior poroso. Parece que tiene varias cámaras internas, amortiguación adicional en las articulaciones y una red de tubos o cables que recorren todo el traje. De hecho, posiblemente haya ambas cosas. Una limpieza a fondo no le vendría mal: huele a meado de gato y a amoníaco. Pero nadie huele bien en la guerra. Para presumir, hay que sufrir, y para sobrevivir, también.

Las placas verde esmeralda se cierran alrededor de mis extremidades y mi pecho con una especie de sistema electromagnético que emite un zumbido seguido de un clic cuando cada componente encaja. Para lo mal que huele, este cacharro es muy avanzado.

Por último, los guantes y las botas. Los guantes, aunque son bastante gruesos, permiten articular increíblemente bien. Bueno, salvo por el dedo pulgar adicional en cada mano. Las botas me entran bien, pero tienen un tacón elevado y se me hace extraño caminar. Así que a eso se refería Hollywood antes.

Estoy buscando mi SCAR 17 y los cargadores cuando Franky me interrumpe.

—No tenemos tiempo para eso, Patrick. El inspector llegará de un momento a otro. Además, tienes que representar un papel.

—¿Me estás diciendo que voy a salir ahí fuera sin mis armas?

—No. Me tendrás a mí a la espalda y... —Parece que le duela hablar de repente—. A Verónica en las manos.

Miro con nostalgia a mi SCAR y a mi Glock 19.

—¿Y no queda mejor que un ángel de la muerte que vuelve de una operación empuñe un arma de esclavo a lo Rambo?

—¿A lo Rambo?

Sigo reticente.

—¿Aún... aún no has visto las películas de Rambo?

—No. Pero las tengo en mi lista. Las elecciones de nomenclatura me quitaron las ganas.

—¿Cómo?

—¿En qué cabeza cabe llamar a la segunda película *Acorralado, parte II* si ya podrían llamarla «Liberado»? ¿Y por qué demonios llamas a la cuarta *John Rambo*? Es su nombre, debería llamarse así la primera de todas.

—*Touché*.

—Por lo que respecta a tu pregunta anterior, no —dice Franky—. En la cultura androquí es un insulto tomar, y más aún usar, tecnología de esclavos, sobre todo armas. A menos, claro, que sean armas superiores, en cuyo caso los androquíes hacen una excepción. Pero no sucede a menudo, ya que rara vez intentan esclavizar a civilizaciones superiores.

—Entendido. —Me cuelgo a Franky al hombro y recojo a Verónica—. Parece que nos toca bailar juntos, nena.

—Iría hasta el fin de la galaxia contigo, Patrick —afirma con su picante acento de Salma Hayek.

—Oh, que me aspen, siempre estás igual de desesperada —responde Franky.

—Tiene celos de lo nuestro —me confiesa Verónica.

—No es verdad. Yo ya estaba antes que tú.

—Vale, vale, ya está.

Antes de ponerme el casco, Espectro lo esteriliza con unas toallitas que lleva en la mochila.

—No quiero que te constipes.

—Te lo agradezco. —Sostengo el casco con la mano izquierda y examino el interior—. ¿Seguro que me puedo poner esto, Franky?

—A pesar de las apabullantes diferencias fisiológicas, los androquíes y los humanos tienen un tamaño de cráneo y unos rasgos faciales notablemente similares.

Levanto una ceja con desconfianza.

—Sí. Somos prácticamente primos hermanos.

—No digas tonterías. —Hace una pausa—. Un momento, lo decías sarcásticamente, ¿no?

—Has dado en el clavo.

—Bueno, en cuanto te emparejes con el casco, que es un proceso relativamente indoloro, actualizaré el sistema de filtración para optimizar tu supervivencia fuera de la nave.

—Un momento, un momento. ¿Relativamente indoloro?

—Sí. Sentirás algo de presión en las sienes y un pequeño pellizco en la base del cuello. Y en la mandíbula. Igual en el cráneo también.

—Pero si eso es toda la cabeza, Franky, cojones.

—No, tus cojones deberían permanecer intactos *a priori*.

Estoy a punto de responderle cuando tengo un pensamiento repentino.

—Espera, ¿podemos sobrevivir fuera de la nave?

—No a menos que seas capaz de respirar nitrógeno. Bueno, puedes inhalar nitrógeno de forma natural. Pero lo que quería decir es que...

—Me dijiste que podíamos respirar en Androquía Prime.

—Pero no estamos en Androquía Prime.

—¿No? —exclama Hollywood.

El resto del Equipo Phantom parece tan sorprendido como ella.

—¿Pero qué demonios, Franky? —pregunto.

—No hay tiempo para explicaciones. El guardia está a punto de llegar.

—¿¡Franky!? —grita Hollywood.

—Estamos en el planeta Karkin Cuatro, desde donde se orquestan todas las operaciones esclavistas de los androquíes. Es una atmósfera particularmente desagradable para los humanos. Pero como ellos respiran nitrógeno y exhalan amoníaco, es intrascendente para ellos. ¿Contento?

—No, no estoy contento —respondo.

—Arg. Y yo que pensaba que estarías eufórico por mantenerte con vida durante tanto tiempo.

—Entonces, ¿era mentira lo de que podíamos respirar?

—No si llevas casco.

—Maldita sea, Franky.

Se escucha un golpe en la parte delantera, bajo el puente de la nave.

—Te toca, Patrick —dice Franky.

—Más te vale ayudarme, Franky. Si hubiera una fuente llena de lenguados, te echaría dentro y me iría.

—Eres un ser despiadado —dice, y tras una pausa—: Pero me caes bien.

Miro hacia atrás y me doy cuenta de que el resto del equipo parece tan inquieto como yo. Estoy a punto de enfrentarme a un androquí vestido con una armadura alienígena, en otro maldito planeta, con un rifle como traductor. ¿Qué podría salir mal?

—Estad alerta —le digo al equipo—. Y escondeos. Si esto se tuerce por cualquier motivo —afirmo inclinándome para mirar a Z-Lo—, aceleráis y atravesáis el portal cagando leches, ¿entendido?

—Entendido —responde el chaval.

—Os recomiendo a todos permanecer en el puente —dice Franky—. Lo último que necesitamos es que vean a los humanos escondidos en el compartimento para los cascos. Por favor, subid y yo cerraré la escotilla.

—Negativo —dice Bumper—. Al menos uno de nosotros ha de quedarse para respaldar a Bic. Me esconderé detrás de esas cajas.

—Pero entonces me temo que tendrás que aguantar la respiración mientras la puerta esté abierta.

—No hay problema —responde.

—Ten en cuenta que mis esfuerzos por redirigir el oxígeno del escape de electrólisis de la planta de recuperación de humedad no serán suficientes para mantenerte con vida.

Bumper me mira, serio.

—Entonces será mejor que Bic se dé prisa.

Ni siquiera había pensado en la calidad del aire ni en la vigilancia, pero son dos puntos clave.

—Bien —dice Franky—. Pero si mueres de asfixia porque el maestro Phantom decide tomar el té de la cinco con el androquí, yo no me hago responsable.

—No te culparemos, Franky. Vamos allá de una vez.

El casco se desliza con poco esfuerzo. Relativamente. Me aprieta un poco en la cabeza, pero hay mucho espacio para la cara y eso es de agradecer. Las cubiertas de los ojos son similares a unas gafas de sol muy oscuras e incluso tras la limpieza de Espectro puedo oler el mal aliento del antiguo usuario. Estoy a punto de preguntarle a Franky qué hacer a continuación cuando recibo un golpe de picana en la cabeza.

—¡Joder! —digo, y me agarro el casco.

—No, no, no —insiste Franky—. ¡No puedes quitártelo!

Me cuesta horrores resistirme y no arrancármelo. Pero dos segundos después el voltaje se reduce a nada. Y todo lo que oigo es el sonido de mi propia respiración.

—Eso no ha sido un pellizco, Franky.

—¿Cómo iba a saberlo? ¿Acaso tengo yo cabeza?

Vuelven a golpear la nave desde fuera.

—Será mejor que empieces a poner cara de póker —dice Hollywood con voz apagada.

Estoy a punto de protestar porque apenas puedo ver u oír nada cuando, de repente, todo tipo de luces y pantallas aparecen en el visor. Y también puedo oír muy bien, como si tuviera puestos unos auriculares Bose en modo transparencia. ¿Se dice así, no?

—Oh, veo que tu sistema de sensores a bordo está activado, ¿me copias? —escucho la voz de Franky dentro del casco.

—Alto y claro.

Entre todos los elementos visuales y el audio me siento como si no llevara casco. Este bicho tiene un sistema HUD que proporciona información en tiempo real sobre la bodega de carga y el contenido, el único problema es que no entiendo nada de lo que pone.

—Franky, ¿y la selección de idioma? No puedo...

—Ya lo veremos más tarde. Ahora tenemos que quitarnos al inspector de encima antes de que pida refuerzos. Está nervioso y ya le he hecho esperar todo lo que he podido.

—Y entonces, ¿yo qué tengo que decir?

—Nada. De eso me encargo yo, tú solo eres un cuerpo vacío.

—Creo que ya me han dicho eso alguna que otra vez.

—El resto, subid —dice Franky—. El espectáculo va a comenzar.

CAPÍTULO 2

16:10, domingo, 27 de junio de 2027
Karkin Cuatro, cuartel general del enemigo

DOY UNOS PASOS hacia la puerta de salida que da a la bahía de carga y me dispongo a pulsar el botón de apertura.

—Espera —dice Franky—. Hay que sellar el casco antes.

—¿Y cómo diablos hago eso, fenómeno?

—Usa tus ojos para seleccionar «Menú», «Línea de comandos», y luego escribe... —Franky suspira—. Oh. Si no sabes leer skrawl.

—Exacto, no entiendo estos malditos garabatos. —Cada segundo que pasa estoy más convencido de que ha sido una idea malísima ponerme el traje.

Vuelven a llamar a la puerta.

—Un momento —dice Franky.

Al segundo noto algo en el cuello que hace que me sobresalte. También noto una pequeña bocanada de aire en la cara y de repente aparece un nuevo indicador en mi HUD. Imagino que tiene que ser algún tipo de icono relacionado con la presión interior del traje.

—Te toca salir —manda Franky.

Antes de que pueda pulsar el botón de apertura, suena una especie de bocina y el borde superior de la puerta se separa del techo. La luz del hangar acentúa el breve intercambio de gases en cuanto la atmósfera alienígena absorbe el oxígeno y el dióxido de carbono de Dolores.

La puerta se abre lentamente, revelando poco a poco la cabeza, los hombros, el arma y las piernas de un ángel de la muerte androquí. Tengo al enemigo a unos dos metros. Frente a mí. En carne y hueso. El ritmo cardíaco se me acelera.

—Por favor, intenta relajarte —dice Franky en tono tranquilo.

Es poco probable que le haga caso. De lo que tengo ganas es de volarle los sesos a ese cabrón.

El extraterrestre ladea la cabeza, me mira de arriba abajo y dice algo en su idioma.

—Sospecha algo —le digo a Franky.

—Tonterías.

Entonces mi casco empieza a emitir una serie de chasquidos y sonidos extraños. No es algo que resuene en mi cabeza, sino a través de un altavoz externo.

—Señálate el casco —ordena Franky en mi comunicador.

—¿Qué?

—Señálate el casco, tarugo.

Obedezco.

—Está diciendo que tu transceptor de localización está apagado. Tu etiqueta de identificación no aparece en su HUD.

—Hubiera sido bueno saberlo antes, Franky.

—Bueno, estamos improvisando.

El androquí sacude la cabeza.

—No se lo ha tragado —afirmo mientras agarro con más fuerza a Verónica.

—Ese movimiento de cabeza significa reconocimiento para ellos —dice Franky apresuradamente—. ¡Está asintiendo! ¡Baja el arma! ¡Baja el arma!

Muevo a Verónica de un lado a otro como si estuviera estirando los brazos.

El ángel de la muerte observa el movimiento con atención y luego vuelve a centrarse en mi rostro.

—Franky, esto no me gusta un pelo.

La criatura parece gruñir y luego da un paso hacia la puerta.

—Échate a un lado, Patrick. Ha de inspeccionar la nave —ordena Franky.

—¿Hace falta que entre?

—Según parece, sí.

—Pensaba que esto era algo protocolario y fugaz.

—Yo también.

Me doy cuenta de que el resto de la tripulación no sobrevivirá a una inspección completa. Incluso con todos escondidos en la parte superior, a excepción de Bumper, la visión térmica del ángel de la muerte los convertirá en blancos fáciles.

—Los descubrirá, Franky.

—No. Mi emisor de disrupción electromagnética los ha mantenido ocultos todo este rato.

Doy un suspiro parcial de alivio cuando el extraterrestre me pasa rozando. No tardará en descubrirlos.

La puerta empieza a cerrarse sin que yo haya pulsado el botón.

—¿Eso lo has hecho tú, Franky?

—Sí, Patrick. En cuanto se cierre, quiero que le pegues un tiro.

Miro a Verónica y luego alzo la vista: el androquí se da la vuelta al escuchar el sonido de la puerta.

El ángel de la muerte dice algo a través del casco y luego se acerca a mí.

—No le está gustando.

—Claro que no. Estamos incumpliendo el protocolo al iniciar el cierre de la rampa. Pero no te preocupes: Verónica está preparada para dejarlo incapacitado.

—¿Y qué tal si lo matamos?

—Bueno, ya sabes. Los transductores de partículas solemos oscilar entre aturdir y hacer papilla. Pero dime, ¿te gustaría conseguir más armadura?

—Sería ideal.

—Entonces Verónica lo aturdirá y tú tendrás que darle el toque de gracia. Solo espera unos segundos más.

La puerta de la rampa no ha llegado ni a la mitad y el enemigo parece enfadado. Quizá no conozca la manera de pensar de estos cabrones, pero sé distinguir cuando un soldado está mosqueado.

—No tenemos más tiempo, Franky.

—Si disparas antes de que la puerta se cierre, solo conseguirás llamar la atención de más soldados. Tenemos que esperar.

El ángel de la muerte levanta su rifle y me apunta.

—Mierda.

Toca improvisar.

Aparto a un lado el brazo del enemigo con el que empuña el arma y me acerco más a él. Entonces le asesto un golpe en la barbilla con Verónica. Se escucha un fuerte crujido que resuena por toda la nave, pero el ángel de la muerte se recupera rápidamente y me propina un gancho de izquierda en el costado del casco.

Mi HUD parpadea durante una fracción de segundo y me duele el cuello del impacto. Me toca devolvérselo: le doy un golpe en el abdomen con la culata del rifle. El androcallo se dobla y le asesto un gancho que le da de lleno en el casco.

Me giro para ver si la puerta se ha cerrado: casi, pero aún no.

—¡Cuidado! —exclama Verónica.

El ángel de la muerte, todavía encorvado, se abalanza sobre mi torso y me hace perder el equilibrio. Caigo de espaldas y mi HUD vuelve a parpadear. Levanto los brazos para cubrirme la cara y una lluvia de golpes se cierne sobre mi casco.

—¿Puedo disparar ya?

—No —grita Franky.

El ángel de la muerte levanta su rifle y trata de apuntarme, pero le doy un golpe al cañón para alejarlo. Él vuelve a apuntarme y lo empujo en la otra dirección.

—¿Ahora?

—Todavía no —responde Franky—. La próxima vez, por favor, no lo saques de quicio.

—Si no me doy... —Asesto un puñetazo al enemigo y agarro su arma por el cañón—. Prisa... —Él empuja el rifle haciendo fuerza con el otro brazo—. No habrá próxima vez.

Puede que los androquíes sean unos cabrones con poca vista y una halitosis terrible, pero está claro que débiles no son. Pongo los brazos en cruz para intentar arrebatarle el arma como si mis brazos fueran unas tijeras. Pero a pesar de mis esfuerzos, su cañón está a apenas unos centímetros de mi casco. Y no puedo derribarlo con las rodillas: el cabrón me ha inmovilizado las piernas y las caderas.

Bumper, que sigue aguantando la respiración, aparece como un fantasma a espaldas de mi atacante. Le quita el arma de una patada y empieza a estrangularlo. Pero como ya dijo Franky, lo último que necesitamos son imágenes de humanos circulando por la *intraweb* de los androcallos, así que tengo que esforzarme para que el alienígena deposite toda su atención en mí.

El androcallo se lanza a ciegas contra Bumper y eso me da el tiempo suficiente para ponerme de rodillas y darle al enemigo en la tripa con la culata de Verónica. Oigo un crujido y gritos del extraterrestre dentro del casco. Pero la contienda no ha terminado. Estoy a punto de darle de nuevo cuando de repente me golpea en el lateral del casco y me derriba.

—¿Franky? —Estoy a cuatro patas y todo me da vueltas.

—Diez segundos más.

Bumper sigue sujetando al enemigo desde atrás mientras ambos ruedan por el suelo. Parece que cuanto más aprieta Bumper, más se agita el androcallo y trata de asestarle puñetazos a mi compañero. Empuño a Verónica para disparar, pero no veo manera de hacerlo sin darle también a Phantom Tres. Y entonces cometo un error.

Estoy demasiado cerca.

El androquí saca un cuchillo de combate de color gris y se lanza contra mí. Por suerte logro desviar el ataque con Verónica, pero la hoja atraviesa por completo el receptor del rifle. Una erupción de chispas ilumina mi visor y me preocupa que el arma pueda estallar. Pero el enemigo no deja de atacarme con el cuchillo. Utilizo a Verónica para protegerme de todos los ataques y con cada nuevo intento la hoja daña un poco más el arma.

No sé de qué está hecho ese cuchillo, pero ya es suficiente. Así que, cuando intenta atacarme con él de nuevo, le doy un golpe con el rifle y sale volando de la mano del extraterrestre. Pero Verónica también sale volando y cae al suelo.

En ese momento, la puerta de la nave se cierra. Las luces cambian, hay una vibración y las juntas de la puerta se activan.

—¡Fuego a discreción! —grita Franky.

—Creo que no va a poder ser.

Pero entonces veo el FA-NJC del androcallo en la cubierta. Lo alcanzo y noto la corriente cuando el arma y yo nos vinculamos.

—Idioma terrícola detectado —dice el arma—. Usuario, identifíquese, por favor.

—¡Modo aturdimiento! —le grito al arma mientras veo a Bumper y al alienígena forcejear.

—Patrick, este arma aún no está conectada a tus comunicaciones y tu...

—¡Dile que ponga el modo aturdimiento, Franky!

—Enseguida.

Un segundo después oigo un sonido proveniente del FA-NJC.

—Modo aturdimiento seleccionado —dice Franky.

Como si me hubiera leído la mente, Bumper deja de aferrarse al androcallo y da un salto para alejarse. Aprieto el gatillo y disparo al costado del enemigo. Una luz brillante parpadea y noto cómo el casco que llevo puesto amortigua el ruido, como si llevara unas orejeras Sordin Supreme.

Todo acaba en un periquete.

El ángel de la muerte yace inmóvil sobre la cubierta.

—Todo despejado, Patrick. Buen trabajo —me dice Franky a través del canal del casco. Acto seguido se dirige al resto del equipo—. La nave tardará unos segundos en expulsar los gases no deseados y añadir oxígeno, Phantoms. Podéis salir, pero aguantad la respiración unos cinco segundos más.

Me siento, dejo el rifle en el suelo y cuento hasta cinco antes de quitarme el casco. Al hacerlo se escucha un clic suave y una descarga de aire. Me limpio la frente y miro a Bumper.

—Gracias por tu ayuda.

Está sentado en el piso y se frota la sien.

—El cabrón era duro de pelar.

Asiento con la cabeza mientras Hollywood desciende del puente y se pone en cuclillas a mi lado.

—Buen trabajo, Bic. Tu primer enemigo derribado fuera de los confines de la Tierra.

Miro al ángel de la muerte y veo que el pecho se mueve arriba y abajo. Casi me había olvidado de que tenía que rematarlo.

Me tienta la idea de pedirle a Lada mi KA-BAR, ya que lo tiene al lado. Entonces recuerdo el cuchillo androquí y dirijo la mirada a mi rifle.

—Maldita sea. Verónica.

Noto cómo todas las miradas se posan sobre mí mientras me inclino para recoger el arma. Pero en cuanto agarro la empuñadura, veo cables y circuitos prácticamente deshechos. Sale humo del montón de agujeros del costado y el cuchillo del enemigo aún está clavado hasta el fondo, atravesando el metal.

—¿Sigues ahí, Verónica? —Muevo el cuchillo y examino el daño. Pero tiene mala pinta—. ¿Verónica?

—Me temo que la han liquidado, Patrick... —dice Franky—. Lo siento mucho.

Una punzada de remordimiento me inunda el pecho por sorpresa. Lo cual es estúpido, porque no era más que un ordenador parlante. Pero era una buena arma que nos ayudó a salvar la ciudad de Nueva York. Mentiría si dijera que nunca he derramado una lágrima por un arma de servicio sacrificada.

Hijo de puta.

Arranco el cuchillo del receptor de Verónica y me vuelvo hacia el inspector extraterrestre que yace en el suelo.

—¿Para qué es ese cuchillo, sargento jefe de artillería? —pregunta Z-Lo conforme baja por la escalera.

—Para rematar la faena, muchacho.

Tomo el cuchillo y me arrodillo junto al ángel de la muerte. Como yo mismo he podido comprobar que mi casco estaba sellado al vacío, empiezo a tantear alrededor del cuello del enemigo en busca de un pestillo de liberación o algo así.

—Puedes activar el desbloqueo manual en la parte posterior del casco, en la base del cuello —dice Franky.

Encuentro una pequeña lengüeta y la manipulo hasta que empieza a elevarse. El casco emite una pequeña bocanada de aire y se lo quito al extraterrestre.

El rostro del tipo me sorprende. Por un lado, no parece tener párpados, sino ojos iridiscentes de color magenta eternamente abiertos. Y por otro lado, la ranura vertical que tiene por boca está abierta. Me sigue recordando a una planta carnívora.

—¿Lo vas a matar a sangre fría? —pregunta Yoshi.

—No es el momento de ponerse sentimental, Donkey Kong. —Le clavo el cuchillo en un lado del cuello, suponiendo que el alienígena tiene una arteria carótida como nosotros, y luego giro y saco la hoja por la parte delantera de la garganta. Una espesa sangre verde brota de la carne fileteada y fluye detrás de su cuello.

—Dios, huele fatal —dice Hollywood con una mano en la nariz.

—¿No deberíamos haberlo convertido en prisionero de guerra? Normas en combate y todo eso —añade Yoshi.

Niego con la cabeza.

—Ahora mismo, esto es el Salvaje Oeste y la única norma que existe es hacer lo que haga falta para seguir vivos. ¿Entendido?

Asiente con la cabeza, pero parece un poco decepcionado mientras mira cómo se desangra el extraterrestre.

Me pongo de pie y me crujo la espalda. He de darle algunas explicaciones más a Yoshi.

—Oye, si estuviéramos luchando juntos contra los *hajjis* en Afganistán, tendrías razón. Le pondríamos las esposas y le daríamos una Coca-Cola. Pero no estamos en Afganistán y eso de ahí no es un *hajji*, ¿entiendes?

Yoshi asiente.

El cuerpo del extraterrestre empieza a temblar al acercarse más a la muerte. La pongo la bota en el pecho para que se quede quieto y me dirijo al resto del equipo.

—El único enemigo que mantendremos con vida será aquel que sepa lo suficiente como para responder a todas nuestras preguntas. Hasta entonces, no son más que androcallos. No son personas. Son asesinos en masa y debemos detenerlos con todas nuestras fuerzas. No dudéis ni un segundo. Si dudamos, lo aprovecharán para cortarnos el cuello. ¿Entendido?

—Entendido —dicen todos.

Los espasmos cesan y el extraterrestre se queda quieto.

—El enemigo ha fallecido —anuncia Franky para que todos lo oigan.

—Vamos a limpiar este desastre —ordeno.

—¿Y qué hay de Verónica? —dice Z-Lo mientras señala el arma cadáver.

—Te instruiré sobre cómo desmenuzarla por partes —dice Franky en un tono que sugiere que está haciendo todo lo posible por mantener la compostura—. Lo que sobre lo descartaremos.

Hemos aniquilado al primer enemigo y hemos tenido la primera baja en este planeta alejado de la mano de Dios.

* * *

Despojamos al cuerpo de su armadura, limpiamos la sangre y el rifle extraterrestre y nos reunimos frente a la pantalla de la nave. Z-Lo ha descubierto una forma de manipular las cámaras externas de la nave para ofrecernos una visión de trescientos sesenta grados del hangar. Como ya dije antes, es enorme, como unos veinte campos de fútbol de ancho y otros tantos de profundidad. Probablemente más. No entiendo cómo los androquíes lograron construir semejante instalación sin ningún tipo de soporte vertical en el centro de la sala.

El hangar está repleto de unidades enemigas que van y vienen. Algunos tienen pinta de ser mecánicos que se encargan de naves como la nuestra. Otros conducen el equivalente extraterrestre de carretillas elevadoras y palas mecánicas. Los vehículos de transporte de personal se desplazan entre las filas y los camiones más grandes con grúas de brazo dejan enseres en las zonas de carga.

—Me he tomado la libertad de hacerme pasar por el androquí asesinado utilizando el transmisor de su casco —dice Franky tras unos minutos—. El mando ha aceptado mi informe.

—Buen trabajo —le respondo dándole una palmadita en el costado—. ¿Cuánto tiempo tenemos entonces?

—Bueno, les he dicho que estaba tomándome el descanso obligatorio para almorzar. Eso nos da unos noventa minutos terrestres antes de que les entre la curiosidad de averiguar por qué don Cara Crujiente no ha vuelto al trabajo.

—¿Una hora y media para almorzar? —dice Hollywood.

—Tienen un buen sindicato —añade Espectro, provocando algunas risas.

—No nos da mucho tiempo de reconocimiento, pero nos las arreglaremos. —Me acerco a la pantalla y señalo el anillo—.

Primero tenemos que orientarnos. Franky, ¿en qué lado del hangar está el anillo?

—Tomando la nomenclatura terrestre de los puntos cardinales, al sur.

—La puerta está abajo —dice Yoshi con una sonrisa.

—Muy bien, Ender. —Le guiño el ojo y vuelvo a mirar al monitor—. Al sur pues. Si pasa algo, ese es nuestro punto de exfiltración. ¿Entendido?

Todos asienten. De repente aparece una etiqueta virtual en la pantalla sobre el lugar indicado.

Z-Lo se echa hacia atrás y levanta las manos.

—Yo no he hecho nada.

—Tranquilos, he sido yo —interviene Franky—. Este punto de referencia se trasladará a cualquier nuevo equipo que adquiramos siempre y cuando me deis unos segundos para realizar la conexión.

—A mí me vale —le digo a Franky, y luego miro al resto del equipo—. Puede que acabemos muriendo de frío en la Antártida, y aunque me cuesta creer lo que voy a decir, al menos moriremos en nuestro planeta.

Los Phantoms parecen estar de acuerdo con lo que digo y se dedican medias sonrisas los unos a los otros.

—Muy bien, lord Phantom. —Coloco a Franky en la consola de mando para que tenga todo el protagonismo y luego doy un paso atrás con los brazos cruzados—. Tu turno. ¿Qué puedes decirnos sobre dónde estamos? Sería estupendo conseguir un mapa del planeta y un plano de estas instalaciones para abrir boca.

Franky tarda un momento en responder. Debe de estar ocupado obteniendo los documentos solicitados, así que le doy unos segundos. Pero cuando pasa más tiempo del que considero razonable, intervengo.

–Eh, Franky. ¿Estás ahí?

—Sí, Patrick. Bueno... La situación es la siguiente...

—Oh, mierda —dice Hollywood—. No me gusta cómo suena eso.

—¿Franky? —pregunto con la esperanza de que capte en mi tono de voz que más le vale darse prisa en responder antes de que lo parta por la mitad.

—No tengo mapas de Karkin Cuatro.

Frunzo un poco el ceño.

—No es el fin del mundo —digo.

—¡Ja! En cierto modo sí. ¿No? —dice Franky entre risas.

Con su intento de aligerar el ambiente solo consigue ponerme más nervioso.

—¿Y qué tal un mapa de estas instalaciones?

—Ah, sí. Enseguida, Patrick.

Un plano del hangar aparece en la pantalla. Afortunadamente, Franky se ha tomado la libertad de sustituir el skrawl, que, según dijo antes, es el nombre que recibe el idioma androcallo, por algo más familiar. Docenas de líneas de vuelo, zonas de aterrizaje y bahías de carga ocupan el mapa, así como salidas que conducen a lo que supongo que son pasillos adyacentes y salas de suministros. En general, el hangar es grande y en él hay cientos de naves y miles de androcallos trabajando.

Bumper silba.

—Menuda operación tienen montada.

—Ya lo creo —responde Hollywood.

—Muy bien —digo mientras me froto las manos—. Aquí dice que estamos en el COD, Terminal A3. ¿Qué significa?

—Significa...

—Comisión Optimizada para el Despegue —interrumpe Bumper—. Lo sabemos.

—Más bien no. Centro de Operaciones de Despliegue. —Franky suena sonriente—. ¿Sabes una cosa? Me divierte traducir todo esto para ti.

—Enhorabuena, Franky —digo con una risita—. Y ahora, ¿qué tal si nos indicas la posición de Dolores?

—Sí, gran líder misericordioso.

¿Gran líder misericordioso? Cuando estoy a punto de recriminarle que se tome tantas confianzas, aparece una nueva etiqueta virtual en un espacio de aterrizaje en el cuadrante inferior izquierdo del plano.

—Bien, ¿puedes alejar el zum un poco? Quiero ponernos en contexto.

—Claro que sí, oh, gran sabio.

Hollywood me mira de reojo.

—¿Qué le pasa?

Me encojo de hombros sin apartar la mirada en la pantalla.

El hangar se aleja como si alguien estuviera utilizando un ratón y un teclado. Aparte del hangar principal, hay un único pasillo que se dirige al norte. De él salen, como hojas de un árbol digital en bloque, tres salas. Están marcadas como Armería A3, Comedor A3 y Cuartel A3.

—Esto ya es otra cosa. —Aguardo unos segundos a la espera de que aparezcan más salas en el plano. Pero no—. ¿Y el resto del plano?

Franky hace un sonido como si estuviera tragando.

—Eso es todo, Patrick.

Frunzo el ceño hacia Hollywood y Bumper.

—¿Cómo que eso es todo? ¿Todo el hangar recibe suministro de estas tres salas?

—No exactamente, Patrick. Hay muchas más, te lo aseguro.

—Pues veámoslo. —Me alejo y espero. Pero no ocurre nada—. ¿Sir Franky?

—Aquí estoy.

—¿Dónde está el resto del plano?

—No lo tengo.

Me cruzo de brazos.

—¿Cómo que no lo tienes?

—Nunca me dieron acceso.

—¿Y por qué no?

—Porque desde mi último reinicio nunca estuve en ninguna otra zona más allá de lo que estáis viendo.

Alzo las manos e intento decir algo, pero no me salen las palabras. Me siento... descolocado.

—¿Ves? —dice Franky—. Sabía que te ibas a enfadar. Eres un planificador consumado. Necesitas tiempo para elaborar estrategias, para trazar tus movimientos en el tablero de ajedrez, por así decirlo.

—Oye...

—Y sé que te he descolocado con esto. Por eso no quería hablar.

Le hago un gesto.

—Un momento, ¿cómo sabes que juego al ajedrez?

—Había un tablero en tu casa. Y me ha parecido una suposición acertada basándome en tu personalidad.

—No se equivoca —dice Hollywood.

—No te he preguntado —respondo entre dientes.

—Y todos sabemos que necesitas tiempo para ti, no sea que te acabes enfadando.

—¿Tiempo para mí?

—En eso tampoco se equivoca —añade Hollywood.

Levanto el dedo y lo pongo frente a la cara de Hollywood. Quiero protestar, ¿pero qué decir contra la verdad? Me gusta tener tiempo para mí, a solas. Y, sí, me ayuda a procesar situaciones complejas. Vuelvo a mirar a Franky.

—¿Entonces lo que estás diciendo es que, de todos los lugares de este planeta, los únicos sitios que puedes mostrarnos en pantalla son este hangar y algunas salas de apoyo en el pasillo norte?

—De veras me gustaría poder darte más, Patrick.

—A mí también me gustaría —digo mientras me paso una mano por la cara—. Y para que quede claro, ¿tienes la mayoría de las películas de la humanidad e información sobre todos nuestros activos de defensa militar almacenados en esa cabezota, pero nada sobre tu propio planeta?

—Este no es mi planeta, Patrick.

—¿Sí o no, amigo?

—Sí, tienes razón.

Suelto un largo suspiro y muevo la cabeza hacia delante y hacia atrás para liberar la creciente tensión de mi cuello.

—¿Cómo es posible?

—Fácil de explicar. Borrado de memoria y acceso limitado a la arquitectura del sistema androquí.

—Entonces, ¿solo registras los lugares en los que has estado? —pregunta Z-Lo.

—Exactamente.

El muchacho me mira.

—Es como un mapa del Minecraft.

—¿Un qué?

—No importa. —Z-Lo vuelve a mirar a Franky—. ¿Y pierdes información con cada nuevo usuario?

—Así es —responde Franky—. Aunque conservo mi sistema operativo central NISP y los perfiles básicos de Androquía. Hablar de borrado de memoria no es exacto.

—¿NISP? —pregunta el muchacho.

—Núcleo de inteligencia sintética pinacular. Ya deberías saberlo a estas alturas, chaval.

Vlad levanta la mano.

—Sigo sin entender por qué sir Charles no puede descargar mapa desde la internet alienígena.

—Porque, en cuanto lo haga, los androquíes obtendrán un archivo completo de toda nuestra actividad y nuestra ubicación. ¿Es un buen resumen, Franky?

—Sí —dice con un suspiro—. Aunque espero que entendáis que nada ha sido a propósito. No quisiera que manchara tu opinión sobre mí mientras buscamos construir una relación de confianza mutua.

—Lo entendemos —dice Hollywood.

La miro.

—¿Ah, sí?

Me lleva a un lado.

—Con cada nuevo usuario se resetea, Bic. ¿Cómo estarías tú si después de cada misión te lavaran el cerebro?

—En realidad estaría bastante bien eso —dice Espectro.

—En resumen, lamentamos que te hayan tratado como lo han hecho y entendemos el apuro en el que te encuentras —dice Hollywood.

No me gusta que Hollywood esté siendo tan diplomática. Estamos en territorio hostil y recién nos enteramos de información pertinente que podríamos haber usado mucho antes. Sin embargo, su enfoque es correcto si no queremos alejar totalmente a Franky del equipo.

—Tenías que habérnoslo dicho antes, Franky —digo en señal de protesta.

Espera antes de responder.

—Tienes razón. Lo siento.

Me pongo las manos en las caderas y luego miro alrededor del puente.

—Bien, Phantoms. Necesitamos un plan y tenemos... —miro mi reloj de pulsera Casio G-Shock —. Ochenta minutos antes de que don Cara Crujiente no regrese y el mando sienta curiosidad por Dolores. Manos a la obra.

CAPÍTULO 3

16:48, domingo 27 de junio de 2027
Karkin Cuatro
Centro de Operaciones de Despliegue, Terminal A3

TRAS QUINCE MINUTOS de intensa planificación, un desarrollo de alto nivel y una resolución de problemas de vanguardia, el Equipo Phantom decide que la mejor opción es que yo salga de la nave y me arroje a los leones.

Sí. Viva la estrategia.

Vale, soy el único que puede sobrevivir fuera de Dolores, así que lo entiendo. Pero no me da mucha confianza tener que enfrentarme a una misión de reconocimiento en solitario, vestido de androcallo y rodeado de enemigos.

Por si eso fuera poco, no podremos comunicarnos hasta que regrese. Ni siquiera en caso de emergencia. Franky asegura que el riesgo es demasiado grande y yo no lo pongo en duda. Cuando se acabe el tiempo asignado a la misión, santas pascuas. El que esté en la nave vuelve a la Antártida, y el que no, se queda con los androcallos.

Los objetivos parecen bastante fáciles. Lo primero y más importante es buscar pruebas de dónde se está reubicando a la población terrícola. Casi nada. El destino del mundo entero depende de ello, pero todo bien. Y menos mal que sabemos dónde estamos y tenemos unos mapas detalladísimos para orientarnos.

Es ironía, por si no se nota.

¿Que no es tan grave? Prueba a quitarle a un ser humano del año 2027 su teléfono con GPS y mira cómo reacciona cuando le dices que vaya a un lugar en el que nunca ha estado a solo dos horas de distancia. Perderá los papeles. ¿Cómo va a usar un mapa o a pararse

41

y pedir indicaciones si un ordenador puede ahorrarle toda esa faena? Todavía me sorprende que nuestra especie haya sobrevivido durante miles de años sin Google cuando somos incapaces de pasar más de unos minutos sin comprobar si tenemos alguna notificación en el móvil. Preferimos morir en un accidente de coche antes que dejar un mensaje sin leer.

Pero aquí en Karkin Cuatro no solo no tenemos mapa. Ni siquiera sabemos dónde hay un puto váter. Tarde o temprano querremos mandar un fax y nos saldrá perfumado. La gente no suele pensar en esas cosas cuando se imagina el campo de batalla. Creen que todo va de armas y estrategia. Pero sin apoyo sobre el terreno para necesidades básicas, todas las armas y la estrategia del mundo no valen de nada.

Le he preguntado a Franky si mi nuevo casco androquí tenía un mapa o un sistema de navegación incorporados, pero me ha dicho que esas funciones habían quedado inhabilitadas por dos motivos. En primer lugar, en el momento en que el casco se había vinculado a mí, el sistema local había eliminado los datos del usuario anterior. Al parecer, entre esos datos había rutas utilizadas habitualmente, puntos de paso, preferencias, órdenes y horarios; todo información de gran utilidad. En segundo lugar, Franky desconectó inmediatamente el casco del internet de los androcallos, a lo que él se refirió como Protocolo de Comunicaciones Internas Androquíes. Nos explicó que, como norma general, la mayoría de los dispositivos no almacenan casi nada localmente. En cambio, los dispositivos como mi casco dependen de una conexión constante con el PCIA. Así no es necesario almacenar grandes cantidades de datos y el objetivo secundario es evitar que la información confidencial caiga en manos del enemigo, como es nuestro caso.

No puedo evitar pensar que eso conlleva una desventaja evidente: ¿qué pasa cuando un androcallo se desconecta de la web? Si los humanos montamos en cólera cuando el móvil no carga una página en menos de un segundo, ¿qué hacen los androcallos cuando pierden la conectividad con el alto mando o reina o mamá o como se llame?

Dejando a un lado el comportamiento nefasto de la humanidad, el siguiente objetivo de la misión es localizar lo que Franky ha llamado un DAT: dispositivo de almacenamiento de trinium. Al parecer es una especie de unidad de batería móvil que se utiliza para alimentar herramientas pequeñas y sirve para cualquier dispositivo con un núcleo de trinium incorporado. En mi cabeza suena como una batería recargable para mis herramientas DEWALT, por poner un ejemplo, pero Franky dice que no es exactamente así. Bueno, lo que sea. Se supone que esa caja permitirá a todos los miembros del Equipo Phantom adquirir una firma cuántica de trinio que valga para que puedan utilizar armaduras y armas androquíes.

La buena noticia es que Franky dice que sabe dónde puedo encontrar unos cuantos DAT y eso nos permitirá cumplir el tercer objetivo: localizar y confiscar armaduras y armamento adicional, idealmente que no provengan de androcallos aturdidos o liquidados. No necesitamos levantar más sospechas de las que ya hemos levantado y no nos vamos a enfrentar a un hangar lleno de enemigos. Ni hablar.

Mi cuarto y último objetivo es lograr que Franky pueda volver a disparar. No me entusiasma la idea, simplemente por ahorrar tiempo, pero él discrepa, pues todos los objetivos por cumplir tienen un destino común: la armería de la Terminal A3.

Estoy nervioso porque solo he tenido unos minutos para procesar la información e idear un plan. Es precisamente este tipo de ejecución imprecisa lo que hace que haya víctimas. Pero como el tiempo es el que es y nuestros recursos son tan limitados, tengo que jugar con las cartas que tengo.

La puerta de popa de la nave se abre y salgo al exterior. Estoy en la sombra entre Dolores y otra nave. Dos técnicos androquíes vestidos con trajes color beis están enfrascados en el motor de babor de la otra nave. Intento no quedarme mirándolos mucho rato porque sé que existe el sexto sentido.

—Ojos al frente, Pat —me digo.

—¿No están por naturaleza al frente? —pregunta Franky.

—Es una expresión.

—Qué rara. «¡Mirilla al frente, sir Franky!». Vaya. Es verdad, no suena bien. Bueno, ¿estás listo para hacer que vuelva a funcionar al cien por cien?

—Es el objetivo número cuatro de la lista, amigo.

—Sí. Pero es un número cuatro muy importante. —Hace una pausa—. ¿Por qué no avanzamos?

—Dame un segundo. Estoy tratando de hacer eso de navegar entrecerrando los ojos.

—Yo no lo llamaría así exactamente —dice como para sí mismo.

Dirijo la mirada al menú superior e intento centrar la vista en la palabra «Navegación». El sistema operativo del casco detecta milagrosamente mis intenciones y abre un menú desplegable. Parece que Bill Gates también les ha vendido Windows a estos cabrones.

Bajo la mirada a una línea que dice «Mapa: Ubicación actual» y veo cómo se abre una ventana topográfica a mi derecha. Al mismo tiempo, nuevos datos en tonos naranjas se superponen.

—Podría acostumbrarme a esto —digo.

—Vaya estupidez.

—¿Un casco con un HUD que puedes manejar con los ojos te parece una estupidez?

—Carece de un núcleo jerárquico de IA. Es decir, no es más que un lío de software. Es como tener que construir una casa sin un droide.

—En la Tierra... construimos casas sin droides, Franky.

—¡Exacto! —Hace una pausa—. Oh. Bueno... Se han malinterpretado mis palabras.

—Así que no eres más que otro rifle galáctico incomprendido —digo mientras niego con la cabeza lentamente—. Qué pena me das.

—Te estás burlando de mí, ¿verdad?

—Es hora de ponerse en marcha.

—Y de repararme —añade Franky.

—No sé yo. Me he encariñado con este nuevo rifle de servicio —digo mientras le doy una palmadita al arma del inspector.

—Oh, por favor. Como si tuviera personalidad.

—Eso tiene fácil solución.

—No seas ridículo —dice Franky en tono burlón.

—Solo es cuestión de enseñarle unos pocos episodios de los Monty Python y...

—Sabes que es más complicado que eso.

—¿Ah, sí?

—Patrick, tú y yo hemos pasado por mucho juntos. Hemos derramado sangre, salvado vidas, sobrevivido a ataques de plomo. No puedes tirar todo eso a la basura. Por lo tanto, te corresponde repararme en cuanto tengas la oportunidad, aunque solo sea por todo lo que hemos compartido.

—No sé, Franky. Estoy empezando a imaginarte como... como un viejo Yoda colgado a mi espalda.

Hay una larga pausa.

—Yoda es un capullo.

* * *

Avanzamos y voy zigzagueando entre las naves para evitar miradas curiosas. A menudo me detengo para inspeccionar las naves y actúo como si fuera alguien muy importante. Pero Dios sabe que no es más que una patraña. Parezco un turista en Nueva York con una cámara pegada a la cara. Y no es que tenga nada en contra de los turistas o de su talento para las fotos, solo digo lo que pienso. O lo que creo que piensan de mí los androcallos.

Veo al primer tirano andando con aires de pavo real por el pasillo principal a mi izquierda. Me saca una cabeza y lleva un exotraje mecánico negro que hace un ruido como de bufidos y chasquidos al caminar. Una armadura verde mate cubre sus extremidades y sus órganos vitales. Además, lleva un casco en una mano y un rifle de gran calibre en la otra.

Entro en pánico durante una fracción de segundo. No tengo ni idea de las costumbres militares del lugar. Y eso es algo malo. Terriblemente malo. Cada rama del Ejército de Estados Unidos tiene su propia cultura, que incluye ciertas conductas, un lenguaje y costumbres hiperparticulares desarrolladas a lo largo de décadas y, en algunos casos, de siglos. Los rituales van desde las novatadas típicas hasta hábitos que salvan vidas y, de no llevarse a cabo, su omisión puede conllevar medidas disciplinarias o incluso la muerte en el campo de batalla.

Puede que me esté ocultando tras una armadura androquí, pero, de no completar correctamente el siguiente paso, no seré más que un niñato de Brooklyn.

Justo entonces me acuerdo de algo. De cuando estaba en el puente entre un montón de partes biomecánicas humanas. Había varios ángeles de la muerte alrededor del tirano y... ¿Cómo se comportaban?

¡No lo miraban a la cara!

Retiro inmediatamente la mirada de la carne gris con agujeros del tirano y miro hacia abajo y a mi derecha justo cuando paso por delante de una nave de transporte.

El tirano me mira con desprecio y hace una especie de ruido despectivo.

Aprieto la empuñadura de mi FA-NJC. Hay que tener mucho autocontrol para resistir la tentación de dispararle en la jeta a este androcallo. Pero sigo caminando y paso por delante del enemigo.

—Respira hondo, Pat —me digo a mí mismo.

Entonces oigo una especie de chasquidos y sonidos bucales detrás de mí.

—Detente —dice Franky—. Te está hablando a ti.

—¿Y si lo ignoro?

—¡Te disparará por la espalda! Para, Patrick.

Me detengo en seco. El corazón me va a mil por hora.

—¿Puedes traducir?

—Dice que te des la vuelta. Hazlo.

Maldito hijo de puta. Me doy la vuelta lentamente, todavía sin mirarlo directamente a la cara.

El tirano se acerca a mí y dice algo más en su idioma extraterrestre. Mierda.

—Pregunta qué te pasa —dice Franky.

—Dile que lo odio.

A Franky se le escapa una risita.

—Yo me encargo... —dice.

Sonidos androquíes salen de mi casco y luego el tirano señala mi armadura.

—Ah —dice Franky—. Quiere saber por qué hueles a mercancía humana.

—¿Puede olerme? Mierda.

—No. No se refiere a mierda. Aunque, bueno, sí, los humanos huelen a mierda.

—Dile que acabo de matar a los humanos de la Tierra que intentaron atacar nuestras naves.

—Mmm. —Franky parece impresionado—. No es mala idea.

Entonces empieza a hablar en skrawl por el altavoz de mi casco. Yo trato de acompañar con algunos gestos para sonar más convincente y señalo hacia Dolores.

El tirano mira hacia atrás y localiza al instante la nave; la pintura se lo pone fácil. Vuelve a mirarme y dice algo más.

—Me pregunta si has guardado algo de carne —dice Franky—. Le diré que no.

—No, no digas eso. Dile que sí, pero que ya ha sido confiscada o utiliza el término equivalente.

—Patrick, creo que...

—Hazlo, Franky.

—De acuerdo.

Mi casco vuelve a emitir los sonidos del extraño idioma androquí mientras yo le rezo a San Josué, santo patrón de los espías, para que todo salga bien.

El tirano dice algo rápido y muy alto, y veo que sube y baja los hombros como si estuviera cabreado. Mierda.

—Dice que la próxima vez no se lo entregues a los inspectores y que te dejará quedarte con la mitad —dice Franky.

Dejo salir un largo suspiro de alivio.

—Gracias a Dios.

—¿Seguro que quieres que le diga eso?

—No. —Intento quedarme quieto ante el ataque de risa que me va a dar—. Dile que la próxima vez repartiré mi botín con él. Con el tirano. No con Dios.

—Ah, entiendo. Voy.

Franky emite la que espero que sea su última intervención en esta situación angustiosa pero sorprendentemente no hostil. El tirano suelta una última frase y se va.

—¿Qué ha dicho? —le pregunto a Franky.

—Que vayas a que te miren el transceptor del casco porque no está emitiendo una etiqueta de identificación al PCIA. Y que te duches. Dice que hueles como si te hubieras puesto un cadáver humano por traje y que solo harás que les entre hambre a los demás.

Me río.

—Si supiera con quién acaba de hablar...

Me alejo del tirano y vuelvo a caminar en dirección norte con una mayor sensación de seguridad al haber comprobado que la armadura oculta mi identidad a la perfección. Bueno, casi a la perfección: el olor es inevitable.

—Patrick, ¿puedo hacerte una pregunta?

—Lo que quieras. Acabas de salvarnos el culo.

Franky hace una pausa.

—Vaya. Puede que sí, puede que no. En cualquier caso, es algo respetable, ¿no?

—Ya lo creo, amigo. ¿Qué me quieres preguntar?

—¿Por qué insististe en decirle que el inspector ya había confiscado la carne humana?

—Porque de lo contrario se consideraría que tengo material de contrabando, ¿no?

—Desde luego. La carne de esclavo es de exclusiva custodia del imperio.

—Entonces, si digo que no tengo nada, pero huelo como si lo tuviera... Un tipo como ese sabría que estoy ocultando algo. Y eso hubiera supuesto volver a la nave para quedarse con toda la «carne», lo cual pondría a la tripulación en peligro.

—Nunca se me habría ocurrido.

—Porque no eres un oficial corrupto con problemas de ego.

—No puedo creerlo, Patrick. Creo que me acabas de hacer un cumplido.

—Que no se te suba a la cabeza.

—No, claro que no. De hecho, voy a arrojar este cumplido al suelo para evitar la tentación de acumular cumplidos en las manos y acariciarme los brazos con ellos mientras admiro su belleza única e inigualable.

—Te estás pasando.

—Mis disculpas.

* * *

Continuamos avanzando por el hangar sin apenas incidentes. Tan solo nos cruzamos con algunos ángeles de la muerte que me miran fijamente y se señalan los cascos.

—Ya lo sé, ya lo sé —digo con gestos—. Voy a que me miren el casco.

Franky transmite y yo añado algunos movimientos conciliadores con las manos.

En total hemos tardado casi diez minutos en cruzar el hangar, lo que, sumado a los diez minutos que hemos tardado en limpiar y desvestir al extraterrestre y los quince minutos para trazar el plan, me deja con algo menos de una hora para encontrar lo que pueda y atravesar el portal de nuevo. Pero con cada paso que doy hacia el pasillo norte me convenzo más de que no hay manera de que podamos conseguir suficiente información en cincuenta y cinco minutos para justificar la validez de esta operación.

La entrada al pasillo en el extremo norte del hangar es una puerta ovalada de unos tres metros de altura y dos metros de ancho. Se abren los paneles gris mate del centro y un tirano atraviesa la puerta. Pongo especial cuidado en apartar la vista y espero que este bicharraco no me sermonee como el último. Por suerte, el tipo (o la tipa, no sé diferenciar) parece preocupado y pasa de largo. Entonces atravieso la puerta hacia el pasillo.

La apabullante sensación espacial del hangar se evapora en cuanto entro en el túnel. Varios ángeles de la muerte pasan junto a mí sin prestarme atención. La configuración de mi HUD se ajusta a la iluminación más tenue del pasillo, que consta de unas esferas rojas colgantes cada cuatro metros. En la Tierra esta luz se interpretaría como de emergencia, pero parece que no es el caso aquí.

Me esfuerzo en llevar el arma en una posición más relajada, como veo que hacen los otros androcallos. No es muy diferente de la que adoptaría cualquier soldado terrícola bien entrenado. Al menos tenemos eso en común.

—Las dos siguientes puertas a la derecha son el comedor A3 y el barracón A3 —dice Franky—. Entre ellas, a la izquierda, está la armería.

—Entendido.

—Una cosa... Con lo que he aprendido sobre las normas de tu especie para la ingestión de alimentos, te recomiendo encarecidamente que evites mirar dentro del comedor.

—¿Por qué?

—Bueno, puede resultar bastante desagradable para un humano.

—Entendido.

Pero justo cuando digo eso, llego a la altura del comedor y no puedo evitar mirar. Hay cientos de androquíes sin casco, de pie y en círculos contemplando unos embudos gigantes de color morado pegados al techo. Se abren por turnos y dejan caer al suelo animales sin pelo.

Tardo medio segundo en darme cuenta de que no son animales.

Son personas.

Seres humanos desnudos. De todas las formas, tamaños y colores. Y edades.

Dios mío.

Los extraterrestres chillan mientras se pelean por los cuerpos y les arrancan las extremidades. Luego arañan la carne y desgarran a los humanos con los dientes hasta que de sus bocas cuelgan largas tiras de piel destrozada.

Mis glándulas suprarrenales disparan una descarga de hormonas por mis venas y la imagen se me graba a fuego en el cerebro. Es la escena más macabra que he presenciado nunca. Ciento cincuenta millones de años de instinto evolutivo me golpean en la cabeza y me incitan a apuntar con el rifle y aniquilar hasta el último de esos demonios. Me los imagino estallando y con los cuerpos destrozados debido a la violencia indiscriminada que me nace de la necesidad de preservar a toda costa la vida humana del mal. Una vez muertos, quemo todos los cadáveres enemigos hasta que el aire se vuelve negro y llena de cenizas este complejo fuera de los confines de Dios.

Paso de largo y despierto de mi ensoñación. La respiración se me acelera y noto las rodillas débiles.

—Maldita sea, Patrick. Te dije que no miraras.

—Ya lo sé.

Pero apenas reconozco mi propia voz. Me tiemblan las manos y me desplomo contra la pared del pasillo.

—¡Patrick! ¿Estás bien?

—Dame un segundo.

El único consuelo que encuentro es que la gente parecía estar ya muerta. A muchos les faltaban miembros o tenían agujeros en el cuerpo. La imagen me ha recordado a los montones de extremidades junto al anillo del puente de Brooklyn y me pregunto si acaso lo que acabo de ver en el comedor son los restos de la gente que no sobrevivió a la travesía. Rezo por que hayan tenido una muerte rápida.

En ese momento, un ángel de la muerte sin casco me golpea en el brazo. Mis reflejos se activan e instintivamente me llevo la mano al arma. Pero noto una pequeña descarga que me impide alzar el arma.

—Patrick, no —dice Franky—. Solo dice que tienes pinta de haber comido demasiado.

—Eso me da más ganas de dispararle, Franky.

—Te entiendo, Patrick. Pero ambos sabemos que él no es más que una pieza enana del puzle y tú tienes cosas más importantes que hacer.

Sigo con la mano en la empuñadura de la pistola, pero Franky no me deja sacarla de la pierna.

—Patrick, si te delatas, la Tierra está acabada, ¿me oyes? Eres su única esperanza. Y sin los Phantoms todo está perdido. Puede que no recuerde todos los detalles a los que tuve acceso porque estos pazguatos se empeñan en que sufra borrados de memoria, pero la información sigue estando ahí. Y el resultado es siempre el mismo. Si no hacemos nada, los androquíes ganan.

Respiro hondo, suelto la empuñadura del arma y dirijo un asentimiento al androcallo.

—Dile que este lote ha salido malo y que es mejor que se salte el almuerzo.

—Muy buena idea.

—¿Franky?

—¿Sí, Patrick?

—Gracias.

Capítulo 4

17:03, domingo, 27 de junio de 2027
Karkin Cuatro
Centro de Operaciones de Despliegue, Terminal A3, armería

Me repongo como puedo y voy a la puerta en el lado izquierdo. No es posible explicar con palabras la sensación que te deja ser testigo del sufrimiento humano. Cada uno lidia con ello de una manera diferente. Hay quien bebe, como Yoshi. Hay quien deja de hablar, como Espectro. Otros optan por seguir haciendo saltar cosas por los aires, como Bumper. ¿Y yo? Supongo que lo sobrellevo estando solo. Menos preguntas. Menos gente a la que herir.

—Cuando entres en la armería, mantente a la derecha —dice Franky.

—Sin problema. ¿Qué hay a la derecha?

—Un control de seguridad.

A medida que nos acercamos, las puertas de la armería se abren y entramos en una sala parecida a una caverna. La brújula me indica que tenemos que ir hacia el oeste. La caverna parece profunda y construida directamente sobre roca o lo que sea que haya en este planeta. Una especie de campo de fuerza separa los primeros metros de una zona de espera del resto del espacio. Más allá de la pared azul brillante hay hileras de armarios con armas, unidades de almacenamiento, contenedores y estanterías altísimas con cajas.

Sonrío ante la perspectiva de conseguir más armas.

—Bingo.

—A la derecha —me recuerda Franky.

Dejo de contemplar las armas y veo una fila de cinco androcallos a unos pasos. La cola gira bruscamente a la izquierda hacia una cabina de seguridad que atraviesa el campo de fuerza. Hay un agente sentado tras una ventanilla y que habla por un altavoz externo con cada extraterrestre que se acerca.

Me pongo en la fila y trato de actuar con naturalidad. Pero el androcallo detrás de mí parece molesto.

—Me está oliendo, ¿verdad? —le digo a Franky.

—Lo más probable es que sí. Tú mantén la calma y yo hablaré con él si busca problemas.

—Gracias, amigo.

—Un placer. Y no te preocupes, también me encargaré de hablar con el agente del mostrador.

—¿Hay alguna manera de que yo escuche directamente en idioma terrícola todo lo que dicen los androcallos en lugar de que tú tengas que interpretarlo todo?

—Eh... sí. Pero entonces estarás fiándote más de lo que entra por el casco que de lo que yo te digo.

—¿Y eso te molesta?

—Eh... no... Es solo que...

—Que te molesta, ¿no?

—En absoluto. En absoluto.

Tras una pausa pregunto de nuevo:

—¿Se puede o no?

—Sí. Pero debo advertirte de que el modo de traducción directa estará inevitablemente cargado de idiosincrasias hasta que haya pasado un tiempo para que el software pueda calibrarse. Como ya he dicho, estos cascos son unos desagradecidos. Puedo activar un perfil en idioma terrícola, pero luego no digas que no te he advertido.

—Hazlo. Tenemos que subir de marcha. Te pediré que me expliques lo que haga falta cuando sea necesario y seguirás siendo mi portavoz. ¿Entendido?

—Entendido —dice Franky entre suspiros.

—Bueno, ¿y ahora qué?

—Tenemos que pasar por seguridad. Me tienes que quitar de tu espalda y yo diré a través del casco que quieres que te reparen el arma.

—Vaya casualidad, ¿eh?

—Así matamos dos pájaros de un tiro, Patrick.

—Sí, ya veo.

Franky resopla.

—Bueno, el oficial te dejará entrar y te dará un recibo para el taller de reparación. Dicen que el armero jefe de esta terminal es bastante bueno.

—¿Hay que hablar con un armero?

—Tal vez. Solo si estoy demasiado averiado, que parece ser el caso. Dicen que es un tipo gruñón pero muy bueno en su trabajo.

La fila avanza un poco.

—¿Qué tal si primero nos encargamos de conseguir blindaje y armas para el resto del equipo y ya si eso vamos a que te reparen luego?

—¿Acaso... acaso no me quieres en plenas facultades?

—Yo no he dicho eso. Solo que...

—Sí que has dicho eso.

—No.

—Sí.

—Oh, Dios mío. Es como hablar con un niño.

—Así que ahora soy un bebé, ¿no? Y todo porque quiero poder ser de mayor utilidad para ti.

Si me pudiera llevar la mano a la frente, lo haría. La cola avanza hasta que solo hay una persona delante de nosotros. Tengo tres androcallos detrás de mí y, afortunadamente, ninguno lleva un FA-NJC. Parece que los únicos androquíes con armas salen del lado izquierdo y se dirigen de nuevo al pasillo. Así que ese es nuestro punto de exfiltración.

—Franky, la prioridad es equipar al resto. Una vez lo logremos, podemos centrarnos en ti, ¿me copias?

—No te copio en absoluto. Pero supongo que entiendo lo que dices.

—Bien.

El androcallo de delante pasa junto al agente de seguridad y avanza por el puesto de control. Nos toca. El androquí tras la ventanilla va vestido con un uniforme negro y no lleva casco. Tiene la cabeza un poco más pequeña que el resto de ángeles de la muerte que he visto y mucho más pequeña que cualquier tirano.

—¿Cuál es su razón existencial? —me pregunta el guardia con una voz humana sintetizada que suena oscura.

—¿Pero qué demonios?

—¿Quieres que traduzca? —Franky pregunta.

—No. Puedo hacerme una idea de lo que dice el tipo este.

—La tipa esta.

—Joder. —Así que es una androquí—. Dile que quiero que te reparen.

En cuanto Franky empieza a hablar por mí a través del casco, me lo quito de la espalda y lo coloco sobre un saliente estrecho justo frente al campo de fuerza de la agente, la cual mira el arma y luego vuelve a mirarme a mí.

—¿Cuál es la defecación del juguete? —dice la criatura.

Vale, a lo mejor lo del sistema de traducción no ha sido la mejor idea, pero entiendo lo básico.

—¿Qué excusa le vas a poner? —le pregunto a Franky.

—No necesito ninguna excusa, Patrick. Es mejor decir la verdad, sobre todo cuando así puedes conseguir lo que quieres del enemigo

Franky empieza a hablar con la agente de seguridad mientras yo lo muevo de un lado a otro para enfatizar la descripción de averías que le está soltando. Cuando Franky por fin se detiene, lo coloco sobre el saliente. Espero que la androquí se lo haya creído todo.

La guardia pulsa sobre la pantalla y luego saca de un dispensador una tarjeta que parece de plástico transparente.

—El juguete es totalmente olvidadizo. Secuestro inmediato instituido. Por favor, seleccione un nuevo juguete de la taquilla Tigre Cuarenta y Uno.

Antes de que me dé tiempo a reaccionar, el campo de fuerza frente a la agente se desactiva y me desliza la tarjeta con una mano y agarra a Franky con la otra.

Entonces el campo de fuerza se cierra de golpe.

—¡Franky!

—Sigo aquí —oigo decir a Franky en el casco—. Atraviesa la puerta que tienes enfrente.

Justo en ese momento una barra metálica se eleva desde el suelo y crea un espacio del tamaño de un tirano en el campo de fuerza. Avanzo mientras agarro con fuerza el otro rifle que me queda y veo que la agente coloca a Franky en un carro blindado con una inscripción en skrawl. El carro empieza a moverse por un sistema de raíles y dobla una esquina hasta que lo pierdo de vista.

—Todo va a salir bien —dice Franky—. Sé que estás nervioso ahora mismo. Respira.

—Gracias, amigo, pero estoy bien.

—No te lo decía a ti. Me lo decía a mí mismo.

Cómo no.

—Vas a salir de ahí entero —le digo a Franky—. Tú aguanta.

Avanzo lentamente para no llamar la atención del guardia de seguridad ni de cualquier posible sistema de vigilancia que tenga el lugar. Pero en cuanto llego hasta una hilera de armas que me protege de la vista de la agente, acelero por el pasillo.

En la siguiente intersección veo el carro donde va Franky pasar volando por los raíles.

—Me van a hacer un borrado, Patrick. Te lo dije.

—No te van a borrar nada. Tú aguanta.

El carro vuelve a hacer un giro y desaparece a la izquierda. El cabrón va a toda leche.

—Veo una luz al fondo —dice Franky en un tono dramático—. Me están llamando... Oigo a los ángeles cantar. Y hay bebés desnudos tocando el arpa. Qué obsceno.

Me encorvo y me meto en el túnel por el que ha desaparecido el carro. Voy tan rápido como me lo permite el uniforme.

—¿Puedes hacer algo para parar el carro, Franky?

—Oh, ¿para qué? Este es mi destino. Tan solo lo estaba posponiendo con una vida repleta de reuniones, citas románticas, viajes de negocios a París y Roma. ¿Y para qué? ¿Para tener unos segundos más de felicidad antes de lo inevitable? ¿Como si yo pudiera evitar el fin de todas las cosas? Oh, ¿a quién quería engañar? Te diré a quién. A mí. La única persona a la que estaba engañando era... ¡AAAH!

—¿Aaah? —Intento localizar el carro: ni rastro. Pero veo una nueva sala cerca—. ¿Franky?

—Creo... Creo que nunca he estado aquí antes. Esto es... ¿el cielo? No, no puede ser. Oh, Dios. No. ¡Es el purgatorio!

—Aguanta, Franky.

Cuando se aproxima el final del túnel, alzo el rifle. Voy a parar a una sala con un montón de chatarra. Es un taller enorme hasta arriba de metal, componentes de armas y piezas robóticas. Restos de armadura cuelgan en cadenas desde el techo y el suelo está lleno de partes de rifles. En la pared más lejana hay una hilera de algo que parecen instrumentos de fundición esféricos de color rojo brillante. Hay varias mesas de trabajo y ordenadores, pero hay una mesa en el centro que parece la más importante y tras ella se encuentra un androquí sin camisa y con un mono de trabajo manchado de aceite.

No sé si es el armero jefe o un empleado cualquiera, pero, dado que no parece haber nadie más, no va a vivir lo suficiente como para decírmelo. Apunto y aprieto el gatillo.

La explosión ilumina la tenue sala de un color blanco brillante. Pero resulta que el rayo no ha hecho nada. Quiero preguntarle a Franky qué ha pasado, pero veo que el androquí tiene un orbe metálico en la mano con luces parpadeantes. Parece que el orbe ha creado un campo de fuerza lo suficientemente grande como para cubrir el torso del androcallo.

—Maldita sea.

Vuelvo a apretar el gatillo, esta vez mientras avanzo hacia el enemigo. Pero cada disparo impacta en el campo de fuerza y crea una lluvia de chispas.

—Tiene un generador de escudo individual —dice Franky—. Tienes que...

No escucho el resto de la frase porque me tropiezo. Mierda. El arma no se me escapa, pero me revuelvo por el suelo como si estuviera bailando *breakdance*. Si me disparan en la cabeza y muero de esta manera, me voy a enfadar mucho.

Me tumbo en el suelo, que tiene una especie de rejilla de acero, y trato de apuntar de nuevo al enemigo.

Pero el bicho se me adelanta. Me apunta con un arma de doble cañón a diez centímetros de la cara. Y su porte relajado me dice que, si intento alguna treta, me disparará en menos que canta un gallo.

Alzo el arma en señal de derrota.

Mi casco emite una serie de chasquidos. Es Franky.

El extraterrestre responde.

—¿Qué experimentos apoyas para demostrar que soy un impostor malito?

Frunzo el ceño extrañado.

—Lo del traductor ha sido una mala idea, Franky.

—Te lo advertí. En cualquier caso, le he acusado de hacerse pasar por el armero jefe de la Terminal A.

—No parece que se lo esté tomando muy bien.

—No mucho. A juzgar por la presión que está ejerciendo sobre el gatillo, diría que le faltan cincuenta gramos para hacerte dos agujeros enormes en el casco.

—Tampoco es tanta presión.

—Será mejor que nos pongamos las pilas y digamos algo inteligente.

El androcallo acerca los cañones a mi casco.

—Dile que... —Intento que se me acurra cualquier cosa. Y entonces me viene una idea a la cabeza—. Dile que había un rumor de que alguien había matado al armero jefe y que me han enviado para investigar.

—Vale la pena intentarlo. Es una excusa ridícula. Pero aun así vale la pena intentarlo. Franky habla a través del casco y noto que el androquí ejerce más presión con los cañones contra mi cabeza.

—Las mentiras de los unicornios nunca deben ser tomadas laxantemente —dice el androquí.

—No sé qué decir a eso, Franky.

—Dice que los rumores no son ciertos. ¿Podemos volver a comunicarnos como antes, Patrick?

—Dile que ya veo que los rumores eran infundados y que le diré al oficial al mando que goza de una espléndida salud.

Franky transmite mi mensaje.

—¡No! —grita el extraterrestre—. No enviarás palomas mensajeras a hacer el trabajo de una tortuga. Me presentaré después de que te hayas retirado de un vertedero de cumpleaños.

Esto es increíble. Estoy a cincuenta gramos de que me vuele la cabeza un extraterrestre mientras una especie de niño de parvulitos me traduce. Mentiras de unicornio, laxantes y vertederos de cumpleaños.

—¿Patrick? ¿Estás bien? —pregunta Franky—. Te estás riendo.

—Pues claro. Joder, si seguramente Babu Frik está escondido entre la chatarra y en cualquier momento aparecerá R2 con un jawa.

—Ah, estás teniendo un ataque de pánico. Entendido.

—No estoy teniendo un ataque de pánico, solo que...

—¿Cuál es tu condición de obertura? —me pregunta el androcallo.

—¿Por qué no te acercas un poco más para averiguarlo?

—¿Quieres que te traduzca eso, Patrick?

No hace falta. Cuando el enemigo se inclina para tener más acceso a mi visor, agarro su arma con la mano izquierda y aparto los cañones de mi cabeza. El bicho aprieta el gatillo y dispara sobre la pila de escombros. La chatarra explota y la fuerza del impacto me empuja hacia arriba. Lo golpeo en el hombro con mi propio rifle y el enemigo suelta un quejido. Entonces lo agarro del mono con la mano izquierda e intengo pegarle de nuevo con el arma, pero se lo ve venir y detiene el golpe con el antebrazo. Luego me quita la mano del mono y me da un puñetazo en la sien.

Pierdo el equilibrio y aterrizo en otra pila de piezas metálicas; intento empuñar el arma a toda prisa. Me ha dado mucho más fuerte que antes y estoy viendo las estrellas. Intento levantarme, pero el androcallo me rodea el pie con una cadena y estira. La pierna sale disparada del suelo y me arrastra hasta que me quedo colgando como un animal que ha caído en una trampa de cazadores. Mi única esperanza es dispararle al pecho o a la cabeza. Me oriento, localizo al objetivo y apunto con mi FA-NJC.

CAPÍTULO 5

17:15, domingo, 27 de junio de 2027
Karkin Cuatro
Centro de Operaciones de Despliegue, Terminal A3, armería

APRIETO EL GATILLO, pero la ráfaga impacta contra el escudo individual del androcallo. Se acerca hacia mí, agarra mi rifle y me lo quita de las manos. Y así, sin más, me quedo sin arma y boca abajo.

El caraculo baja las armas y se inclina hacia mí para inspeccionarme. Estoy contando los segundos hasta que deje salir su segunda boca de xenomorfo y me muerda la cara. Me imagino a Ridley Scott conteniendo la respiración desde su silla de director. En cambio el extraterrestre se limita a mirarme como si yo fuera un cubo de basura con un mapache dentro. Solo que este monstruo es mil veces más feo que un perro.

—¿Quién es tu presencia? —me pregunta.

—¿Cómo? —le pregunto a Franky.

Pero antes de que mi fiel traductor de bolsillo pueda responder, el bicho sigue.

—Tú no eres la descendencia de Matriz.

—Venga ya.

—Patrick, te aconsejo encarecidamente que encuentres una salida a tu actual situación —dice Franky.

—No me digas.

El androquí me toca la armadura. Le aparto la mano y da un paso atrás.

—¿Eres un impostor malito? —pregunta.

—¿Qué? ¿Yo? No. Dile que soy un oficial con...

—No eres de Matriz. ¿Quién es tu progenitor descendiente?

—¿Se te ocurre algo? —le pregunto a Franky.

—No, Patrick. Lo siento. Creo que tendrás que recurrir a tu verborrea para salir de esta.

Estoy pensando en alguna respuesta inteligente cuando de repente el extraterrestre suelta las armas, me agarra el casco y desprende el cierre de la espalda. Intento luchar contra él, pero es demasiado fuerte y demasiado rápido. Una ráfaga de amoníaco inunda mis fosas nasales y noto cómo la parte delantera del casco se desliza por mi barbilla y por mi nariz. Me quedo con la cabeza totalmente expuesta.

* * *

Al menos he sido lo suficientemente listo como para tomar aire una última vez. Aunque no estoy tan en forma como antes. Además, estoy colgado boca abajo, de manera que se me ha bajado la sangre a la cabeza y me estoy mareando. Aguantar la respiración solo hará que me maree más. Tengo treinta segundos, tal vez menos, antes de desmayarme. Entonces mi respiración entrará en piloto automático y será el fin de Patrick Finnegan.

Pero asfixiarme no es mi mayor preocupación, por extraño que parezca, sino desvelar mi identidad. Sé que debería estar preocupado por mi vida y lo estoy. Pero esto va más allá de mí. Se trata de la humanidad. ¿Que este androcallo ha pillado a un humano en su taller? Mal asunto. Puede dar la voz de alarma, cerrar las instalaciones y llamar a seguridad. Peor aún es que esta es la clase de excusa que utilizan los regímenes despiadados para justificar ataques violentos. De repente me pregunto qué tipo de repercusiones en la Tierra tendrá mi estúpida aparición. Maldita sea.

Como es lógico, el androquí está más que sorprendido.

Teniendo en cuenta lo que he visto en el comedor hace un rato, estoy esperando que el enemigo me arranque la cabeza y se la coma entera. Pero en lugar de eso parlotea como un loco. Sus sonidos resultan más agudos sin la protección del casco. Y no para de mirar a mi rifle, a Franky y a mí.

Oigo algo proveniente de la zona en la que se encuentra Franky. Está hablando con el armero.

Y noto que voy a perder la conciencia mucho antes de lo que esperaba.

Concéntrate, Pat. No te desmayes.

El androcallo se acerca, olfatea el aire y dice algo mientras saca a Franky del montón de chatarra. Luego lo deja en su banco de trabajo junto con mi otra arma y saca una especie de herramienta de diagnóstico con unas sondas largas.

Oh, Dios mío.

Un alienígena con sondas.

Y yo estoy a punto de quedarme inconsciente.

Veo mi vida pasar ante mis ojos. Pero no de la manera que creía. No veo el pasado: nada de Afganistán e Irak ni anécdotas con Aaron y Jack o momentos con mi padre. Veo el futuro. Vivo en una cabaña en Nevada, cerca del Área 51, con un cartel en el patio delantero que dice: «Invítame a una cerveza y te enseñaré por dónde me metieron la sonda».

Estoy perdiendo visión y el puto androquí se está acercando a mí. Hasta aquí hemos llegado. Intento darle un puñetazo, pero siento los brazos como si estuvieran hechos de plomo. Apenas puedo mantener los ojos abiertos. Y me tiembla el diafragma en un último esfuerzo por respirar. Es como estar a tres metros bajo el agua pero solo tener fuerza para avanzar dos más. Y es inútil intentar respirar aquí tanto como lo es debajo del agua.

Entonces algo me cubre la cara.

Es... mi casco.

Escucho un clic y noto una ráfaga de aire en el rostro. No le doy muchas vueltas, simplemente me dedico a recuperar el aliento.

* * *

Respiro aceleradamente hasta que noto que vuelvo a tener la mente despejada. Bueno, más o menos. A fin de cuentas sigo colgado boca abajo, pero al menos no estoy muerto.

—¿Franky? ¿Puedes oírme?

No recibo respuesta.

Mala señal.

De repente me siento solo. En circunstancias normales sería una buena noticia. Pero cuando estás en territorio enemigo, estar solo es lo que viene antes del apagón final. Y ahora mismo mi sensación de soledad se debe a que un arma extraterrestre ha dejado de responder.

Estoy jodido.

—Así que tú el malito impostor principal —oigo decir al extraterrestre a través del sistema de audio del casco.

Ni siquiera sé si el casco es capaz de traducir lo que yo diga. Y huelga decir que, si traduce mis palabras como las del extraterrestre, esto va a acabar mal. Pero tengo que intentarlo.

Dirijo los ojos hasta el menú principal, de ahí voy a «Configuración del sistema», «Audio» y «Activar micrófono».

—¿Me oyes?

El androquí inclina la cabeza hacia mí y responde.

—Eres skrawl disfuncional —dice.

—Y a ti parece que te haya pasado una rueda de camión por la cara.

Hay una breve pausa y luego parece que el androquí empieza a reírse. Al menos es la impresión que me da; ni que yo conociera la manera de ser de estos monstruos. Hasta donde yo sé, está cabreado y a punto de matarme. Pero diría que es una risa.

—¿Cómo te has acoplado a nuestras hondas y sombreros? —pregunta.

Es lo mismo que me preguntaba el tirano en el puente de Brooklyn. Parece que es la primera vez que un humano lo logra.

—Soy un humano muy poderoso. Y hay muchos más en camino.

El androcallo se acerca.

—¿Dices un discurso auténtico?

—Sí.

—¿Y cuál es tu sueño eterno aquí?

¿Mi sueño eterno? Espero que se refiera a objetivo.

—Tocarte los cojones todo lo que pueda.

El monstruo se ríe de nuevo, o eso parece, como si valorara mi actitud a pesar de las circunstancias. O eso quiero pensar.

—Has venido para evitar la comida rápida y el comercio de tus generaciones —dice el extraterrestre.

—Bueno, así dicho...

—¿Y qué número de campesinos has traído en tu cubo?

—Ya te gustaría a ti saberlo.

—Sí, me gustaría. ¿Qué número?

—Suficiente.

El caraculo se cruza de brazos y me mira de arriba abajo. Supongo que ahora es cuando me come bocado a bocado. A Dios pongo por testigo de que, si lo hace, se va a arrepentir. Pasan al menos diez segundos y don Feo se acerca.

Allá vamos.

Cuando está a menos de un metro, tomo impulso y me abalanzo sobre su cara. Le rodeo la cabeza con los brazos y lo empujo hacia delante y hacia abajo hasta que aterriza en el suelo de golpe.

Solo tengo unos segundos, así que hago una sentadilla invertida lo más rápido que puedo, agarro la cadena que me rodea la pierna y me elevo lo suficiente para aflojarla alrededor de los tobillos y liberarme. Caigo de pie cuando el androcallo se vuelve a incorporar. Veo una herramienta que parece una llave inglesa en la mesa principal, la agarro y le doy al extraterrestre en la parte posterior de la cabeza. El impacto provoca un ruido sordo y el enemigo cae al suelo desplomado.

—Te has metido con el humano equivocado, imbécil. —Dejo caer la herramienta y me vuelvo hacia la mesa—. ¿Franky? ¿Me oyes?

No hay respuesta. Por una fracción de segundo me preocupa que el enemigo que acabo de abatir le haya hecho un borrado. Pero no parece probable porque solo ha manipulado el arma durante unos segundos. Aunque tampoco soy yo el mayor experto en tecnología extraterrestre. Entonces me doy cuenta de que hay un pequeño led blanco parpadeando en el receptor de Franky, cerca de la montura del visor. Los otros rifles tienen lo mismo: es un botón. Así que hago lo que todo niño de cinco años haría al ver un botón parpadeante: lo aprieto.

—Oh, gracias a Dios y a la reina madre —dice Franky.

Oigo unos ruidos detrás de la puerta metálica a mi izquierda y a algunos androquíes hablar.

—Hora de mover el trasero —dice Franky.

—¿Seguridad?

—O quizá solo son androcallos buscando al jefe. No les hará gracia cuando vean que lo has noqueado.

Eso me recuerda que tengo que liquidarlo. Cojo mi otro FA-NJC de encima de la mesa y apunto al enemigo cuando de repente se empiezan a abrir las puertas.

—¡Ya están aquí! ¡Ponte a cubierto! —grita Franky.

Me pongo detrás de la mesa de trabajo con ambos rifles en la mano. También aprovecho para silenciar el micrófono del casco y desactivar la traducción automática.

Oigo al menos dos pares de botas que entran en el taller. Me asomo con cuidado y veo a dos ángeles de la muerte sin casco que transportan cajas con piezas. Las dejan caer y se acercan a toda prisa al enemigo abatido mientras se enfrascan en una conversación llena de chasquidos acelerados.

—Están llamando al equipo médico —dice Franky.

—Maldita sea. No podemos dejar que ese armero salga vivo de aquí. Me ha visto. Sabe que hay más humanos.

Me arrepiento de habérselo dicho, solo quería tocarle los huevos. Pero si don Feo se despierta antes de que salgamos de aquí, mal asunto. Joder, incluso si se despierta después de que nos hayamos ido, los androquíes sabrán que hay humanos en Karkin Cuatro.

—Voy a tener que eliminarlos a todos —digo mientras alzo el otro rifle—. Dile que active alguna modalidad para aniquilarlos a todos, Franky.

—Como quieras, Patrick —responde Franky, tras lo cual hace una breve pausa—. Todo listo.

Estoy a punto de apretar el gatillo y lanzar a los tres tenores por los aires cuando seis ángeles de la muerte entran a toda prisa en la armería. Al parecer, este tío es muy popular. Eso o hay media docena de personas que le quieren quitar el puesto; es muy difícil conseguir un trabajo hoy en día.

Me refugio de nuevo tras la mesa de trabajo.

—¿Crees que podremos con ellos?

—No sin dar la voz de alarma —responde Franky—. Y en cuanto se sepa que hay un intruso, no llegarás muy lejos.

—Maldita sea.

—Sí, «maldita sea» es apropiado para esta situación.

Vuelvo a echar un vistazo. Los ángeles de la muerte están amontonados en torno al armero y empezando a inspeccionar el taller. Mal, mal, mal.

—Dos más —dice Franky.

Al poco entran otros dos androcallos armados.

Aprieto la empuñadura del rifle con fuerza.

—¿Pero esto es una fiesta de cumpleaños o qué?

—No, pero creo que es tu oportunidad de escapar.

—¿Ah, sí? ¿Y cómo?

—Son suficientes como para que puedas camuflarte entre ellos, mi querido amigo.

Hago una pausa para reflexionar.

—No es mala idea.

—Lanza algo a un extremo de la sala y, cuando todos se vuelvan para ver qué ha sido, te camuflas entre ellos. En cuanto salgas de aquí puedes retomar el objetivo de conseguir los suministros necesarios.

—¿Y qué hay de tu reparación?

Franky suspira exasperadamente.

—Supongo que no queda otra que esperar. Aunque, con las piezas que podamos pillar de otros rifles y el *savoir-faire* de Yoshi, creo que será posible hacer las reparaciones necesarias a bordo de Dolores.

—Me vale.

Agarro una especie de llave inglesa y compruebo que pesa lo suficiente como para hacer ruido. Entonces la lanzo al otro lado del taller, lejos de la puerta, y choca contra la pared. Un montón de piezas metálicas caen al suelo, creando así la distracción necesaria.

Los últimos dos ángeles de la muerte en entrar se dan la vuelta y van hacia el lugar del alboroto con los rifles en alto. Cuando pasan de largo las cadenas del techo y esquivan una de las columnas, me pongo en pie y camino hacia la puerta. Solo estoy a dos metros cuando oigo a un androquí decir algo y estoy convencido de que me lo está diciendo a mí.

—No puedes irte, Patrick —dice Franky—. Te están dando órdenes y dos de ellos te superan en rango.

—¿Y si me hago el sordo?

—Me temo que no es una opción.

Miro en dirección a los dos androcallos que han ido a examinar el ruido. Si deciden ir a por mí, no sé cuánto tiempo tendré hasta que descubran mi artimaña. Pero retroceder solo levantaría más sospechas, así que me doy la vuelta y me dirijo al androquí que me ha hablado.

Franky dice algo en skrawl a través del casco y luego me informa.

—Estoy respondiendo a tu comandante, el de la derecha.

Me dirijo hacia el susodicho y bajo el rifle, algo que va totalmente en contra de mi alma de guerrero. Pero en el ajedrez el cerebro siempre ha de estar por encima de la fuerza. Saber cuándo toca quedarse quieto y aguardar es tan importante como saber cuándo toca moverse para obtener información útil. Utilizo los ojos para volver a activar la función de traducción en mi HUD.

—El transpondedor de tu sombrero de vaquero tiene que levantarse y saludar —dice el comandante señalando mi casco.

Tomando como referencia la palabra «transpondedor» y el sermón que me dio el tirano sobre no aparecer en el internet androcallo, deduzco que «sombrero de vaquero» significa *casco* y «levantarse y saludar» significa *atención*. Aún tiene mucho que mejorar la aplicación de idiomas del casco.

—Dile que lo arreglaré.

Franky transmite mi mensaje.

—Negación. Intercambio con el sombrero de vaquero en la mesa de trabajo de Yrag.

Miro a la mesa y veo un casco entre una colección de objetos recién reparados.

—Bien, dile que muchas gracias y que ya lo cogeré más tarde cuando atiendan a don Comosellame.

—Yrag —dice Franky.

—Cuando atiendan a Yrag.

Franky habla por mí, pero parece que el agente no se lo traga. Asiente con la cabeza, que para ellos significa no, y señala el casco.

—Ahora jugarás a buscar, horrible dispositivo de almacenamiento de comedor de basura.

—Tiene mucho que mejorar en el campo del insulto —digo.

—Te aconsejo que tomes el casco y luego salgas con la mayor discreción que puedas.

—Entendido.

Le hago un gesto con la cabeza al señor insultador y voy hacia la mesa de trabajo. Agarro el casco, me lo coloco bajo el brazo y me dirijo a la puerta.

—No seas tan rápido —dice el oficial. Como si notara mi exasperación, el androcallo señala el nuevo casco—. Colócalo encima.

Me entran unas ganas incesantes de apilar el casco encima del que ya llevo solo para hacerme el listillo, pero el señor insultador no entendería el chiste porque no ha escuchado la traducción.

—Patrick, quiere que te quites el...

—Sí, lo he pillado.

—Es que no quería que pensaras que tenías que ponerte un casco encima del otro, eso sería muy estúpido. ¿Acaso has visto a alguien que lleve dos cascos al...?

—Lo he pillado, Franky. Pero no me voy a quitar el casco.

—Entiendo. Hmm.

Mi ritmo cardíaco supera con creces las cien pulsaciones por minuto mientras la perspectiva de ser descubierto de nuevo se apodera de mi pecho. Incluso si me dejan seguir con el casco, voy a acabar en el calabozo o su equivalente. Y eso significa adiós, Franky, y adiós, Equipo Phantom.

El ángel de la muerte da otro paso hacia mí y por su lenguaje corporal me doy cuenta de que me considera un insubordinado apenas digno de su tiempo pero ciertamente digno de su desprecio.

—Si no cambias la sábana de tu diadema lamedora de esfínteres, entonces puedes hacer desfilar tus diminutos genitales directamente a la plaza de detención y esperar a que un zapato se inserte en tu hocico del ombligo.

—Creo que intenta acojonar más de lo que puede —le digo a Franky.

—Opino lo mismo.

Los segundos pasan como minutos y yo sigo sin ceder y el señor insultador hace lo mismo. Ahora es cuando alguien me pone de rodillas y me coloca las manos en la espalda. La misión se va al garete, a mí me meten en una prisión de máxima seguridad y la Tierra salta por los aires.

—¿Se te ocurre algo, Franky?

—Podría autodestruirme.

—¿Y yo sobreviviría?

—¡Ja! —se ríe Franky.

Los androcallos que están atendiendo a Yrag, el armero jefe, emiten todo tipo de sonidos. Mi casco lo está pasando muy mal tratando de interpretarlo todo. Recibo palabras aleatorias que van desde *Blackhawks* y maremotos hasta consejos de ganchillo y referencias a James Bond.

El señor insultador se aleja de mí y examina el cuerpo de Yrag. Luego da órdenes de trasladar al armero herido a la enfermería, o al menos así es como yo lo interpreto.

—Y tú. —El comandante me señala con un dedo en la cara—. Veré tus calos torrenciales de oler tetas en mi tocador en mil doscientos segundos. ¿Está lavada esa vidriera?

—Claro, claro, capitán —digo, y hago un saludo como el que he visto hacer a otros ángeles de la muerte.

Consiste en levantar el puño derecho y ponérselo a un lado de la cabeza, dejando unos centímetros de espacio. Luego vuelvo a bajar los brazos y agarro el rifle con fuerza.

El oficial lo acepta y luego se da la vuelta para supervisar el traslado de Yrag.

Mientras el comandante y su séquito salen, me recuerdo a mí mismo que, a pesar de todas sus armas y armaduras, siguen formando parte de una operación esclavista, no de una operación militar, al menos por lo que respecta a los ángeles de la muerte. Solo están jugando a ser soldados de mentira. Lo que debe preocuparme son los tiranos. Si cometiera una insubordinación frente a uno de ellos, no me dirían que fuera a su oficina en mil doscientos segundos. Seguramente me romperían el cuello en el acto.

Me pongo en fila con el resto y me dirijo a la caverna principal con todas las armas, el lugar al que tendría que haber llegado hace mucho rato. Compruebo la hora en mi HUD y me doy cuenta de que han pasado quince minutos desde que llegué a la armería, lo que me deja solo treinta y cinco minutos para conseguir lo que necesitamos y volver a Dolores. Pero eso y ya; no tengo tiempo de explorar más. Tengo que conseguir equipamiento y volver a la Antártida. No es un plan genial, pero podría ser peor.

Me pongo el último de la fila, algo que parece encajar con mi torrencial olfateo de tetas y mi carácter calloso. En cuanto el contingente que lleva a Yrag gira hacia la entrada principal, retrocedo y me pongo a cubierto.

—Bien hecho, Patrick —dice Franky—. Ahora eres un intruso oficial. Un verdadero canalla digno de su propia miniserie. Bueno, tal vez solo un episodio piloto para empezar. Necesitamos analizar la respuesta de la audiencia antes de comprometernos con algo más. Pero, ¿después de eso? Quién sabe. Incluso presiento que puedes llegar a la gran pantalla en el futuro.

—Muy bien, Casablanca. ¿Y ahora qué?

—¿Ves ese carro volador a tu izquierda?

Miro a la izquierda y veo una caja hecha de acero. En las paredes de color negro hay algo escrito en skrawl en color amarillo. Y aunque está apoyada en la cubierta, puedo imaginarme que los elementos translúcidos apenas visibles que tiene debajo son del mismo estilo que el panel que he visto en otros objetos tecnológicos androquíes.

—Sí.

—Bien, es tu oportunidad de salir de aquí.

—¿Quieres que... me meta dentro?

—¿Qué? ¿Para qué? Tienes que cargarlo con los suministros adecuados y luego empujarlo fuera de aquí y de vuelta a Dolores antes de que el inspector asesinado no se presente al trabajo. ¿Que te metas dentro? Lo que hay que oír.

Me acerco a la caja a grandes zancadas y, en cuanto agarro el mango como si fuera un carrito de la compra, el objeto se eleva unos quince centímetros por encima de la cubierta. Un resplandor brillante emana de la parte inferior y baña mis botas de luz azul.

—Qué elegante —digo sin dirigirme a nadie en particular.

—En esta sección encontrarás muchas imitaciones mías en el casillero de la izquierda y algunos *miniyos* en el de la derecha.

—¿*Miniyos*? ¿Te refieres a pistolas?

—LTL-MAC 41 para ser exactos. Pequeños bichos desagradables que muerden más de lo que pueden masticar. Naturalmente, no se pueden comparar conmigo.

—Naturalmente.

—Pero merece la pena tenerlos a mano por si las moscas.

—Claro, claro.

—Bueno. —Franky se aclara la garganta—. Yo cogería un rifle y una pistola para cada Phantom. Y tal vez un FA-NJC extra al que le podamos extraer piezas para un servidor.

Empiezo a meter varios FA-NJC en el carrito de la compra volador.

A pesar de lo perversos y violentos que son los androquíes, tengo que reconocer una cosa: su sistema de almacenamiento de armas es tan bueno que parece que lo haya diseñado alguien con trastorno obsesivo compulsivo. Las tiras luminosas cambian de color cuando se retira un arma de los soportes acolchados para indicar que hay espacio. No hay ni una mota de polvo en ningún lugar y todo el hardware parece estar en buenas condiciones.

Me paro ante unos casilleros repletos de un modelo de rifle que se parece mucho a Franky, pero con un cañón más grande y largo y una mira más robusta.

—¿Qué tal si pillo uno de estos para Espectro?

—A Espectro le bastará con un arma igual que yo.

Saco una de las armas más grandes del estante para examinarla.

—¿Noto algo de celos?

—Para nada. Solo me preocupa que pueda resultar..., eh..., demasiado voluminoso.

—Voluminoso...

—Sí.

—Para alguien que llevaba un Barrett del calibre cincuenta.

—También voluminoso.

—Ya. —Me pongo el arma al hombro y echo un vistazo al cañón. Es sin duda un rifle de francotirador y parece tener mucha estabilidad—. Le va a encantar. ¿Cómo se llama este modelo?

Franky suspira.

—Si tanto interés tienes, la traducción del skrawl sería «Sistema Francotirador Avanzado, Núcleo Jerárquico de Combate».

—Un SFA- NJC.

—En efecto.

Coloco el rifle en el carro.

—No estoy celoso, que lo sepas.

Los siguientes estantes están llenos de lo que Franky denomina módulos de sustitución de condensadores, o MSC. Cojo varios de esos rectángulos negros mate con una inscripción en skrawl y los meto en el carrito. Luego señalo un expositor de cuchillos de alta tecnología.

—Estos se parecen al que le quité al inspector.

—Ah, sí. Cuchillos de combate Duradex. Sí, son bastante mortíferos y casi indestructibles, como ya sabes. Lo que hace que sean caros y exclusivos.

Saco uno de la funda y admiro la hoja gris mate.

—Vale, ¿pero cortan o no?

Franky vacila.

—Creía... Creía que había quedado claro que sí con mi descripción.

Lo vuelvo a meter en la funda.

—Puedes fijar cualquiera de tus armas o suministros a tu armadura —dice Franky.

—¿Cómo dices?

—La IA del casco es capaz de detectar si quieres adherir un objeto compatible cuando está suficientemente cerca de tu uniforme. Para desbloquearlo tan solo basta con agarrarlo y separarlo del uniforme.

Me llevo el cuchillo junto al pecho para comprobar lo que dice Franky. En efecto, una especie de campo magnético vibrante atrae al arma y el cuchillo se adhiere a mi coraza haciendo una especie de clic.

—No está mal. —A continuación intento despegarlo y el cuchillo sale sin problemas—. No está nada mal.

—Como he dicho, esto vale para más objetos —dice Franky.

—Y yo que pensaba que habías dicho que el software del casco era más tonto que comer pan con pan.

—Nunca he utilizado esa analogía. Pero ahora que la mencionas, la recordaré para usarla más adelante. Y la unión electromagnética no es nada del otro mundo, Patrick. Por favor.

—Estás celoso —murmuro.

—¿Qué has dicho?

Miro el cuchillo Duradex una vez más y me lo coloco en la parte baja de mi espalda para guardarlo. Nunca está de más tener dos. Luego cojo un cuchillo para cada Phantom y los meto en el carrito. Es increíble lo divertido que puede ser comprar cuando estás en la tienda adecuada.

En el siguiente pasillo hay unos casilleros altos con unos trajes que parecen de neopreno, igual que el que yo llevo puesto bajo la armadura. Tienen una inscripción en skrawl que varía en función de lo que parece la talla. Van desde extragrande a tallas más adecuadas para Hollywood. Agarro varios trajes y me los pruebo por encima para intentar escoger las mejores tallas para cada miembro del equipo.

—¿Qué diablos estás haciendo? —pregunta Franky.

—¿Tú qué dirías que estoy haciendo, Sherlock?

—Intentar adivinar las tallas de tus compañeros.

—Justo.

—Y resulta pésimo.

—Lo hago lo mejor que puedo.

—Pst, pst. ¿Para quién es ese?

—Para Hollywood.

Franky deja escapar una risa burlona.

—¡Ja! Los hombres sois todos iguales. Sois incorregibles.

—Escucha, Franky. Esto es...

—Como niños pequeños que se turnan para columpiarse en los columpios que la tía Sally tiene en el jardín.

Extiendo el traje y lo observo una vez más.

—¿Y eso significa...?

—Oh, Dios mío.

—¿Así que crees que puedes hacerlo mejor?

—Cielos. ¿Sabes siquiera con quién estás hablando? Soy lord Phantom, el rey de la Observación. —Hace una pausa—. Mmm. Eso sonaba mejor en mi cabeza.

—Muy bien, señor gafas.

—Ese no es mi nombre.

—Si eres tan experto, ¿qué estoy buscando, pues?

Franky suspira, se aclara la garganta y procede a desgranar el pecho, la cintura, las caderas, el tiro y la longitud de los brazos de todos los Phantom, incluido yo, con una precisión increíble.

—Algo sé, ¿no?

—Sí, desde luego.

—No doy puntada sin hilo, ¿cierto?

—Bueno, ya estará...

—¿No será que tú eres un de-sastre?

—Franky...

—Porque para mí esto es coser y cantar.

—He creado un monstruo —me digo.

Después de sacar de las taquillas unos trajes que se ajustan a las especificaciones de Franky, decido coger unos cuantos más por si acaso alguna talla no es la adecuada; entre tanto juego de palabras podemos habernos equivocado. Además, puede que sea la última vez que entre en una instalación como esta, así que más vale prevenir.

En el lado opuesto del pasillo hay armaduras. Para que podamos ir más rápido, Franky me explica cómo activar una configuración de realidad aumentada en mi HUD para traducir skrawl en tiempo real. Aunque la traducción habla de sombreros de vaquero y protectores de pene, logro entender lo fundamental y empiezo a hacer una lista mental de todos los miembros del equipo. Con el apoyo de Franky y mi armadura como modelo base consigo juntar las partes necesarias para que cada Phantom tenga una armadura completa, inclusive algunas piezas de repuesto para el pecho o botas y guanteletes extra.

Mi único problema ahora es el espacio. El carro ya está lleno y me haría falta otro.

—Hay otro carro a la vuelta de la esquina —dice Franky.

—Voy.

Doy la vuelta al pasillo y veo el carro junto a un ángel de la muerte con la cabeza enterrada en un contenedor de armaduras. Antes de que Franky pueda protestar o de que el androcallo se dé cuenta, cojo el carro y lo empujo hasta la esquina.

—Se va a cabrear bastante —dice Franky.

—Bien, pues prepárate para decirle por dónde se puede meter el cabreo.

—¿Por dónde?

Me paro un momento.

—¿Lo dices en serio?

—Sí, lo digo en serio. Hay varios... Ah. No importa. Ya entiendo. Y, por si sirve de algo, imagino que meterse el cabreo por ahí sería doloroso. Haría falta mucha crema para las hemorroides.

—Sí.

Abro la tapa y veo que el ángel de la muerte apenas había empezado a llenar el carrito, así que decido llevarme su compra en lugar de sacarla.

—Los dispositivos de almacenamiento de trinium están dos pasillos más allá, junto a la sección de quesos de importación —dice Franky.

—Esa ha sido buena.

—Yo lo intento.

Llevo uno de los carros frente a mí y el otro atrás, estirándolo. Llego a la esquina justo cuando el androquí al que le he robado el carro se asoma.

—Holi. ¿Has observado mi porta-cárdigan volador? —me pregunta el androcallo.

—Dile que he visto a alguien con uno y que se ha ido por ahí —digo señalando en la dirección opuesta.

—¿Y dónde puede meterse la...?

—Por ahí.

—Muy bien.

Franky traduce mis palabras y el androcallo sale disparado.

—En esto se ha convertido ir de compras. La ley de la jungla.

—¿Sí?

—¿Has visto *Un vecino con pocas luces*, de Danny DeVito y Matthew Broderick?

—Me temo que no.

—Te dará una nueva visión de la humanidad. Mírala con las luces encendidas.

Hay una pausa de unos segundos antes de que Franky vuelva a hablarme.

—Dios mío, Patrick. Sois unos salvajes.

—Y por eso nunca voy de compras en *Black Friday*.

—Apabullante. ¿Siempre es así?

Me encojo de hombros.

—Seguramente fue peor la Navidad de 1996, cuando lanzaron el Elmo Cosquillas. Un auténtico baño de sangre.

—Oh, Dios mío. Es... Es horrible.

—Te lo advertí.

—Sí, es verdad. Y lamento no haber prestado más atención a tu consejo.

Mientras Franky recupera el aliento, yo localizo una caja con seis dispositivos de almacenamiento de trinium y los pongo en mi segundo carro de uno en uno.

—Cuidado con esos —dice Franky—. Son frágiles.

—No los romperé.

—No. No me refiero a frágil como si tus garras de jamón humano fueran a rayarlas. Es más que me preocupa que nos hagas explotar.

—Ah. Recibido —respondo y acto seguido empiezo a meter los DAT restantes en el carro con un poco más de cuidado.

Concluido todo, compruebo en mi reloj que tenemos veinticinco minutos hasta la partida.

—Diez minutos de vuelta a Dolores y quince minutos de sobra.

—No cantes victoria tan rápido, amigo —dice Franky.

* * *

Salimos de la armería sin incidentes, seguramente porque los guardias encargados de comprobar los artículos están ocupados con Yrag. Pobre hombre. Pero celebro el triunfo porque no sé si Franky podría convencerles con palabras de que tengo que llevarme estos dos carros urgentemente.

Cuando volvemos a pasar por el comedor aparto la cabeza y me aseguro de que los micrófonos externos de mi casco estén silenciados. No necesito que nada me recuerde lo que he visto antes. Solo me hará ir más despacio. Ya siento que estoy abandonando a mi gente. Que los estoy traicionando. Pero esa es una de las diferencias entre una persona a la que se le paga por seguir órdenes y una persona que actúa por pura emoción: solo una vive lo suficiente para ver el final de la película. Y tengo que ser yo.

Capítulo 6

17:35, domingo, 27 de junio de 2027
Karkin Cuatro
Centro de Operaciones de Despliegue, Terminal A3, hangar principal

Tenemos unos minutos hasta que crucemos el hangar principal y llevo tiempo queriendo preguntarle algo a Franky. Ahora parece un buen momento.

—Oye, te noto mucho más simpático desde que llegamos a este planeta. Ya no haces tantos comentarios sarcásticos ni sueltas puyas al equipo. ¿A qué se debe?

—Ah, sí. Lo que dije en la Tierra iba en serio, Patrick. Quiero establecer una relación de confianza.

—Lo único que quieres es que no te hagan un borrado.

—Eso también es cierto, sí. Pero no es mi objetivo principal.

—¿No?

—Yo... Bueno... Es que... te he pillado bastante cariño.

—Ya, claro.

—Es verdad.

Veo el costado de Dolores pintado con espray. Entre todo el arte callejero hay una representación de dibujos animados de un androcallo gruñendo. Los humanos se abalanzan sobre él con bates de béisbol mientras el extraterrestre dispara sobre un fondo con un caleidoscopio de colores. El artista desconocido, seguramente uno de los muchachos que estaba en la nave cuando la conquistamos, la ha marcado con su firma: un símbolo que se parece vagamente a un dedo corazón levantado, al menos en mi imaginación. No está mal.

Nos dirigimos al morro de la nave y le pido a Franky que abra la puerta. Un instante después la puerta se abre y la rampa empieza a

79

descender lentamente. Pienso en los muchachos del Bajo Manhattan y en toda la gente que salvamos y en que quiero volver para ayudar a conquistar la misma libertad en otras ciudades. Pero entonces un segundo pensamiento intenta anular el primero: humanos siendo engullidos en la cantina extraterrestre.

Algunos dicen que el infierno es un pozo de fuego con nueve círculos en una dimensión justo debajo de nosotros. Lo regenta el clásico diablo de piel roja y cuernos negros con legiones de demonios que torturan eternamente las almas de los malvados. La mayor parte de esta iconografía se la debemos al *Infierno* de Dante, del siglo XIV.

En realidad el relato bíblico del infierno, al menos tal y como yo lo entiendo, se preocupaba mucho más por lo que los humanos podían hacerse unos a otros en la Tierra que por lo que un diablo podía hacer en otra dimensión. He visto el infierno. Es la guerra. Es el hambre. Racismo. Genocidios. Violaciones. Niños aniquilados frente a sus padres. Gente mutilada por resistirse a regímenes malvados. Si existe el diablo, seguro que está tomando apuntes de lo que nos hacemos.

Y eso incluye lo que los androquíes les hacen a otras especies.

Sé que tenemos que volver a la Tierra. Es nuestro deber. Tenemos un planeta que salvar, aunque parezca una locura. Pero cuando la puerta de la rampa toca la cubierta, noto que no tengo ganas de subir e irme. Tengo ganas de subir para elaborar un plan y quedarnos.

Una vez que estoy dentro y la puerta de carga está cerrada, oigo que el aire sale de las rejillas de ventilación para reponer la atmósfera respirable. Entonces la escotilla del puente se abre en espiral y las escaleras descienden. Uno a uno, los Phantoms acuden a la bodega y me ayudan a colocar las cajas flotantes.

—Muy bien, gente —digo después de quitarme el casco—. El tiempo apremia. Tenemos mucho que hacer y tengo que poneros al corriente de algunas cosas.

Hablo de la armería, del incidente con el armero jefe, del ingenio de Franky para pasar desapercibidos y de cómo conseguí todo el material.

Cuando acabo, miro el reloj.

—Así que nos quedan cinco minutos antes de que nuestro primer enemigo derribado no se presente a su ronda y una cantidad desconocida de tiempo antes de que el armero se despierte y los extraterrestres sean alertados de que hay presencia humana en este planeta. Después de eso, no sabemos qué pasará.

—Es mucho menos tiempo del que esperábamos —dice Hollywood—. Pero por lo menos nos alegramos de que hayáis vuelto.

Asiento con la cabeza en señal de agradecimiento.

—Gracias.

—Entonces, ¿qué vamos a hacer? —pregunta Z-Lo—. ¿Volvemos a casa? —Mira a su alrededor pero nadie le devuelve la mirada—. ¿Hola?

—Es una buena pregunta —digo.

Aaron deja escapar un gran suspiro.

—Esperábamos obtener más información... de esta expedición, ¿no?

Todos asienten.

—Entonces, ¿hemos reunido la suficiente información como para darnos cuenta de que ha merecido la pena?

Silencio.

—¿Y bien? —Miro a mi alrededor—. Vamos a repasar lo que sabemos.

—Sabemos que el enemigo tiene un pelotón de invasión considerable —dice Bumper en tono directo—. Y si esta es la Terminal A3, eso significa que hay al menos A1 y A2. Y si hay una A...

—Hay una B —dice Hollywood.

Bumper le sonríe.

—Exacto.

—¿Qué más? Continuemos —digo.

—Sabemos que esto no es principalmente una iniciativa militar, a pesar de todo el equipo de lujo —dice Yoshi—. Hay una diferencia profesional entre los ángeles de la muerte y los tiranos.

—Y seguramente una diferencia de clase —dice Aaron.

—Eso significa que esta una operación comercial —ofrece Vlad—. Por muy poderosa que ser Bratva, Ejército ruso es mucho más fuerte y más temible.

—Lo cual confirma nuestras sospechas de antes —digo—. Van armados, pero no son necesariamente militares.

Este hecho parece aligerar un poco el ambiente. Tomar a los androquíes por unos traficantes de drogas galácticos en lugar de una fuerza militar abrumadora hace que, de alguna manera, enfrentarse a ellos parezca más plausible. Al menos para mí. Pero noto que tiene un efecto similar en el resto del equipo a juzgar por sus caras y sus gestos.

—Y al menos sabemos dónde están algunos de los habitantes de la Tierra... —dice Hollywood tragando saliva y agarrándose los brazos—. Hemos establecido contacto.

Tomo aire. Es justo donde quería llegar, lo que me ha estado carcomiendo.

—Bien, no digo que nada de esto esté bien, ni siquiera que sea lo que tenemos que hacer. Solo estoy hablando en voz alta. Esperaba que llegáramos aquí, encontráramos algo que nos diera ventaja, tal vez una sala de control para apagar los anillos, y luego nos fuéramos de aquí. En lugar de eso, tenemos el tiempo jugando en nuestra contra, poco margen de maniobra y una idea de lo que puede ser el infierno.

Dejo unos segundos de silencio para que todos podamos procesar lo que he dicho. Sobre todo yo mismo.

—Yo pienso lo siguiente: podemos despegar ya y atravesar el portal. Tenemos suficiente equipamiento como para mezclarnos con el enemigo y armas para hacerles algo de daño. Será una misión encubierta: lenta, precisa, coordinada. Si logramos derribar el anillo de Nueva York, quiero pensar que podemos hacerlo de nuevo.

—ECN —dice Bumper.

El resto del equipo se hace eco del mantra, excepto Vlad y Lada, que balbucean algo ininteligible.

—Y ahora viene el pero... —dice Hollywood, inclinando la cabeza hacia mí.

—Pero... solo tendremos tiempo de ir a una ciudad más, quizá dos. Si todos los demás anillos esclavistas del planeta tienen un radio de veinte kilómetros y se van cerrando a...

—Dos centímetros y medio por segundo —ofrece Espectro.

Asiento para darle las gracias.

—Entonces tenemos cuatro o cinco días antes de que secuestren a todos los habitantes de las principales megalópolis de la Tierra.

—Incluso si pudiéramos cargarnos un anillo al día... —dice Hollywood.

—Y no podemos —interviene Yoshi.

Quiero combatir su pesimismo, pero no se equivoca.

—Y no lograríamos nada realmente —concluye Aaron.

Más silencio. El ambiente es sombrío.

Hollywood se cruje el cuello y luego habla.

—Así que lo que estamos diciendo es que la población de la Tierra está destinada a atravesar los portales sin importar lo que podamos intentar.

—Seguramente será así si volvemos —dice Bumper con una mirada ausente. Luego me mira a mí—. Pero quizá no si nos quedamos aquí.

Me acaricio la mandíbula y miro al extraterrestre muerto.

—Mi instinto me dice que, si existe la posibilidad de impedir que los androcallos saqueen la Tierra, es quedándonos aquí. Hacerles daño desde dentro. Si nos queda algo de esperanza para proteger a la humanidad y hacer que vuelva a casa, pasa por quedarnos.

»Pero eso significa que nos tenemos que disfrazar, mezclarnos y escondernos a la vista de todos. También comporta un gran riesgo de que nos descubran porque caminamos diferente u olemos raro o no usamos el lenguaje corporal adecuado. Joder, no sé si las insignias de rango de estos trajes blindados dicen siquiera que se nos permite confraternizar, y mucho menos entrar en partes restringidas de esta instalación. Ni siquiera sabemos si podemos hacer pausas para mear.

—Yo sé algo del tema —interviene Franky.

Lo fulmino con la mirada.

—Pero... Mejor lo hablamos más adelante.

—Buena elección. —Miro a todo el equipo y retomo la conversación—. Y luego hay muchas cosas que no tenemos. Mapas, planos de edificios, información sobre seguridad y asignación de tropas... Además, no sabemos qué es lo que estamos buscando. Es muy probable que nunca lo sepamos. Para ser sincero, creo que moriremos antes si nos quedamos aquí que si nos volvemos a la Tierra a intentar derribar anillos. Al menos allí podremos pasar desapercibidos, tal vez llevar una vida normal y esperar a que todo pase.

Yoshi levanta la mano.

—Creía que había quedado claro cuando estuvimos en Nueva Jersey que llevar una vida normal no era una opción.

El equipo asiente.

—Si alguien quiere bajarse del barco, volvemos a la Tierra y lo dejamos —digo—. De hecho se puede quedar con Dolores para ir adonde quiera. Nadie se sentirá ofendido.

—Parece que has tomado una decisión entonces —dice Aaron.

Asiento con la cabeza.

—Supongo que sí.

—Entonces yo también —responde—. Tal y como yo lo veo, me he pasado toda mi vida adulta buscando ese maldito anillo y aprendí todo lo que pude sobre él hasta que el mundo entero tuvo que pagar un precio muy elevado.

Hollywood intenta decir algo, pero Aaron hace un gesto con la mano para que no lo interrumpa.

—No, no. No busco la compasión de nadie. Es la verdad. Una generación humana tenía que convertirse en el chivo expiatorio que invitara a esos demonios de vuelta. El universo decidió que esa generación era la nuestra y yo fui el que apretó el botón equivocado.

»Ahora me toca ser parte de la solución. Ayudar a hacerlo bien. Yo... no soy como todos vosotros a la hora de luchar. Puedo aprender, pero nunca seré como vosotros. Lo que puedo ofrecer es mi intelecto. Al menos puedo intentarlo. Tal vez ver las cosas desde un ángulo diferente..., aportar mi experiencia. No sé. Pero mi futuro no está allí. Está aquí. Y prefiero morir en tierra extranjera tratando de luchar que en casa escondido en un agujero.

—Prácticamente ha dicho todos los motivos por los que estoy aquí —dice Hollywood—. Bravo, doctor Campbell. Yo diría que eres uno de los nuestros.

Todo el equipo asiente y le da a Aaron unas palmaditas en la espalda y uno o dos golpes en el brazo. Él se frota los músculos tímidamente, pero sonríe.

—Me quedo —dice Z-Lo—. No hay nada como machacar al enemigo en su propia casa. ¿O no?

—Vlad también queda. Este es buen lugar para buscar pelea.

—Yo también —añade Lada—. Además, si todo va a mierda, siempre podemos volver a Dolores y escapar a Nueva York, ¿no?

—Será nuestro plan de contingencia.

Y algo más en realidad. En Dolores aún podremos guardar nuestras armas convencionales, suministros y nuestras MRE; nosotros no somos caníbales, a diferencia de los androquíes. Y aunque le tengo aprecio a Franky, he disparado menos de cien veces con él frente a las miles de veces que he utilizado mi SCAR 17 y mi Glock 19. Uno no conoce un arma de verdad hasta que ha llenado cubos y cubos de cartuchos.

Uno a uno, el resto de los Phantoms se turnan y expresan su consentimiento para permanecer en este agujero infernal alejado de la mano de Dios. Espectro es el último en hablar.

—Al fin y al cabo nunca he pensado que fuéramos a volver —dice.

El resto del equipo parece hacerse eco de aquella idea con miradas y asentimientos compartidos.

—Sois todos unos amargados de cojones, ¿lo sabíais? —Los miro a todos a la cara y luego relajo los hombros—. Pero os doy las gracias. A todos y cada uno de vosotros.

—No estaríamos aquí si no fuera por ti, Bic —dice Hollywood.

—No creo que sea algo de lo que alegrarse, pero aprecio tus palabras. Lo curioso es que yo tampoco estaría aquí si no fuera por vosotros. No me siento... No me siento orgulloso de haber tardado tanto en abandonar mi casa en medio de la nada.

—Cada uno tiene su punto de inflexión —responde ella—. Y nadie te va a culpar por querer quedarte en casa después de todo lo que ya has dado.

Si fuera cualquier otra persona, diría que está siendo paternalista. Pero es Hollywood. Y ella es una compañera de guerra que ha visto suficientes atrocidades en su vida como para saber de lo que habla.

—Bueno —dice Hollywood mientras agarra un casco de ángel de la muerte—. ¿Quién tiene ganas de disfrazarse de *Halloween*?

CAPÍTULO 7

17:42, domingo, 27 de junio de 2027
Karkin Cuatro
Centro de Operaciones de Despliegue, Terminal A3, hangar
principal

LOS NOVENTA MINUTOS de los que disponíamos se consumen mientras Franky guía al equipo en el proceso de activación de los DAT. Él usa términos técnicos, pero para mí es un apretón de esfínteres autoinfligido. Una mierda lo mires por donde lo mires. Y a juzgar por la reacción de Bumper al notar el calambrazo, diría que a mí me fue mucho mejor. Al menos yo no me lo vi venir.

Una vez completado el proceso, Franky me pasa la batuta. Los ayudo a colocarse los trajes que parecen de neopreno y luego les señalo las armaduras correspondientes. Me dispongo a ayudarlos a colocarse las mochilas *camelback* entre el traje y la armadura cuando Franky me detiene.

—No harán falta —dice—. El sistema de recuperación de humedad del traje os servirá durante varios días, suponiendo que estéis lo suficientemente hidratados.

—¿Eso significa que vamos a bebernos nuestra propia orina? —pregunta Hollywood.

—¡Oh, Dios mío! Es como en *Dune*! —Z-Lo se mira a sí mismo—. Y yo soy el puto Paul Atreides.

—Con suerte no habrá gusanos de arena —dice Yoshi.

—Puedes orinar en cualquier momento y tu traje se encargará del resto —afirma Franky.

—¿Y si quiero plantar un pino? —pregunta Hollywood.

—Las heces también se absorben, aunque el proceso es un poco más largo.

—Me gusta información de esto —dice Vlad mientras se apresura a ponerse el traje—. Llevo una hora con perro asomando hocico.

Lada levanta las manos y hace un gesto de disgusto.

—Arg. Siempre hermanito hablando de hocicos. Nunca pasa de ser niño pequeño a hombre grande. Solo niño grande.

—¿Perro asomando hocico? —Hollywood mira a Lada y a Vlad—. No lo pillo.

—Sí. ¿Sabes como cuando cachorrito en pradera mete cabeza en agujero de suelo y luego saca rápidamente? Eso es Vlad pero con mierdas, ¿sí?

—Oh, por Dios. —Hollywood se tapa la boca.

—Te entiendo, hermano —dice Z-Lo mientras empieza a ponerse el traje más rápido también—. Eso también es la guerra.

—Te lo dije —dice Lada a Hollywood—. Niños grandes. No hay hombres.

—No hay hombres.

Por la expresión de Hollywood, creo que se le han quitado las ganas de beber del tubo con forma de pajita que le sobresale por la parte de atrás del cuello.

Unos minutos más tarde todos reciben una nueva descarga eléctrica al vincularse al casco y luego otra vez al vincularse con su FA-NJC. Me esfuerzo por asegurarles que solo van a «sentir un poco de presión» y cada Phantom encuentra la forma de mandarme a la mierda, ya sea con un gesto o directamente con improperios.

—Tengo algo especial para ti. —Le entrego a Espectro su rifle de francotirador—. Franky lo llama Sistema Francotirador Avanzado. Dice que no está celoso —susurro lo suficientemente alto como para que me escuche.

—Porque no estoy celoso —responde Franky.

Espectro me guiña el ojo y se aleja para admirar su nuevo juguete. Si no lo conociera, diría que parece incluso feliz.

Recibimos todos una última sacudida eléctrica al vincularnos a las pistolas. Distribuyo las LTL-MAC 41 y me quedo con una para mí. La forma rectangular de la pistola me recuerda a dos Glock juntas. El arma tiene una empuñadura de pistola estándar y un guardamonte curvado que le da un aire exótico pero con espacio para dos pulgares en la parte trasera en lugar de uno. Es de color negro mate con toques amarillos y tiene algunas inscripciones en skrawl. Además cuenta con una especie de pequeña recámara bajo el cañón delantero.

—¿Qué es esto, Franky?

—El núcleo de trinium del arma.

—¿El... recurso de energía casi inagotable? ¿O algo así?

—Bravo, Patrick. Tiene más potencia de la que podrías gastar en toda una vida.

—Te sorprendería de lo que soy capaz.

Le doy a cada miembro unos cuantos módulos de sustitución de condensadores y ofrezco un rápido tutorial sobre cómo pueden adherir objetos a pecho y caderas. Parecen tan impresionados como yo por semejante tecnología. Es mejor que las cartucheras y las bolsas de munición.

—¿Funcionan como cargadores convencionales? —pregunta Bumper.

—En absoluto —responde Franky—. No sabría ni establecer una comparación. Tecnológicamente hablando, son tan diferentes como...

—¿Se recargan cuando toca? —interrumpo.

—Bueno, sí, por así decirlo. Pero...

—Entonces eso es todo lo que necesitamos saber ahora mismo.

Por último entrego a cada miembro del equipo uno de los cuchillos Duradex. Aaron es el único que no está muy convencido de llevar esta arma.

—Nunca se sabe —digo—. Imagínate que es como la navaja suiza que tenías.

—No se parece en nada a mi navaja suiza —responde. Y no se equivoca.

Finalmente todo el Equipo Phantom testá ataviado con armaduras y armamento de los ángeles de la muerte. No había tenido oportunidad de mirarme al espejo antes, así que, al verlos a todos camuflados, soy consciente de lo bien que me integré durante mi expedición. Y además todos tienen un aspecto que acojona.

—*He was turned to steel, in the great magnetic field* — empieza a cantar Yoshi—. *Where he traveled time, for the future of mankind.*[1]

—Sabes que esa canción no va del Iron Man de Marvel, ¿verdad? —dice Aaron.

—¿Cómo que no? —responde Z-Lo—. ¿Y por qué sale en las películas, eh?

Aaron se lleva la mano a lo que parece ser la frente y mueve la cabeza.

—Tengo cosa más —dice Lada mientras se quita el casco.

Camina hasta una mesa junto a la pared de la bodega y saca una lata de espray negro que diría que era de los muchachos que hicieron el grafiti en Manhattan. También veo que saca una lámina de plástico con una especie de dibujo.

—¿Qué tienes ahí? —pregunto con algo de preocupación, porque no sé qué pretende.

Pero Lada no responde y se va hacia Bumper, coloca la lámina en su hombro y la rocía con pintura negra durante menos de un segundo.

Cuando Lada retira el plástico, veo una representación aproximada del parche que la abuela Petrov bordó para nosotros con un número tres debajo. Es lo suficientemente visible como para que podamos distinguir la marca, pero para un extraterrestre seguramente no sea más que una mancha de aceite.

El resto del equipo se quita los cascos para echar un vistazo al hombro de Bumper.

—¿Sí? Ahora somos verdaderos Phantoms —dice Lada—. Extraterrestres y humanos. Combinación dos en uno. Dioses y hombres.

—Mujeres —interviene Hollywood—. Dioses y mujeres.

—Sí, también es bien. Pero somos extraterrestres y humanos. Luchadores grandes. *Imparhábiles.*

—Imparables —corrige Aaron.

—Eso es lo que dice Lada. —Ella se gira hacia él—. ¿Por qué no oyes? ¿Necesitas que yo hable en cara más fuerte?

—No, yo solo...

Lada agarra a Aarón, lo gira y le marca el hombro con la plantilla.

—Ya está. Ahora tú *imparhábil*. ¿Contento?

—Sí, sí, claro.

Ella lo mira con desprecio.

—A mí no engañas tú, universitario. Lada te está observando a ti y tu boca inteligente, tus labios carnosos, cabello ondulado hermoso. Tus encantos no funcionan conmigo. —Se vuelve hacia el resto del equipo—. ¿Quién es siguiente?

En un minuto Lada marca al resto del equipo con su número o letra correspondiente. Hollywood, por ejemplo, lleva el número dos, mientras que Espectro tiene una letra C, seguramente por Phantom Centinela. La idea de Lada no es solo ingeniosa, sino que nos permitirá distinguirnos entre nosotros si los HUD se estropean. Le doy instrucciones para que también nos marque el casco con mucha sutileza.

Mientras Lada está ocupada, me inclino hacia Aaron y le hablo en voz baja.

—Le gustas.

—¿Quién, yo? —Aaron niega con la cabeza—. Creo que todos sabemos a quién tiene entre ceja y ceja.

—No. Ella cree que le gusto. Soy su tipo habitual. Pero ¿tú? —Le doy un golpecito en el pecho con la mano—. Le gustas y ella ni siquiera lo sabe.

—Pat, no creo que...

—Fíate de mí.

Aaron traga saliva con fuerza y luego respira profundamente.

—Todo hecho —anuncia finalmente Lada, y guarda la plantilla y el espray.

—No —interviene Vlad—. No todo hecho.

Empieza a hurgar dentro de su riñonera con la bandera de Estados Unidos y saca una bolsita de plástico llena de fichas de póker negras con adornos rosas. Tienen el mismo logotipo que la ficha de casino que Vlad me dio en la Antártida y que me salvó el pellejo frente a Sissy. Vlad entrega personalmente una ficha a cada Phantom y dice:

—Ahora, esto significa que todos juntos en cama.

—Ya, claro.

Espectro hace ademán de devolverle la ficha, pero entonces se da cuenta de que le hago un ligero gesto con la cabeza. Aprieta los labios y se guarda la ficha en el pecho.

Cuando Vlad termina el reparto, habla de nuevo:

—Bien. Ahora Equipo Phantom están preparados.

—Bien. —Enderezo la espalda y miro al equipo al completo—. Ha llegado el momento. Vamos a salir ahí fuera. Y recordad: dejad hablar a Franky.

—Ahora que sacas el tema —dice Yoshi—. ¿Qué hay de los perfiles de personalidad para el resto de las armas del equipo?

—¡Oh, sí! —dice Z-Lo—. ¡Yo también quiero mi propio lord Phantom!

—Muy halagador —responde Franky.

—Eh... No estoy seguro de que sea una buena idea —digo.

—A mí sí que me lo parece —dice Hollywood.

Yoshi asiente.

—Mentiría si dijera que no estoy un poco celoso de sir Franky. Como se suele decir, *i no naka no kaeru taikai wo shirazu.*

Arquea una ceja.

—¿Significa?

—Una rana en un pozo no conoce la grandeza del mar.

—Vaya, Yoshi —dice Franky con un ligero temblor en la voz—. ¿Me estás comparando con la grandeza del mar? Debo decir que me siento muy halagado.

Todos parecen entusiasmados con la posibilidad de crear perfiles personalizados y una parte de mí no los culpa por ello. Tener una inteligencia artificial integrada en un arma que parece de ciencia ficción es una pasada... siempre que se pueda confiar en dicha IA y que no se convierta en un dolor de cabeza. No llevamos ni cuarenta y ocho horas de invasión extraterrestre y aún no las tengo todas conmigo sobre mantener a Franky en el equipo o lanzarlo al espacio. Aun así, necesitamos toda la información que podamos y el cabroncete se hace querer. A veces es como tener un cachorrito que se caga en la alfombra y luego te mira poniendo ojitos.

—Lo siento equipo, pero no puedo dar luz verde a la propuesta. —Joder, sueno como mi padre—. Franky es genial, lo sé.

—Gracias, Patrick —responde.

—Pero sigue siendo una herramienta, no un juguete.

—No sé cómo me ha sentado eso —dice Franky.

Ignoro su comentario.

—Una herramienta en la que todavía estamos aprendiendo a confiar. Y ahora mismo, no necesitamos más variables en la ecuación. El perfil determinado del arma se adaptará a vuestras necesidades de disparo de manera adecuada. Y una cosa, Franky.

—¿Te refieres a Franky la herramienta? —responde.

—Sí. ¿Serías capaz de deleitar a todas las armas y cascos con tu magia traductora?

Franky tarda un rato en responder; suficiente como para hacerme sentir mal por el comentario de la herramienta. Pero no es lo importante en este momento.

—¿Franky? ¿Estás ahí?

—¡Por todos los zalastros! Aquí Franky la herramienta reportando al gran maestro artesano.

—¿Veis? A esto me refiero. —Me coloco a Franky en la espalda—. Mi arma ya es lo bastante tocapelotas y encima se inventa palabras. Nosotros, por contra, tenemos que mantener la concentración, minimizar las distracciones y mantener los canales de comunicación despejados. Si todos estamos intentando lidiar con nuestro propio Franky, perderemos el control muy rápido. ¿Entendido?

Todos parecen tristes, incluso abatidos. Pero yo no me guío por lágrimas, sino por resultados.

—A mí me basta con lo que traigan de fábrica —dice Espectro—. Lo único que le pido a un arma es que no tenga mucho retroceso.

—Que eso sirva para los demás también —digo—. Vamos a dejar el tema y, si acaso, ya hablaremos de nuevo más tarde. ¿Entendido?

El equipo responde con asentimientos.

—Hay un tema más que me gustaría abordar antes de partir —dice Franky.

—Adelante. Pero ten en cuenta que ya hemos consumido el tiempo disponible.

—Y, por lo tanto, entiendo que Yoshi no se encargará de repararme aquí y ahora, ¿cierto?

—Afirmativo.

—Bien, en ese caso, ¿algún Phantom estaría dispuesto a llevar un FA-NJC adicional para que más adelante podamos aprovechar sus piezas?

—Arg. Casi se me olvida —digo.

—Ya me he dado cuenta.

A pesar de la actitud de Franky, siento cierta simpatía por el arma. Al fin y al cabo, es un arma. Todo guerrero que se precie se siente como un pez fuera del agua cuando lo llevan a la enfermería.

—Una de las frases más comunes que escuchan los médicos en el campo de batalla es: «Quiero volver con mi unidad».

—Claro que sí. En cuanto te ponga unas piernas nuevas —responde Franky con sorna.

—Necesito voluntarios. —Agarro los dos FA-NJC extra del carro y se los lanzo a Z-Lo y Bumper, que han levantado la mano—. Para que podamos reparar a Franky.

—Para que podamos reparar a Franky. Entendido —responde Bumper.

—Gracias, jefe Phantom —dice sir Charles en un tono sombrío—. Te estoy... agradecido.

—Ya me darás las gracias si sobrevivimos el tiempo suficiente para arreglarte.

—Ah, bueno, sí, claro. Tomo nota. Antes de que nos vayamos, voy a llenar a Dolores de ozono para eliminar el olor humano de la armadura. No queremos llamar la atención aún más, después de lo de antes.

—Suena bien. Hazlo.

Oigo el silbido del aire cuando Franky empieza a limpiar nuestros trajes y el compartimento. El cadáver está oculto bajo una lona y el resto de nuestro equipamiento está en los compartimentos de almacenamientos de la nave. Camino hacia la puerta de carga y me doy la vuelta para mirar al equipo. Tienen buen aspecto. Como asesinos galácticos enigmáticos.

—Vamos a ver qué nos encontramos, Phantoms. ¿Lazos más allá de la sangre?

—No nos paran ni el fuego ni el barro ni el hambre —responden, algunos más tarde que otros, y luego terminamos todos juntos.

—Que todos teman a los más grandes. —Se escuchan algunos verbos mal conjugados, pero no importa.

—Vamos allá —digo—. ECN.

—ECN —responden todos.

Pulso el botón de apertura con el puño y la atmósfera extraterrestre empieza a introducirse en la nave. Y en ese momento suena una alarma como un claxon en el hangar principal.

Capítulo 8

17:55, domingo, 27 de junio de 2027
Karkin Cuatro
Centro de Operaciones de Despliegue, Terminal A3, hangar principal

Un foco bastante teatral se cierne sobre Dolores en el momento en que la rampa de la puerta toca el suelo. Pero para entonces el Equipo Phantom ya ha abandonado la nave y se ha puesto a cubierto entre las naves adyacentes. El haz de luz es cálido, como una lámpara de calor sobre un trozo de carne asada en un bufé. Es entonces cuando me doy cuenta de que hay más focos que brillan desde el techo sobre otras naves de transporte en las inmediaciones. El claxon sigue sonando en el fondo, pero está filtrado por el software de cancelación de ruido que tienen nuestros cascos.

Están buscando al inspector desaparecido mientras nosotros estamos aquí agazapados como... como humanos preparándose para un puto tiroteo. Es hora de que el resto del equipo reciba su primera clase de comportamiento androquí (ni que yo tuviera mucha experiencia). Pero el primero en algo se convierte en experto automáticamente, incluso si lo hace fatal, ¿no?

—No vamos a propiciar ningún enfrentamiento —digo con convicción—. Todo el mundo a descubierto. Y recordad que somos uno más. Mantened los ojos y la cabeza baja ante cualquier tirano que os interpele. Si un ángel de la muerte no nos saluda, significa que tiene mayor rango que nosotros. Saludad con el puño a un lado a la altura de la cabeza.

—Yo preferiría darles un puñetazo en la cabeza —dice Z-Lo.

Ignoro el comentario.

—Vuestros cascos traducirán todo y Franky se encargará de hablar. Tan solo tenéis que decirle lo que queréis comunicar. Y una pregunta, Franky... Sospechan de la nave, ¿verdad?

—Sí, claro.

—¿Y están enviando patrullas para registrar todas las naves iluminadas?

—En efecto, amigo mío. Lo más probable es que las otras naves sean las que el inspector revisó antes de llegar a la nuestra y que lo despidiéramos.

—Están reproduciendo sus pasos.

—Es lo que parece, Patrick.

Detecto una pizca de sarcasmo en su tono, pero no es el momento de darle importancia.

—Entonces tenemos que desviar su atención para que no se acerquen a Dolores. De lo contrario...

—Adiós provisiones —dice Yoshi con una voz ligeramente aterrada.

—Peor aún. Enseguida nos descubrirán. Averiguarán que hay humanos en Karkin Cuatro y se fijarán en la ropa que falta para detectarnos.

—Eso significa que pondrán puntos de control. Mal asunto —dice Espectro.

Asiento con la cabeza.

—Se nos tiene que ocurrir algo.

—¿Por qué no usar cuerpo muerto de E.T. como distracción? —pregunta Vlad—. Lo hacemos muchas veces. Evitar que atención vaya a lugares que no queremos. Nada mejor para decir «¡Eh, aquí!» que cadáveres detrás de consulado o cafetería, ¿sí?

—Eres un maldito genio, Vladimir.

Les hago un gesto a él y a Lada para que me acompañen de nuevo a la nave. El equipo escondió al androcallo bajo una lona en la popa, así que quito la tapa y examino el cadáver.

—Metedlo en un carro flotante. Luego buscad un lugar poco discreto para tirar el cuerpo, pero no demasiado cerca de Dolores. Los demás nos encargaremos de distraer a los androquíes.

—Entendido —dice Vlad con un movimiento de cabeza.

Él y Lada agarran los brazos y las piernas del extraterrestre mientras yo vuelvo a salir.

—¿Qué tipo de maniobra de distracción vamos a llevar a cabo? —me pregunta Aaron.

—Improvisa. Lo que importa es alejarlos de Dolores.

Cuando Vlad y Lada bajan por la rampa con el carro, vuelvo a mirar hacia el interior de la nave.

—Franky. ¿Hay alguna forma de bloquear a Dolores?

—No entiendo la petición.

¿Es que este tío se está burlando de mí?

—Haz que seamos los únicos que podamos entrar.

—Ah, ya entiendo. Bueno, sí. De hecho, puedo hacerlo. Pero va en contra de las normas y levantará sospechas si alguien intenta entrar.

—Y si entran y ven todo lo que hay dentro, las sospechas serán aún mayores. Prefiero los pocos minutos extra que nos pueda proporcionar el bloquear a Dolores. Las cerraduras evitan que la gente honesta cometa errores.

—Y que los extraterrestres nos coman —añade Bumper.

—Entiendo. —Franky activa la rampa—. Dalo por hecho. Cuando la nave se cierre, solo yo podré abrirla.

Me gustaría cambiar esa norma y hacer que todo el equipo tenga autorización para abrir la nave, pero oigo algunos pasos y gritos de androcallos y robots en la distancia.

—Phantoms, estableced un perímetro alrededor de Vlad y Lada. Desviad, confundid, distraed. Confiad en vuestros disfraces y en la capacidad de Franky para interpretar lo que queráis decir. ¿Entendido?

Todos dan el visto bueno y se dispersan entre las naves de los alrededores con un ojo en los rusos y otro en posibles aproximaciones.

Tomo posición en el extremo norte de la formación y observo cómo Vlad se deshace del cuerpo junto al casco de una nave a menos de veinte metros de mí. Está guardando el carro flotante junto a la popa de la nave cuando noto que algo se acerca por detrás de mí.

—¿Cuál es el problema de tus facultades faciales? —dice un ángel de la muerte.

Tiene un bot de reconocimiento en el hombro derecho. Me acuerdo al instante de cuando estuve en la interestatal de Nueva Jersey y dos robots de reconocimiento como el que tengo enfrente recogieron a un hombre sin zapatos y lo metieron dentro de los confines del campo de fuerza.

Saludo al ángel de la muerte y luego le doy órdenes a Franky.

—Dile que vi algo sospechoso en dirección este.

El parloteo sale de mi casco y el ángel de la muerte mira en la dirección que señalo.

—¿Estás tan seguro como la verdad? —pregunta.

Muevo la cabeza en señal de asentimiento androquí.

—Dile que he visto a unos androcallos con cuchillos hablando de que querían apuñalar a otros androcallos.

Franky cumple con su cometido y se lo transmite.

El ángel de la muerte parece creerse mi excusa y le hace un gesto a su robot para avanzar.

—¿Están todas tus antenas en orden, cadete?

Inclino la cabeza hacia el androquí a modo de respeto.

—Pregunta si te encuentras bien —aclara Franky.

—Me lo imaginaba.

—Sugiero que respondas que no, no vaya a ser que te lleve consigo a investigar. El mero hecho de que se haya creído...

—Sí, dile que no me encuentro bien.

Los altavoces de mi casco emiten el discurso traducido y el extraterrestre parece relajarse.

—Son más datos de los necesarios, cadete. Ve rápidamente a una cámara médica.

El ángel de la muerte levanta el arma y pasa de largo junto con el bot.

Suspiro aliviado. Pero hay algo de la respuesta del ángel de la muerte que me ha dejado pensando.

—Franky, ¿qué ha querido decir con «más datos de los necesarios»?

—Esto... Bueno, ser específico ayuda a disipar sospechas, ¿no?

—No exactamente... —Entrecierro los ojos esperando a que Franky me dé más información—. ¿Qué les has dicho?

—Le he dicho que tenías un sarpullido contagioso en la zona de los pezones.

—¿Cómo? ¿Por qué demonios le has dicho eso?

—He pensado que un superior no tendría ganas de pararse a inspeccionar algo así y que entonces se marcharía por patas.

—Vaya. —Tengo que reconocer que es un buen argumento—. No está mal, Franky.

—Por algo me llaman lord Phantom.

—Fuiste tú quien se puso el nombre.

Se ríe a carcajadas.

—Paparruchas. Solo puse palabras a lo que habitaba en el interior de los corazones y mentes de mis súbditos, Patrick.

—Phantoms Seis y Siete en posición —dice Hollywood por comunicación interna.

—Sigamos manteniendo a todos alejados de Dolores —respondo—. Si alguien muestra interés, le decimos que ya la hemos inspeccionado, ¿entendido?

—No es la nave que estáis buscando —dice Yoshi con un aire místico.

—Entendido, Obi-wan —responde Z-Lo.

Sus respuestas me provocan una sonrisilla, pero tenemos que ponernos serios.

—Ojos al frente. Atentos a todo. Y recordad que ahora sois uno más de estos imbéciles. Actuad como si fuerais uno.

Nada más dar la orden, dos androquíes se acercan a Dolores. Yoshi es el primero en interceptarlos y se me hace un nudo en la garganta. No es que no confíe en él. Es que... preferiría hacerlo yo. Pero somos un equipo y eso significa dejar que otras personas ayuden a dictar nuestro destino.

Como el micrófono de Yoshi está conectado con Franky y el resto, todos escuchamos la conversación.

—¿Dónde están tus ponis? —pregunta un ángel de la muerte.

Dios, este software de traducción va a ser nuestra muerte.

—Se refiere a tu escuadrón —le digo a Yoshi.

—Entendido —me responde Yoshi.

—Mándalos en otra dirección —grito.

Yoshi pasa de asentir a negar con la cabeza.

—Sir Franky, diles que mi equipo se ha dispersado. En esa dirección.

Franky traduce el discurso de Yoshi a skrawl y los ángeles de la muerte empiezan a mirar alrededor.

—¿Por qué tus ponis se superponen a este carrusel? —pregunta el extraterrestre mirando a Dolores.

No va a convencerlos, así que decido intervenir.

—Dile que...

—Yo me encargo, Bic —me interrumpe Yoshi—. Franky, dile que acabamos de terminar de inspeccionar esta nave pero que no hemos encontrado nada. Luego nos hemos enterado de que algunos mecánicos androquíes fueron avistados mientras dañaban una nave y que se dirigieron hacia allí —concluye señalando en la misma dirección.

Franky traduce y los extraterrestres siguen su gesto con la mirada.

—Muy sabroso —dice el enemigo—. Haz un informe sobre cualquier cosa que presencies.

—Entendido —responde Yoshi.

Ambos androquíes miran a Dolores una vez más y luego se acercan para contemplar la pintada.

—Sueño con que este carrusel esté reluciente como las ostras a la hora de dormir. Complétalo.

—Dile que nos pondremos a ello —le dice Yoshi a Franky, y luego efectúa el saludo correspondiente.

Satisfechos, los dos ángeles de la muerte marcan algo en sus tabletas y siguen adelante.

Noto que todos suspiramos aliviados.

—Con suerte acaban de sacar a Dolores de la lista de sospechosos —digo. Como si alguien hubiera escuchado mis palabras, el foco sobre Dolores se apaga y nos quedamos iluminados por la tenue luz roja del hangar—. Bueno, quién sabe.

—Buen trabajo, Yoshi —dice Bumper.

Otros miembros del equipo lo elogian y yo siento que debo animarlo personalmente. El tipo aún no ha tirado su petaca, pero esa decisión le corresponde a él, no a mí. Sabe Dios que se las arreglaría para esconder alcohol en otro sitio. Pero eso no significa que no pueda animarlo a avanzar hacia un futuro mejor.

—Has actuado con mucha rapidez, sargento Yoshida.

Yoshi se gira para mirarme cuando me acerco.

—Gracias, Bic.

—Sigue así y puede que acabemos sobreviviendo.

—Que así sea.

Con Dolores a salvo, al menos por el momento, y tras demostrar que podemos engañar al enemigo, me pongo a pensar cuál es el siguiente paso.

—¿Alguna recomendación sobre dónde ir ahora, lord Phantom?

—Ya sabes lo que hay detrás de la puerta número uno. Así que podemos volver al pasillo norte y ver adónde lleva o probar suerte con la puerta número dos al oeste o con la número tres al este.

No me apetece mucho volver hacia el comedor: no sé cómo puede reaccionar el resto al contemplar semejantes horrores con sus propios ojos. Además, me gusta la idea de dispersarnos. Es mejor tener un conocimiento general del campo de batalla que de una sola ruta en particular. Pero la puerta este queda junto al resto de naves que continúan iluminadas. No tiene sentido adentrarse en la boca del lobo.

—Vayamos a la puerta número dos.

Un indicador naranja se ilumina en mi HUD y apunta al oeste acompañado de una etiqueta con las palabras Pelotón Uno.

—¿Eso lo has hecho tú? —le pregunto a Franky.

—Afirmativo. ¿Es de tu agrado?

—Sí. En marcha, Phantoms.

* * *

Nos dirigimos hacia el oeste a través del hangar al trote. Afortunadamente parece que los extraterrestres armados no están centrados en esta zona. Solo hay mecánicos y técnicos trabajando en poner a punto otras naves a pesar de la emergencia.

Cuando nos acercamos hacia la puerta observo que parece más una salida de despegue para aviones que una puerta de entrada de personal. En cuanto dejamos atrás la última fila de naves aparcadas, resulta obvio dónde estamos: es un hangar de mantenimiento con docenas de naves en diversos estados de deterioro. Hay un rinotor sobre unos soportes escupiendo el contenido de su vientre sobre la pista abierta. Partes mutiladas de naves se esparcen por el suelo como un vómito mecánico. Y al menos dos de las naves de combate parecen haber sufrido daños por algún tipo de explosión.

Nos dirigimos hacia el extremo sur del hangar más pequeño cuando me asalta un pensamiento curioso y necesito una segunda opinión.

—Sir Franky. ¿Puedes determinar qué tipo de daños han sufrido esas naves de combate?

Antes de que Franky pueda decir nada, Bumper responde.

—Yo diría que han sido atacadas por morteros.

—Ochenta y cuatro milímetros diría yo —añade Hollywood. Entonces ella y Bumper dicen a la vez—: Carl Gustaf.

Parece que los tortolitos están conectados.

—¿Crees que son supervivientes del asalto al puente? —pregunta Yoshi.

Niego con la cabeza.

—No creo. Estoy bastante seguro de que la explosión de ANFO se encargó de todos.

—Vaya que sí —añade Z-Lo chocando el puño con Bumper.

—Eh, cuidado con los gestos humanos, chicos —dice Hollywood.

—Lo siento —responde el muchacho.

—Así que si esas naves averiadas no vienen de Nueva York... —dice Bumper.

—Entonces vienen de otro lugar de la Tierra —concluyo.

Prácticamente puedo oír el asombro en la voz de Hollywood incluso antes de que hable.

—Otros guerreros. Como nosotros. No estamos solos.

—Al menos no lo estuvimos en algún momento —respondo, consciente de que mi voz suena apagada.

No es por fastidiar: es mi yo cínico el que habla por mí. Pero el escepticismo me ha permitido sobrevivir a más tiroteos que el optimismo, así que lo sigo utilizando. Aunque eso no significa que no pueda moderarlo.

—Pero tienes razón, sargento. Alguien ha presentado batalla. Y eso es lo que cuenta.

—Me pregunto de dónde vendrán —dice Bumper—. Me gustaría saber quiénes son los hijos de puta que le dieron lo suyo a los androcallos.

—Seguramente más rusos —dice Lada refiriéndose claramente al ataque coordinado de Sissy frente a los barcos de Manhattan y Brooklyn.

—No voy a llevarte la contraria ahí —respondo—. Tu gente es dura de pelar. Pero tenemos que seguir avanzando. Vayamos a la parte trasera del hangar. Busquemos otro túnel.

El equipo me sigue el paso; entramos en la sala de mantenimiento y empezamos a serpentear entre las naves. Hay piezas por todas partes entre grúas pórtico y andamios. Sin duda es un buen lugar para pasar desapercibido y cada vez me siento mejor de haber decidido ir en dirección oeste.

Nos abrimos paso entre piezas de maquinaria hasta que finalmente llegamos a la pared trasera y giramos hacia el norte. Entonces Vlad dice algo.

—Hay apertura de túnel a izquierda. Al final de hangar, adelante.

—Entendido. Actuad con naturalidad. Estamos terminando una inspección y nos dirigimos a recibir más órdenes. ¿Entendido? —digo.

Todos responden afirmativamente y continuamos por la pared trasera del hangar. Esquivamos mesas de trabajo repletas de proyectos abandonados y montones de piezas que me recuerdan al taller del armero jefe. Solo que estas piezas parecen motores, cañones y superficies de control de vuelo, no armas de defensa personal ni uniformes con armadura.

Estamos casi a la altura de la gran abertura de la izquierda cuando un tirano se asoma por la esquina y se fija en nosotros.

—Abajo la cabeza. —Mientras cumplo mi propia orden, veo que Z-Lo se ha quedado mirando fijamente al extraterrestre—. ¡Eh! ¡Abajo la cabeza, chaval!

—Mierda, lo siento.

Pero su disculpa no le importa al tirano que acaba de ofender.

—¿Cuál es tu destino previsto? —le pregunta el monstruo al muchacho.

Como no estoy seguro de lo que puede haber traducido el casco de Z-Lo, me dirijo a Franky:

—Dile que estamos terminando de inspeccionar la sala de mantenimiento, tal y como nos habían ordenado.

Mi casco escupe algo en skrawl y el tirano se vuelve hacia mí.

—Puedo ver esto. —El tipo lleva su casco bajo un brazo y su versión gigantesca de Franky en la otra mano—. Pero mi pregunta era: ¿a qué destino pretendéis llegar los ponis malitos?

Puede que el sistema de traducción sea defectuoso, pero resulta incuestionable que nos está insultando.

Pero me quedo congelado. Los únicos otros lugares que conozco de este complejo son el comedor, la armería y los barracones. Y estamos en la parte opuesta de la terminal como para que esos sean nuestros destinos. Aun así, son zonas que él seguro que conoce y puede interpretar que nuestro turno ha terminado.

—Dile que pensábamos ir al comedor porque nuestro turno ha terminado.

—Perfecto —responde el tirano—. Necesito pequeños ponis para el trabajo. Venid.

Siento que el equipo se tensa cuando el tirano nos indica que lo sigamos hacia una nave de transporte recién llegada. En el interior hay varias cajas a la altura de la cintura con skrawl amarillo estampado en la superficie. Las cajas me recuerdan al instante a los contenedores que vi en la unidad de reconocimiento blindada de la Garden State: es ahí donde vi al primer androquí sin casco. Y en esas cajas... había gente. O restos, para ser más preciso.

—Sargento jefe de artillería, ¿eso es...? —Z-Lo no logra siquiera terminar la frase.

—Sí. Y vamos a hacer lo que nos digan.

—Entendido —responde el muchacho poco convencido.

—Tú no lo pienses. Solo estamos ayudando a un androcallo a trasladar sus cosas de un lugar a otro. Has hecho esto cientos de veces.

—Sí, claro... No hay problema.

Pero realmente sí que hay un problema. A medida que nos acercamos, veo las letras amarillas manchadas de sangre seca. Incluso atisbo trozos de tela que sobresalen bajo las tapas. Maldita sea. Es una puta camiseta. Y también veo restos de tela vaquera. Que lleven ropa significa que estos cuerpos han llegado aquí a través del anillo de origen en la Antártida, no a través de los anillos de las ciudades.

El tirano se detiene junto a la puerta de la rampa de popa y me mira.

—Puedes tomar una muestra ahora. Más cuando hayas terminado. Te ahorrará a tu cohorte un viaje al comedor.

A pesar de que mi cabeza me dice que le siga el juego, me quedo paralizado. El equipo también duda y el tirano parece darse cuenta.

—¿Pasa algo? —pregunta.

—Dile... Dile que sería impropio de nosotros aceptar su generosidad.

—O un completo insulto —interpone Franky—. No voy a traducir eso. Te masacrará en el acto.

—¿Alguna idea entonces?

Antes de que Franky pueda responder, el tirano se mete en la nave y le quita la tapa a la caja más cercana. Mete la mano y saca una zapatilla Nike del cuarenta y cuatro todavía con una pantorrilla y un tobillo. La articulación de la rodilla está destrozada y la sangre empapa el calcetín blanco.

Se me hace un nudo en la garganta.

—Toma. Ya puedes comer —dice el tirano entregándome el miembro mutilado.

Acepto con absoluto horror y rezo por no temblar. El pie y la pantorrilla pesan más de lo que esperaba. Siento que se me va la fuerza del brazo, pero al instante me invade una oleada de adrenalina. Es una persona. Era una persona. Y este extraterrestre me la ofrece como si fuera una puta alita de pollo.

—Voy a vomitar —dice Aaron.

—¿Qué hacemos? —pregunta Z-Lo.

Examino la pierna y luego miro al tirano.

—Improvisar.

—Pero... no te la puedes comer —dice Z-Lo.

—No me refería a ese tipo de improvisación.

Justo cuando el tirano vuelve a mirarme, seguramente extrañado al ver que no me he quitado el casco y no me he puesto a devorar su manjar, suelto la pierna, saco mi cuchillo Duradex y se lo clavo en la sien.

Capítulo 9

18:09, domingo, 27 de junio de 2027
Karkin Cuatro
Centro de Operaciones de Despliegue, Terminal A3, hangar
de mantenimiento oeste

Los ojos magenta del tirano se abren de par en par cuando le retuerzo el cuchillo en la sien. Él intenta golpearme, pero Bumper interviene y le clava su propio cuchillo Duradex en la cabeza. Los brazos del enemigo quedan inertes mientras el cuerpo se mantiene erguido gracias a los servos de su traje mecánico.

—Vaya, muy sutil —dice Hollywood.

—Le robó las Nike a ese tipo —respondo.

—Además, su madre era un hámster y su padre olía a arándanos —añade Franky.

—No nos pasemos, sir Franky. Esas palabras podrían iniciar una guerra. Vamos.

Me alejo de la nave y me dirijo hacia el túnel oeste cuando de repente aparecen cuatro ángeles de la muerte. No llevan las armas en alto, pero parece que sienten curiosidad por los cuchillos ensangrentados que llevamos Bumper y yo. Aminoro la marcha y trato de actuar con naturalidad, aunque no sé muy bien qué significa eso en una situación como esta.

Los ángeles de la muerte clavan los ojos en nosotros y luego en el tirano muerto, que sigue erguido en su traje mecánico.

—¿Qué ha transpirado aquí? —pregunta el androquí jefe.

—Alguien lo ha apuñalado. Salió corriendo en esa dirección. —Hago un gesto de cabeza hacia el este mientras Franky interpreta mis palabras.

Entonces escuchamos a uno de los técnicos gritar desde una nave cercana.

—¡Ahí están los ponis que masacraron!

—Puto chivato —dice Espectro.

El ángel de la muerte de mayor rango reflexiona durante un instante y luego me mira. Acto seguido todos levantan las armas.

—Detengan sus pies y depositen sus armas.

—Bueno, esta situación no es ideal —señala Franky.

—Solo porque no puedes disparar —digo—. ¿Phantoms?

—Somos nueve contra cuatro —dice Bumper—. Es un buen porcentaje.

—ECN —dice Z-Lo—. Y tenemos cobertura a izquierda y derecha.

No creo que los androcallos tengan intención de disparar. Por su postura no parecen dispuestos a atacar y ninguno está usando la mirilla. Se están tirando un farol. Además, supongo que debe de haber algún tipo de castigo peor para lo que acaba de suceder.

—Después de esto, adiós a la tapadera —digo.

—Ya le hemos dicho adiós —responde Bumper.

Esbozo una sonrisa.

—Vamos a darles plomo.

Todos los Phantoms elevan las armas y disparan a una. La rapidez de los guerreros más experimentados es realmente impresionante. Es algo que solo un veterano de guerra sabe apreciar. Eligen el campo de tiro instintivamente en función de su posición con respecto al resto. Las ráfagas de alta frecuencia incineran la carne de los androcallos, que se esparce por todo el suelo del hangar. Aniquilamos a dos, mutilamos al tercero y le arrancamos la pierna izquierda al cuarto.

Esta última víctima cae de lado, pero aun así continúa disparándonos. Espectro dispara la última bala, le da en todo el casco y le atraviesa la columna vertebral. El cadáver acaba partido en dos. No está mal para un francotirador retirado del Ejército que aún cojea a causa de heridas recientes.

Los estallidos de las armas resuenan por todo el lugar y siento cómo atraemos más miradas, así que nos ponemos a cubierto sin oposición. Pero la sensación de euforia que sentimos se desvanece en cuanto suena una nueva alarma acompañada de luces intermitentes en el techo. Las grandes puertas de seguridad de acceso a la sala de mantenimiento del hangar principal se cierran, así como las del túnel hacia el oeste.

—Nos quieren sitiar —dice Yoshi mientras se arrodilla detrás de una especie de caja de herramientas.

—Traen refuerzos. —Bumper se pone a cubierto y señala con la cabeza una nueva abertura a lo largo de la pared norte—. Cuento seis robots de asalto.

Asomo la cabeza por encima de un motor repulsor destrozado. Efectivamente, una hilera de droides de color magenta con rifles se posiciona detrás de dos naves de transporte desmanteladas a unos cincuenta metros al norte. Mi casco identifica a los robots como enemigos y los etiqueta con marcadores y datos de posición.

—Podemos con ellos —dice Z-Lo.

—Seis más desde el este. Hangar principal —añade Espectro.

—Y otros seis desde el túnel oeste. —Hollywood mira al muchacho—. ¿Todavía crees que podemos con ellos?

—Bueno... ¿Tú no?

Hay que subir de marcha.

—En el Equipo Uno estarán Espectro, Yoshi, Z-Lo y Vlad. En el Equipo Dos estarán Hollywood, Bumper, Lada y Aaron.

En cuanto pronuncio estas palabras, todos los nombres aparecen en mi HUD en la esquina superior derecha. Junto a cada nombre hay unos cuantos iconos y lo que intuyo que es una flecha de expansión para un menú desplegable, pero no tengo tiempo de preguntarle a Franky.

—Equipo Dos, poneos a cubierto en la pared de la izquierda. Equipo Uno, vosotros situaos en la pared del fondo con orientación norte. Tenemos que movernos hacia el sur para que no nos ataquen por detrás. También tenemos que estar atentos por si encontramos una vía de escape. Avanzad alternativamente. Localizad a los objetivos. Y por el amor de Dios, no consumáis la energía de vuestras armas demasiado rápido. Franky, quiero que todos los rifles consuman lo mínimo pero que podamos aniquilar a estos cabrones.

—¿Ves? ¿Por qué no hablabas así en Nueva Jersey? Tú y yo podríamos haber empezado con mejor pie si hubieras sido más específico.

Doy la orden a los Phantoms de que abran fuego y busco una cobertura más al sur para examinar la situación. Las ráfagas enemigas pasan zumbando por encima de nuestras cabezas y llenan nuestro lado del pasillo de chispas y rayos. Las patrullas norte y oeste del enemigo se han fusionado y avanzan hacia el sur, mientras que la unidad este se abre paso entre las filas de naves.

Veo un robot de asalto a mi derecha cubierto tras una grúa para evitar los proyectiles de Vlad. El ruso no puede darle en esa posición, pero yo sí. Apunto con la mirilla al hombro del robot y luego aprieto el gatillo. Un proyectil de bajo rendimiento sale disparado hacia el objetivo y hace que este se dé la vuelta hacia mí. No esperaba que el disparo derribara al robot, así que disparo de nuevo. El proyectil golpea al droide en el pecho y provoca un chorro de chispas que se convierten en un agujero humeante.

Pero el robot no se da todavía por vencido. Levanta el arma y dispara sobre mi posición. Pedazos de metal fundido me golpean el casco mientras yo me agacho para cubrirme. Los impactos suenan como balas incendiarias sobre un tanque M1 Abrams. Poca broma.

Cambio de posición y me asomo por la parte inferior derecha. Respondo con una salva de disparos de Mi FA-NJC y consigo hacer volar por los aires algunos órganos digitales vitales del robot. El impulso hace que salga despedido hacia delante y se estrella contra el suelo.

—¡Enemigo derribado! —digo en medio del tiroteo que continúa.

Apenas un segundo después un nuevo droide ocupa el lugar del que he derribado. Pero esta vez Vlad está preparado y perfora al droide con tres disparos en la parte superior del pecho y uno en la cabeza.

—Vlad dispara como vaqueros americanos, ¿sí? —dice en tono alegre—. ¿Has visto esto?

—Sigue así, amigo.

—Lo haré, sí. ¡Salvaje Oeste, aquí está Vlad para follarte!

Nunca se pueden subestimar las conversaciones verdaderamente extrañas que se pueden mantener en medio de un tiroteo, ya sea en la Tierra o en cualquier otro lugar.

Vlad se asoma de nuevo y le acierta a otro enemigo en la cabeza.

—Diana.

El resto del equipo avanza a buen ritmo contra los robots de asalto de color magenta mientras van marcando cada objetivo y exclamando «enemigo derribado» cuando corresponde. Aunque echo de menos el sonido, la sensación e incluso el olor de mi SCAR 17, doy las gracias por la potencia de fuego de mi arma. Usar armas extraterrestres contra extraterrestres ha hecho que el partido esté más igualado.

Y parece que el enemigo también opina lo mismo

—¡Ángeles de la muerte! —grita Espectro—. Cinco a las doce en punto.

Me cago en todo. Miro hacia el norte y veo a cinco androcallos corriendo en busca de cobertura. Aparecen más etiquetas de objetivos en mi HUD y sigo a los enemigos hasta sus últimas posiciones conocidas. A diferencia de los robots, los ángeles de la muerte son más rápidos y más intuitivos. También son blancos más difíciles de alcanzar aunque su armadura no sea tan fuerte. Supongo que no tardarán mucho en llamar a los pesos pesados: los tiranos.

—A estas alturas, toda la terminal debe de estar al corriente de todo —dice Hollywood mientras ella y Bumper guían a su equipo hacia el sur.

—¿Alguien ha visto algún exfil? —pregunto.

Pero nadie responde. Quiero pensar que es porque están ocupados dándole caña al enemigo, pero sé que es porque no han visto nada. Yo tampoco he visto nada.

Intento convencerme de que no van a movilizar a toda la base para acabar con nosotros. Pero no podremos aguantar mucho más tiempo contra este flujo interminable de tropas enemigas.

Repaso mentalmente maniobras de ajedrez y pasajes de *El arte de la guerra* para intentar dar con alguna táctica que nos sirva. Al mismo tiempo, escudriño las rejillas del suelo, las plataformas de las grúas y los conductos de ventilación, pero no veo nada que parezca una vía de escape segura.

Y tal vez sea porque, a veces, simplemente no hay salida. Puedes tomar noventa y nueve decisiones acertadas, pero la más importante siempre es la que aún no has tomado. Y ahora mismo me he quedado sin ideas.

Si el resto del equipo piensa como yo, no lo muestra. Z-Lo acaba de darle a un bot en el pecho y suelta una carcajada mientras lo empuja contra un contenedor de carga. Lada le pega dos tiros a un droide y le parte la cabeza por la mitad. Y Espectro sigue con su rutina de «apuntar, disparar, repetir» causando efectos devastadores. Incluso Aaron está dándolo todo y acierta a darle a algunos objetivos y, aunque a veces falla, obliga al enemigo a pensárselo dos veces antes de aparecer.

Veo que en mi HUD hay algunos porcentajes junto al nombre de cada persona. Al principio doy por hecho que se trata de algún tipo de indicador de salud. Pero me doy cuenta de que los porcentajes disminuyen cada vez que el Phantom correspondiente usa el arma: es el nivel de los condensadores.

—Eh, Franky. —Me pongo a cubierto tras una nave hecha trizas y despego uno de los cargadores que tengo adheridos a la armadura—. Tengo una pregunta acerca de estos cargadores.

—Es que no se llaman así.

—A partir de ahora sí. ¿Alguna idea sobre cómo hacer el cambio? No quiero que nos vuelen la cabeza.

—No sería lo ideal, desde luego. Y sí, hay instrucciones. Desde tu HUD puedes ir a...

—Habla por el canal del equipo. Quiero que todos te escuchen.

—Ah, muy bien. —Hay una pequeña pausa—. Hola, Phantoms. Lord Phantom al habla. En primer lugar, quiero felicitaros por...

—¡Las instrucciones!

—Ah, sí, perdón. Phantom Uno, también conocido como Phantom Campeón, me ha pedido que explique cómo cambiar los «cargadores», por así decirlo. Desde vuestra HUD, navegad a «Menú», «Sistemas», «Principal», «Jettison CRM». Oiréis un pequeño clic y entonces...

—¿No hay nada más rápido? —pregunto.

—Hombre, claro que sí. Pero dijiste que no querías saltar por los aires.

—¡Quiero la opción más rápida!

Franky emite una especie de gruñido y luego dice:

—Si presionáis el pulgar contra la almohadilla del receptor del arma, o si seleccionáis el icono de cambio en caliente en la HUD, podéis extraer y reinsertar los cargadores con seguridad. Podéis guardar los cargadores gastados en el cinturón para que estén a buen recaudo o colocar uno en el lateral del arma y se recargará al mismo ritmo que si estuviera dentro del arma. Por favor, no los perdáis porque son increíblemente valiosos. También se puede medir la capacidad de un cargador pulsando el botoncito que hay en la parte superior y se iluminará una tira de led. Si alguien tiene preguntas, podéis contactarme en el...

—Muy bien —interrumpo—. Phantoms, he visto que la mayoría anda por debajo del cincuenta por ciento. Controlad el ritmo y preparaos para recargar. Recordad que el treinta y dos por ciento es el número mágico.

Más ángeles de la muerte se acercan desde el este y nuevos robots de asalto remplazan a los que hemos aniquilado. Cada vez el fuego enemigo es más intenso, así que ordeno al equipo que retroceda. Pero estamos llegando a la pared sur: el enemigo nos está acorralando.

—¿Se te ocurre alguna idea, Bic? —pregunta Hollywood.

—Tal vez —respondo—. Franky, ¿estos cargadores se rompen fácilmente?

—Claro que no. Menudo fallo de diseño sería eso.

—Entonces, si le disparo a uno, ¿no explotará?

—No bastará para lo que creo que tienes en mente. Ahora bien, ¿disparar a un DAT? Eso sería más emocionante. La explosión resultante...

—Sería brutal.

—Por decirlo suavemente, sí. Pero hay un pequeño inconveniente: no tienes ningún DAT a mano.

—Cierto.

Si este hangar estuviera en la Tierra, buscaría tanques de combustible o tuberías de gas. Pero como no conozco la versión androquí del manual de municiones improvisadas TM 31-210, al menos por el momento, tendré que inventar sobre la marcha.

Me asomo y me fijo en un transporte pesado en el centro del hangar. Le han quitado la mayor parte del blindaje y veo algo en la sección de carga. Se me viene a la cabeza una conversación que tuvimos durante el tiroteo en el campus de Rutgers.

—¿No dijiste que las URB servían para restaurar los niveles?

—No sé qué tiene que ver eso con nuestra situación actual.

Me estoy impacientando.

—Franky. ¿Las URB tienen DAT?

—Bueno, normalmente sí, pero...

—¿Esa URB de ahí, por ejemplo?

La señalo en caso de que su alteza real lord Franky necesite aclaración.

Al igual que las otras naves de alrededor, han desguazado la URB por piezas y se puede ver el interior.

—Ah, ya veo. Escaneando objeto. —Tras una breve pausa, añade—: Parece que todavía hay bastante trinium en los restos del vehículo.

—¿Puedes marcarlo como objetivo?

—Naturalmente. Pero me apena comunicarte que, para volar ese DAT en particular, hará falta un disparo extremadamente preciso con una ráfaga de alto rendimiento y ninguno de tus FA-NCJ tiene capacidad para ello. Esos módulos están blindados y creados para prevenir impactos.

—¿Y el rifle de francotirador de Espectro?

—Supongo que puede servir, sí.

Localizo a Espectro agachado detrás de una mesa de trabajo y cambiando el cargador.

—Phantom Centinela, aquí Phantom Uno.

Levanta la cabeza y me mira.

Hago un gesto con dos dedos para señalar la URB.

—¿Te apuntas a un bombardeo?

Mira a lo lejos y luego se coloca su SFA- NJC en el hombro.

—¿Eso es lo que creo que es?

—Estamos a punto de averiguarlo. Necesito que lo dejes hecho un cráter. Equipo Phantom, todos a cubierto.

Mi instinto me dice que baje la cabeza, pero tengo curiosidad por ver la explosión.

Espectro aprieta el gatillo y la habitación se vuelve blanca.

Me engulle una onda expansiva y siento como si me estuvieran arrancando la cabeza de los hombros, pero el casco se estrella contra algo y entonces la energía pasa al torso y salgo despedido por los aires durante unos diez segundos, o al menos eso creo. Luego caigo contra el suelo y mi HUD se apaga. Los escombros golpean mi armadura. Está en llamas.

Algo me da un golpe fuerte y noto la metralla en los brazos, las piernas y el pecho. Consigo protegerme la cabeza y rezo para no acabar decapitado. A lo mejor ya lo estoy y no me he enterado. Pero conforme la lluvia de violencia va amainando y el dolor emerge, me doy cuenta de que estoy vivo.

Vivo y dolorido.

Lo que me hace pensar que...

Esto ha sido una estupidez.

El visor del casco se empaña con mi respiración acelerada y la función de cancelación de ruido no funciona. Todo lo que oigo son sonidos apagados de voces familiares que gritan mi nombre.

—¡Patrick!

Consigo incorporarme pero noto que el aire de mi casco sabe a rancio. Eso no indica nada bueno.

—¡Patrick! Oh, bendito zalastro. ¿Me oyes?

Es Franky. Suena como si estuviera hablando desde dentro de una mochila.

Levanto la mano derecha, pero está vacía: mi rifle ha desaparecido.

—¿Franky?

—Sigo a tu espalda. Pero he sufrido daños que...

—¿Dónde está mi rifle?

Lo último que necesito en este momento es quedarme sin arma. Me llevo la mano a la cadera: al menos mi LTL-MAC 41 sigue ahí.

Desenfundo y escudriño el suelo. Veo restos en llamas por todas partes. Entonces veo mi FA-NJC cerca de una caja de herramientas destruida.

Me abalanzo sobre el arma mientras continúo apuntando con la pistola en dirección al enemigo. Pero el rifle está partido en dos y echa chispas.

—Mierda.

—Patrick, el sistema de energía de tu traje está desconectado. Calculo que te quedan poco más de treinta segundos de aire respirable antes de que te desmayes y...

Es como si se le atascaran las palabras en la garganta. Pero sé lo que quiere decir y yo ya estoy jadeando como si fuera un pez fuera del agua.

—Todavía no estoy muerto —digo, y lucho por levantarme.

El resto del equipo parece haber salido mucho mejor parado que yo y siguen aferrados a sus barricadas como si fueran marineros que han naufragado durante un huracán. Incluso aquellos cuya cobertura ha desaparecido se las han arreglado para mantener la línea de fuego a unos pocos metros. Yo me he llevado la peor parte de la explosión.

Más allá de los Phantoms veo restos humeantes de ángeles de la muerte y robots en el cráter que se ha formado en el suelo del hangar.

—¡Patrick! ¡Necesitas oxígeno! —dice Franky.

Empiezo a tener la visión borrosa y, por alguna extraña razón, me noto las piernas como si fueran de gelatina.

Es una sensación extraña.

—¡Bic!

Veo un ángel de la muerte que viene hacia mí. Y sabe mi nombre. Hijo de puta. Pero los brazos me pesan demasiado como para apuntarle con la pistola.

Gelatina.

¿Por qué sirven tanta gelatina en los hospitales? Porque no les quedan piernas con zapatillas Nike del cuarenta y cuatro. O a lo mejor el fabricante firmó un acuerdo por lo bajini con las compañías de seguros. Malditos capitalistas, qué listos son.

Veo luces que parpadean. Oigo ruidos.

Cómo me gustaría comer un poco de gelatina ahora mismo.

Capítulo 10

18:14, domingo, 27 de junio de 2027
Karkin Cuatro
Centro de Operaciones de Despliegue, Terminal A3, hangar
de mantenimiento oeste

LA BRISA FRESCA en la cara me recuerda a la playa de Coney Island. Cuando era pequeño, me iba a hurtadillas hasta allí. Aunque tampoco sé si cuenta como «ir a hurtadillas» salir por la puerta de casa a las cuatro de la tarde cuando tu padre está durmiendo la mona en el sofá. Más bien escapaba. El olor de los perritos calientes, las palomitas con mantequilla artificial y el aire salado siguen siendo tan potentes ahora como entonces. Lo mismo ocurre con el traqueteo del Cyclone, la montaña rusa. Es una trampa mortal. Pero la brisa que noto es cada vez más fuerte y hay más ruido. Hasta el punto de que tengo que cubrirme la cabeza.

Alguien me coge del brazo y lo estira hacia atrás. Entro en pánico. Levanto el otro brazo para protegerme la cabeza pero también me lo agarran. No puedo protegerme la cara y el viento es cada vez más fuerte.

Estoy despierto y tengo un tubo de oxígeno ante la nariz y los ojos. Hago una mueca de dolor e intento quitármelo, pero no sirve de nada.

—¡Tranquilo, Bic! —grita alguien.

Miro a través de la lente agrietada de mi visor y me doy cuenta de que estoy frente a un ángel de la muerte. Pero tras el visor tintado del casco reconozco los ojos de Yoshi.

—Yoshi —digo con la voz desgarrada.

—Bienvenido de vuelta.

Aunque el sistema de amplificación de voz parece no funcionar, logro escuchar algo. También veo un tubo que sale de debajo de su casco y que llega hasta mí. Miro hacia abajo y veo otro tubo que sale de mi traje. Está... Está compartiéndome oxígeno desde su traje, como si fuera una traqueotomía extraterrestre rara.

Mis pensamientos se ven interrumpidos por el sonido de los disparos de las armas y me obligo a incorporarme a pesar del dolor que siento en... Bueno, en todas partes.

—Con calma, Bic.

Yoshi posa una mano detrás de mí para ayudarme a levantarme, pero con la otra mano me controla el pecho para que no vaya demasiado rápido.

—Tu cuerpo está trabajando para reoxigenar tu sangre.

—Y por lo que veo... —Hago una pausa para tomar aire—. Aún seguimos en esta pesadilla.

—Solo ha sido el primer asalto.

Una sensación de urgencia me impulsa a sentarme más rápido de lo que las manos de Yoshi quisieran. Pero no me importa. Si el equipo está en problemas, depende de mí sacarlos del peligro...

Por eso intenté lo del... lo del DAT.

Yoshi asiente.

—Ha sido una gran explosión, sargento jefe de artillería. Quizá demasiado grande incluso.

—¿Están bien los demás?

—Están bien —dice con un atisbo de duda—. Por ahora.

Le aparto las manos y me pongo en cuclillas. Yoshi debe de haberme arrastrado tras esta media pared de metal para tratarme porque estoy bastante seguro de no haber aterrizado aquí. Me asomo a la esquina y veo al resto del Equipo Phantom atrincherado. Y entonces me doy cuenta de dónde estamos: en la esquina más al sudoeste de la sala de mantenimiento.

—Después de tu jugada con Espectro, te agarré y te traje hasta aquí. La explosión nos concedió bastante tiempo para desplazarnos.

He intentado salvar a soldados de situaciones peligrosas con anterioridad y la mayoría no ha sobrevivido. Así que me siento feliz de seguir vivo y le estoy agradecido a Yoshi por su labor.

—Y entonces llegaron más refuerzos suyos —digo.

—Parece que están llamando a todos los efectivos del hangar principal.

Aunque no tengo toda la información a mi alcance, noto en su tono de voz que la situación es crítica. Y a eso hay que sumarle el sonido abrumador de ráfagas que pasan silbando por encima de nosotros. Incluso sin tener más información, solo su tono de voz ya me indica que estamos mal.

Mi cerebro (el cual me resulta imposible apagar) trata de encontrar una forma de avanzar. Pero entre nuestra posición comprometida, la escasa munición, las lesiones y el creciente número de androquíes, no tengo esperanzas.

Veo mi pistola en el suelo, la recojo y empiezo a avanzar hacia el equipo, pero una mano me agarra del brazo.

—Bic, no puedes salir sin mí —dice Yoshi señalando el tubo.

—No estoy seguro de que vayamos a vivir lo suficiente para que eso importe, amigo.

Sostiene el tubo en la mano durante unos segundos y finalmente lo suelta.

—Probablemente no.

Doy una última bocanada de aire antes de desconectar el tubo de oxígeno y Yoshi vuelve a agarrarme el brazo con la mano. Me giro y pone su casco cerca del mío.

—Lo siento —dice—. Por lo del puente Brooklyn.

—Ya hemos hablado de eso.

Pero parece ignorar mi comentario.

—Sé que ya no tiene importancia, pero se acabó. No voy a beber más.

Vaya, esto es nuevo.

—Sí que tiene importancia. —Le agarro la muñeca y me pongo casco con casco—. Hasta el último minuto todo importa. Cualquiera es bienvenido en nuestro reino, no importa el momento en que te des cuenta siempre y cuando te des cuenta.

Yoshi mira hacia abajo durante un segundo.

—¿Qué eres? ¿Un cura?

Me río.

—No. Fui a un colegio de curas, pero me echaron.

—Me lo puedo imaginar.

Cuando los ojos de Yoshi vuelven a encontrarse con los míos, juro que puedo ver una o dos lágrimas.

—¿De verdad crees en lo que has dicho? ¿Piensas que aún hay esperanza para gente como nosotros?

Y esa es la cuestión, ¿no? Joder, me he estado preguntando eso desde que el padre Benedicto le dijo a mi viejo que yo no era «apto para el catecismo». Al menos eso me dijo mi viejo. Si fueron las palabras exactas del cura o no, no importa. En cualquier caso sirvió para marcar la distancia entre Dios y yo y ahí seguimos desde entonces.

Miro fijamente a Yoshi.

—No sé si creo o no. Pero cuando tengo un día bueno, quiero pensar que sí.

—¿Y cuando tienes un día malo?

Ignoro la pregunta.

—Escucha, si no hay sitio para alguien como tú, entonces yo también estoy jodido. Eres un buen hombre, Ken.

—Tú también, Bic.

Suelto a Yoshi y me aparto un poco.

—Ahora vamos a darles lo suyo a estos extraterrestres.

Él asiente y yo tomo aire por última vez. Entonces arrancamos el cordón umbilical de nuestros cascos al mismo tiempo. Rápidamente doblo la esquina y me dirijo a la posición de Bumper, que está detrás de una especie de pala cargadora. Mi aliento empaña el visor mientras veo cómo el vehículo es arrasado por los proyectiles de los extraterrestres. Parece que la pala está fuera de servicio, pero ofrece una buena cobertura.

Bumper parece sorprendido de verme cuando me pongo a su lado. Creo que me dice algo, pero no le oigo y me cuesta verlo a través del visor. Me señalo la oreja y niego con la cabeza. Entiende lo que le estoy tratando de decir y un par de segundos después escucho su voz a través del altavoz de su casco.

—Me alegro de tenerte de vuelta en el mundo de los vivos, Bic.

—No quería que terminaras sin mí —le grito para que me oiga.

—Eso me dijo ella —responde con los ojos brillantes. Luego se levanta y dispara otra ráfaga al enemigo.

Mi turno.

Agarro la pistola, la cual he decidido rebautizar como Lil Mac, seguramente por la falta de oxígeno en el cerebro, y apunto a un ángel de la muerte. El extraterrestre intenta flanquear a Vlad. Pero hoy no va a ser su día. Aprieto el gatillo y el arma vibra en mis manos como una del calibre cuarenta: suficiente para causar problemas, pero no tanto como para que me duelan las muñecas a la mañana siguiente. Aunque tampoco es que eso me importe ahora mismo.

Acierto a darle en un lado de la cabeza. Estoy seguro de que el androquí está a punto de desplomarse cuando de repente se gira y me mira. Mierda.

Sigo apuntando y disparo dos veces más hasta que el casco del androcallo se resquebraja y un cuarto disparo le parte el cráneo.

Siento una mano que me tira hacia abajo. Es Bumper.

—Toma. —Saca el FA-NJC cuyas piezas íbamos a usar para reparar a Franky y me lo da.

—Gracias.

Acepto el arma y siento cómo se amolda a mi mano. Compruebo dos veces el modo de disparo y quito el seguro. Estoy a punto de enfundar mi Lil Mac cuando se me ocurre algo bastante estúpido causado por la carencia de oxígeno. Soy consciente de ello, pero no me importa porque pienso ponerme a disparar como un loco.

¿Qué haría Rambo en esta situación?

—Para sobrevivir a la guerra tienes que dar guerra —me digo a mí mismo.

Me pongo en pie, veo dos ángeles de la muerte uno al lado del otro y empiezo a disparar. El primero que cae es al que apunto con el FA-NJC y logro mantener a raya al otro con mi Lil Mac. Como es lógico, tardo unos cuantos disparos en dar en el blanco con la pistola; estoy usándola con la mano mala y no es que suela disparar dos armas a la vez para ir a las olimpiadas o algo así. Pero sí que puede considerarse como fuego de cobertura. Acabo con el segundo androquí con una ráfaga de tres disparos de FA-NJC en el pecho.

Otro par de ángeles de la muerte se percatan de mis disparos y se giran. Pero yo soy más rápido, aunque ya empiezo a ver gelatina por todas partes. De nuevo Lil Mac mantiene a uno a raya mientras efectúo los disparos de precisión con el rifle. No presto atención a la velocidad de descarga ni a la capacidad: esta es mi última carta en esta partida.

El primer androquí estalla en pedazos de gelatina y empapa de azúcar los alrededores mientras hiero al segundo en el hombro gracias a mi Lil Mac. Un segundo más tarde le apunto con el FA-NJC y le propino un disparo mortal en la cabeza. Veo nubes esponjosas en el visor. Me entran ganas de apretujarlas.

—¡Drones! —grita Bumper.

Nos disparan rayos de energía en ángulos de cuarenta y cinco grados desde nuestra posición. Los disparos alcanzan una de las tapas de los cubos de basura de color magenta y la destrozan.

—¿¡Queréis jugar a tiro al plato¡? ¡Os vais a enterar! —grito.

Se me ocurre que Lil Mac es más que un digno rival para estos monstruos voladores, así que alzo la pistola y apunto a un dron que se acerca. El primer disparo hace estallar una de las cuatro almohadillas repulsoras de la nave y el dron se tambalea. Se recupera y parece centrarse en mi posición. Pero mi segundo disparo le hace un agujero en el centro y el aparato se apaga y cae.

Con el cielo despejado, al menos por el momento, me fijo en un tercer par de objetivos terrestres, pero noto que me empiezan a flaquear los brazos y las rodillas. Necesito aire. Así que me pongo a cubierto para intentar recuperar el aliento.

Como si alguien hubiera oído mis plegarias, noto que me agarran del casco y me colocan con violencia un tubo en la boca y la nariz. Es Yoshi con el pulgar levantado.

—Bendito hijo de puta.

Respiro con fuerza y al instante siento que la cabeza se me empieza a despejar y que recupero la fuerza en las extremidades. También dejo de ver nubes esponjosas.

—Diría que estás durando un poco más de lo que pensabas —dice Yoshi.

—Dirías bien.

Vuelvo a tomar aire y me asomo por encima de la barricada metálica. El tercer par de ángeles de la muerte se está acercando. Justo entonces veo algo moverse a mi derecha. Es un robot de asalto que está intentando flanquearnos. Apunto con mi FA-NJC y aprieto incluso antes de estar seguro de tenerlo en el blanco. No es muy disciplinado por mi parte, lo sé. Pero la adrenalina corre por mis venas y algunos millones de disparos han enseñado a mis manos y a mi instinto de supervivencia a trabajar en equipo.

La ráfaga alcanza al robot, pero no lo derriba. De hecho, empieza a dispararme y me obliga a cubrirme de nuevo. Caigo sobre Yoshi y noto cómo el tubo se desconecta del casco. El suministro de aire mágico se desvanece y el visor se me empieza a empañar de nuevo.

Bumper me ayuda a levantarme mientras Yoshi introduce el tubo en mi casco. Doc es mi soporte vital, literalmente. Tiene en una mano el tubo y con la otra está disparando. Es un puto héroe.

Más me vale hacerlo bien.

—¡No me queda munición! —grita Yoshi.

Así que le doy mi pistola y me pongo en posición de tiro. Veo un nuevo robot de asalto a mi derecha y un ángel de la muerte dos pasos a su derecha. Le disparo al droide en la parte superior del pecho y el hombro mientras Yoshi hace retroceder al ángel de la muerte unos pasos. El retroceso de mi FA-NJC hace que el rifle se desvíe del objetivo más de lo que me gustaría admitir. Me estoy debilitando. Pero los siguientes disparos consiguen arrancarle la cabeza al robot.

Yoshi mantiene a raya al ángel de la muerte con mi Lil Mac el tiempo suficiente para que pueda asestarle un tiro de gracia con mi FA-NJC.

—¡A tu izquierda! —grita Yoshi.

Me giro y veo a tres ángeles de la muerte que acaban de darse cuenta de que los hemos pillado con el carrito del helado. Por desgracia para ellos, es demasiado tarde. Aprieto el gatillo y lo mantengo para infligirles una lluvia de dolor, aunque sé que se me está agotando la munición. Justo cuando lo pienso, el rifle deja de disparar.

—¡No me queda munición! Yoshi, necesito aire.

Pero no obtengo respuesta. Veo su mano a la altura de mi cadera con el guante entre los dedos. Le han dado.

—¡Mierda! —digo mientras le golpeo el hombro para que reaccione—. ¡Bumper!

Se gira y ve a Yoshi de espaldas. Doc tiene marcas de quemadura en el hombro y en el vientre y no pintan bien.

—Venga, Donkey Kong, que la fiesta no ha terminado. —Bumper me pasa su FA-NJC y el que creo que es su último cargador—. Haz que no se acerquen.

Asiento y, en cuanto empuño el arma, noto que me vinculo y compruebo el porcentaje del condensador. Está al treinta y cinco por ciento, así que cambio a un cargador nuevo. A continuación me levanto y me pongo a disparar hacia el primer enemigo que veo; se están acercando demasiado. Empiezo a disparar ráfagas controladas para que cada disparo cuente. Apuntar, disparar, avanzar: ese es el mantra. Uno a uno los enemigos estallan como calabazas de *Halloween*. Pero el precio que tengo que pagar es elevado: la munición se agota.

—No me queda munición.

Me agacho y miro primero a Bumper y luego de reojo al resto del equipo. Todos sacan sus cuchillos Duradex.

Tengo el visor muy empañado, así que decido agarrar el tubo de la mano de Yoshi. Pero me asalta la duda: no me siento cómodo tomando unas bocanadas de aire de un moribundo. Pero sé que él me lo ofrecería si pudiera y, de no hacerlo, no tendré fuerzas para un combate cuerpo a cuerpo.

—Gracias, Yoshi.

Conecto el tubo y aspiro dos veces. Luego lo desconecto y desenfundo el cuchillo.

Miro a derecha e izquierda con la hoja en alto y luego hago un gesto con la cabeza en dirección a Bumper, Espectro y Hollywood. Y a Aaron, y Z-Lo. Y a Vlad y Lada. Quiero decirles a todos que lo siento. Que ojalá tuviéramos más tiempo. Que me gustaría arrancarles los dientes a todos los enemigos y sacarles información, pero esto es lo que hay.

Conservo un pequeño atisbo de esperanza de que alguien en la Tierra continúe donde nosotros lo dejamos. Que pueda avanzar más, luchar más. Y ganar. Ese es el espíritu del guerrero. No se trata de asegurarnos la victoria, sino de forjar el camino que permita la victoria para los que vienen detrás.

—Dile a todo el mundo que se mantenga a cubierto —le ordeno a Bumper—. Dejemos que se acerquen.

Bumper asiente y transmite el mensaje al resto por el canal del equipo a través del casco.

—ECN, Phantoms —digo.

Sé que nadie me oye. Pero espero que me oigan en el cielo. El ruido de las botas enemigas y de los disparos crece a medida que avanzan hacia nosotros.

—Que Dios se apiade de nosotros.

CAPÍTULO 11

18:18, domingo, 27 de junio de 2027
Karkin Cuatro
Centro de Operaciones de Despliegue, Terminal A3, hangar
de mantenimiento oeste

SE ME TENSA el cuerpo cuando percibo que están a la altura de mi barricada. Veo el cañón de un arma que asoma, lo agarro con la mano izquierda y lo estiro hacia delante con la idea de que, si le arrebato el arma, el enemigo se quedará desarmado; si no la suelta y lo arrastro junto con el rifle, tendré más opciones de matarlo. Por suerte sucede lo último y el ángel de la muerte cae junto a mí.

Le clavo mi cuchillo de combate Duradex en el abdomen con la idea de que me resultará difícil debido a su armadura. Sin embargo, la hoja la atraviesa como si fuera cartón; esto me da la energía que necesito para clavarle el cuchillo más profundamente con la esperanza de acertarle en algún órgano vital. El androcallo intenta disparar y oigo un grito agonizante bajo el casco.

Sabedor de que venía con más enemigos, me giro y utilizo a la víctima como escudo. Miro a la izquierda y veo que Bumper ha dejado de atender a Yoshi y también ha agarrado a un androcallo para usarlo como escudo. Y menos mal: los disparos enemigos impactan en los cadáveres, haciéndonos retroceder a ambos. Me caigo de espaldas con el muerto encima.

Entonces veo el FA-NJC del androcallo a mi derecha, así que me paso el cuchillo a la mano izquierda y agarro el rifle con la derecha. Noto que me vinculo al arma y, todavía con el cadáver como escudo, apunto hacia un segundo androquí que se acerca. El monstruo me apunta con su arma pero disparo antes que él y lo derribo.

Se produce una nueva lluvia de disparos desde el norte. Rayos brillantes estallan a menos de un metro. Me desprendo del cadáver y regreso junto a Bumper, agarro el tubo que aún sobresale del casco de Yoshi y tomo aire. Empiezo a ver el visor más nítidamente y noto alivio en los pulmones. Yoshi aún se mueve; poco, pero se mueve.

Bumper, Vlad y Z-Lo han conseguido arrebatarles las armas a algunos enemigos y disparan a los que continúan acercándose. De igual manera, Hollywood, Espectro y Lada están robándole los cargadores a los enemigos caídos para usarlos en sus armas. Parece que la partida aún no se ha terminado. ¿Estamos retrasando lo inevitable? Sí, sin ninguna duda. Pero no estamos muertos.

Un dron sobrevuela la zona y hace un rápido giro de ciento ochenta grados. Apunto con el FA-NJC que acabo de robar y disparo dos veces. El cacharro cae en espiral, se estrella contra la pared que tenemos detrás y estalla. Estoy a punto de girarme para seguir apuntando hacia el norte cuando noto algo que se mueve. Un trozo de pared pegado al suelo se desliza: no mide más de un metro y medio y está prácticamente oculto por estanterías de suministros. Parpadeo para asegurarme de que no es una alucinación, pero seguramente lo sea debido a la falta de oxígeno. Sin embargo, veo que un ángel de la muerte sale del hueco y le doy una palmada a Bumper.

—Nos atacan por la retaguardia —grito. Pero Bumper está ocupado conteniendo a los enemigos que avanzan hacia nosotros de frente.

Apunto al androcallo y me dispongo a disparar. Solo tengo que apretar el gatillo para reventarle el cráneo. Pero entonces observo que tiene como pegatinas rojas en el casco, el pecho y el hombro. O lleva un traje en muy mal estado o es un identificador de rango que no conozco. Además, lleva una especie de capa agarrada al cuello y... ¿pegatinas? ¿En la armadura? ¿Pero qué cojones?

Mi instinto me dice que aparte el dedo del gatillo.

Entonces el extraterrestre me saluda... como si fuera mi amigo o algo así. Y se esconde detrás de la estantería para evitar los disparos.

Reconozco que pocos comandos serían tan estúpidos como para enviar unidades a través de un túnel enano que lleva directo al búnker del enemigo: sería una muerte segura. Pero también es cierto que los androquíes pueden llegar a ser así de estúpidos. Mierda.

Le doy un golpe a Bumper para llamarle la atención y que vea lo que yo estoy viendo.

El extraterrestre de la capa también lo saluda y nos hace una señal con la mano que interpreto que viene a ser algo así como «agachaos».

Bumper y yo nos miramos.

—¿De dónde ha salido? —me pregunta el SEAL.

—De la puta pared. Creo que dice que nos agachemos.

Bumper se queda un segundo mirando al nuevo visitante.

—Bueno, al menos no nos ha disparado.

—Y tampoco tenemos muchas más opciones.

Tal y como yo lo veo, vamos a morir pase lo que pase. Así que podemos dejar que nos aniquilen en los próximos diez segundos cuando se nos agote la munición de nuevo y el enemigo se percate de que solo tenemos cuchillos, por muy afilados que estén, o podemos arriesgarnos y hacerle caso al extraterrestre disfrazado de mandaloriano.

—Corre la voz —le digo a Bumper, y luego me acomodo junto a Yoshi.

Yoshi gira la cabeza y mueve las cejas de una manera curiosa. Me encojo de hombros y le digo:

—Prepárate.

¿Para qué? Ni puta idea. Pero pienso averiguarlo.

Unos segundos después todo el equipo está tumbado boca abajo con las cabezas cubiertas. Miro hacia nuestro posible aliado, pero se ha ido. ¿Ha sido solo una estratagema para hacernos bajar las armas? Me siento como un verdadero idiota.

De repente, nuestro nuevo amigo se asoma por la esquina con un arma de tres cañones de gran tamaño montada sobre ruedas. Apenas me da tiempo a mirar, porque el arma empieza a eructar fuego. Cuento tres disparos por segundo seguidos de un silbido que me eriza el vello de la nuca. Si estuviéramos en la Tierra, diría que es un lanzagranadas Mk 19 con la potencia de un avión. ¿Pero en este planeta? No tengo ni idea de qué es ese cacharro.

El suelo y el aire vibran y me agarro el casco para que no salga volando. Se produce una explosión que hace brillar el hangar como si estuviera amaneciendo y suena una especie de sirena de niebla. Una de las grúas se desprende de la base y arranca un cable, y veo cuerpos volar por los aires: ángeles de la muerte, robots, drones; todos surcan el aire como si los hubieran lanzado desde un trampolín. Algunos están en llamas y otros están completamente mutilados.

—¡Joder! —grita Bumper.

Yoshi me golpea débilmente el hombro con el puño.

Y sé que Espectro está sonriendo aunque lleve el casco.

Vuelvo a mirar al nuevo amigo y veo que se le han unido otros dos ángeles de la muerte con capas marrones y motivos rojos. Los recién llegados sacan unos dispositivos que parecen botellas de champú metálicas y nos las lanzan. Tres segundos después los dispositivos estallan.

¿Para qué usar granadas cuando tienes un Mk 19 monstruoso que acaba de poner la sala patas arriba? Pero entonces veo que un humo espeso y brillante comienza a envolvernos. Quizá son alucinaciones causadas por los nervios, pero diría que la temperatura también aumenta.

Entre el visor empañado y la humareda no puedo ver más allá de un metro. Apenas distingo a Yoshi y a Bumper no lo veo en absoluto.

Dos manos me agarran por las axilas y me ponen en pie. Reprimo el automatismo aprendido durante mi entrenamiento SERE (supervivencia, evasión, resistencia y huida), el cual se basa en desconfiar de cualquier cosa o persona que te agarre, y me dejo mover.

—Por favor, no tengas temeridad —me dice una voz grave pero suave a mi derecha.

Es el software del casco hablando por el altavoz de este. El ángel de la muerte de la capa y las pegatinas está a mi derecha y hay otro a mi izquierda.

Echo un vistazo por encima del hombro con la esperanza de localizar a algún Phantom, pero no veo tres en un burro.

—Tus amigos también vienen —dice la voz de mi derecha. A este lo llamaré Pegatas.

Veo sombras moverse entre el humo y me da la impresión de que hay muchos más androcallos de estos y no solo los tres originales. No lo sé con certeza, pero intuyo que caminamos en dirección sur. El humo se va disipando poco a poco, entonces distingo la estantería y la entrada del túnel secreto.

Me detengo en seco.

—No te alarmes —dice Pegatas.

Pero no puedo evitarlo. Hay ángeles de la muerte con capas sacando cadáveres del túnel y llevándolos hacia nuestras barricadas. Y no son cadáveres cualquiera...

Son más ángeles de la muerte.

—Estos son para completar la treta —dice Pegatas.

¿La treta? ¿Están... poniendo cuerpos para despistar?

Ya entiendo. Para que el enemigo los encuentre y no sepa que hemos escapado. Aunque cuando Pegatas me indica que baje la cabeza para que me meta en el túnel, no sabría decir si estamos escapando o metiéndonos en la boca del lobo.

—Gracias, madre de Moisés —susurro, incapaz de recordar el nombre de la mujer judía que puso a su hijo en una cesta y lo dejó a la deriva en el Nilo.

Cuando el humo da paso a la oscuridad, me siento como si estuviera flotando en el Nilo mismo con un manto de estrellas en el cielo. Noto cómo pierdo la fuerza en las piernas y los brazos, pero no me caigo. Tan solo floto.

* * *

Noto un ardor intenso en el bíceps derecho y me despierto de golpe. Es como si me acabara de picar una avispa. Tras unos segundos, recupero la calma y veo que Pegatas me saca una especie de jeringa brillante del brazo.

—¿Pero qué cojones...?

—No tengas temeridad —responde Pegatas.

Me da la impresión de que el software de traducción de su casco es menos torpe. Algo es algo.

—No haces más que repetir eso, pero... —Noto una subida de energía por todo el cuerpo y me empiezo a notar completamente despierto—. ¿Qué demonios era eso?

—Una inyección de micropartículas de oxígeno junto con inhibidores de sinapsis neurales para tus receptores de dolor.

Miro a Pegatas sin saber qué decir. Pero me veo capaz de caminar sin ayuda y noto que él y el segundo acompañante, al que llamaré Zurdo porque estaba a mi izquierda, me sueltan los brazos.

—Te servirá durante al menos los próximos veinticinco minutos hasta que podamos proporcionarte a ti y a tu equipo la atención médica adecuada. También puedes quitarte el casco dañado si deseas ver mejor, pero haz lo posible por no respirar con regularidad.

Que te digan que servirá y que luego te recomienden no respirar con regularidad... como que no encaja. Pero la inyección me ha revitalizado hasta el punto de que casi me fío de sus palabras contradictorias. Dicho esto, aún no me veo capaz de alterar el reflejo respiratorio automático de mi cuerpo: lo he usado bastante durante los últimos cuarenta y cuatro años.

—Dudas —dice Pegatas—. Y es comprensible. Te recomiendo que intentes aguantar la respiración durante intervalos de veinte segundos. Las pequeñas inhalaciones de la atmósfera local no te harán daño, pero pronto descubrirás que no necesitas respirar con tanta frecuencia como crees.

Decido quitarme el casco y probar el consejo de Pegatas. Supongo que, si quisiera matarme, ya estaría muerto. Además, al respirar en el casco defectuoso, el visor se empaña y me resulta casi imposible ver.

Noto en la frente una brisa de aire fresco, si acaso puede considerarse así, y me aguanto el impulso de respirar profundamente. Aunque sigo conservando mi instinto, no siento el pánico por la falta de oxígeno que siente una persona cuando está demasiado tiempo bajo el agua. Es extraño. La inyección está haciendo efecto. Y me doy cuenta de que tampoco es algo que me resulte desconocido. De repente recuerdo haber leído algo sobre suministrar oxígeno por vía intravenosa a pacientes de hospital que no podían respirar. Esto no es más que una versión mejorada. Hecha por extraterrestres para que pueda respirar en otro planeta. Algo completamente normal, ¿no?

Me doy la vuelta y veo al resto de integrantes del Equipo Phantom, todos ellos asistidos por un guerrero que lleva un atuendo parecido al de Pegatas y Zurdo. Parece que todos han sobrevivido, incluso Yoshi, que está tumbado en una especie de camilla flotante.

—¿Quién eres? —le pregunto a Pegatas.

—Te lo explicaremos. Ven.

Pegatas avanza por el túnel poco iluminado y Zurdo me cede el paso.

Todo esto es muy raro, pero mejor estar aquí que acabar acribillado tras una barricada.

* * *

No es hasta que atravesamos un segundo punto de control (hay un solo guardia que protege un panel de pared semioculto en el pasillo de servicios) que se me ocurre preguntarle a Franky si tiene información sobre este grupo de rebeldes. Pero sin casco para establecer una conexión segura con él, carecemos de privacidad. Lo último que quiero es que esta nueva facción sepa más de mí de lo que ya sabe. Además, si no acaban siendo hostiles, obtendré todo lo que necesito de primera mano. Es mejor esperar.

Pegatas nos conduce por un tercer punto de control, esta vez un pozo de ventilación con más visibilidad por donde cabe una persona sin problemas. Entonces me doy cuenta de que estamos dejando atrás las paredes de aspecto industrial y de que continuamos por túneles directamente excavados en la roca. Aunque dosifico las respiraciones, logro reconocer el olor a humedad y moho. También oigo un goteo y un sonido lejano de un arroyo subterráneo.

—Ya casi hemos llegado —dice Pegatas.

Que me lo diga me da esperanzas. Solo el más sádico de los enemigos anuncia la muerte inminente de una víctima. Y Pegatas no parece un sádico, al menos no con nosotros. Pero bien que sabía cómo masacrar al enemigo en el hangar de mantenimiento, y yo

133

daría mi huevo izquierdo por hacerme con uno de esos LG84. Sí, me acabo de inventar el nombre. Es la abreviatura de lanzagranadas de ochenta y cuatro milímetros, que debe de ser más o menos el calibre que utiliza.

Vamos cuesta arriba y noto el ardor en los muslos y las pantorrillas. Miro hacia atrás por encima del hombro y distingo al resto de los Phantoms gracias al débil resplandor de los ledes en las armas y los cascos. Veo más luz procedente de la camilla flotante de Yoshi. Eso son buenas noticias. Todavía estamos juntos, y si Yoshi hubiera muerto, dudo que fueran tan amables de transportarlo. Podrían abandonarlo, arrastrarlo por el suelo o, mejor aún, dejárselo al enemigo.

Pero ese no es el estilo de Pegatas: un tío que aparece por un túnel secreto, que despliega una violencia inmensa para hacer retroceder al enemigo y que luego lanza una granada de humo.

Por no hablar de los cadáveres para que hagan de señuelo. Y a eso se le suma una ruta secreta a... Bueno, adonde sea que vayamos. Esto parece un capítulo de Capa y Puñal. Así que, si estos androcallos de marca blanca no quieren matarnos, ¿por qué nos rescatan?

Como es de esperar, mi imaginación hiperactiva piensa en varias posibilidades. La razón más obvia es que quieran pedir un rescate. A diferencia de lo que sale en las películas, no torturas a una víctima para pedir dinero o favores políticos a menos que seas un criminal de poca monta. Quieres mantener a la víctima viva el mayor tiempo posible. Hidratada, alimentada y cómoda. No hay mucho que ganar financiera o políticamente si no eres capaz de demostrar que la víctima está viva. Así que tal vez Pegatas quiera pedir algunos favores y nosotros seamos la moneda de cambio perfecta.

Otra opción es que sean cazadores furtivos. El hecho de que hayamos dado con la principal operación de esclavización de Androquía Prime no significa que no haya más. Puede haber grupos rivales que actúen como las rémoras junto a los tiburones. Nada como quedarse a la sombra de los grandes depredadores para disfrutar de las sobras.

El mayor indicio de que puede que ninguno de mis presentimientos sea correcto es que todavía conservamos nuestras armas. Está claro que todo esto podría ser un gran espectáculo orquestado para ganarse nuestra confianza y que bajemos la guardia. Pero por algún motivo no creo que sea así. Por otra parte, si Pegatas y sus amigos son observadores, ya se habrán dado cuenta de que nos hemos quedado sin munición y de que solo tenemos cuchillos para atacar o defendernos.

Pegatas hace un gesto a dos centinelas armados y se echa a un lado.

—Por favor, entrad —dice mientras señala lo que parece un ascensor de carga.

Es mugriento y carece de paredes, dejando así la roca al descubierto, y por lo poco que noto al tomar aire, huele como si una horda de gatos se hubiera meado dentro. Un pequeño led rojo en el techo hace que el líquido del suelo parezca sangre y la única tecnología avanzada a la vista es un escáner de huellas digitales sobre un pedestal metálico en la pared del fondo.

Entro al ascensor y me doy la vuelta para asegurarme de que entran todos los integrantes del equipo. Es la primera vez que nos vemos cara a cara desde hace unos diez minutos y me doy cuenta de que todos se sorprenden al verme sin el casco puesto.

—¿Entonces puedo quitarme el mío también? —pregunta Z-Lo a mi lado.

—Negativo —digo. Y entonces me doy cuenta de que, aunque la inyección de Pegatas haya sido mano de santo, para hablar he de tomar aire, y eso supone tragarse el olor espantoso que llena el espacio—. Déjatelo puesto.

El chico asiente y deja espacio al resto del equipo. Una vez que todos estamos dentro, Zurdo se monta y le hace un gesto a Pegatas, que pone la mano sobre el escáner y una luz brillante ilumina la pantalla. Se escucha un tintineo seguido de chasquidos y sonidos guturales, sin duda, idioma skrawl, y luego Pegatas pulsa unos botones en la pantalla.

El ascensor comienza a ascender y todos buscamos algo a lo que agarrarnos, pero no hay nada, de manera que conservamos nuestra conducta profesional y simplemente sostenemos las armas en el pecho.

El ascensor va cada vez más rápido y veo la roca tallada pasar a escasos centímetros de mi cara. Hay algo que está claro: este ascensor no pasaría una inspección en Nueva York. Aquí se están infringiendo muchas normas. Continuamos subiendo en silencio durante al menos treinta segundos hasta que suena una campanita y el ascensor empieza a reducir la velocidad. El ascensor da una última sacudida y se detiene.

—Por favor —dice Zurdo desde la entrada del ascensor—. Por aquí.

Miro a Pegatas para asegurarme de que debo obedecer. Lo que vemos cuando salimos del ascensor no es en absoluto lo que esperaba.

SEGUNDA PARTE

CAPÍTULO 12

18:40, domingo, 27 de junio de 2027
Karkin Cuatro
Ubicación desconocida
Última ubicación conocida: Centro de Operaciones de Despliegue, Terminal A3

—¿UN INVERNADERO? —HOLLYWOOD se gira y me mira a mí y luego a Pegatas—. ¿Qué es este sitio?

—Base de operaciones. —Pegatas hace un gesto para que avancemos—. Por favor.

Zurdo está a unos pasos en un pasaje iluminado por una luz ámbar cálida. Las plantas que salen de las paredes a los lados son de un verde tan intenso que casi parecen azules. Sobre el follaje hay flores amarillas, rosas, rojas y blancas, y los colores son tan intensos que juraría que son neones. Las flores son enormes, fácilmente tres veces el tamaño de las orquídeas más grandes que he visto en mi vida, cuando estaba destinado en la base del Cuerpo de Marines de Hawái, en la bahía de Kaneohe. Las enredaderas se esparcen por el techo y pequeñas cascadas nacen de las paredes. También oigo algunos sonidos que parecen de insectos y lo que me parece que es el canto de un pájaro, pero todo es tan extraño que no puedo asegurarlo.

Algo se mueve en la maleza a mi izquierda.

Fantasma saca su cuchillo Duradex y se pone en posición de ataque.

—No hay que alarmarse —dice Pegatas.

El mandaloriano me adelanta, mete una mano entre las hojas y saca un pequeño monopodo con dos brazos. El pelo en la cara y el cuerpo me recuerdan a una ardilla, pero los dedos de las manos y

139

de su único pie parecen los de un mono, además de tener ventosas como las de un pulpo.

—Es un animal típico androquí que se encuentra en árboles frutales.

El ser parece inofensivo, pero también sé que los animales lindos y adorables acaban cagándose en la alfombra y te roen los muebles hasta hacerlos picadillo. O en este caso podría ser mi cara. Además es androquí, de manera que me fío de él tanto como de una fiesta de cumpleaños organizada por el ejército de Irán. Le hago un gesto con la cabeza a la criatura, pero mantengo la distancia hasta que Pegatas lo vuelve a dejar entre las hojas. De igual modo, Espectro no deja de blandir su cuchillo hacia el animal hasta que nos alejamos del lugar.

—Ni en un millón de años me habría imaginado algo así —dice Bumper desde la primera fila.

Espero a que Franky intervenga con algún comentario inteligente, pero se queda callado, lo cual no es habitual en él, y empiezo a pensar que algo puede ir mal. Por otra parte, quizá Franky esté tan callado porque tiene miedo de ser sometido a un borrado de memoria. Y darle unos golpecitos para preguntarle qué tal puede que no sea una buena idea ahora mismo.

Dejamos atrás el pasaje y nos adentramos en un arboreto del tamaño de Grand Central, en Nueva York. Es el invernadero más grande que he visto nunca. El aire es húmedo y cálido y, aunque probablemente siga siendo tóxico, al respirar descubro que no huele a pis de gato. Tal vez toda esta flora limpie el ambiente, como las plantas en la Tierra. También podrían matarnos si no tenemos cuidado.

Grandes árboles sin ramas se elevan hasta unos quince metros sobre nuestras cabezas y en lo alto brotan hojas de color azul verdoso oscuro. Una fuente de luz central de color ámbar se filtra a través de la copa e ilumina arbustos, senderos y estanques de agua brillante. Pequeños animales con múltiples alas revolotean entre las enredaderas y los insectos zumban de flor en flor.

Pero lo que más llama la atención del lugar no es esta especie de edén, sino todos los androcallos que pululan por él entre sonidos de skrawl. La mayoría lleva una armadura de ángel de la muerte que se parece a la de nuestros acompañantes. El resto lleva una especie de mono de trabajo de arpillera con varios parches cosidos que intuyo que sirven para designar función o rango. Casi nadie lleva la cabeza cubierta. Y es eso lo que me rompe los esquemas.

Hasta el momento, mi impresión de los androquíes ha sido bastante mala. Y no solo por las ganas que tienen de esclavizar a la población de la Tierra: también por su piel gris arrugada con venas verdes, sus ojos, sus bocas verticales y el olor horroroso que desprenden. ¿Pero estos androcallos? Sus caras son del mismo verde azulado que las hojas. Tienen ojos rojos acuosos y suaves. Y su piel tiene un brillo que les da un aspecto saludable, a falta de una palabra mejor. No sé qué versión es esta, pero está muy lejos de los androcallos que hemos estado aniquilando.

Sin embargo, más que los nuevos androquíes, lo que me llama por completo la atención es que hay otras especies que no reconozco. Vale, admito que hasta hace unos días vivía pensando que los humanos éramos los únicos seres sintientes del universo, así que claro que me hallo sorprendido. Hay un ser azul con tentáculos en la cabeza, una raza de personas con aspecto de felinos y largas colas, y un gran armatoste de dos colmillos y piel roja con tirantes y cara de pocos amigos. También hay seres más pequeños que parecen koalas con dientes de conejo que llevan capas hechas de cáñamo o algo similar.

—¿Así que nos hemos alejado del campo de batalla y hemos ido a parar a una comuna de jipis revolucionarios? —me pregunta Hollywood en voz baja a través del altavoz de su casco.

—Eso parece —respondo con la misma tranquilidad.

Pegatas se pone al frente del grupo y nos guía por un camino que serpentea por el centro del arboreto. Nos hace un gesto para que lo sigamos y, en cuanto nuestro equipo sale de las sombras, todos los presentes guardan silencio. Es como cuando el tocadiscos deja de sonar en un bar de mala muerte. Y dado que los demás del equipo dan el pego como androquíes, supongo que yo soy el que despierta tanta curiosidad.

¿Y qué hago?

Saludar. Como si fuese la reina de Inglaterra.

—Saludad y sonreíd. Venga, todos —le digo al equipo.

Todos los Phantoms saludamos a nuestros anfitriones de cara verde. Vlad es el más entregado y saluda con las dos manos como si estuviera en el desfile del día de Acción de Gracias de Macy's. Me lo imagino. Le encantaría. Lo más divertido es que unos cuantos androcallos devuelven el saludo pero luego se lo piensan mejor y bajan los brazos.

Poco a poco todo el mundo vuelve a lo suyo y se empiezan a escuchar de nuevo los sonidos guturales del skrawl.

Seguimos a Pegatas por una rampa sinuosa hacia una amplia fila de puertas de cristal curvadas. Entonces me doy cuenta de que el arboreto tiene varios pisos que cuentan con balcones rústicos, pasarelas y más puertas de cristal muy anchas.

Dos centinelas custodian la sala a la que nos dirigimos. No llevan los cascos típicos de los ángeles de la muerte pero sí unos FA-NJC y armaduras esmeralda. Justo antes de acercarnos a ellos, Pegatas se da la vuelta y les dice algo a los androcallos que llevan a Yoshi, que inclinan la cabeza (es la primera vez que lo veo) y se separan de nuestro equipo.

—¡Eh, no tan rápido! —Agarro a Pegatas por el brazo y al instante me doy cuenta de que acabo de aguar la fiesta. Todo el posible buen rollo hasta el momento se va al garete y varias docenas de armas nos apuntan *ipso facto* a todos los Phantoms.

Pegatas empieza a parlotear en su idioma y se arranca el casco en señal de protesta. De repente, las armas bajan y Pegatas me señala. No soy ni mucho menos un experto en biología androquí, pero algo me dice que quizá me he equivocado al suponer que Pegatas es un hombre. Puede que no sea más que una corazonada al ver sus pómulos delgados y unos rasgos más delicados, pero me da la impresión de que se trata de la pistolera más rápida a este lado del oeste.

—El humano... necesita... hospital. —A Pegatas le cuesta emitir palabras con sus labios, pero me deja impresionado. Es mucho más de lo que yo puedo decir en su idioma—. Todo... seguro.

Desde la camilla Yoshi eleva el pulgar para indicar que está bien.

—¿Me das tu palabra de que os ocuparéis de él? —Hablo despacio pero con autoridad.

—Lo prometo —responde, y luego inclina la cabeza en una pequeña reverencia.

Esto parece inquietar a algunos de los curiosos, pues deduzco que no es el tipo de gesto que un comandante suela compartir con extraños.

—Muy bien. Pero quiero que uno de los míos vaya con él. —Le hago un gesto a Espectro con la cabeza—. ¿De acuerdo?

—Entendido —dice mientras se acerca a Yoshi.

Señalo las heridas de Espectro, que aún le duelen desde el incidente de la capilla de Rutgers.

—Y luego que te echen un vistazo a ti.

—Estoy bien.

—No te he preguntado. —Vuelvo a mirar a Pegatas—. Todo en orden.

Hace un clic con la boca y los dos guerreros que atienden a Yoshi se alejan junto con Espectro a los pies de la camilla.

Una vez evitada la minicrisis, avanzamos el resto del camino hasta las puertas de cristal y Pegatas hace señas a los dos centinelas para que se aparten. El cristal se separa por la mitad y se desliza, entonces entramos en un vestíbulo cuyas oscuras paredes de roca conducen a otro conjunto de puertas de cristal. Empiezo a creer que todo el complejo ha sido tallado en roca. Y, sin embargo, todo el cristal, la exuberante vegetación y la cálida luz del sol (suponiendo que sea eso) dan la sensación de que estamos en la superficie del planeta.

Nos adentramos en lo que parece la sala de mando. El premio gordo. Hay asientos escalonados y enormes pantallas en la pared más lejana. Hay androquíes con uniformes negros y morados ocupados en estaciones de trabajo y apenas hay iluminación, solo la suave luz ámbar.

Otros dos centinelas al otro lado del cristal le preguntan algo a Pegatas. Cuando ella responde, los guardias nos miran y luego abren las puertas de seguridad.

Pegatas gira a la derecha al entrar en la sala de mando y nos conduce a una sala contigua. Me esfuerzo en observar todo lo que tengo a mi alrededor para acumular información: las grandes pantallas a mi izquierda parecen mostrar imágenes de cámaras de seguridad, planos de edificios y marcadores de iconos activos superpuestos en mapas topográficos. Como es lógico, no entiendo nada de lo que hay escrito: para mí todo son meros garabatos. Pero soy capaz de reconocer un análisis estratégico en tiempo real cuando lo tengo delante, ya sea en este planeta o en otro.

Por Dios, parezco un cadete de la Fuerza Espacial hablando así.

Lo importante es que hemos conseguido encontrar una especie de resistencia clandestina o, mejor dicho, son ellos quienes nos han encontrado a nosotros. Y, por lo visto, hasta el momento tienen ojos y oídos puestos en toda la operación de los esclavistas. Ahora es cuestión de averiguar lo que saben y utilizarlo a nuestro favor. Con un poco de suerte, tal vez incluso combinemos fuerzas y podamos intercambiar recursos.

¿Y qué recursos serían esos, Bic? Pues una lista asombrosamente precisa de las mejores pizzerías de Brooklyn clasificadas de mayor a menor según el IRCSQC: índice de relación entre corteza, salsa, queso y condimentos.

Algo que les importará mucho.

Pegatas se acerca a una puerta de cristal tintado y, antes de cruzarla, nos indica que esperemos.

Hollywood me da un golpecito en el codo y se dirige a mí en voz baja.

—O está preparando la habitación para nosotros o nos la va a dar con queso.

—Opino lo mismo. Y no puedo dejar de pensar en lo segundo.

—Yo tampoco.

El cristal se abre y Pegatas nos hace un gesto para que le sigamos.

Entramos en una sala de conferencias ovalada repleta de más plantas en flor. Una única ventana de apenas veinte centímetros de altura se extiende por una de las paredes y deja entrar más luz ámbar del arboreto. Hay una mesa de conferencias hecha de restos de placas metálicas soldadas multicolores. Aunque las han tratado, siguen teniendo el mismo acabado que cuando pertenecían a otros objetos: vehículos blindados, aviones, transportes de tropas e incluso trajes de ángeles de la muerte y restos de robots, según veo.

Sentado en la cabecera de la mesa, hay un androquí canoso sin casco que tiene pinta de haber pasado mejores épocas. Tiene la misma piel azul verdosa que los demás, pero su ojo derecho es pálido y tiene un brillo aceitoso. En su rostro se dibujan varias cicatrices y la nariz y la boca tienen aspecto de haber recibido múltiples puntos de sutura. Va vestido con una armadura de ángel de la muerte similar a la de Pegatas: maltrecha, con pintura roja en la coraza y hombreras.

El tipo (a mí me parece que es un varón y, aunque no apostaría mucho dinero por mí, creo que voy mejorando) alcanza un pequeño dispositivo que hay en la mesa y se lo engancha al cuello. Una pequeña luz azul sale proyectada del dispositivo hacia la garganta del líder y un sensor en su sien se ilumina en un tono azul similar.

—Bienvenidos. Por favor, tomad asiento —dice el hombre.

Aunque sigo oyendo los chasquidos y los sonidos guturales, me centro en la interpretación que proporciona el dispositivo que tiene en el cuello. Incluso la voz encaja con su rostro curtido. Me quito el sombrero ante los inventores de este software; ojalá el de mi casco fuera igual.

El mero ofrecimiento de sentarnos en unas sillas cómodas es sorprendentemente tentador. El dolor que siento en tobillos, rodillas y caderas me recuerda que ya no soy el combatiente de antes. «Por Dios y por la patria» es un juramento que sabe bien cómo castigar a sus adeptos.

Me quito a Franky de la espalda y hago un gesto para que los Phantoms tomen asiento. Asimismo, Pegatas y Zurdo se sientan junto al jefazo. Pero cuando dejo a Franky sobre la mesa, me doy cuenta por primera vez de que está dañado. Tal vez de forma irreparable. Tiene un agujero del tamaño de una moneda en el receptor y le falta la mitad de la mira. No es de extrañar que haya estado tan callado y yo he sido un imbécil por no haberme dado cuenta antes.

Siento una especie de pena que me oprime el pecho. Una vez más, me sorprende sentir remordimientos por haber perdido un programa informático: es desconcertante. Primero, Verónica, y ahora, Franky. Pero, a diferencia de ella, que fue acuchillada hasta la muerte, Franky todavía tiene algunos ledes iluminados, de manera que quizás aún pueda ser reparado.

No es que me importe... Simplemente merece la pena intentarlo, ¿no? Yo lo digo por su bien, no por mí...

Intento dejar de pensar en el tema y me centro en lo que tengo delante.

Pasar de estar a punto de morir a estar sentado en la mesa de una sala de conferencias de un agente extranjero puede ser desconcertante para aquellos que no están acostumbrados al rápido cambio de escenario de un campo de batalla en tiempos de guerra. Es cierto que no soy un experto, pero algo he visto a lo largo de mi carrera. Sin embargo, esto lo supera con creces.

—Soy el general Peegra Cordan —dice el mandamás una vez nos hemos puesto cómodos—. Ya habéis conocido a los tenientes Insarka Kindesh —dice señalando a Pegatas— y Farkoo Tersmik —añade apuntando a Zurdo.

—Así es —digo, y al instante el dispositivo que el general Cordan tiene en el cuello traduce mis palabras al skrawl.

Zurdo Thermomix, o como se llame también, se ha quitado el casco y se ha colocado un traductor en el cuello. Pero Insarka no. O bien entiende más inglés del que habla o bien no está muy interesada en la conversación.

El general se queda en silencio y entiendo que espera que sea yo quien hable, así que decido corresponder su formalidad y presento a todo el Equipo Phantom por su nombre. Me resulta un poco pesado, porque en mi caso no voy a ser capaz de acordarme de los nombres de estos androcallos, pero parece que esta es su manera de proceder. Mi única duda es que tanta respiración va a saturarme la sangre. Pero tengo la sensación de que la calidad del aire es distinta. No sé bien cómo explicarlo, pero es casi como si...

—Podéis quitaros los cascos —dice Cordan, como si supiera lo que estoy pensando—. Hemos introducido oxígeno en esta sala por vuestro bien. Los efectos son insignificantes para nosotros, pero esenciales para vosotros.

Así que sí.

Todos los miembros del equipo se miran entre sí y luego me miran a mí, pero les hago un gesto tranquilizador con la cabeza. Si estos androquíes quisieran matarnos, ya habían tenido muchas oportunidades de hacerlo.

—Adelante, equipo.

Escucho el sonido de los cascos y los integrantes del equipo toman una bocanada de aire con cara de reticencia. Luego colocan los cascos en la mesa junto a las armas y noto que se van relajando poco a poco.

—Soy el sargento jefe de artillería Patrick Finnegan, alias Bic —digo—. Ella es la segunda al mando, la sargento Susanne Catania, alias Hollywood. Él es el suboficial de primera Uriah Johnson, alias Bumper; el soldado de primera Andras Laszlo, alias Z-Lo; el sargento mayor Vladimir Petrov, su hermana Lada Petrov y el doctor Aaron Campbell.

Al escuchar su nombre, todos hacen un pequeño gesto con la cabeza o con la mano. Me doy cuenta de que no sé como se llama Espectro, y me aclaro la garganta antes de seguir.

—Creo que el sargento Espectro está atendiendo al sargento Ken Yoshida, alias Yoshi, en su enfermería —digo mirando a Insarka en busca de algún tipo de confirmación.

Ella asiente y luego mira a Cordan.

—Ambos... humanos... sufrieron ataque.

Cordan eleva ligeramente la barbilla y me mira.

—Intentaremos hacer todo lo posible para sanarlos, Patrick-Bic.

Hago una mueca de asombro ante la combinación de nombres.

—Gracias, general.

El tipo parece sincero y cualquier ayuda médica para Yoshi es más de lo que yo podría proporcionarle, así que les estoy agradecido. Siempre y cuando estos extraterrestres sepan cómo tratar a los humanos, que es por lo que he mandado a Espectro a vigilar. No sabe tanto como Bumper, pero sí lo básico. Además, también necesita atención médica, así que dos pájaros de un tiro.

Una vez hechas las presentaciones, decido lanzar la pregunta que todos nos estamos haciendo.

—General Cordan, ¿por qué nos ha traído aquí? ¿Por qué nos han rescatado sus tenientes? —digo refiriéndome a Insarka y Thermomix.

—Dignas preguntas. —Cordan se inclina hacia atrás y dobla los dedos sobre su vientre—. Responderé con dos de igual valor. ¿Por qué habéis venido a Karkin Cuatro? ¿Cuál era vuestro objetivo en el hangar de mantenimiento?

Normalmente no dejaría que Cordan bailara esta danza socrática de responder a mis preguntas con más preguntas. Pero viendo que el Equipo Phantom es claramente el deudor en esta situación, y que no me parece que Cordan sea hostil, al menos no todavía, decido responder con la verdad. Voy a seguir yendo con pies de plomo de todos modos. Por muy rebeldes que parezcan, Cordan y los suyos aún pueden utilizarnos como cebo.

—Hemos venido en busca de información. En cuanto al tiroteo, estábamos tratando de defendernos.

—Información. —Cordan se inclina hacia delante—. ¿Y qué tipo de información?

—Lo típico. Queríamos averiguar los colores favoritos de vuestra especie, vuestros animales favoritos..., vuestras comidas favoritas.

Hago especial hincapié en las últimas palabras porque no sé si el traductor las captará. Pero a juzgar por el gesto del general, creo que entiende el significado implícito.

—Así que habéis venido a espiar a los transgresores responsables de esclavizar a vuestro pueblo.

Cordan se acomoda en espera de una nueva respuesta. No sé si ha sido una pregunta o una afirmación ni sé si lo ha dicho como acusación o como reivindicación. Pero no llegaremos a ninguna parte si no doy un poco el brazo a torcer.

—Correcto, general.

Hace un sonido con la nariz y luego mueve la cabeza lentamente de lado a lado, lo que para ellos es un asentimiento.

—Es muy valiente por vuestra parte venir. Nadie más lo ha hecho.

—Bueno, solo han pasado uno o dos días desde que invadieron nuestro planeta. Imagino que vendrán más.

Quiero pensar que el resto del equipo está entendiendo mi postura. El farol es el arte de convencer mediante la sutileza.

—Me refería a todas las especies esclavizadas en su conjunto, Patrick-Bic.

Vaya. Eso cambia las cosas.

—Y, para mayor claridad, no somos nosotros quienes han invadido vuestro planeta —dice mientras parece señalar un lugar imaginario en el horizonte—. El imperio androquí es el culpable de las atrocidades cometidas contra vuestro pueblo.

—Entonces, ¿quiénes sois vosotros?

—La Vieja Sangre de la Guardia Sagrada —dice Insarka, más rápida a la hora de hablar.

—Un nombre facilito —susurra Hollywood con sarcasmo.

Levanto un dedo para que se calle porque parece que Insarka no ha terminado.

—Somos guardianes de las viejas costumbres... —dice la teniente—. Y defensores de las que aún no han sido restauradas. Libertad y armonía para... todas las especies.

Vuelvo a mirar al general.

—Así que sois los buenos.

—No —dice con una inclinación de cabeza.

No es la respuesta que esperaba y noto que el resto del equipo se pone tenso.

—Somos androquíes —continúa Cordan—. No reivindicamos ni la bondad ni la maldad, solo nos esforzamos en ser fieles a nosotros mismos y a los demás. Es el Imperio de Androquía el que sigue perpetrando crímenes que mancillan a nuestro pueblo y afligen a nuestros antepasados.

Uf. Parece sincero, aunque suena un poco a sermón. Pero en una época en la que todo el mundo parece reivindicar la máxima moral para justificar su posición con respecto a casi todo, es agradable escuchar a alguien admitir que no va de nada. Es como si dijera: «Puede que no seamos el epítome del bien, pero seguro que no esclavizamos tu planeta». Al menos eso es lo que percibo. Y me parece bien.

—Entonces, ¿cuál es vuestro objetivo? —pregunto.

—Acabar con el Imperio androquí y sustituir a la reina madre por el heredero legítimo.

—¿Y los esclavos?

Cordan estrecha los ojos.

—¿Qué pasa con ellos?

—¿Qué haría por ellos?

—Son libres de seguir su camino. Pero les ofrecemos la oportunidad de luchar contra los que destruyeron sus mundos de origen.

Ahora me toca a mí recostarme en la silla. No es exactamente la respuesta que esperaba. También noto un tono condescendiente al decir que darían a los esclavos la oportunidad de luchar, como si quisiera decir que les están haciendo un favor.

—¿Hay alguna posibilidad de que ayuden a las víctimas a volver a sus mundos de origen?

El general frunce el ceño, o eso me parece.

—Si está a nuestro alcance, sí.

—¿Podrías desarrollar más?

—Es secundario al objetivo principal y aún no hemos llegado al primero. Por lo tanto, no me extenderé.

Así que las prioridades del general son primero su pueblo y luego el nuestro. No puedo culparlo. En todo caso, lo respeto. Probablemente yo haría lo mismo si estuviera en su posición. Pero tal y como están las cosas, nuestros objetivos principales son muy diferentes, aunque compartamos una visión similar del imperio. También noto las sutiles diferencias entre la respuesta del general y la de Insarka. Mientras que la de él se refiere más a los intereses de Androquía, la de ella parece referirse a algo más universal.

—He respondido a las preguntas, general. Ahora, por favor, quiero yo respuestas. ¿Por qué nos habéis traído aquí y por qué nos han rescatado los tenientes?

El general se cruza de brazos como si se estuviera pensando en dar una respuesta directa. Pero si está ofreciendo verdades parciales, su tono no lo delata.

—Luchasteis violentamente contra el imperio. Vuestra valentía es admirable, y vuestro uso de armamento extranjero, encomiable para una especie tan poco familiarizada con la tecnología cuántica.

Observo a Franky en la mesa, roto. Tal vez para siempre.

El general nos ha estado observando. Tal vez incluso desde esta misma sala de conferencias y, sin lugar a dudas, desde la sala de mando. Que nos hayan salvado el culo nos vino como anillo al dedo, y no me quejo. Pero me molesta que estos insurgentes no hayan venido en nuestra ayuda antes. Supongo que el general va con pies de plomo como yo, así que podemos ir al grano.

—Nos habéis salvado para que podamos luchar por vosotros contra el imperio, ¿no, general?

No sé cómo le sientan mis palabras, pero se toma su tiempo antes de responder.

—Seríais muy bienvenidos entre nuestras filas, sí. Ya hemos reunido a muchos entre las especies esclavizadas que han prometido su lealtad a nuestra causa.

—Mira qué bien. —Me froto la mandíbula—. ¿Y si nos negamos?

El general no parece inmutarse y responde rápidamente.

—Os devolveremos a la nave de transporte que requisasteis y os dejaremos seguir vuestro camino.

—De vuelta a la Tierra.

—Sí. De vuelta a la Tierra.

Esto es información muy valiosa. Confirma mis sospechas de que el general y su gente ya nos vigilaban mucho antes de quedarnos parapetados en el hangar de mantenimiento. También significa que estaban esperando a ver cuánto durábamos en combate. Puede que tardaran en movilizar un equipo de rescate, pero no te llevan a los aposentos privados de los jefes si eres un novato. Nos estaban observando y lo hacían a costa de nuestras vidas.

Dicho esto, volver a Dolores y regresar a casa con las manos vacías no es exactamente lo que quiero. Ahora que tenemos opciones de nuevo y todavía estamos respirando, bien podríamos aprovecharlo.

Estudio a los tres extraterrestres durante un momento antes de volver a hablar.

—Todos parecéis muy tranquilos ante la idea de enviarnos a casa. ¿Por qué? ¿Queréis que seamos vuestros enlaces en otro planeta o algo así?

No pretendo ser el representante de nadie, claro está. Tan solo quiero tantear el terreno.

—No tenemos enlaces en otros planetas, Patrick-Bic.

—¿Y eso por qué?

—Porque ningún mundo dura lo suficiente una vez que el imperio empieza a esclavizar.

De repente, es como si la temperatura hubiera bajado varios grados y oigo a los Phantoms revolverse en sus asientos. Pero no pienso dejar de luchar por la Tierra así como así y no me importa morir en el intento.

Me froto la mejilla mientras se presenta la siguiente pregunta más obvia.

—Entonces, si decimos que sí, ¿cuánto tiempo estaremos a vuestro servicio antes de poder ayudar a nuestro pueblo?

—Preguntas algo difícil.

—Sí. Pero necesito que me des una respuesta si quieres que yo te dé una respuesta sincera por mi parte.

El general entorna los ojos.

—Esta operación ha estado en marcha desde que yo era una raíz, antes incluso de que me cortaran. Cuánto tiempo más puede durar es una cuestión oscura. Décadas. Menos si tenemos suerte.

—¿¡Décadas!? —exclama Z-Lo.

Lo fulmino con la mirada y el muchacho se hace una bola en su asiento.

—No disponemos de décadas, general —le digo a Cordan—. Nuestra gente, mi gente, necesita ayuda ahora. Supongo que eres consciente de las terribles circunstancias en las que se encuentran.

—Sí.

—Entonces, ¿por qué no intervenir?

—Como he dicho, nuestra misión no es la liberación de vuestro pueblo, sino la destrucción de...

—Del imperio, lo entiendo. Pero mientras estáis ocupados tramando planes, nuestra gente...

—No son más que un peón en el tablero, Patrick-Bic.

Una analogía un tanto extraña. Me pregunto si el software de traducción de su dispositivo sabe de ajedrez. Y si no, ¿acaso el general juega a un equivalente androquí? En cualquier caso, tengo la sensación de que no estoy tratando con un hombre impulsivo. Un peón en el tablero, ¿eh? Así que tengo ante mí a un estratega.

—Un peón, general, que resulta representar más de ocho mil millones de almas. —Me inclino hacia delante—. No pretendo faltar al respeto a vuestros objetivos, vuestros esfuerzos o los sacrificios que hayáis hecho, pero, con el debido respeto, creo que el destino de la civilización de todo un planeta constituye una acción inmediata y decisiva.

Hay una larga pausa mientras los Phantoms miran fijamente al general Cordan. Incluso Insarka y el otro teniente, cuyo nombre real soy incapaz de recordar, miran a su líder.

Por fin, Cordan respira profundamente.

—Parece que ambos tenemos las respuestas que buscamos.

Insarka le dice algo, pero el general levanta una mano para silenciarla. No sé si ha dicho algo a favor o en contra de nuestros intereses, pero tengo la impresión de que es lo primero. Cuando Insarka retrocede, el general vuelve a mirarme.

—Sanaremos a vuestra tripulación herida, os permitiremos comer, beber y descansar, y luego os devolveremos a vuestra nave. Si hay algún suministro que podamos proporcionar o reparaciones que podamos realizar, lo haremos. Todo rastro de vuestra presencia será borrado en la medida de nuestras posibilidades, pero no prometemos que el imperio no vaya a tomar represalias si vuestra presencia se da a conocer.

Nuevamente, Insarka le dice algo al general, pero la respuesta de este es rápida y parece prepotente.

Se me viene algo a la cabeza.

—General Cordan. Si no nos ayudáis a liberar a nuestra gente, ¿podríamos pediros que condujerais a nuestro equipo a otra posición más estratégica dentro de la fortaleza enemiga en lugar de la nave?

—¿Queréis quedaros aquí?

—Al menos durante un tiempo. Nuestro propósito original era obtener información.

—Sí, eso has dicho.

—Y nos gustaría completar esa misión. Con vuestra ayuda, siempre y cuando sea posible.

El general mueve la mano en señal de desdén.

—Ya he transmitido lo que estamos dispuestos a proporcionar.

—Y lo agradezco. Todo lo que pido además es que nos depositéis en un lugar que pueda adaptarse mejor a nuestra misión de reconocimiento.

El general se tambalea en la silla.

—¿Y dónde crees que se encuentra esa posición más estratégica?

—Nos adaptamos a vuestro juicio.

—A nuestro juicio. —Cordon parece considerar la petición más seriamente. Quizá podamos sacar algo bueno de esto—. Mi juicio —dice de nuevo.

O a lo mejor algo no tan bueno. La forma en que lo ha vuelto a decir me hace dudar.

—Vosotros, los nueve, os habéis aventurado hasta aquí en un transporte enemigo robado, en plena esclavización de la especie más avanzada de vuestro planeta, con la esperanza de reunir información que pueda suponer una ventaja para salvar a vuestro planeta. ¿Estoy en lo cierto?

—Sí, eso es... un buen resumen.

El general Cordan inclina la cabeza hacia Thermomix. El teniente saca una pequeña tableta y desliza un dedo verde por la superficie y las luces se apagan. Una lente negra de unos treinta centímetros de diámetro desciende del techo. Thermomix vuelve a deslizar el dedo y aparece en la mesa una proyección a todo color de un edificio tridimensional. Es una representación en alta resolución del hangar principal, con un anillo de origen y filas perfectas de aviones. Hay un texto en skrawl que tras unos parpadeos vuelve a aparecer, esta vez en nuestro idioma: Centro de Operaciones de Despliegue, Terminal A3. Luego veo dos pasillos y salas secundarias, una al norte junto al comedor y la armería, y otra al oeste junto a la sala de mantenimiento.

—Esto muestra dónde habéis estado ya. ¿Cierto? —pregunta Cordan.

Tengo la incómoda sensación de que me quiere dar una lección de algo. A regañadientes, asiento.

—Cierto.

El general alza las manos y mueve hacia atrás la mano derecha y hacia delante la izquierda. El holograma se encoge unos diez centímetros. Ahora el hangar principal no es más que una pequeña caja conectada por pasillos a otras cajas que forman una semicircunferencia. Y cada radio tiene un número y una letra de designación.

—Dios mío —dice Hollywood en voz baja.

Nuestras sospechas eran correctas: hay terminales A1 y A2. También hay B1, B2 y B3. Y luego hay tres terminales por cada letra del alfabeto hasta la letra H. Ocho ramas principales con tres subdivisiones cada una.

El general separa un poco más la mano y nuestro hangar principal se vuelve tan pequeño como un terrón de azúcar. Del mismo modo, la semicircunferencia resulta formar parte de una estructura parecida al símbolo de un copo de nieve.

—Esto ha de ser una broma, por todos los zalastros —dice Bumper al estilo Franky.

—Este es el Centro de Operaciones de Despliegue AE —responde el general Cordan en un tono llano.

No parece ni impresionado ni condescendiente. Detecto que está diciendo la verdad, nada más. Entonces separa un poco más las manos y el COD vuelve a encogerse hasta que el copo de nieve se torna del tamaño de una moneda. A su alrededor hay cúpulas que parecen bolas de nieve derretidas sobre una mesa circular, cada una con una designación numérica del uno al diez.

Intento procesar la escala del mapa, pero creo que me sigo quedando corto. El nudo en el estómago es ahora un dolor profundo al ver el alcance de la operación del enemigo.

—Que Dios se apiade de nosotros —murmuro. Entonces señalo hacia una de las diez cúpulas—. ¿Qué son estas cosas de aquí?

—Instalaciones de Procesamiento de Mercancías —responde Cordan.

—¿Mercancías? Es decir, ¿habitantes de nuestro planeta?

—Entre otras civilizaciones, sí —dice el general en tono lúgubre—. Cada IPM se dedica a una esclavización concreta a la vez, equipada para maximizar la eficiencia y minimizar las pérdidas netas.

—¿Una esclavización concreta a la vez? ¿Te refieres a... un planeta?

Cordan mueve la cabeza en señal de reconocimiento.

—Una IPM, un planeta.

Un silencio denso llena la sala de conferencias. Lo único que oigo son los sutiles sonidos de mi gente moviéndose en sus asientos o resoplando.

—Esta es la razón por la que hay tantas especies diferentes aquí —dice Hollywood—. Las habéis... reclutado igual que queréis hacer con nosotros.

—Así es —responde el general.

No obvio el hecho de que las otras especies hayan dicho que sí a la invitación del general y se hayan apuntado a la partida. Pero yo no soy una de esas especies y la amenaza contra la humanidad es inminente. Joder, es más que inminente.

—Y esto está ocurriendo ahora mismo —digo como una afirmación, pero podría haberlo formulado fácilmente como una pregunta—. Mientras estamos aquí sentados. Ahí es donde está nuestra gente —digo señalando con el dedo.

Cordan resopla.

—IPM6.

Al oír sus palabras, uno de los enormes edificios abovedados del oeste se proyecta sobre la mesa.

Un nuevo silencio llena la habitación mientras miles de pensamientos circulan por mi cabeza a toda velocidad. Tenemos que tomar una decisión; tengo que tomar una decisión. Todavía no lo tengo todo claro. Pero no pienso irme de este planeta sin patearle el culo a algún androcallo más.

—Ahí —le digo a Cordan por fin—. IPM6. Ahí es donde tenemos que ir.

—¿Quieres... renunciar a la nave y que te lleven allí? —Cordan mira a Insarka y luego a Furby Triquimix. Cree que estamos locos. Y seguramente lo estemos. También supongo que piensa que estamos desesperados. Y es que es así.

—General. Si queda alguna esperanza de impedir que el imperio androquí esclavice a más de nuestra gente y de rescatar a los que ya han sido capturados, ese es el lugar. Y ahí es adonde tenemos que ir, con o sin vuestra ayuda. —Me pongo firme frente al general y con el dedo índice atravieso la proyección del IPM6—. Queremos saber todo lo que podáis decirnos sobre este lugar.

Capítulo 13

18:50, domingo, 27 de junio de 2027
Karkin Cuatro
Cuartel general de la Guardia de la Sangre, sala de reuniones
del alto mando
Ubicación exacta desconocida

—No puedo conduciros a una muerte a conciencia —nos dice el general Cordan mientras el equipo se queda mirando la IMP6—. Lo único que os espera allí es la muerte.

—No queremos ofender a nadie, general —interviene Bumper—. Pero cabrear a la muerte es nuestra especialidad.

Escuchar la respuesta instintiva del SEAL me anima. No hay nada como un poco de grandilocuencia para activar mi lado guerrero. Si así logramos que el general nos dé más información, que Bumper diga todo lo que quiera.

—Os meteréis de lleno en una operación de esclavitud planetaria —dice Cordan mientras gira el holograma del complejo sobre la mesa.

Hace otro gesto y la mitad superior del edificio se vuelve translúcida, al igual que las secciones de las plantas siguientes, lo que nos permite ver lo que hay dentro. Pero sin contexto ni escala, no sé exactamente lo que tenemos delante.

—General, ¿hay alguna forma de poner escala a esto? Creo que hablo en nombre de todo el equipo si digo que nos cuesta juzgar el tamaño de este edificio.

Cordan mueve la cabeza y toca algo en la mesa. A continuación levanta el objeto imaginario y lo suelta como si fuera una mosca. El objeto proyectado sale de sus dedos y se expande junto a la IMP6.

—Es un regla —dice Lada.

158

—Una escala —corrige Aaron—. Muestra los ejes X, Y y Z.

Lada le hace un gesto de desdén y se vuelve hacia la pantalla.

El resto del equipo se inclina para estudiar también la nueva herramienta.

—Eso no puede ser verdad —dice Aaron. Se ajusta las gafas y se levanta de la silla para ver mejor—. Según esto, el edificio tiene un diámetro de... algo más de cincuenta kilómetros.

—No hay ningún error —responde Cordan con tono uniforme mientras vuelve a hacer un gesto frente a la imagen—. Basándonos en lo que sabemos de vuestro equipo, habéis venido de la parte oriental de este continente.

Aparece ante nosotros una representación de América del Norte. El general gira la mano hasta que el mapa queda plano y, al mismo tiempo, Estados Unidos se expande hasta ocupar toda la mesa. A continuación se acerca a una región alrededor de la ciudad de Nueva York y una luz empieza a parpadear en algún lugar del norte de Nueva Jersey.

—Eso parece Meadowlands —señala Hollywood.

—Aquí hay una gran estructura de concentración de personas — dice Cordan. Vuelve a ampliar el mapa hasta que aparece un estadio.

—Y eso es el MetLife Stadium —dice Bumper.

—Basándonos en sus dimensiones, calculamos que caben mil de estos estadios en la IMP6.

—Joder... —suelta Hollywood.

El resto del equipo manifiesta sentimientos similares, pero Aaron conserva la calma por completo y analiza la escena con frialdad académica.

—Tiene sentido —dice finalmente.

—¿Y eso por qué? ¿Por qué una instalación de esa envergadura? —digo. Pero Aaron no me escucha y empieza a hablar a su aire.

—Superados los problemas de ingeniería, así como los costes de construcción y materiales, todo encaja. ¿De qué otra forma podría una civilización contener, sostener y organizar adecuadamente a otra civilización si no es dentro de un enorme biodomo adecuado para la supervivencia de la especie esclava?

Hollywood levanta una mano.

—Sí, ¿pero qué pasa con...?

Le empujo el brazo hacia abajo con suavidad y me inclino hacia ella.

—Ahora no puede escuchar a nadie. Dejémoslo acabar.

—Es la única manera de explicar las diferencias insostenibles de temperatura, atmósfera, luz... —Hace una pausa y mira al general—. ¿Gravedad?

Cordan mueve la cabeza a modo de asentimiento.

—¡Ja! —Aaron se levanta de la mesa y empieza a pasearse mientras se pasa una mano por el pelo—. No pueden haber superado el pozo gravitacional de su propio planeta, claro está. Pero podrían crear fácilmente campos subgravitacionales que complementen o aumenten la atracción de base. Luego, con todos los atributos del entorno fijados, tienen que definir los campos de categorización aceptables e inaceptables. Los candidatos se analizan, se filtran y se recogen. A partir de ahí, solo es cuestión de seguridad general del organismo y de una nutrición adecuada antes de... —De nuevo, Aaron se vuelve hacia lo general—. Antes de que los envíen fuera del planeta, a los consumidores.

—¿Se encuentra bien? —me susurra Hollywood.

Asiento con la cabeza y luego hablo para todo el equipo.

—Exceptuando el rollo científico, creo que lo que el doctor Campbell acaba de resumir es la línea de producción de cualquier artículo que podríamos comprar en Costco.

—Justo —responde Aaron.

—Pero no se puede crear físicamente un edificio tan grande —dice Hollywood—. Las leyes de la física no...

—¿De qué leyes de la física hablamos, señorita Catania? —la interrumpe Aaron—. Con todo respeto, ¿las tuyas? ¿Las mías? ¿Las de ellos? Ni siquiera sabemos en qué galaxia o en qué universo estamos ahora mismo. E incluso si todas las leyes fueran iguales, si tienen la tecnología para trasladarse a través del espaciotiempo, no preveo que construir edificios del tamaño de la mitad de la Costa Este sea el mayor obstáculo mental que superar.

»¿Os acordáis de las pirámides? Sí, los rascacielos modernos intentan rivalizar con ellas, con poco éxito. Y aún no sabemos exactamente cómo se construyeron dada la tecnología de la época. Pero sí sabemos que tenían una gran riqueza y una mano de obra ilimitada, por decirlo así. —Aaron se frota las manos—. No, la plausibilidad y la viabilidad no son los rompecabezas más importantes aquí.

—¿Y entonces qué es? —pregunto por todos.

—¿No es obvio?

Cuando nadie se atreve a responder al doctor dicharachero, tomo la palabra de nuevo.

—Mejor explícalo tú, Aaron.

—La energía —dice mirando a su alrededor—. La... La pura capacidad de hacer que el tejido del espaciotiempo se mueva a tu antojo y mantener esta empresa masiva es... Bueno, va...

—Más allá del ámbito de esta realidad —dice el general Cordan.

¿Qué diablos se supone que significa eso?

Aaron asiente.

—Sí, general. Al menos en lo que respecta a nuestra... comprensión humana de una teoría unificada del universo.

Miro a ambos.

—¿Alguno de los dos podría explicarlo mejor?

—Lo haría si pudiera, Pat —responde Aaron—. Pero esto está fuera de mi alcance.

Miro al general y observo cómo junta los dedos y se apoya en su asiento.

—Tienes razón al querer más información sobre cómo funciona todo esto —dice señalando al holograma—, pero la respuesta directa está fuera del alcance de esta reunión.

—Así que no nos lo va a contar —digo en un tono lo suficientemente severo como para que entienda que me molesta.

—Oh, no es que no te lo quiera decir, Patrick-Bic. Es que no puedo.

—¿No puedes porque no lo sabes?

Mueve la cabeza una vez a modo de asentimiento.

—Lo siento, pero me cuesta creérmelo.

—¿Asumes que conozco el funcionamiento interno de todas nuestras tecnologías solo porque soy androquí? Dime, Patrick-Bic,

¿has entendido todo lo que acaba de decir tu compañero de equipo al describir la composición de la IPM?

Me entran ganas de decirle al general que puede meterse la pregunta por un sitio que yo me sé. Pero ahora no es el momento y necesitamos respuestas, no piques.

—No.

Parece que mi respuesta apacigua a Cordan.

—Que seamos poderosos no significa que seamos omniscientes.

—Muy bien. Pero yo esperaba que un líder en semejante posición supiera algo al menos de eso que «va más allá del ámbito de esta realidad». Incluso yo sé un par de cosas sobre las naves de guerra de propulsión nuclear de nuestro ejército, pero no soy ingeniero.

Cordan mira a Insarka por un momento. Pero no a Furby Triquimix, lo cual me intriga. Cuando Insarka asiente, el general se vuelve hacia mí.

—Se llama «Unidad de todas las cosas». Un reino más allá de los reinos. Los científicos dicen que es una fuente de energía. Los fanáticos creen que es el tejido que une todo lo que se conoce. Otros afirman que es la fuerza vital de los dioses y hacen de ella una religión. Sin embargo, por lo que a vosotros respecta, es lo que hace realidad los puntos de conexión entre nuestros dos mundos y nada más.

—La Unidad —dice Aaron en un susurro.

—¡Lo sabía! —dice Z-Lo emocionado—. ¡La Fuerza existe, tíos!

—Tranquilo, tranquilo. —Vuelvo a mirar al general—. ¿Y nada más porque no sabéis nada más? ¿O porque no nos lo queréis decir?

Los labios de Cordan se tensan.

No sé si es una sonrisa o una expresión que indica que se le está acabando la paciencia.

—Soy un antiguo comandante militar reconvertido a líder de una misión clandestina para desestabilizar y socavar el mismo imperio en el que me crie —dice el general—. Si fuera un experto en la Unidad, estaría en otra parte, empleando otros medios además de armas de energía y espías para lograr nuestros objetivos.

—Si esto lleva así desde que era un niño, a lo mejor podría pensar en dedicarse a otra cosa —sugiere Hollywood entre susurros pero lo suficientemente alto como para que yo pueda oírla, y la fulmino con la mirada.

—La energía que emplea el imperio es necesaria. Si hay alguna vulnerabilidad que explotar en el sistema, no está en la Unidad.

—Yo no estoy tan segura de eso —contradice Hollywood—. Si le quitas la pila de la espalda al conejito de Duracell, entonces deja de tocar el tambor.

Aaron se aclara la garganta.

—También acaba con el soporte vital, el acondicionamiento gravitatorio y, probablemente, con cualquier posibilidad de recuperar a la humanidad a través de los anillos. —Se vuelve hacia el general—. ¿Correcto?

—Absolutamente. Ahora mismo el enemigo no es la tecnología, sino la mano que aprieta el botón. Si de verdad queréis embarcaros por vuestra cuenta en esta empresa, os sugiero que cortéis esa mano. Aunque admiro vuestra pasión, espero que entendáis la magnitud de aquello a lo que os enfrentáis.

Respiro profundamente, miro a todos mis compañeros en torno a la mesa y me vuelvo hacia el general.

—Sí, somos conscientes. Y agradecemos toda la información. ¿La Guardia de la Sangre tiene efectivos infiltrados aquí? —digo señalando a la IMP6.

Los pliegues de la piel por encima y por debajo de los ojos de Cordan se cierran de tal manera que sus ojos parecen estrecharse.

—¿Por qué?

—Es mucho terreno y, si nos asociamos, podríamos salir beneficiadas ambas...

El puño de Cordan cae sobre la mesa y hace temblar la pantalla holográfica.

—No hay asociación. Solo información, reabastecimiento y transporte. Si no trabajas con nosotros, eres un lastre para nuestro trabajo en curso.

Insarka le dice algo a Cordan en skrawl. Pasa un momento antes de que los hombros del general se relajen. Al parecer ella ejerce algo de influencia sobre él.

—Mis disculpas por este arrebato —dice Cordan—. Pero ya te he dado una respuesta. Elige ubicación y hora y nos encargaremos de que lleguéis a salvo y con la mayor rapidez.

—Estamos muy agradecidos, general. ¿Hay alguna posibilidad de que podamos recibir una copia de este mapa junto con las zonas que se consideren de importancia estratégica? Nos ayudará a elegir un destino más rápidamente.

—Puedo hacerlo, sí.

—Gracias.

Cordan exhala una ráfaga de aire a través de sus pequeñas fosas nasales mientras se levanta.

—Extraña razón por la que estar agradecido.

—¿Cómo? —Me levanto y hago un gesto para que el resto del Equipo Phantom haga lo mismo—. ¿Y eso por qué?

—Os conduciremos a la muerte, Patrick-Bic. —El general se alisa el uniforme y levanta la barbilla—. El teniente primero Farkoo Tersmik se encargará de satisfacer vuestras necesidades médicas así como de nutrientes, y de que tengáis un lugar para descansar esta noche.

Farkoo. A ver si ya me quedo con el nombre.

—Asimismo, la subteniente Insarka Kindesh se encargará de las armas y armaduras y de cualquier otro suministro adicional que podáis necesitar.

—Muchas gracias, general.

Asiente, probablemente con incredulidad, a juzgar por su tono.

—Tanta prisa por alcanzar el fin. Tan dispuestos a morir.

Y con esas palabras el general deja su lugar en la mesa y sale a grandes zancadas de la habitación.

—Venid —dice Insarka—. Nosotros... os preparamos a vosotros... para morir.

Qué bonita frase.

CAPÍTULO 14

19:15, domingo, 27 de junio de 2027
Karkin Cuatro
Cuartel general de la Guardia de la Sangre

ACABADA LA REUNIÓN, doy órdenes a Hollywood, Aaron, Vlad y Lada para que vayan con Farkoo a conseguir alojamiento y comida para todo el equipo. Bumper, Z-Lo y yo seguiremos a Insarka hasta la armería del complejo. Desde allí el plan es que el equipo se reúna con Yoshi y Espectro cuando hayamos terminado con nuestros respectivos recados. Pero, dado el alcance de las heridas de Yoshi, no estoy seguro de que ese sea el mejor punto de encuentro. Sin embargo, Farkoo me aseguró que no tardaría mucho en recuperarse. Me resulta difícil de creer a juzgar por su estado la última vez que lo vimos. Pero todo es posible en el maravilloso mundo de Oz, ¿no?

Antes de salir, Insarka y Farkoo nos ponen a cada uno una inyección de oxígeno como la que me pusieron antes para que podamos movernos por el complejo sin los cascos. Aunque sé que va a doler, insisto en que es buena idea. Quiero que estos sagrados sangrientos vean que los cabrones que van a ir a por todas contra los esclavistas no se achantan ante nada. No digo que otras especies sean inferiores, pero si lo que ha dicho el general es verdad y somos los primeros representantes de un planeta objetivo en atravesar un anillo de origen, entonces quiero que la gente sepa cómo luchan los humanos. Quiero que vean nuestras caras y que recuerden lo que le pasó al enemigo que decidió ir a por nosotros.

Tras abandonar la sala de mando (un lugar al que le tengo más aprecio ahora, dada la magnitud de las operaciones del imperio y las operaciones encubiertas del general), el equipo de Hollywood se dirige a la izquierda y nosotros nos dirigimos a la derecha.

165

Por raro que pueda parecer, echo de menos los comentarios de Franky. No sé si sabría de la existencia de este lugar o si se acordaría de las otras especies extraterrestres. Joder, si hasta podría haberles disparado y no acordarse. Pero en su ausencia he notado que tener al pequeño cabrón cerca ha ayudado a que toda esta situación tan rara parezca un poco más..., no sé..., normal.

Por Dios, ¿qué estoy diciendo? Me estoy poniendo sentimental con una inteligencia artificial extraterrestre que tiene la voz de John Cleese y que se ha convertido en un medio de defensa. Necesito comer algo y echar una cabezada antes de pensar en cosas de las que luego me arrepienta.

—Por favor —dice Insarka sin tener que usar el casco o el aparato del cuello—. Por aquí.

La seguimos hasta un túnel que nos aleja del arboreto principal. El espacio abovedado tiene cuatro niveles de altura y baldosas de luz de color ámbar a lo largo del techo. O quizá sean claraboyas, ahora que lo pienso. Una vegetación exuberante asoma desde cada balcón y desciende como cascadas hasta la planta principal. Rostros curiosos, en su mayoría androquíes, se asoman por las cornisas y por las ventanas situadas en los rellanos inferiores. Incluso hay quienes acunan a niños en brazos y adolescentes que dejan de jugar para observarnos. Me pregunto si Hollywood también estará pasando por algo similar.

—Ellos... nunca... han visto humanos —dice Insarka mientras avanzamos—. Sois... interesantes.

—Me alegro de que nuestro aspecto fuera de lo común les divierta —digo receloso de toda la atención que nos prestan. Pero mejor esto que un disparo en el hangar de mantenimiento—. Solo lamento que no seamos los especímenes más bonitos.

—Habla por ti —dice Z-Lo.

—No te pases, fanfarrón —dice Bumper—. Si hay alguien aquí que baja la media, eres tú, chaval.

—¿Te estás burlando de las heridas que me hice boxeando y en combates de lucha libre? Porque te puedo enseñar cómo me las hice.

—Los tienes bien puestos, chaval —dice Bumper levantando las manos—. Paso de historias.

—Justo lo que me imaginaba —responde Z-Lo.

Alejo a Z-Lo un poco del resto.

—Ha dicho eso porque no quiere avergonzarte.

—Puedo con él —me susurra Z-Lo.

Niego lentamente con la cabeza.

—¿Crees que no?

Niego de nuevo.

—¡Venga ya!

—Por favor, por aquí —dice Insarka.

Giramos a la derecha y entramos a un pasillo de techo bajo que parece tallado sobre roca. Todavía no puedo hacerme una idea de dónde estamos en relación con la superficie del planeta, pero si la Terminal A3 está a un largo viaje en ascensor por debajo de nosotros, imagino que estamos más cerca de la superficie de lo que nunca hemos estado.

Dentro de este nuevo túnel el aire huele a azufre y la temperatura es mayor. Las suaves luces ámbar han sido sustituidas por enchufes rojos en el techo. A lo lejos oigo un ruido, como si alguien estuviera aporreando maquinaria pesada.

—Parece que alguien está ocupado —dice Bumper, y luego inclina la cabeza hacia un conjunto de puertas metálicas con bordes dentados interconectados.

—Y bien vigilado —respondo.

Insarka cambia de dirección de repente y da la impresión de querer imitar nuestro lenguaje corporal.

—Es... nuestra armería.

—Dos en un día. No está mal.

Insarka saca una pequeña tableta del pliegue de su capa y pulsa la pantalla. Al instante las puertas comienzan a abrirse entre chirridos desgarradores. La rendija se va ampliando cada vez más y revela una enorme cueva llena de máquinas industriales elaborando lo que supongo que son armas y herramientas de guerra. Los fundidores vierten chorros de fuego líquido en los moldes. Gigantescos martillos de forja golpean los materiales que pasan por las cintas transportadoras. Y fuentes de chispas explotan dentro de orbes temporales de luz azul.

La escena me transporta directamente al caos y al calor de la armería del hangar, pero esta es mucho más grande y se ve más activa. También está llena de robots que supervisan desde la cadena de montaje hasta el transporte de chatarra.

—Todo está completamente automatizado. Impresionante —digo mientras nos adentramos en la sala junto a Insarka.

—No está... completamente automatizado.

Insarka señala una zona de recogida en el extremo de una de las cadenas de montaje. Junto a las estanterías que giran lentamente hay un androquí sin camisa, muy musculoso, con un peto manchado de aceite y una venda en la cabeza.

Se parece a...

Mierda.

El corazón me empieza a latir a toda velocidad y hago ademán de agarrar a Franky, pero Insarka me coge del brazo.

—Él no es tu enemigo.

—¿Lo conoces, sargento jefe de artillería? —pregunta Z-Lo.

Asiento con la cabeza y hago un esfuerzo por recordar su nombre.

—Yrag. Es el armero jefe de la Terminal A3. Pero... —Miro a Insarka—. ¿Es un agente doble?

Asiente con la cabeza como los humanos, visiblemente incómoda, esforzándose por comunicarse de la mejor manera posible con nosotros.

—Agente... doble. Venid.

Así que por eso me perdonó la vida. Me siento un poco mal por casi romperle el cuello, pero es que me apuntó con un arma. Y me guste o no, es androquí. Está claro que mis prejuicios han disminuido un poco desde entonces. Pero me topé con él justo después de presenciar el espectáculo del comedor, así que se lo merecía.

Yrag está ocupado con una bandeja repleta de cuchillos Duradex cuando nos acercamos. Primero ve a Insarka y luego una expresión extraña inunda su rostro cuando se fija en mí. Es cierto que no soy un experto en gestos androquíes, así que cualquier expresión me parece extraña. Pero en este caso tengo la impresión de que el armero me ha reconocido.

Insarka habla en skrawl e Yrag le presta atención. Le responde algo y luego saca uno de los traductores de cuello de su bolsillo y se lo engancha en el tirante izquierdo.

—Nos encontramos de nuevo, varón humano —dice Yrag a través del traductor.

Asiento con la cabeza, sin saber exactamente qué tipo de reunión va a ser esta.

—La última vez que te vi te estaban sacando en una camilla.

—No gracias a ti. —Yrag se echa hacia atrás y se frota la base del cuello—. Podría haberte matado, ¿sabes?

—Y agradezco que no lo hayas hecho.

—¿No tenías la menor curiosidad de averiguar por qué te puse el casco?

Me aclaro la garganta.

—Se me pasó por la cabeza, sí. Pero creo que podrás entender mi...

Yrag alza la mano.

—Te entiendo, varón humano. No estoy ofendido. Pero el recuerdo no me abandonará. Así que si alguna vez me das la espalda, tenlo en cuenta.

Miro a Insarka una vez de reojo. Ella se encoge de hombros y vuelve a inclinar la cabeza hacia Yrag.

—Lo tendré en cuenta —respondo.

Estar aquí cara a cara con Yrag es extraño. Pasar de enemigos mortales a casi aliados en el lapso de una o dos horas ya es bastante raro. Pero tiene algo que parece fuera de lugar. Su skrawl no se parece al de Insarka o al de los demás. Lo primero que se me viene a la cabeza es que los extraterrestres tienen acentos como pueden tenerlos los humanos. Joder, incluso puede que tengan dialectos o idiomas completamente distintos. Pero más allá de todo eso, noto algo diferente en Yrag.

—¿Puedo preguntar cómo te las arreglaste para llegar desde...? —No sé bien cómo terminar la frase porque realmente estoy basándome en suposiciones—. ¿Desde la enfermería del enemigo hasta aquí?

Yrag mueve la cabeza como si estuviera sopesando si responder o no a la pregunta.

—Pasé la inspección y pude reanudar mis funciones después del interrogatorio.

—¿Te han interrogado?

—Naturalmente.

Siento cierta inquietud en mis entrañas.

—¿Y qué les dijiste?

—Que los humanos se habían infiltrado en Karkin Cuatro y que el imperio tenía que detonar su planeta antes de que nos invadieran.

Cuento en silencio hasta tres. Este tipo está completamente loco y se merece un disparo en la cabeza. Pero entonces lo entiendo todo.

—Estás mintiendo.

Sus labios se tensan.

—Sí, varón humano. Estoy mintiendo.

Me cae bien este tío. Un poco sádico, con un sentido del humor áspero y amante de las armas de fuego. Podría ser mi amigo.

—Necesitan... reabastecerse —le dice Insarka al armero. Luego señala a Franky—. Y... una tarea especial.

Me doy cuenta de lo que está insinuando y lentamente me quito el rifle de la espalda. Yrag se pone un poco tenso y me viene el recuerdo de su arma de doble cañón apuntándome, así que alzo la mano en son de paz.

—Estuvimos en dos tiroteos y él se llevó la peor parte. —Le entrego a Franky a Yrag y el armero lo toma muy interesado—. No sé si podrás repararlo

—¿Él? —Yrag levanta la vista—. ¿Por qué dices él?

—Yo, eh... —Me rasco la barbilla—. Me refiero al perfil de personalidad.

—¿Lo has modificado?

No sé exactamente a qué se refiere, pero supongo que no está acostumbrado a que la gente le ponga pronombres a sus armas.

—Algo así.

Yrag emite un gruñido poco convencido y se lleva a Franky a una mesa de trabajo con una serie de luces y lupas, pero no veo ningún cristal. Solo planos azules brillantes.

Mientras Yrag mira a Franky, inclino la cabeza hacia Insarka.

—Muy inteligente por vuestra parte infiltrar a un insurgente como armero.

Se le tensan los labios; voy aprendiendo que eso es una sonrisa para los androquíes.

—Bueno para información. También... para sabotaje. Yrag es... maestro de dispositivos. Muchas buenas razones.

Tras un minuto de inspección, Yrag dice:

—Puedo arreglarlo. Necesitaré algo de tiempo. Pero quedará como nuevo y con la memoria limpia.

—¡No! —Doy un paso al frente nervioso y luego me detengo—. O sea, no hace falta que le hagas un borrado de memoria. Tal y como está va bien.

—Pero eso solo...

—He dicho que está bien como está.

Yrag frunce el cello y mira a Insarka. Pero ella no se mueve, así que el armero se relaja.

—Muy bien. Dame dos horas, quizá menos. —Luego mira a Insarka—. ¿Qué más necesitan?

—Necesitan... de todo —dice, y luego me mira como buscando aprobación. No sé dónde ha aprendido a hablar nuestro idioma, pero se le da muy bien.

—Nos llevaremos todo lo que nos deis —digo con el pulgar hacia arriba.

—Bien —pronuncia asintiendo de nuevo como una humana. Parece más cómoda cada vez—. Por favor, dale a Yrag... la lista. Él verá... y cumplirá con todo.

—Suena bien —digo, y miro a Bumper y a Z-Lo.

El SEAL sonríe y se cruje los nudillos.

—Vamos allá.

—Di que sí, hermano —dice Z-Lo—. Este sitio me da buena espina.

* * *

Durante los siguientes veinte minutos Yrag nos conduce a través de hileras de armas y armaduras terminadas. A diferencia de las filas de armarios tan ordenadas de la armería del imperio, los productos finales de la cueva están dispersos en una sinfín de estantes y vitrinas poco organizados. Parece más un bazar que una cámara acorazada. Sin embargo, cada bandeja de armas está forrada con tela negra, lo que da una sensación de gran valor.

De hecho, cuando empiezo a examinar las armas me doy cuenta de que están en perfectas condiciones y de que tienen detalles que no he notado en nuestros otros rifles y pistolas. Los receptores de las armas tienen un blindaje adicional, los visores son menos voluminosos y parecen más integrados. Y las hojas de los cuchillos revelan un gran trabajo de ornamentación. Incluso las corazas de las armaduras parecen estar hechas de un material más denso que las que llevamos y son más ligeras. Yo diría que es una mezcla de Kevlar y fibra de carbono, pero los patrones en espiral parecen mucho más complejos.

—Toma. —Yrag se pone a mi lado y sostiene una lupa portátil sobre una armadura. Comienza a hacer clic en los ajustes de aumento y se escucha un sonido con cada aproximación—. Ya está. ¿Lo ves?

Yrag me pasa la lupa y observo un nivel de detalle microscópico sin igual que hace que pierda el aliento. Las hebras de filamento verde se entrecruzan unas con otras y forman cúpulas geodésicas en miniatura.

—Nunca he visto nada igual.

Entonces me hago a un lado para que Bumper eche un vistazo.

—Joder.

—Es un diseño propio —dice Yrag—. Muy fuerte. Muy ligero. Y salva vidas.

—No lo dudo. —Miro a Insarka—. ¿Esto es para nosotros?

Ella mira a Yrag y luego a mí.

—Normalmente, no. Pero para Patrick-Bic... y para todo tu... equipo, sí.

Miro a Bumper y a Z-Lo con las cejas levantadas y les hablo en voz baja.

—Algo me dice que el trato que nos están dando no es el estándar.

—A mí me va bien así —dice Bumper.

—A mí también —añade el muchacho.

Es la segunda vez en el mismo día que voy de compras a una armería. Y me encanta. Pero esta vez hay robots que hacen de porteadores y el mismo artesano es quien nos está ofreciendo una visita guiada. Todo el mundo tiene sus aficiones, lo sé, y a nosotros nos gustan la pólvora y el metal. Ahora mismo somos como niños de seis años en el Polo Norte y Santa Claus es el guía.

Mientras avanzamos por la armería, me doy cuenta de que Yrag camina de forma diferente a Insarka o Farkoo. De nuevo, puede que simplemente no sea consciente de la cantidad de variaciones de su especie. O tal vez el pobre desgraciado tenga la espalda mal o haya nacido con una pierna corta. Joder, si es que a lo mejor habla y se mueve así por el golpe que le di en la cabeza. Pero no creo que sea eso. Mi sexto sentido me dice que no: Yrag es distinto.

Tras examinar y escoger más rifles modificados, pregunto:

—¿Hay alguna posibilidad de conseguir uno de esos lanzagranadas de tres cañones?

No estoy seguro de que mi descripción sea lo suficientemente precisa como para que Yrag sepa de qué estoy hablando, así que señalo a Insarka para especificar.

—¿Como el suyo?

—¿Te refieres al Riznor Vintax?

—¿El qué? —Miro a Insarka y hago un gesto hacia mi cuello—. Creo que el traductor no ha entendido bien eso.

—Traductor bien, Patrick-Bic —responde—. Este es el nombre... de arácnido mortal de tres patas. Esparce veneno explosivo.

Veo que Bumper levanta una ceja.

—¿Y dónde viven esos cabrones?

—Androquía Prime. —Como si percibiera su vacilación, añade—: Aquí estás a salvo.

—Ah. Guay, guay, guay.

Vuelvo a mirar a Insarka.

—Nosotros la llamamos LG84.

—¿Por qué?

—Es un lanzagranadas y lo más parecido que he visto a un proyectil de ochenta y cuatro milímetros.

Tanto Insarka como Yrag parecen aceptarlo sin más discusión.

—No creo que el «lelege cha tro» sea una elección acertada para vuestra misión —dice Yrag en lo que parece un evidente fallo de traducción.

Aunque me decepciona su valoración, me intriga más cómo sabe lo que sabe.

—¿Y cuál es nuestra misión?

—Infiltración y sabotaje encubiertos, ¿no? —Mira a Insarka, pero ella no dice nada—. En ese caso, ser sigiloso parece más apropiado.

Yrag se acerca a una estantería metálica con tres bandejas de dispositivos cilíndricos como los que vi que la gente de Insarka utilizaba para crear una pantalla para nosotros. Coge uno y me lo lanza.

—¿Qué es esto?

—Una granada de interrupción de frecuencia —responde Yrag.

—Y yo que esperaba otro nombre de araña asesina mutante —dice Z-Lo con una risa.

Examino la granada y me doy cuenta de que tiene varios botones, luces ledes y un panel de visualización. Muy alta tecnología para algo que va a explotar.

—¿Qué hace?

—Interrumpe todas las ondas de radiación, Muy parecido al disruptor de emisiones de tu FA-NJC. ¿Conoces esa funcionalidad del rifle?

Pienso en los tiempos en que Franky nos salvaba el culo en la Tierra.

—Sí, la conozco.

—Es parecido pero más amplio, más robusto. El humo perjudica la visión. El aumento rápido de la temperatura perturba la sensibilidad térmica. Y los emisores ultrasónicos interrumpen las ondas sonoras. Es casi imposible que alguien establezca un objetivo detrás de la pantalla. Muy eficaz.

—Pero a ti no te ha supuesto ningún problema —le dice Bumper a Insarka—. Nos has encontrado fácilmente.

Yrag se adelanta para responder.

—¿Os habéis dado cuenta de que el humo brillaba?

—Sí —respondo.

—Resonadores de elementos electromagnéticos. Las partículas dentro de la frecuencia del campo saltan a la vez que los sensores de los cascos. Todo está patentado, claro. Pero cualquier casco codificado seguirá detectando la luz visible, el calor y el sonido.

Le paso el aparato a Bumper y luego le sonrío a Yrag.

—Nos los quedamos. ¿Y qué hay de ese escudo tan elegante que usaste conmigo en la armería?

—¿Escudo elegante?

Insarka le dice algo a Yrag y el armero levanta el pulgar en señal de reconocimiento.

—Por aquí.

Nos dirigimos a otra fila de estanterías y el fornido androquí me entrega el equivalente a una pelota de béisbol plateada. En lugar de cuero blanco e hilo rojo, el dispositivo tiene paneles metálicos y ledes.

—Generador de escudo individual. Hasta dos minutos en el radio más pequeño. Cuanto más grande el radio, menor será la duración. Detiene la mayoría de los disparos de energía entrantes de las armas pequeñas y los rifles estándares al tiempo que permite al usuario disparar a través del campo. Muy útil.

—Ya lo creo.

Le paso el aparato a Bumper para que lo inspeccione.

Lo gira entre sus manos pero parece inquieto.

—Estas son grandes herramientas defensivas, ¿pero tienes algo más que pueda explotar que no sea tu Rinoceronte Vintage?

—Riznor Vintax —le corrige Yrag.

—Sí, eso.

El armero se frota la barbilla. Tras un momento de reflexión, dice:

—Quieres un bum bum móvil.

—Un bum bum móvil suena perfecto.

—Ven conmigo.

Seguimos a Yrag por el pasillo hasta llegar a la puerta de una especie de caja fuerte. Es negra y parece fuertemente blindada. Alza la mano ante una pequeña pantalla y luego se inclina hacia ella utilizando el resto del cuerpo para que no veamos lo que hace: es un tipo que valora la privacidad y la seguridad de sus armas. Empatizo con él. Probablemente también lo llamen paranoico, ya que trabaja solo y con todos estos robots. Pero cuanto más nos adentramos en su guarida, más me doy cuenta de que no es un paranoico.

Simplemente está preparado.

Cuando Yrag abre la pesada puerta de metal, Bumper se inclina sobre mí para intentar ver antes que nadie. Entonces los cuatro atravesamos una estrecha entrada que conduce a una sala blanca con suelo y techo blancos y con estantes y estantes repletos de aparatos de distintos tamaños.

—No sé para qué sirve ninguno de estos zalastros, pero me gusta —dice Bumper.

Yrag le ofrece a Bumper una especie de ladrillo gris verdoso que se parece mucho al C4. Sin embargo, a diferencia del explosivo que conocemos, los bordes de este bloque parecen increíblemente nítidos. También tiene una almohadilla de visualización digital en uno de los lados.

—A esto lo llamamos Pastel de Dios —sentencia Yrag.

—Oh, sí, sí —dice Bumper, como si ya anticipara la potencia del arma—. ¿Qué hace?

—Bueno, el nombre más apropiado es explosivo polimérico de integración variable tipo R. Colócalo en cualquier superficie, selecciona el tiempo hasta la detonación y luego fija la profundidad deseada.

Bumper mira a Yrag confundido.

—¿Por qué la profundidad?

—El compuesto explosivo se integra con cualquier material físico y se extenderá en la composición hasta donde se le indique. Hay que decidir, claro está: radio de explosión frente a profundidad. Pero la IA de tu rifle te ayudará a indicar los niveles adecuados en función del resultado que desees.

—Jo-der —dice Bumper mientras juguetea con el ladrillo entre sus manos—. Explosivo polimérico de integración variable tipo R, cómo te quiero.

Yrag aprieta los labios a modo de sonrisa.

—Aquí hay algo nuevo en lo que he estado trabajando. Está en fase de prueba, pero con el permiso de Insarka estaré encantado de ofreceros algunas muestras, siempre y cuando me informéis de la experiencia.

—Dios, me encanta mi trabajo —dice Bumper.

Yrag coge otro aparato con aspecto de pelota de metal, solo que es un poco más pequeño y tiene algunos elementos más que los generadores de escudos portátiles.

—Yo lo llamo Dispositivo de Salida Variable.

—DSV. Me gusta —dice Bumper mientras agarra el objeto.

—Supongo que estás familiarizado con las granadas de fragmentación estándar.

—Y tanto que sí, don Armas.

—¿Don Armas? —Yrag mira a Bumper desconcertado.

—Te acaba de dar tu primer apodo —le dice el muchacho a Yrag.

—¿Apodo?

Insarka interpreta para él en skrawl y al poco Yrag asiente y repite la palabra.

—Apodo. Ya entiendo —luego vuelve a centrarse en el DSV que Bumper tiene en la mano—. Esto también tiene capacidades explosivas. Sin embargo, también puedes seleccionar lo siguiente. —Yrag extiende la mano y comienza a recorrer un pequeño menú con el pulgar mientras explica—: Aturdimiento, disuasión de multitudes, humo o asalto sónico. También tiene un modo de centinela por tiempo, movimiento, vibración o activación térmica.

Bumper deja escapar un silbido.

—Bic, creo que me he enamorado.

—¿Está llorando? —me susurra Z-Lo.

Me río y le pongo una mano a Bumper en el hombro.

—¿Quieres que se lo diga a Hollywood?

Me lanza una mirada de preocupación, como si todavía quisiera mantener lo suyo en secreto.

—No te preocupes. No diré nada.

Me dedica una amplia sonrisa.

—¿Y todo esto lo has hecho tú? —le pregunta Z-Lo al armero—. ¿Lo has diseñado tú?

—Todo no. La especie a la que los androquíes robaron esta tecnología debería reclamar sus derechos. Pero la licencia creativa es mía, sí.

—Me gusta mucho este tipo, Bic —me dice Bumper—. ¿Crees que nos lo podríamos llevar a casa?

—Algo me dice que no ligaría mucho —respondo.

—No, solo sería cuestión de encontrarle el público adecuado.

En ese momento, un timbre procedente de un dispositivo situado en la oreja del pequeño lóbulo de Insarka interrumpe nuestra conversación. Toca el aparato y empieza a hablar en skrawl. Unos segundos después vuelve a tocar el comunicador y se dirige a mí.

—Vuestros amigos heridos están listos —dice en la que hasta el momento es la frase más rápida que ha salido de su boca—. Es mejor que terminemos aquí... y que nos pongamos en camino.

Maldita sea. ¿Ya? Ha sido rápido. O a lo mejor solo ha sido el preoperatorio. En cualquier caso, le doy las gracias a Insarka por la noticia y le doy un golpecito a Bumper en el hombro.

—Me temo que no tenemos tiempo de envolver los regalos.

—No necesitas... llevar nada contigo ahora. Yrag se asegurará de que todos... los artículos sean entregados en... vuestras habitaciones —dice Insarka.

—¿Servicio de habitaciones también? —Bumper agita la mano derecha varias veces—. Dios, cómo me gusta este sitio.

Miro a Yrag antes de salir.

—Gracias por tu hospitalidad, don Armas. Me alegro de no haberte matado.

—Un placer, Patrick-Bic —responde—. Y me alegro de no haberte disparado en la cabeza. Limpiarlo habría sido mucho trabajo.

Me río.

—El placer es mío.

—Vamos —interviene Insarka—. Hay que ponerse en marcha.

Capítulo 15

20:15, domingo, 27 de junio de 2027
Karkin Cuatro
Cuartel general de la Guardia de la Sangre, enfermería

Por muy avanzado que sea el resto del complejo, la enfermería es el epítome de la esterilidad y la organización. Los relucientes pasillos blancos, las esquinas redondeadas y el cristal tintado en puertas y ventanas me hacen sentir como si estuviera en una nave futurista y no a varios metros bajo tierra.

Insarka nos conduce de sala en sala y nos vamos encontrando con especies extraterrestres de diversa índole. Hago todo lo posible por mantener la mirada al frente para no romper la intimidad de los pacientes ni ser el típico que se queda embobado mirando a todo el mundo. Pero ni siquiera yo puedo resistir la curiosidad del niño de seis años que llevo dentro y que quiere echar un vistazo a las extrañas criaturas que hay detrás del cristal.

—¿Todo bien, Bic? —me dice Hollywood, que aparece repentinamente tras una esquina. El resto del equipo está con ella en una especie de zona de espera.

—Sí, claro que sí... —digo, fingiendo que me estoy frotando el ojo.

—¿Mirando a hurtadillas el espectáculo?

—Algo así —le contesto con una risita.

—Ya, yo también. Aunque me hace preguntarme algunas cosas...

—¿A qué te refieres?

—Con tantas especies biológicamente diferentes... Estos médicos no son solo médicos.

Hago una pausa y reflexiono sobre lo que acaba de decirme.

—No es un mal punto, Hollywood.

—Lo sé. —Sonríe y me guiña un ojo.

—¿Habéis comprobado el alojamiento?

—Y la comida —responde—. No está mal.

—¿La comida?

—Ninguna de las dos cosas.

Asiento con la cabeza en una pequeña muestra de agradecimiento por la sorpresa.

—Eso es lo que quería oír.

Justo entonces siento que algo me roza el hombro.

—Te esperan aquí. —Insarka pasa junto a nosotros y avanza hasta una habitación en la esquina.

Cuando se acerca a la pared de cristal tintado que va del suelo al techo, esta se desliza y vemos a Espectro y a Yoshi incorporados en camas de hospital. Parecen cómodos. Llevan unas vendas blancas tipo Spandex alrededor del pecho y bajo los brazos, y no hay rastros de hemorragia ni de ningún dispositivo de apoyo médico, ni siquiera de vías intravenosas.

Todos los Phantoms entramos en la habitación y nos centramos sobre todo en Yoshi. Pero tiene buen aspecto. De hecho, tiene muy buen aspecto. No quiero pillarme los dedos, pero parece que está completamente recuperado.

Bumper es el primero en acercarse a Yoshi.

—¿Cómo te sientes, campeón?

—Como si tuviera dieciséis años y mi madre me hubiera dejado dormir una semana entera. Un poco aturdido, pero me siento genial —dice Yoshi sonriente.

—Entonces, ¿ya te han intervenido? —le pregunto a Yoshi, y luego me dirijo a Insarka y a Farkoo para que me confirmen.

—Sí, Patrick-Bic —responde Farkoo a través de su traductor, pero parece confundido—. ¿El cuerpo tarda más en recuperarse en vuestro planeta?

Es una pregunta un tanto extraña. Miro a Yoshi, todavía inseguro de cuál es o era el diagnóstico.

—Depende de la lesión. ¿Cómo ha sido tratado?

—Yoshi recibió tres disparos y sufrió graves daños cardiovasculares, pulmonares y circulatorios. —Farkoo hace una pausa y luego parece que se le ocurre algo—. Intuyo que no estáis acostumbrados a recibir daños causados por armas de energía, ¿cierto?

—Sí, es cierto.

Farkoo golpea con los dedos la pared blanca detrás de Yoshi. Las luces sobre la cama se atenúan, una lente negra y oscura cae del techo y una silueta del cuerpo de Yoshi de color naranja aparece. Farkoo se vuelve hacia la imagen y, como hizo el general Cordan con el mapa de la mesa, empuja una mano hacia delante y tira de la otra hacia atrás. Sin embargo, en lugar de alejar el zum, la acción separa todos los sistemas vitales de Yoshi en secciones repartidas por la habitación. Lo que es aún más fascinante es que las líneas naranjas parecen moverse, o quizá sería más acertado decir que fluyen, como si hubiera energía circulando en su interior.

—Esto está siendo hospital muy extraño —dice Lada mientras la proyección va tomando forma.

Es... el sistema nervioso de Yoshi. Aparecen tres columnas de luz azul como cilindros clavados en su cuerpo. Cada sistema muestra las columnas más o menos en el mismo lugar, pero en los puntos en los que la luz azul se cruza con las líneas naranjas, la energía deja de fluir.

Farkoo señala hacia la posición de Z-Lo, que está justo en medio de una de las secciones.

—Estas secciones azules representan el daño causado por los disparos de energía. A diferencia del daño por proyectil, que rompe los sistemas cerrados y hace que las víctimas se desangren, el daño por energía cauteriza las redes de sistemas. —Señala una sección de venas en el estómago de Yoshi—. El flujo de sangre ha cesado. Los nervios están cortados. El tejido ha cicatrizado. Las articulaciones están cortadas desde el hueso, los tendones, desde el músculo.

A medida que Farkoo habla, las representaciones digitales siguen sus descripciones como si fueran actores interpretando un guion. Los músculos empiezan a crisparse, los nervios, a chisporrotear, y las venas, a abultarse. Incluso la imagen que representa el corazón de Yoshi empieza a tener espasmos.

—Las víctimas no se preocupan por desangrarse —continúa Farkoo—. Temen apagarse. Un corazón que no puede bombear a una pierna no solo no suministra nutrientes a la extremidad, sino que se sobrecarga de trabajo al tratar de trasladar la sangre donde ya no puede viajar. Al final, la pierna muere, pero no antes de que el corazón expire a causa del estrés.

La imagen del corazón de Yoshi se desgarra y se agarrota; parece una pelota de béisbol descosiéndose. No estoy seguro de que este software conozca la anatomía humana a la perfección, pero se me quitan por completo las ganas de que me disparen. También me pregunto si Farkoo está disfrutando, porque cada vez habla más alto.

—Entre el esfuerzo de los órganos y la pérdida de recursos, el cuerpo acaba sucumbiendo a los hermanos gemelos más retorcidos: el sobreexceso de funciones y la paralización de funciones a la vez.

—Así dicho suena muy asqueroso —susurra Hollywood.

—Seguro que es un fallo de traducción —dice Aaron desde su lado.

—O no —intervengo.

—Creo que voy a vomitar —dice Z-Lo mientras empieza a buscar un cubo de basura.

Farkoo esboza una sonrisilla una fracción de segundo antes de que se enciendan las luces.

—Si no nos hubierais traído a Yoshi en ese momento, me temo que se habría ido para siempre. —Farkoo tiene sin duda un don para el drama.

—Bueno, estamos agradecidos por vuestra atención médica de alto nivel —digo.

—Mía no. De los médicos. Yo solo estuve a cargo de tus hombres en tu ausencia.

—Igualmente, gracias.

El androquí se lleva el puño al pecho y se inclina ligeramente. Yo me vuelvo hacia Yoshi.

—¿Te encuentras lo suficientemente bien como para salir de aquí?

—Ya lo creo, sargento.

Miro a Espectro.

—¿Y tú?

—Lo mío no era más que unas costillas rotas y una pequeña hemorragia interna. Me encuentro bien.

Me vuelvo hacia Farkoo.

—Gracias por la ayuda, teniente.

—El placer es mío. Venid, permitidme que os conduzca a vuestros aposentos.

—Y yo me despido. —Insarka se pone una mano en el pecho y hace una reverencia, quizás un poco más exagerada que la de Farkoo—. Ha sido... un placer.

Por su forma de hablar, me hago a la idea de que esto es una despedida en toda regla, así que le tiendo la mano.

—Gracias por salvarnos el culo, teniente. Estamos muy agradecidos.

Insarka no sabe si estrecharme la mano, pero finalmente cede. Su piel es fresca y áspera.

—Me alegro... de que estéis bien. —Me suelta la mano bruscamente y se encamina hacia la puerta sin decir nada más.

* * *

Reunidos de nuevo, los Phantoms nos abrimos paso a través de los exuberantes túneles laberínticos del cuartel general de la Guardia de la Sangre. Me echo a un lado y alcanzo a Hollywood.

—¿Algo que deba saber? —le pregunto en voz baja.

—Farkoo parece un poco... diferente —dice, señalando con la barbilla al extraterrestre que encabeza la fila—. Bueno, a decir verdad no es que haya conocido a muchos extraterrestres, pero es una sensación que tengo.

—A mí también me lo parece.

—Pero ha sido amable y atento. Se ha encargado de todo, ya lo verás.

—Entendido.

—¿Qué tal vosotros? —pregunta señalando a Bumper y Z-Lo.

—Hemos conseguido armas nuevas. Te gustarán.

—Genial.

183

—También me encontré con un viejo amigo, el armero jefe de la Terminal A3.

—¿¡Qué!? ¿¡Cómo!? —A Hollywood se le ponen los ojos como platos.

—Al parecer, se pluriemplea como espía cuando no está haciendo armas y reparaciones a medida.

—Vaya. —Hace una pausa—. ¿Y no se ha ido de la lengua con nada?

Sonrío al recordar la respuesta de Yrag.

—No. Creo que podemos confiar en él. Al menos por el momento.

Hollywood asiente, pero se muestra poco convencida.

—¿Todo bien?

—Sí, todo bien.

—No. —Le agarro el codo y la obligo a frenar un poco—. A mí no me la cuelas, Hollywood.

Mira hacia el suelo y se coloca un mechón de pelo detrás de la oreja.

—¿Todo esto no te parece un poco raro, Bic?

Se me escapa una risilla por lo bajo.

—Es una puta locura.

—No, no lo digo en ese sentido. —Hace una pausa y baja la voz—. El general, la conspiración, las armas, la atención médica... ¿No te da la sensación de que todo esto... nos viene demasiado al pelo?

—Crees que nos están utilizando —afirmo.

Me dedica una media sonrisa como si no quisiera creer sus propias sospechas, pero al final no puede ir en contra de su propio instinto.

—Sí. Si fueras el mandamás del Ejército de Estados Unidos y alguna facción esclavizada acudiera a ti queriendo asociarse y vieras que pueden hacer algo por ti mientras quedas como el bueno de la película, ¿no aceptarías?

—Sí. Por pura política y gestión de la situación.

—¿Y no es lo que está pasando aquí? Por lo que sabemos, somos como un conejillo de Indias para ellos. Y mientras contribuyamos al bien común, ellos contentos. Joder, es que les hemos pedido nosotros mismos que nos metan en la boca del lobo, no tienen ni que sentirse mal.

El escepticismo encaja con el *modus operandi* de Hollywood. Es desconfiada por naturaleza y una buena líder con visión estratégica. Dicho esto, ser demasiado precavido puede paralizar a un líder. Por eso hay que aprender a gestionar los riesgos y a sacar lo mejor de cada situación.

—Creo que nos estamos metiendo en un túnel sin salida —añade.

—Pero íbamos a acabar en un túnel sin salida de todos modos, ¿no?

—Si me meto yo sola en un túnel sin salida, vale. Pero ¿saber que alguien tiene información de una operación y decide no compartirla solo porque no llevamos la camiseta de su equipo? —dice; niega con la cabeza—. Estoy harta de ser la moneda de cambio de los demás, Bic. Es lo que he sido durante toda mi carrera; tú sabes cómo tratan a los sargentos.

—Entendido. —Me doy cuenta de que nos hemos quedado bastante atrás, así que hago avanzar a Hollywood y acelero el paso—. Mira: nos van a vigilar, eso es inevitable. Pero también tenemos que aceptar la ayuda que nos dan, porque sin ella no vamos a llegar muy lejos. Además, nos han dado buenas razones para confiar en ellos. Así que eso es lo que necesito que hagas. ¿Entendido?

—Sí, entendido.

—Si ves algo raro, dilo. Pero si no es el caso, necesito toda tu atención y tu pericia para el campo de batalla. —Lo que me recuerda algo de mi juventud—. Hay un viejo dicho que reza: «Sé astuto como una serpiente pero inofensivo como una paloma».

—Vaya gilipollez.

—Puede parecer una gilipollez. Hasta que llega el momento de picar.

Hollywood se ríe.

—Vale, ya me gusta más. ¿Seguro que no te hubiera gustado ser cura?

—¿Acaso has estado hablando con Yoshi últimamente? —le digo mientras le guiño el ojo.

—¿Cómo? No, ¿por qué lo dices? —se ríe.

—Por nada.

Alcanzamos a los otros y pienso en la suerte que tiene el Equipo Phantom de contar con alguien como Hollywood en sus filas incluso cuando peca de precavida. Podría haberme topado con cualquier soldado en la Interestatal 280 Este hace dos noches. Se me ocurren varios que me habrían puesto la piel de gallina y muchos otros con los que no querría compartir unidad y me hubiera ido por mi cuenta. Pero no: me topé con Hollywood.

—¿Qué pasa? —pregunta.

No me he dado cuenta de que me estaba riendo para mis adentros.

—Me alegro de que estés en el equipo, sargento.

—Gracias —dice sonriente—. Yo también.

Capítulo 16

20:40, domingo, 27 de junio de 2027
Karkin Cuatro
Cuartel general de la Guardia de la Sangre, barracón del
Equipo Phantom

Teniendo en cuenta que estamos bajo tierra, el alojamiento que nos ofrecen es impresionante. Con todo el ambiente de jungla del complejo, yo pensaba que nos quedaríamos en unos vivacs y que nos darían unas barritas de proteínas hechas de insectos secos. En cambio, nos ofrecen una habitación con doce literas y paredes de metal y roca. En el extremo más alejado hay una mesa metálica, en la pared de la derecha hay una cocina incrustada y a la izquierda hay una puerta que conduce a las duchas y a los aseos. La guinda del pastel la ponen los ledes blancos del techo; la habitación bien podría estar en un catálogo de IKEA para veteranos de guerra. *Combat chic*. Solo faltaría una cafetera de expreso y un armario para las armas. Aunque parece que las literas tienen algún tipo de cajón deslizante para almacenar cosas.

Después de quitarnos las armaduras y darnos una ducha (ver a Aaron pasarlo mal en un baño mixto es de lo más divertido), nos ponemos cómodos y nos sentamos en torno a la mesa metálica.

Farkoo ha dado la orden de que nos traigan bandejas con comida, y tiene tan buena pinta que hasta nos entra hambre. Una mitad echa humo y la otra mitad está muy fría al tacto. En cuanto a los repartidores, no sé si son soldados o civiles, pero no son androquíes ni humanos.

Satisfecho de haber cumplido las órdenes del general, Farkoo hace una reverencia mientras el equipo se sienta y nos invita a descansar. Lo sigo hasta la entrada del barracón, momento en el que se gira y me entrega un objeto transparente del tamaño de una tarjeta de crédito.

—Para ti, del general Cordan —dice Farkoo.

—¿IPM6?

—Incluye los puntos estratégicos de interés del general, como pediste. Verás que hay una ranura de lectura en la pared. Gesticula con la mano tal y como nos has visto hacer —dice.

—Gracias. —Agito la tarjeta en el aire—. Dile que estoy muy agradecido.

—Espero que encuentres lo que buscas.

—Yo también.

Farkoo hace otra reverencia y sale.

Las puertas del barracón se cierran tras él y escucho el sonido de un mecanismo de cierre. Cuando no detecto nada, agito la mano frente a las puertas y estas se separan. Lo cual es bueno, porque si se hubieran cerrado a cal y canto, habría sido un infierno.

Farkoo se da la vuelta al oír que se abren las puertas y me mira con sorpresa. Vuelve a ponerse el dispositivo traductor en la garganta.

—¿Necesitas algo?

—Solo quería darte las buenas noches una vez más —digo guiñándole un ojo.

Farkoo se queda desconcertado y se limita a ofrecer un saludo nervioso y continúa su camino. Curiosamente no saca de nuevo el dispositivo de comunicación y eso hace que mi sentido arácnido zumbe ligeramente. Me alejo de las puertas y espero a que se cierren antes de volver a la mesa.

—¿Alguien sabe qué es esto? —pregunta Hollywood señalando con su versión extraterrestre de un tenedor a un compartimento en la esquina de su bandeja.

—Parece maíz azul —responde Z-Lo.

—La única manera de averiguarlo es ver si aparece en tu mierda mañana por la mañana. —Bumper sonríe y es el primero en probarlo. Mastica y luego dice—: Le falta sal.

—¿Crees que es seguro comer? —me pregunta Aaron.

Me encojo de hombros mientras me siento en mi sitio.

—Lo suficiente. Farkoo dijo que nuestros cuerpos no daban muchos problemas.

—Sí. —Aaron pincha con indecisión un trozo de carne humeante—. Una frase bastante ambigua.

Lada, aparentemente nada intimidada ante la perspectiva de probar comida extraterrestre, pincha un trozo de carne y le da un bocado. Lo mastica con la boca abierta durante un segundo y luego traga.

—¿Y? —pregunta Aaron.

—El gusto es como pollos —responde Lada, y luego le da una palmada a Aaron en la espalda—. Te gusta. Te hace ganar más kilos.

El equipo se ríe y parece relajarse un poco más para probar la cena. Todos nos centramos en nuestras bandejas y al poco rato nos entregamos al menú. Para ser la primera vez que como en otro planeta, tengo que decir que no está mal. Nada mal.

Aunque todo el mundo tiene ganas de hablar de nuestros próximos pasos, rechazo todas las preguntas hasta que acabemos de comer. Me siento como un padre diciéndole a sus hijos adolescentes que se sienten y que disfruten de la comida. Hace tiempo que aprendí que si todo lo que hace una unidad es hablar de la misión, serán los primeros en olvidar su humanidad. La vida en combate es mucho más que apuntar al blanco y apretar el gatillo. Se trata de recordar que también hay que cuidar de uno mismo, y comer juntos en equipo es una forma estupenda de hacerlo.

—¿Cuándo fue la última vez que os dio un ataque de risa de esos que os atragantáis y escupís la bebida? —digo justo antes de comerme un trozo de carne—. ¿Quién empieza?

Espero varios segundos, pero nadie parece dispuesto a lanzarse. Así que trago y decido empezar yo mismo.

—Una vez había unos chavales recién salidos del campo de entrenamiento comiendo en la cantina. No sé vosotros, pero en mi época era bastante común que los instructores les dieran caña a los aprendices con cualquier cosa, por tonta que fuera. Yo estaba al otro lado de la cantina y grito: «¡Eh, soldado Bell, la columna recta!». Mientras le estoy dando un sorbo al café, veo que Bell se levanta, se va al pilar que tiene detrás y empieza a hacer fuerza.

Yo solo quería tocarle los huevos porque no tenía la espalda recta y el muy bobo se pensaba que le hablaba de una puta columna de la sala. Le eché todo el café en la cara al cabo Bemis del ataque de risa que me dio.

El equipo se ríe, aunque tampoco enloquece. Y es normal: comenzar con el listón demasiado alto corta el ritmo de grupo. Y el ritmo lo es todo.

—Yo tengo una —dice Z-Lo—. Cuando éramos adolescentes mis amigos y yo, en San Diego, quedábamos en la playa entre semana cuando sabíamos que la policía no patrullaba. Nos bebíamos algunas birras y jugábamos a verdad o reto.

—¡Me encanta este juego! ¡Ja! —Vlad da una palmada—. Vamos más.

El muchacho asiente pero parece un poco molesto por la interrupción.

—Bien. Una noche me hacen una pregunta sobre... Sobre cosas que no quiero contestar. Así que me retan a nadar cincuenta metros con el culo al aire.

—¡Más pasatiempo favorito! —le dice Vlad a Z-Lo—. Somos como gotas de agua tú y yo, ¿no?

Z-Lo lanza una mirada irritada al ruso.

—Sí, claro. Bueno, entonces me quito la ropa, corro hacia el agua y empiezo a nadar. Pero no llevo ni diez metros cuando me vuelvo loco y empiezo a gritar y a agitar los brazos. Todos piensan que me estoy ahogando y corren hacia mí para ayudarme, pero, antes de que lleguen, salgo corriendo del agua gritando: «¡Un pez me ha mordido la churra!». Intenté enseñarles a todos la herida, pero no podían de la risa.

Todo el Equipo Phantom se ríe y Z-Lo parece disfrutar el momento, aunque sea a costa de reírnos de él. Pobre chaval.

—Se pasaron todo el verano llamándome Carnada —añade, haciendo que todo el equipo estalle de risa; ya sabemos el apodo de Z-Lo para próximas misiones.

—Esa historia no vale —dice Hollywood mientras se enjuga las lágrimas—. Bic ha dicho que tenía que ser una historia en la que te diera un ataque de risa a ti, no a tus colegas.

—Ya se me ocurrirá algo —dice Z-Lo encogiéndose de hombros.

Cuando todos se calman, Aaron empieza a hablar.

—Una vez tenía que enfrentarme contra un oponente especialmente agresivo y entré en la pista...

—¿De atletismo? —interrumpe Bumper.

—No. —Aaron le lanza una mirada confusa y ligeramente molesta—. De *squash*.

La confusión se traslada de la cara de Aaron a la de Bumper y yo me esfuerzo por no reírme porque el SEAL se está dando cuenta poco a poco de que el buen doctor no está siendo sarcástico.

Aaron deja el tenedor sobre la mesa.

—Bueno, el tipo se había forjado un nombre cuando estudiaba en Columbia y yo debía de estar bastante motivado para el partido, porque, cuando nos íbamos dar la mano al comienzo, me dice: «Me han dicho que no vas ni a ponerte gafas de protección». Yo estaba bebiendo y de poco me atraganto de la risa. Entonces lo miro y le digo: «¿Pero tú estás loco, tío?».

El resto de la mesa guarda un silencio absoluto y yo me tapo la cara con el brazo. El equipo está esperando el remate y yo no sé quién me da más pena, si mi amigo de la infancia o los Phantoms por no saber de qué demonios habla Aaron.

—Es historia interesante —dice finalmente Lada—. ¿Ganas?

Aaron echa la cabeza hacia atrás.

—No, eso no es lo... ¿No lo entendéis? —dice mirando a toda la mesa—. ¿Jugar sin gafas? Es... muy poco seguro.

—Eres hombre salvaje —dice Lada con una mano en la cadera.

—Lo pillamos —digo guiñándole un ojo a Aaron—. ¿Alguien más?

—Yo —dice Lada. Se traga el último trozo de carne y se limpia la boca—. Hay una vez que juego a juego de pesca de cartas americano favorito.

—¿Juego de pesca de cartas americano? —pregunta Hollywood—. ¿Te refieres a Pesca?

—Sí. Este es juego. Es favorito de Bratva. Estoy jugando y le digo a Boris: «Boris. ¿Tienes algún sietes?» Él dice: «No. Ve a pescar». Pero sé que Boris está mintiendo, así que lo apuñalo en pierna con cuchillo.

Todos, excepto Vlad y Espectro, la miran boquiabiertos.

—No sé si es el tipo de historia que decía Bic, Lada. Tiene que ser algo divertido —dice Hollywood.

—Todavía no he acabado. Lo gracioso es que Boris decía verdad. No tenía sietes. ¡Ja, ja!

La mitad del equipo muestra expresiones abochornadas. Creo que cualquiera se lo pensará dos veces antes de jugar a cartas con ella.

—Recuérdame que lleve gafas protectoras cuando juguemos a las cartas —dice Aaron.

Vaya, muy sutil, Aaron. A lo mejor sí que puede haber algo entre los dos a fin de cuentas.

Pero entonces Lada mira a Aaron de arriba abajo y se muerde el labio.

—Eso es todo que necesita llevar, doctor Campbell.

Aaron se sonroja y mira hacia otro lado.

—No te preocupes, Bic —me dice Vlad en voz baja—. Sigues siendo mi hermano aunque hermana tenga como nuevo objetivo doctor inteligente.

Veo que Aaron se pone aún más rojo.

—Bien. Tengo historia. —Vlad deja su taza, algo que creo que todos agradecemos—. En Siberia hace mucho frío, ¿sí? Yo tengo unidad. Hacemos ejercicio de campo cuando oficiala a cargo informa a cada líder que solo tenemos un saco de dormir para cada escuadra. Ella dice que tenemos problemas para decidir para quién usar saco de dormir. Pero mi escuadra dice no hay problema; sabemos quién va a tener saco. No hay rotación, no hay reparto. Cuando oficial a cargo pregunta por qué decisión era tan fácil, contestan: «Este es saco de dormir de Vlad porque él siempre duerme desnudo».

El equipo se ríe, pero es más por lástima que por gracia.

—Vlad —dice Hollywood con una media sonrisa—. Habíamos dicho que tenías que atragantarte de la risa en la historia.

—Sí, por eso. De noche bebo de termo en saco de dormir cuando oficiala aparece y dice que tiene frío y debo dejar espacio.

—Me retracto. —Hollywood levanta la copa entre risas.

—También tengo segunda historia.

Hollywood me mira, pero dejo que Vlad siga. Nada como un ruso para amenizar una velada, ¿no?

—Una vez, en barracones, jugamos a aplastar cara —dice Vlad.

¿Aplastar cara? —pregunta Yoshi.

—Sí. ¿No juegas en Ejército de Estados Unidos? Es gran juego. Tienes oponente y tienes vodka. Cada persona toma trago de vodka y abofetea cara de oponente. El primero en abandonar es gran perdedor, ¿sí?

»Una vez jugué con Igor. Él es leyenda. Como David Hasselhoff. Entonces jugamos y bebimos y abofeteamos caras muchas veces. Incluso veo luces de estrellas cuando Igor abofetea mi cara. Después de beber primera botella de vodka, conseguimos segunda botella de vodka. Esta vez, después de tercera botella de vodka, Igor toma chupito y me abofetea cara, pero olvida de dejar vaso de chupito en mesa y tiene en mano. Me rompe vaso en un lado de cara, justo aquí. —Vlad señala una cicatriz en su mejilla—. ¡Ja, ja, ja! Oh, tío, te digo que ha sido muy divertido. Está loco, Igor. Ah... —Vlad suelta un largo suspiro y se frota la mejilla con ternura—. Buenos momentos de pasado.

—Esa no es historia divertida —dice Lada—. Eres hermano idiota.

—No soy hermano idiota. Estás celosa porque gano partido y me convierto en próximo David Hasselhoff . Hermano idiota... —dice resoplando.

Cuando se callan, no sé de qué nos reímos más el resto, si de las historias de Vlad o de su manera de contarlas.

Cuando el ambiente se calma, todos miramos a nuestro alrededor para ver quién es el siguiente.

—¿Alguien más? —pregunto tras varios segundos de silencio.

—Voy yo —dice Hollywood. Su cara se convierte en una mezcla de humor y nostalgia mientras pincha una especie de zanahorias moradas—. Llamé a mi abuela durante un despliegue. Iba con el teléfono satelital en una mano y una botella de agua en la otra. Me dijo que la policía la había regañado.

—¿Regañado? ¿Por qué?

—Decía que el conejo que tenía la vecina por mascota no quería irse de su porche, así que al final agarró una escoba y empezó a darle escobazos.

—No parece nada demasiado grave —dice Yoshi.

—Ya. —Hollywood mira hacia arriba y comienza a reírse—. Pero es que no era su porche.

Todos nos reímos.

—Resulta que había estado intentando echar al conejo de un porche que no era el suyo durante veinte minutos hasta que llegó el dueño y llamó a la policía. Cuando me lo contó, estaba bebiendo y le eché toda el agua a mi oficial, que estaba al lado. Dijo que me perdonaría si le dejaba contarle la historia al resto de la unidad.

—¿Y le dejaste? —pregunta Yoshi.

—Claro que sí. Aunque luego me arrepentí.

—¿Eh?

—Piensa en cuántos chistes se pueden sacar de «abuela de Hollywood», «conejo» y «escoba».

El equipo estalla en risas. A Z-Lo incluso se le sale un chorro de agua por la nariz de la risa.

—Ya tengo la mía. Acaba de suceder.

* * *

Una vez hemos fregado los platos, recogido la mesa y barrido el suelo (soy de los que piensan que has de dejar un lugar mejor de lo que te lo encontraste), llamo a todos y nos reunimos de nuevo en torno a la mesa. Luego le entrego a Yoshi la tarjeta que me dio Farkoo y le pido que la introduzca en una ranura situada junto a una interfaz de control en la pared. Es una buena sensación poder continuar planificando una misión cuando tienes información nueva.

Las luces se atenúan y una amplia lente negra baja del techo. Un segundo después aparece ante nosotros una representación monocromática de la Instalación de Procesamiento de Mercancías 6 igual que en la sala de conferencias. Todo el cachondeo de la cena se evapora como agua en Bagdad. Nuestra gente, la humanidad, está en esta planta. Y solo Dios sabe lo que les están haciendo.

Con la esperanza de profundizar en las tripas del edificio, empiezo a buscar algún tipo de menú de navegación o pantalla de control. Lo más parecido que encuentro está en el lado de la instalación más cercano a mí; es un pequeño menú flotante que dice: «Puntos de interés». Instintivamente pienso que necesito un ratón o un teclado para activarlo, pero entonces recuerdo las instrucciones de Farkoo. Es todo táctil o... ¿aéreo? No sé definirlo. Así que extiendo el dedo índice y pulso sobre las palabras. Aparecen cuatro pequeños puntos rojos en diferentes lugares del minimalista diseño holográfico de la instalación. Cuatro. Esperaba más, pero menos es nada.

Mientras trato de entender los puntos que flotan en el anodino interior del edificio, me llaman la atención dos cosas. La primera son las preocupaciones de Hollywood durante nuestra conversación privada. No puedo evitar mirar los puntos y pensar que el general ha enumerado estos objetivos según sus propias prioridades. Está claro que no hay opinión libre de prejuicios. Y yo le pedí su opinión. Pero si somos conejillos de Indias, como supone Hollywood, entonces no son solo opiniones...

Son intenciones.

Está claro que no hay forma de saberlo con certeza. Y solo porque Cordan haya catalogado algo de importante no significa que no lo sea. Lo cual, supongo, es la naturaleza de la guerra. Nada es nunca blanco o negro. Todo es gris. La democracia quiere victorias y derrotas, titulares que despierten el patriotismo e informes que aseguren la resolución. A nadie le gusta el gris. Pero cuando estás en el campo de batalla con las manos llenas de sangre, el gris es todo lo que queda.

La segunda cosa que me llama la atención es que hay algo que falla en la información de Cordan. O que falta, mejor dicho. Al pulsar sobre cada punto de lectura en la lista de PDI y mirar el esquema, el alcance y el detalle del material son, en el mejor de los casos, decepcionantes. De hecho, todo lo que tenemos es un vago esquema del exterior, algunos indicios de la composición interior y unas pocas líneas de descripción que no ofrecen ninguna información realmente útil. Ni siquiera se acerca a lo que yo llamaría una misión digna.

Al parecer, al percibir mi falta de entusiasmo, Hollywood suelta:

—¿Esto es todo? ¿Don Importante no tiene nada más?

Todas las expectativas que tenía para seguir preparando la misión han desaparecido. Y ahora estoy cabreado porque nos la han jugado. El general no tenía interés en ayudarnos, solo quería ayudarse a sí mismo. Y cuando ha visto que no íbamos a jugar con sus reglas, ha cogido la pelota y se ha marchado a casa.

Respiro profundamente.

—Bueno, señoras y señores, nos la han jugado.

—Yo diría más bien que... —dice Bumper.

Pero escuchamos las puertas del barracón y todos nos giramos para ver quién es.

Capítulo 17

21:50, domingo, 27 de junio, 2027
Karkin Cuatro
Cuartel general de la Guardia de la Sangre, barracón del Equipo Phantom

—Hola, Phantoms —dice Insarka.

Entra y se echa a un lado para dejar pasar a cuatro individuos que empujan unos carros. Solo uno es androquí; los otros tres son de especies diferentes. Insarka les da órdenes en skrawl pero lleva un traductor automático en el cuello y los tres individuos de las otras especies tienen un dispositivo de comunicación en la oreja. Bueno, utilizo el término *oreja* con mucha flexibilidad.

Cuando acaban, Insarka se despide de los trabajadores, cierra la puerta y se dirige a nosotros.

—¿Qué piensas del barracón, Patrick-Bic?

Me pongo de pie para saludarla con la habitual inclinación de cabeza.

—Todo bien, gracias. Hemos cenado y ahora estábamos...

Años de experiencia me dicen que no debo compartir nada con nadie que no sea de mi equipo. Pero de todos los extraterrestres con los que nos hemos encontrado hasta el momento, Insarka es la que parece más fiable. Al fin y al cabo, ella lideraba la unidad que nos salvó el culo. Pero sigue siendo una completa desconocida y eso me tiene inquieto, independientemente de lo buena que sea en combate.

La teniente parece darse cuenta de mi titubeo.

—¿Estáis revisando el esquema de la IPM6... y elaborando un plan de ataque?

—Algo así. —No voy a decirle lo deficiente que es la información que nos han dado. Al menos no todavía.

Insarka asiente con la cabeza y luego señala hacia atrás por encima del hombro.

—Tengo una entrega especial para ti.

—¿Entrega especial? —me dice Bumper con la ceja levantada.

Insarka vuelve a las cajas, abre una y saca un FA-NJC que me resulta lo suficientemente familiar como para sacarme una sonrisa. Pero conforme Insarka se acerca, me doy cuenta de que es demasiado nuevo para ser Franky y tiene demasiadas cosas añadidas. Y así, sin más, me pongo triste. Soy como un niño, lo sé, pero me gustan mis armas, y quién me iba a decir que le cogería tanto cariño a una que es contestona y cuenta chistes malos.

—¿Qué traes? —pregunto tratando de disimular mi decepción.

Insarka me ofrece el arma, pero también me lanza una mirada curiosa.

—¿No... lo reconoces?

—No, es solo que...

—Oh, por todos los pedos de camembert francés, no me digas que ya te has olvidado de mí, Patrick —dice una alegre voz con acento inglés.

—¿Franky?

—Pues claro, merluzo. ¿A quién esperabas? ¿A la mismísima reina de la Inglaterra? Aunque he de decir que, teniendo en cuenta las operaciones del imperio androquí en Londres, no es algo descartable. Mmm.

Agarro a Franky y lo examino. Siento que se me derrite el corazón; al menos todo lo que a alguien como yo se le puede derretir por una inteligencia artificial. Y eso ya es mucho. Pero si se lo digo a Franky, se envalentonará.

—¿Puedes disparar de nuevo?

—¡Y cómo! ¿Quieres que te haga una demostración? Volemos algo, ¿vale? Esa mesa metálica, por ejemplo.

—Eh... Dejemos eso para después. ¿De acuerdo?

—Arg —dice con disgusto—. ¿Quieres cuidar a un purasangre inglés hasta que se recupere pero no quieres ver su gloria cruzando la línea de meta en el Festival de Cheltenham? Eres despiadado, Patrick. Completamente despiadado.

—Está claro que suena como el Franky de siempre —afirma Hollywood.

—Incluso más —añade Bumper.

Asiento con la cabeza y le echo un vistazo a Franky.

—Tienes... Tienes un aspecto diferente.

—¿Te gusta? Yrag el Glorioso me ha dado una mano de pintura, una nueva mirilla y un nuevo conjunto de sensores. Creo que tengo un aspecto demoledor, ¿no crees?

—Que se casen ya —dice Z-Lo detrás de mí.

—Te he oído, Carnada —pronuncio sin darme la vuelta.

—Perdón.

Me echo a Franky al hombro y veo cómo se activa su visor. Está más iluminado, parece más claro y tiene varias opciones de menú nuevas a primera vista.

—Tienes buen aspecto, Franky. —Apoyo la mejilla en la culata y le susurro—: Me alegro de que estés bien. Te he echado de menos, amigo.

—¡Oh, yo también te he echado de menos, Patrick! —exclama Franky tan alto como puede—. Me alegro mucho de que el sentimiento sea mutuo, porque tenía varias versiones de nuestro reencuentro en mi mente. La primera era que ya habías pasado a otra arma. Si ese fuera el caso, tenía preparado un discurso muy elaborado. ¿Te gustaría escucharlo?

—No.

—Maravilloso, dice así: querido Patrick...

—Ya vale —digo mientras lo bajo.

—Las otras opciones para deshacerme de mi rival incluían una novatada despiadada, una baja accidental y un siniestro complot para lanzarlo por una ventana y que cayera en una palangana con lenguados.

—Me alegro de que no tengamos que recurrir a eso —respondo.

—Sí, pero ¿no habría sido exquisitamente divertido?

—No si eres un arma tan tonta como para acabar rodeada de peces que comen rifles.

—Sí, desde luego. Ah, y hablando de tontos, me alegra informar que ahora soy el orgulloso propietario de un disco duro cuántico muy lleno.

—Explícate.

—Al parecer, la teniente Insarka le dijo a Yrag que me pusiera lo mejor de lo mejor. ¡Escalera de color! Tengo directorios llenos de historia, cultura y tácticas androquíes, las pocas que tienen, y sí, incluso un mapa de la Terminal A3 que incluye algo más que las salas que disfruté anteriormente. Zalastros y zalastros de información útil.

De repente, me pregunto si la ampliación de la biblioteca de Franky lo hará más pesado que antes. Pero el gesto de la teniente también me hace preguntarme por sus motivos. Franky no ha mencionado si su nueva actualización de memoria fue a instancias del general Cordan, producto de un simple descuido o Insarka actuando por su propia cuenta.

—Gracias —le digo a Insarka—. Y por favor, hazle llegar nuestros saludos a Yrag.

—Sí —añade Franky—. Gracias, teniente Kindesh. Que tus cocos para cabalgar sean grandes y que tus arbustos de enebro den muchos frutos.

Insarka frunce el ceño y luego me mira.

—Es un NISP muy interesante. Nunca he visto uno tan...

—¿Inteligente? —interrumpe Franky—. ¿Brillante? ¿Extraordinariamente servicial y también gallardamente atractivo?

—Iba a decir... difícil. Pero supongo que si Patrick-Bic te encuentra digno de esas otras cualidades...

—Oh, ya lo creo que sí.

—Mmm. —Insarka me mira y señala el resto de cajas—. Aquí está todo el armamento que tú y el señor Bumps escogisteis.

—Bumper —responde el SEAL un poco irritado.

Algunas sonrisillas asoman entre los demás miembros del equipo.

—Muchas gracias, teniente. Gracias de verdad. —Hago un gesto hacia la puerta—. Esperamos que pases una buena noche.

Pero ella no capta la indirecta y mira por encima de mi hombro hacia el holograma.

—¿Puedo revisar con vosotros?

El ambiente se vuelve tenso y noto que los Phantoms se incomodan. Veo a Hollywood cruzada de brazos.

—Eh... Preferimos lidiar con estas cosas...

Me rebasa y apoya las manos sobre la mesa.

—El esquema está incompleto.

Levanto una ceja y miro al equipo. Ese comentario ha sido interesante.

—Continúa.

—Llevo varios meses intentando obtener una representación más detallada de una Instalación de Procesamiento de Mercancías, pero el general Cordan...

Después de unos segundos, digo:

—El general, ¿qué? ¿No lo aprobó?

Ella asiente.

—Dijo que era demasiado arriesgado. Y que aunque obtuviéramos los datos, no podríamos actuar con ellos. Pero le dije que mi plan para asegurar la información no...

Al ver que no completa la frase, no sé si es por el idioma o porque no quiere.

—No, ¿qué? —le pregunto finalmente.

—No pondría a nadie en peligro.

—Bueno, si sabes algo que crees que puede ayudarnos... —digo haciendo un gesto hacia todo el equipo.

—Sé cosas que pueden ayudar. Y también deseo prestar mi ayuda en combate.

Esto hace que todo el mundo se sorprenda, excepto Hollywood.

—¿Qué pasa, sargento? —le pregunto.

Se pasa la lengua por los dientes y resopla, pero luego niega con la cabeza.

—Nada.

La miro con desconfianza antes de volver a dirigirme a Insarka.

—Muy bien, teniente. Te escuchamos.

—Solo quiero ser precavida —interviene Hollywood.

Ahora ya me está empezando a molestar.

—Igual que todos, sargento.

—Sí, pero... —Hollywood parece reconsiderar su protesta y cierra la boca. Pero es demasiado tarde.

—Hollywood, sígueme —digo, y señalo las literas.

* * *

Hollywood y yo nos apartamos para que el resto del equipo no pueda oírnos. Decido aplicar una postura relajada con un codo en la litera superior. Pero mi voz es la de un suboficial sin pelos en la lengua que no tiene tiempo que perder.

—Creía que ya habíamos hablado de esto, sargento. Pero si tienes algo que decir, ahora es el momento.

—Solo creo que esa androcallo se nos está subiendo a la chepa. Nada más.

—¿Que se nos está subiendo a la chepa? —La miro con los ojos entrecerrados. Vaya forma más extraña de expresarlo—. ¿Hay algo que quieras contarme?

Hay un momento incómodo en el que me pregunto si las cosas van a ir a más, pero entonces ella me responde con voz suave.

—Durante mucho tiempo, mi padre y yo estuvimos solos. Fue después de que mi madre muriera. Creo que por eso me educó para ser fuerte y autosuficiente. —Hace una pausa para respirar—. Luego trajo a Jackie a casa y todo cambió. Parecía simpática y mi padre me juró que ella lo quería y que yo debía aceptarla como... un nuevo miembro de la familia.

»Jackie también se esforzó por ganarse mi confianza. Pero yo no me dejé, así que fui contra ella. Con todo. Se enfadó, y mi padre, más aún.

—¿Tenías razón? ¿Tus sospechas eran fundadas? —le pregunto. Hollywood asiente con la cabeza.

—Descubrí, a través de otros soldados, que tenía la costumbre de enrollarse con varios a la vez y ver a quién le podía sacar más pasta. Me enfrenté a ella y le dije que tenía veinticuatro horas para confesárselo a mi padre o yo lo haría por ella. Cuando no apareció después de eso, me tocó a mí decírselo. Y eso fue una puta mierda. Le rompí el corazón. Pero también lo agradeció. O eso creo.

—Tuviste una buena intuición y actuaste gracias a información válida. —La miro fijamente durante un segundo—. ¿Y crees que eso se aplica aquí?

—Tengo el mismo mal presentimiento.

—¿Pero tienes información?

Se toma unos segundos y luego niega con la cabeza.

—No.

—Bien. —Tomo aire mientras pienso en cómo gestionar este asunto—. Tu intuición funciona, pero hasta que no tengas la información adecuada, los sentimientos viscerales no bastan. Y ahora mismo no creo que Insarka sea nuestra Jackie. Todo lo que percibo parece real. Yo te entiendo: dejar entrar a alguien que parece, huele y habla como el enemigo es siempre un riesgo. Pero ¿has trabajado alguna vez con *hajjis*?

—Sí, claro.

—Algunos eran lobos con piel de cordero, ¿verdad?

—Sí.

—¿Pero otros?

—Otros eran de fiar.

—¿Y cómo lo sabes?

—Porque no salieron corriendo cuando empezaron a llover balas.

—Y tampoco salieron corriendo antes de que empezaran a llover balas —añado.

Hollywood baja la cabeza al reconocer el matiz. Un *hajji* con información de una emboscada siempre encontraba la manera de desaparecer mágicamente justo antes de que hubiera contacto. Vuelvo a señalar con el pulgar hacia la mesa.

—Puede que no sepa todo lo que debería sobre Insarka, pero ya se ha metido en un tiroteo por nosotros y parece que lo volvería a hacer.

Tarda un segundo, pero finalmente Hollywood asiente.

—Entendido.

—Bien, recuérdalo. Y si por alguna razón notas que la situación cambia, como que su actitud se vuelve sospechosa, cambia de opinión o se achanta, entonces dímelo. Solo a mí.

—Entendido.

—Y una cosa más, sargento.

—¿Sí?

—No cabe duda de que tu padre agradeció tu gesto. Ni te lo cuestiones.

—Gracias —responde con una sonrisa.

Capítulo 18

22:05, domingo, 27 de junio de 2027
Karkin Cuatro
Cuartel general de la Guardia de la Sangre, barracón del
Equipo Phantom

Después de que la teniente Kindesh nos explique su plan para obtener toda la información posible del IPM6 (y parece un plan bastante astuto), planteo la pregunta cuya respuesta considero que quiere conocer todo el equipo.

—Entonces, ¿por qué quieres ayudarnos, teniente? Yo diría que estás poniendo en riesgo tu relación con el general.

—Por favor —dice llevándose una mano al pecho—. Insarka.

Inclino la cabeza y sonrío, pero caigo en la cuenta de que tal vez ellos tengan tantos problemas para discernir nuestro lenguaje corporal como nosotros el suyo. Nunca antes había prestado tanta atención a la cantidad de información que puede comunicar un rostro hasta ver una boca vertical y unos ojos sin pupilas.

—La Vieja Sangre de la Guardia Sagrada juró servir al trono de Androquía Prime —comienza a explicar Insarka—. Da prioridad a las virtudes y tradiciones de nuestro pueblo que se remontan a muchos milenios. El general Cordan ya os lo explicó. Buscamos restaurar a la legítima Reina Madre en el trono y desbancar a los usurpadores.

—Y esta legítima reina de la que hablas, ¿es alguien de por aquí? ¿La conoces? —pregunta Hollywood.

—Sabemos que no está aquí, en Karkin Cuatro. Pero no puedo decir más. Su paradero es un secreto celosamente guardado. Solo los ancianos lo saben.

—Entonces vuestro objetivo es intercambiar a los malos por los buenos —dice Bumper.

—¿Intercambiar? —Insarka me mira—. ¿Qué significa esto?

—Quieres reemplazar al imperio androquí por un nuevo gobierno.

—Por el legítimo —corrige ella.

—Ya, claro. —Bumper se cruza de brazos y se sienta—. Porque las políticas de los nuevos de la clase son siempre mejores que las que había.

—Y luego tenemos que ir las mujeres a limpiar el estropicio —dice Hollywood—. Deberían habernos elegido desde el principio.

Lada se acerca a ella y le choca el puño.

—No entiendo —dice Insarka—. ¿Qué es...?

—No te preocupes por eso. ¿Decías? —intervengo, quitándole importancia a su pregunta.

Insarka vuelve a quedarse pensativa y luego parece concentrarse en algo.

—Creo en aquello por lo que luchamos. Pero también creo en algo más que en lo que estamos luchando.

—Explícate.

Nos hace una inclinación de cabeza al estilo humano y se apoya en los codos.

—El general Cordan simplemente hace lo que cree que es correcto para liberar a nuestro pueblo de unos líderes malvados. Pero nuestro pueblo también ha creado muchos problemas para muchas civilizaciones a lo largo del camino.

—Y tú quieres solucionar eso —dice Yoshi.

De nuevo, Insarka asiente.

—¿De qué sirve que los androquíes dejemos de sufrir sin reparar el sufrimiento que hemos causado?

—Parece que nos hemos encontrado con un premio nobel de la paz —me susurra Hollywood.

Insarka continúa.

—No estoy segura de que el alma de nuestro pueblo pueda sobrevivir mucho tiempo incluso si aseguramos la paz para Androquía Prime. Todo lo que hemos hecho... corroerá el tejido de nuestra conciencia.

—Pero vosotros no sois los responsables —dice Z-Lo—. Me refiero a que vosotros no atacasteis la Tierra, ¿no?

—No. —Insarka hace una pausa—. Pero nosotros llevamos las cosas de forma diferente a vosotros. Y supongo que ahora no tiene mucho sentido hablarlo.

—Así que ves en ayudarnos una forma de hacer las cosas bien —dice Yoshi.

Insarka asiente.

—Es un pequeño comienzo, pero un comienzo al fin y al cabo.

—¿Y has hecho esto antes para otras especies capturadas? —pregunta Hollywood.

Insarka niega con la cabeza.

—Lo hemos intentado, pero nunca hemos tenido éxito. Hemos perdido muchos guardianes. Pero entonces llegasteis vosotros. Habéis hecho algo que nadie ha hecho antes. Veros atravesar el portal de origen fue... impactante. Vuestra especie es diferente.

—¡Y tanto! —dice Z-Lo—. ¡Es lo que pasa cuando te metes con el ejército!

Insarka no sabe muy bien cómo reaccionar y vuelve a mirarme a mí.

—No encajáis en los planes del general. Sois guerreros valientes y desearía teneros a su disposición. Pero vosotros mismos habéis dicho que vuestro deseo es luchar por vuestro pueblo. —Vuelve a hacer una pausa mientras me mira fijamente—. ¿Renunciaríais a una larga vida entre nosotros por entrar en la guarida del enemigo?

Casi puedo sentir cómo se les hincha el pecho a los Phantoms ante este comentario. Joder, yo también me siento orgulloso.

—Sí. Lo haríamos y lo haremos.

—ECN —dice Bumper, y el resto lo secundan.

—Encomiable. —Insarka mira a su alrededor—. ¿Y qué es ECN? ¿Vuestra religión?

—Algo así —dice Bumper entre risas.

—Ya veo. El general Cordan tiene curiosidad por ver hasta dónde llegáis antes de morir. Es como... un experimento para él.

—Pero tú no piensas igual —digo.

—Quiero que tengáis éxito. Quiero... ser parte de ello.

—Pero acabas de decir que el general espera que muramos —añade Hollywood.

—Y así será. Y yo me uniré a vosotros.

—No es un gran voto de confianza... —dice Yoshi en voz baja.

—¿Por qué te quieres unir a nosotros si sabes que vamos a morir? —le pregunto a la teniente.

Baja la cabeza y parece considerar mi pregunta durante unos instantes.

—No soy tan vieja como otros. Pero he pasado toda mi vida en esta guerra. Planificaciones. Sabotajes. Retiradas. Reagrupaciones. Contamos nuestros muertos por miles, ellos cuentan sus muertos por cientos. Conseguimos nuevos reclutas prometiéndoles la libertad si luchan por nosotros. Y luego volvemos a empezar.

—Es la definición de locura —dice Bumper, más para el resto del equipo que para la teniente, ya que parece que no lo escucha. O si no es así, lo ignora.

—Mientras tanto, el imperio se vuelve cada vez más fuerte. Esclaviza nuevos planetas y destruye miles de millones de vidas. —Insarka gira la cabeza hacia mí. No soy experto en el lenguaje corporal de su especie, pero parece seria—. Estoy cansada de nuestros métodos, Patrick-Bic. Si funcionaran, ya habríamos ganado. Y vivir así —dice refiriéndose al barracón— no es vida. Nuestro tiempo ya pasó. Si queda algo de esperanza para la Guardia de la Sangre, como vosotros la llamáis, no reside en nuestro pasado. —Se vuelve hacia mí—. Está en vosotros.

El silencio que sigue a su pequeño discurso es ensordecedor. Solo lo rompe un ligero silbido nasal de Z-Lo al respirar.

—Cero presión, ¿eh? —dice el muchacho, y luego se cruza de brazos y se encoge de hombros—. Pero si la teniente Kindesh quiere que rompamos algunos cráneos y salvemos la galaxia, bien por mí.

Todos asienten.

—Es lo que íbamos a hacer de todos modos —dice Yoshi—. Así que un poco más de compañía no vendrá mal.

—¿No sospechará el general Cordan de ti? —pregunto—. Que te confabules con nosotros no te hará ningún favor.

—Yo soy quien soy —dice con aire desafiante—. Puedo derramar sangre por mi pueblo, pero yo elijo cuándo.

—Este es tipo mío de mujeres —dice Vlad, y le guiña un ojo a Insarka, le lanza dos besos al aire y se queda con la barbilla elevada.

—¿No está bien? —Insarka me pregunta en voz baja.

—Lleva a la mafia rusa muy dentro de sí.

—Ah. Tendré cuidado de no contagiarme.

La miro y suelto una suave carcajada.

—No es contagioso siempre y cuando no pasees por las alcantarillas.

—Tomo nota. Gracias.

Me inclino hacia delante en la mesa para captar la atención de todo el equipo.

—¿Alguien tiene ideas u objeciones?

Espectro apoya el codo en la mesa.

—Quiero saber por qué habla tan bien nuestro idioma.

—Una buena pregunta —digo mirando a Insarka.

Al fin y al cabo es la única androquí que hemos conocido capaz de emitir sonidos humanos con la boca, además de que tiene un nivel más que aceptable. Parece que mejora por momentos, como si hubiera aprendido de niña y ahora lo estuviera poniendo en práctica. De repente se me ocurren teorías loquísimas que van desde viajes temporales y espionaje en la Tierra hasta implantes cerebrales y una versión androquí de la piedra Rosetta.

—Se me dan bien los idiomas —responde con total serenidad—. Hablo muchos y creo que tengo la responsabilidad de conocer y hablar con todo aquellos con quienes nos asociamos. Si mi gente les ha quitado el sustento, lo menos que puedo hacer es concederles un mínimo de dignidad.

—Al menos eso explica por qué el general y Farkoo no parecían prestarle atención cuando se expresaba en inglés —dice Bumper—. Interesante. Parece que nos hemos encontrado con nuestro primer extraterrestre políglota.

—Tampoco hay que faltar —dice Z-Lo.

—Políglota es alguien que habla varios idiomas, Carnada —dice Hollywood.

—Sí, sí... Lo sabía.

—Ya, claro.

—Bueno, si tu información es tan buena como dices y tienes tantas ganas de morir, entonces estaremos encantados de darte la oportunidad. —Aunque la costumbre del apretón de manos murió en 2020, extiendo la mano y se la ofrezco a Insarka, pero ella me agarra el antebrazo. Vieja escuela, me gusta.

—Yo también estoy encantado ante la oportunidad de perecer con todos vosotros —añade Franky—. Pero según recuerdo, Patrick, eras mucho más aprensivo a la hora de traerme a mí de lo que has sido con la teniente Kindesh. Te lo preguntaré a tu manera: ¿qué diablos pasa, amigo?

—Insarka es más sincera —respondo.

—¿Sincera? ¿¡Sincera¡? Que sepas que tengo la palabra sinceridad tatuada en el pecho.

—Y también tienes un grano en el culo, pero no te digo nada, ¿verdad?

—Entiendo que te estás burlando de mí porque...

—Bienvenida al equipo, Phantom Furia. —Miro a todos en la mesa—. ¿A quién le apetece jugar con algunos robots por control remoto?

* * *

—¡Venga ya! —dice Z-Lo—. Esto es como en realidad virtual, ¿no? —El chaval está sentado en la mesa con el casco puesto y mueve la cabeza de lado a lado como todos esos chiquillos que juegan a videojuegos sin ser conscientes de lo estúpidos que parecen—. Menuda pasada.

—No, no es realidad virtual. Estáis viendo a través de los sensores visuales reales de los droides de reconocimiento maquinal NSR-500 —responde Insarka. Todos los demás se ponen los cascos mientras Insarka teclea en un teclado flotante y una pantalla holográfica—. El sistema de movimiento sigue los gestos de las manos y los interpreta como dirección y acción del robot. Adelante, Patrick-Bic.

Le hago un gesto con la cabeza y me pongo el casco. En lugar de ver al equipo sentado alrededor de la mesa, estoy de pie en un cuarto de servicio frente a una serie de robots de reconocimiento dispuestos a lo largo de una pared. En cuanto muevo la cabeza, la vista cambia como si fuera la mía propia. La sensación me confunde y tengo que agarrarme al borde de la mesa.

—No, tus manos han de estar libres —insiste la teniente. Noto cómo me agarra la muñeca izquierda—. Para poder mover el robot.

—Me alegro de haberme sentado —respondo, pues soy consciente de que, de haberme quedado de pie, seguramente estaría en el suelo. Miro hacia abajo y veo el blindaje magenta del robot y el esqueleto mecánico interior, exactamente igual que los primeros que nos encontramos en la Tierra.

—¡Jooooder! —dice Bumper cuando su robot se acerca al mío. Es como un niño que acaba de aprender a andar y se ha escapado de la cuna—. Mira lo que hago, nena. —Su robot empieza a bailar y a moverse mientras canturrea y noto que la mesa se mueve y amenaza con tirarnos a todos.

—Bumper, cálmate. A mi robot no le interesan tus baileteos —le digo.

—No era para ti, Bic.

—Estoy aquí, cari —le dice Hollywood a Bumper.

Bumper y yo nos giramos y vemos al robot de reconocimiento de Hollywood al otro lado de la habitación saludando.

—Ah, mierda —dice Bumper—. ¿Cómo puedo saber a quién tengo delante?

—Un momento —pide Insarka. Al instante aparece cada nombre al lado del robot correspondiente.

—Así está mejor. —Levanto las manos e imito los movimientos de Z-Lo cuando pilotaba la nave. Efectivamente, tengo un control total de avance, retroceso, giro y ataque. Combinado con la dirección de movimiento de la cabeza, todo me resulta sorprendentemente natural.

—Ahí lo tienes, Patrick-Bic —dice Insarka. Luego se dirige a todo el equipo—: También podéis pasar de controlar piernas a manos y brazos mediante vuestro HUD para que el robot mueva sus extremidades como vosotros.

Sin previo aviso, el bot que lleva el nombre de Hollywood le propina un directo al de Z-Lo. El golpe hace que el bot del chaval retroceda unos pasos, pero no cae.

—¿Así? —pregunta Hollywood.

—Pero ¿por qué me has hecho eso? —Z-Lo se prepara para devolverle el golpe cuando el bot de Bumper interviene.

—Ese es el bot de mi novia, Carnada —dice el SEAL—. Piénsatelo dos veces.

—No te preocupes, cari —responde Hollywood mientras su robot levanta una mano para mantener a raya al de Bumper.

—¡Mira! Vlad pasa tan bien como robot gigante Real Steel —dice Phantom Seis.

Miro su robot y veo que flexiona los brazos y las piernas en diferentes poses de culturista.

—No te vayas a hacer daño —le dice Hollywood mientras todos vemos cómo el bot de Vlad se acerca demasiado a una especie de armario informático de aspecto delicado.

—No hay que preocuparse. Vlad tiene nuevo robot completamente bajo... —Gira el brazo hacia el terminal del ordenador y salen una serie de chispas—. Control.

—Atención, por favor —dice Insarka con un tono urgente—. Es bueno que os estéis acostumbrando al rango de movimiento de vuestro robot, pero, por favor, recordad que estáis en territorio hostil ahora mismo y que solo tenemos una oportunidad.

—En posición, Phantoms —digo, y hago un gesto para que todos se acerquen a mí—. ¿Cuál es la misión, teniente?

Aparece un mapa flotante en nuestros HUD que muestra una serie de marcas en algún lugar del Centro de Operaciones de Despliegue.

—Ahora mismo estáis en el tercer piso de la instalación principal de almacenamiento de datos situada en las profundidades del complejo principal de mando y control —dice Insarka—. Exactamente a quinientos treinta metros de la cámara del archivo principal, la sala 425.

Veo cómo se ilumina un camino de puntos que recorre los pasillos y va de izquierda a derecha hasta llegar a una gran sala en el centro.

—Vuestra misión es acceder a la cámara, conseguir un conjunto de planos de la IPM6 y luego hacernos llegar a través del robot mensajero.

—¿Quién es el robot mensajero? —pregunta Hollywood.

—Creo que soy yo —dice Aarón tímidamente.

Todos los robots que mi HUD abarca se giran y miran a un pequeño robot que parece una tostadora con ruedas.

—¿Aaron? —pregunto.

—Sí —dice con una risilla—. Queda claro, ¿no?

—Eres robot muy bonito —dice Lada. Su robot se agacha, se besa las yemas de los dedos y luego le da unas palmaditas en la parte superior al robot tostadora.

—¿Qué aspecto tienen los planos que buscamos? —pregunto.

Aparece una imagen de una tarjeta de plástico transparente con texto amarillo en skrawl por los costados.

—Esta es una tarjeta de almacenamiento de datos estándar. Enviaré las coordenadas exactas a los HUD de cualquier robot que llegue a la cámara. Pero en aras de la seguridad operativa, esos detalles no se compartirán hasta el último momento.

—¿No confías en nosotros? —pregunta Espectro.

—Desde luego que sí. Pero si capturan o neutralizan a vuestro robot, la comprobación obligatoria del sistema podría identificar el destino de la máquina. Sería suficiente para que sepan que buscamos algo en la cámara. Y si descubren exactamente lo que buscamos...

—Entonces echamos a perder el factor sorpresa —concluyo.

—Correcto. Mientras tanto, yo seré vuestros ojos y oídos para responder a los protocolos de seguridad del imperio. Pero depende de vosotros defender a vuestros robots, localizar la tarjeta de datos y asegurar que el robot mensajero de Aaron venga hasta nosotros.

—¿Pero cómo sabré adónde tengo que ir? —pregunta Aaron.

Insarka suelta una pequeña carcajada y luego se toma un momento para escribir en su teclado aéreo. Al instante nuestros HUD se llenan de rumbos vectoriales, distancias y marcadores de ruta superpuestos a lo largo del suelo en colores en función de... ¿la velocidad?

—¿Vosotros también veis esos zalastros? —pregunta Z-Lo.

—Los indicadores del camino os guiarán junto con mis instrucciones —explica Insarka—. Permaneced juntos y estad alerta.

Levanto la mano y veo que mi bot hace lo mismo, así que vuelvo a bajar el brazo rápidamente.

—¿Sí, Patrick-Bic? —dice Insarka.

—Hace un momento has dicho que solo teníamos una oportunidad. —Aunque no puedo ver a la teniente, la oigo respirar profundamente antes de responder.

—Me imagino que esto os resulta divertido. Es como un juguete, ¿verdad? Pero lo que hace posible este control remoto es algo que el general Cordan lleva reservándose durante años. Buenos trabajadores murieron en el proceso. Y en cuanto terminemos, el imperio identificará las lagunas en su código y las solucionará.

—Cero presiones, gente —dice Hollywood.

—¿Por qué no lo ha usado antes el general? —pregunto.

—Al ser una herramienta tan poderosa, el general ha estado esperando el momento adecuado para utilizarla. Tenía que ser para algo muy importante.

—Y tú crees que ha llegado el momento.

—No lo creo, Patrick-Bic. Lo sé. Con vosotros tenemos la oportunidad de hacer algo que nunca antes se ha hecho. Nunca ha habido un momento mejor que este. Solo espero que...

—¿Merezca la pena? —pregunto.

—No. Que no lo echéis a perder.

Hay una pausa incómoda y luego Insarka y el equipo se ríen.

—Haremos lo que podamos —digo con una sonrisa.

—Lo sé. Ahora vamos a hacer un poco de ECN. ¿Lo he dicho bien?

—Le estás pillando el tranquillo. ECN, Phantoms.

* * *

—Están pasando por delante de nosotros —dice Yoshi, maravillado por sus nuevos superpoderes robóticos.

—Sí —responde Z-Lo—. Mira. —Su robot se da la vuelta y levanta el dedo corazón a uno de los ángeles de la muerte que acaba de pasar junto a nuestro grupo.

—Eh, para —dice Hollywood—. Nos vas a delatar.

—No, si yo solo...

—Mirada al frente —intervengo—. Hemos de actuar como robots, no como personas.

—Yo. Soy. Un. Robot. Extraterrestre. Llévame. A. Tu... —dice Z-Lo con una voz mecánica y aguda hasta que Bumper le da un golpe en el casco.

—Ups.

—¡Au! ¡Eh, tío! —Un segundo después, Z-Lo pregunta—: ¿Por qué no podemos manejar los robots de asalto que llevan rifles? Entonces sí que podríamos hacerles pupa.

—Los SSA-9001B armados no están permitidos en esta sección —informa Insarka—. Además, tienen más autonomía, lo cual hace que sean mucho más difíciles de piratear.

—Como yo —añade Franky—. Aunque ellos son mucho más tontos. Y mucho menos atractivos, debo añadir. También son muy tacaños a la hora de dar propinas.

—Es bueno saberlo —digo.

Después de varios minutos sin incidentes caminando por el corazón del complejo de mando y control del COD y cruzando controles de seguridad, los indicadores de ruta de realidad aumentada conducen al equipo hasta una puerta blindada. El HUD de mi casco tarda un segundo en interpretar visualmente la etiqueta de la puerta en skrawl: Cámara de archivo A, Sala 425.

—¿Cómo la abrimos? —le pregunto a Insarka.

—No puedes, Patrick —dice Franky—. Aquí es donde entra lord Phantom el Extraordinario, siempre listo para salvaros de las despiadadas garras de vuestros tiranos y liberaros de...

—Adelante, amigo.

—Arg. Vale.

Se escucha una vibración desde un panel de acceso junto a la puerta y los tabiques blindados se separan. En el interior hay una sala poco iluminada llena de estanterías con servidores con pantallas brillantes y cientos de luces ledes. Grandes manojos de cables se elevan hasta perderse en un techo con pasarelas que conectan los extremos.

En cuanto entramos, las puertas blindadas se cierran.

—El terminal de datos que necesitamos está al este —dice Insarka justo cuando se ilumina un nuevo camino. La línea discontinua se extiende por varias filas y luego gira por un pasillo.

—Yo me encargo —dice Yoshi.

—Espectro, ve con él —digo. No es que crea que Yoshi necesite ayuda, pero operar en pareja siempre es mejor.

Los dos robots de reconocimiento se alejan del grupo y caminan por el sendero.

—Bueno, no le quiero quitar importancia a todo el rollo que nos has soltado antes —le dice Z-Lo a Insarka—. Pero la operación está siendo bastante *tranqui*. No sé por qué hacíamos falta todos para una movida así. Pero que no me quejo, vamos, a mí esto me flipa.

Insarka deja escapar un zumbido.

—Mmm. No creo entender todas tus palabras. Pero los efectivos son necesarios para asegurar la supervivencia de Aaron.

—Si tú lo dices —responde el chaval.

—Tengo la tarjeta —anuncia Yoshi—. Regreso a...

De repente suena una bocina y luces estroboscópicas aparecen por todas partes. Me vuelvo hacia el resto de los robots y todos nos miramos como si estuviéramos en una reunión real.

—Van a entrar múltiples fuerzas de seguridad —dice Insarka.

—¿Tan pronto? —pregunta Hollywood.

—Puesto de guardia al final del pasillo. Tres ángeles de la muerte, diez segundos.

—Ahora lo entiendo —dice Z-Lo.

Cuando Yoshi y Espectro se reúnen con el grupo, tarjeta en mano, Hollywood me mira.

—¿Cuál es el plan, Bic?

Le quito el premio a Yoshi y me agacho para introducir la tarjeta de datos en una ranura del robot tostadora de Aaron.

—A mí no me preguntes. —Miro a Bumper—. Mejor pregúntale al capitán del equipo de fútbol.

—Yo me encargo —responde el SEAL.

Los ángeles de la muerte se acercan a la puerta exterior y comienzan a manipular los controles.

—Estoy poniéndoselo difícil con la puerta —dice Franky—. Pero solo tenéis unos segundos más.

Bumper asiente.

—Esperemos a que entren. Vlad, Lada, Z-Lo, os escondéis a la derecha, al lado de la puerta. Bic, nena, Yoshi, a la izquierda. Aaron se queda lejos de su campo de visión junto con Espectro. Yo me quedaré en el centro como distracción. Eliminadlos cuando entren. Luego salimos al pasillo y vamos a... ¿Insarka?

—Aaron necesita llegar a la entrada de un pozo de ventilación al norte, aquí —responde la teniente. Aparece un indicador tanto en mi mapa topográfico como en mi campo de visión—. Está a noventa y un metros.

—¡Ja! ¿Quién lo diría? —interviene Aaron—. Como si fuera un campo de fútbol americano, ¿eh, Bumper?

—Ni hecho aposta. Vlad, tú serás el primero en salir después de neutralizar a estos tres. Una vez que estemos en el pasillo, formamos en torno a Vlad y escondemos a Aaron. Como una pelea callejera sin reglas. ¿Entendido?

El equipo asiente.

—ECN —añade Bumper.

—ECN —respondemos todos.

* * *

Las puertas se abren y los tres ángeles de la muerte entran con las armas en alto. Pero al ver el robot de reconocimiento de Bumper, los androcallos se relajan y charlan en skrawl.

—Creen que está estropeado —dice Insarka.

El centinela principal se adelanta con el arma bajada y se pone a investigar. Pero el robot de Lada sale de la oscuridad y le arrebata el FA-NJC al enemigo. El ángel de la muerte salta hacia atrás sorprendido, pero se golpea contra el pecho de otro robot. Yoshi deja caer ambos puños sobre la cabeza del androquí y le hunde el casco varios centímetros en la parte superior del pecho. Un crujido húmedo se cuela por los altavoces y el ángel de la muerte cae al suelo como un muñeco de trapo.

217

Los otros dos reaccionan disparando ráfagas de energía hacia Lada y Yoshi, pero los disparos salen desviados. Hollywood lanza un derechazo que hace que uno de los ángeles de la muerte caiga de lado y pierda el equilibrio, mientras que Z-Lo levanta una pierna y le da una patada en el pecho al último androcallo, que sale volando hacia la pared adyacente y cae al suelo, inmóvil.

—Cómo mola esto —dice Z-Lo.

—¡Todos fuera! —ordena Bumper señalando la salida.

Vlad va en cabeza y gira a la derecha al salir. El resto lo seguimos de cerca. Aaron se coloca en el centro del escudo robótico que hemos creado.

—Con tranquilidad —dice Bumper.

—Dos más al frente —anuncia Insarka—. Y otro por la retaguardia.

—Yo me encargo del segundo —dice Yoshi mientras se aleja.

—Aceleremos —añade Bumper.

El grupo carga hacia delante mientras los dos ángeles de la muerte al frente nos disparan. El robot de Lada recibe impactos en el pecho y la pierna, y Vlad recibe un disparo en el brazo.

—Perdiendo movilidades —dice Lada—. Pero todavía aún.

—Entendido. Mantente firme, hay que proteger al doctor —dice Bumper.

Seguimos avanzando por el pasillo mientras la lluvia de disparos continúa. Hollywood recibe un impacto en la cabeza que destruye una de las cámaras y Espectro recibe un disparo en el abdomen. Le salen chispas de las caderas y oigo cómo se tensan los servos, pero no se detiene.

A mi espalda, Yoshi corre a toda velocidad hacia el enemigo y recibe varios impactos en el pecho al ser el único objetivo. Pero su robot se mantiene operativo y el pistolero solitario parece replantearse el enfrentamiento.

—¡Preparaos para embestir! —dice Bumper a la primera línea. Todos obedecen y les vamos ganando terreno a los ángeles de la muerte hasta que estamos sobre ellos.

Lada golpea al androcallo de la derecha y lo estrella contra la pared con tanta fuerza que el casco le sale volando. Hollywood derriba el objetivo de la izquierda y lo pisotea. Aaron aminora un poco para seguir a cubierto y luego Bumper y yo le damos un pisotón extra en el pecho al androquí de Hollywood para asegurarnos de que está muerto.

Oigo un fuerte ruido detrás de mí y, cuando me doy la vuelta, veo a Yoshi lanzando a su objetivo por un pasillo lateral. Pero hay más ángeles de la muerte en la intersección, algunos dispuestos a combatir cuerpo a cuerpo y otros recluidos que prefieren disparar al robot de reconocimiento.

—¡Los retendré todo lo que pueda! —grita Yoshi—. ¡Continuad!

—Entendido —respondo.

—Ya lo habéis oído —dice Bumper—. No nos detengamos.

—Sesenta y tres metros —añade Franky.

—Cuatro más —interrumpe Insarka—. Al frente.

Efectivamente, dos parejas de enemigos aparecen con las armas en alto. Pero a juzgar por los pasos que dan hacia atrás, creo que no se esperaban encontrarse frente a una línea ofensiva dispuesta a cargar contra ellos.

Recibimos varios disparos que producen una lluvia de chispas y, aunque obviamente no puedo sentir los impactos en el blindaje, el mero sonido me recuerda que cualquiera de estos disparos nos derribaría si no contáramos con un buen sistema de defensa. Y aun así, los rifles de asalto son casi imparables.

—Mi robot es más lento. —dice Vlad con su acento ruso, y me cuesta entender lo que quiere decir.

—El mío también —añade Z-Lo—. Mierda, me están dando demasiado.

—Sí, también muchos daños aquí. —Entonces el robot de Vlad tropieza y cae de cabeza al suelo—. Mi robot es acabado. Lo siento.

—El mío también —dice el chaval—. Putos androcallos suertudos.

La tostadora de Aaron zigzaguea entre los restos con chirridos de neumáticos mientras los demás pasamos a toda velocidad por encima de los cuerpos humeantes.

—Y tampoco tengo fichas —dice Vlad mientras lo oigo golpear su casco sobre la mesa—. Pero si alguien sobrevive, yo encargo a próximas partidas, ¿sí?

Sonrío porque el ruso le quiere rendir homenaje a la vieja tradición de pedirse el siguiente turno en los salones recreativos apilando las fichas al lado de la máquina.

—Pero tienes fichas de póker, amigo.

—¡Ah! —Oigo cómo Vlad abre su riñonera—. Eres perro alfa americano muy inteligente, ¿eh? Eres amigo por algo. —Vlad deja con gran estruendo algo sobre la mesa e intuyo que es una ficha de póker—. Vlad tiene siguiente turno.

Me vuelvo a centrar en la operación. Bumper ha ocupado el puesto de Vlad y lidera al equipo.

Envalentonados por las bajas que nos han causado, los cuatro ángeles de la muerte disparan más y más ráfagas. El bot de Lada empieza a cojear y a quedarse atrás y el de Hollywood también empieza a ir más lento.

—¡Os relevamos! —les digo a las dos mujeres y le hago un gesto con la cabeza a Espectro. Él me hace un gesto afirmativo y relevamos a Hollywood y a Lada en la parte delantera.

Estamos a solo cinco metros del grupo enemigo cuando de repente Bumper da un salto con el brazo en alto que le llega casi hasta el techo y se desploma sobre dos objetivos. Su bíceps impacta en la cabeza de los androcallos, que retroceden y caen al suelo, lo cual aprovecha Bumper para volver a su posición.

Cerca de mí hay un androcallo que no sabe bien a quién disparar y duda entre Espectro y yo. Agarro su arma y se la clavo en el hombro con tanta fuerza que le hace chocar contra la pared y rebota, pero le doy un golpe en la nuca. Y ahí se queda.

Espectro logra derribar a su enemigo y se toma el tiempo de darle un pisotón y aplastarle la cabeza y la parte superior del pecho. Empieza a brotar líquido de la armadura fracturada y el robot de Espectro se gira hacia mí.

—Pasillo cuatro despejado —indica el francotirador.

Lada y Hollywood pasan junto a nosotros escoltando a Aaron mientras Bumper sigue en cabeza por el pasillo en dirección al pozo de ventilación.

—Cuarenta y un metros —anuncia Franky.

—Estoy a punto de caer —dice Yoshi.

Miro hacia atrás y lo veo luchando contra no menos de cinco ángeles de la muerte a la vez. Sigue asestando golpes a los objetivos, pero el fuego enemigo le vuela las rodillas. Yoshi continúa haciendo barridos con los brazos, logrando que dos androcallos retrocedan, pero un último disparo a quemarropa en la sien hace que el robot finalmente caiga al suelo.

—Buen trabajo, Yoshi, nos has dado algo de ventaja —digo.

—Bic y Espectro —llama Bumper—. Quiero que os centréis en nuestras seis. Señoras, escoltad a Aaron hasta el exfil. Yo me adelantaré para evitar que nadie más entre en esta sección.

Todos damos el visto bueno y Bumper se va hacia el otro extremo del pasillo y pasa junto al conducto de ventilación por el que ha de escapar Aaron, a treinta y cinco metros de distancia.

Los enemigos que acabaron con el robot de Yoshi se dirigen hacia nosotros y estamos al descubierto. Tener cobertura estaría bien y tener armas estaría aún mejor. Como ya dijo antes Z-Lo, ojalá tuviéramos a nuestra disposición robots de asalto en lugar de robots de reconocimiento. Pero eso me da una idea.

—Insarka, ¿nuestros robots pueden usar los FA-NJC?

—Sí, claro, pero...

—Muy bien.

Agarro el rifle del ángel de la muerte cuya cabeza sigue incrustada en la pared. El arma parece mucho más pequeña en la mano de mi robot, pero el dedo índice cabe en el guardamonte. Bueno, más o menos. El dedo es tan grueso que, al colocarlo, aprieto sin querer el gatillo y empiezo a disparar accidentalmente hacia el escuadrón enemigo que se aproxima. ¿Aunque se puede considerar un accidente si acabo con los enemigos? Yo diría que no. De hecho, esto demuestra que, como con la eyaculación prematura, algunas cosas pasan porque sí en la vida.

Espectro ha seguido mi ejemplo y está a mi lado disparando a bocajarro. Juntos logramos abrasar al enemigo con nuestra ráfaga huracanada. Los ángeles de la muerte tiemblan con cada impacto que los atraviesa y caen al suelo derribados los unos sobre los otros. Aparecen más por la esquina donde yace el robot de Yoshi y dos nuevos escuadrones nos flanquean desde los pasillos a los costados.

—¡Atrás! —Empiezo a retroceder hacia el pasillo principal sin dejar de disparar a los enemigos que tengo al frente y a la derecha hasta que Espectro y yo decidimos dirigir todo nuestro fuego atrás. Pero sé que en tan solo unos segundos van a suceder dos cosas...

Miento.

Una ya ha sucedido. Mi cargador está seco.

—No me queda munición.

Al poco, Espectro dice lo mismo.

Lo segundo que sucede es que los enemigos que nos flanquean aparecen por las esquinas y empiezan a dispararnos a bocajarro. En lugar de retroceder, Espectro y yo sorprendemos a los androcallos corriendo a toda velocidad hacia ellos. Y no solo los pillamos por sorpresa; también logramos que empiecen a dispararse los unos a los otros al mezclarnos entre ellos. Los efectos son devastadores y varios ángeles de la muerte reciben disparos que iban dirigidos a nosotros. Vemos estallar cabezas y una lluvia de chispas ilumina la escena.

Pero tanto Espectro como yo pagamos las consecuencias. He recibido un impacto crítico en la pierna derecha y parece que Espectro ha perdido la movilidad en los brazos: los agita frenéticamente como si tuviera un mangual para darle al enemigo en la cabeza, el pecho y los brazos. Yo mientras voy lanzando ganchos de izquierda a derecha y la mesa sobre la que estoy apoyado en el mundo real se mueve; eso me provoca una sensación extraña porque me hace desconcentrarme de la experiencia extracorporal en que se ha convertido la misión, pero logro agarrar a dos enemigos del pescuezo y choco sus cabezas.

—¡Bien! —grita Vlad—. Eres superestrella de WWE. ¡Ja, ja! Te veo con pantalones licra y máscara saltando en *ring*. Nuevo campeón favorito en WrestleMania.

Entonces un ángel de la muerte acierta de pleno en la cabeza de mi robot y me quito el casco.

—Según parece, no soy lo suficientemente bueno, amigo mío —digo mientras dejo el casco en el suelo y observo pequeñas pantallas holográficas de cada uno de los bots restantes.

—Doctor, quince metros —afirma Insarka—. Ya casi estamos.

—¡Ve a toda pastilla! —grita Bumper mientras carga contra una densa columna de ángeles de la muerte en el extremo más alejado. El robot se estrella contra la primera línea y luego comienza a lanzarlos hacia los lados como un toro enloquecido que corre hacia una multitud.

Detrás de Aaron, Hollywood y Lada abordan a los enemigos que se precipitan, y golpean con los puños cualquier cosa con la que puedan entrar en contacto. Incluso cuando Hollywood cae al suelo y recibe un disparo en el pecho, consigue golpear a un enemigo en la rodilla; le da con tanta fuerza que le destroza la articulación y el enemigo se desmorona.

Lada, también en el suelo, debe de haber visto lo que hemos hecho Espectro y yo hace un momento y agarra un FA-NJC sin dueño. Mete el dedo del robot en el gatillo y dispara a bocajarro contra los ángeles de la muerte más cercanos y los destroza, pero el arma se queda sin munición. Al cabo de unos segundos, los robots de reconocimiento dejan de responder por completo y Hollywood y Lada se quitan los cascos.

—Hasta ahí hemos llegado —confiesa Hollywood.

—Ha sido suficiente —respondo—. Mira.

Mientras el robot de Bumper es víctima del fuego enemigo, la tostadora de Aaron se apresura a meterse en el conducto de ventilación abierto y se adentra en la oscuridad.

—Lo has conseguido —dice Insarka mientras mira a la pantalla con asombro. Luego me mira a mí—. Ha sido... increíble.

—Buen trabajo, equipo. —Me vuelvo hacia Insarka y señalo a Aaron—. ¿Cuánto tiempo le queda en ese agujero?

—No seas grosero —dice Franky.

Insarka pone cara de no pillarlo; mejor así.

—Estoy actualizando las coordenadas de destino. Solo tiene que seguir la ruta indicada.

—Muy bien. Tú con calma, Aaron.

—Esto es muy divertido, Pat —responde—. Le estoy cogiendo el tranquillo.

* * *

Han pasado dos minutos desde que la tostadora de Aaron llegó por el conducto de ventilación hasta nuestro barracón y casi veinte minutos desde que inició su viaje desde el COD hasta el cuartel de la Guardia de la Sangre. Pero Franky ha sido fiel a su palabra y ha ayudado a guiarlo.

Insarka no ha levantado la vista de su tableta virtual desde que insertó la preciada tarjeta de datos IPM6 en la pared y volvió a la mesa.

—Entonces, ¿ha valido la pena? —pregunto—. ¿Es lo que esperabas?

Ella asiente con énfasis.

—Es más de lo que esperaba. Podemos hacer tanto con esto...

Todo el equipo se mira entre sí con satisfacción y chocamos los puños.

—Pero hacer todas las comprobaciones podría llevar toda la noche —añade.

—¿Conoces una bebida terrícola que se llama café?

—Café... —Insarka levanta la vista hacia mí, se da un golpe en los labios durante un segundo y luego parece registrar el sustantivo—. Sí. Tenemos algo parecido. Lo llamamos *bishraw*. Puedo preparar un poco para que lo probéis.

—Mientras sea fuerte, sí.

—Muy fuerte, sí.

—Bien. —Me crujo los nudillos y las vértebras—. Vamos allá.

CAPÍTULO 19

22:30, domingo, 27 de junio de 2027
Karkin Cuatro
Cuartel general de la Guardia de la Sangre, barracón del
Equipo Phantom

TODO EL EQUIPO aprovecha para estirarse un poco mientras Insarka prepara *bishraw*. El nombre no suena muy halagüeño, pero no me molesta probar cosas nuevas siempre y cuando no tenga que pasarme las siguientes veinticuatro horas en el baño.

Observo a Insarka mientras echa diez paquetes en tazas de agua fría. No es exactamente lo que esperaba. Pero a los pocos segundos de entrar en contacto, el agua empieza a burbujear y a echar humo; un aroma a nueces tostadas invade la sala.

—¿Qué es ese olor venido del cielo? —dice Hollywood desde el otro lado de la habitación.

—¡Venid a ver! —Z-Lo está justo detrás de mí haciendo señas a todos—. ¡Esto es una puta locura!

—Parece una reacción exotérmica —añade Aaron—. Está cocinando y calentando el agua a la vez.

—Espero que sepa tan bien como huele —señala Hollywood.

Cuando las tazas están listas, Insarka las reparte y luego hace un brindis.

—Por el éxito de nuestra misión.

—Por el éxito de nuestra —responden todos.

Supongo que brindar es algo universal.

Intento no tener muchas expectativas, pero al dar el primer sorbo de *bishraw*, la boca se me llena con el mismo olor delicioso, tan solo un poco más amargo.

—¿Te gusta? —me pregunta la teniente.

—Está increíble.

—Deseaba que esa fuera tu respuesta —dice la teniente con una sonrisa.

—Oh, sí. —Bumper echa un vistazo al bote lleno de paquetes de *bishraw*—. ¿Cuántos nos caben en los bolsillos?

—Sí, ¿eh? —dice Yoshi—. Creo que ya tengo nueva bebida favorita.

Levanto las cejas por encima de la taza mientras doy un trago, sorprendido de oírlo decir eso. Aunque supongo que, si es uno mismo el que se burla de su propia adicción, entonces no es ofensivo, ¿no? Así que decido aliviar cualquier incomodidad que puedan sentir los demás ante el comentario.

—Joder, me bebería el bote entero de una sentada —digo mientras le guiño un ojo a Yoshi. Ojalá esta bebida extraterrestre logre mantener a raya a sus demonios.

Yoshi levanta su taza en respuesta y toma otro sorbo.

* * *

Nos sentamos de nuevo e Insarka manipula el terminal de la pared. Las luces se atenúan y la lente negra desciende. A continuación introduce unos cuantos comandos en el holoteclado de su asiento y frente a cada persona aparece una pizarra en blanco no física. Además de poder dibujar con el dedo, hay un pequeño teclado en inglés en la base.

—Y uno en ruso para los hermanos también —dice Insarka.

La consideración de la teniente no pasa desapercibida para Vlad y Lada ni para el resto del equipo. El hecho de que cada integrante tenga su propio espacio virtual para tomar notas está bastante bien. No es ningún secreto que no me gustan los ordenadores, pero tampoco me gustaban las armas parlantes y mírame ahora. Tal vez los perros viejos aún podamos aprender algún truco nuevo... siempre y cuando no se nos vuelva en contra.

—Son para que toméis vuestras propias notas mientras revisamos la información —dice Insarka—. Las pizarras son privadas y solo visibles desde vuestros ángulos; también están encriptadas cuánticamente por seguridad. Cualquier información que introduzcáis se conectará automáticamente a vuestro FA-NJC y al enlace del casco para su posterior visualización. ¿Alguna pregunta?

Todos niegan con la cabeza y sonríen, contentos por disponer de semejante tecnología. Bueno, todos menos yo, que no consigo hacer funcionar mi maldita pizarra.

—¿Cómo...? —Aprieto con fuerza lo que intuyo que es un botón de encendido o barra de lanzamiento o como sea que lo llamen—. No funciona.

—Tienes que deslizar primero, Patrick. —dice Franky como si estuviera hablando con un niño—. Usa el dedo índice y muévelo de abajo a arriba por el aire.

—Entendido.

—Deslízalo hacia arriba.

—Ya voy, ya voy...

—Tu otro arriba, Patrick.

Dejo escapar un gruñido de frustración mientras hago aspavientos en el aire.

—¡Por Dios!

—Creo que Dios no puede ayudarte en esto.

—¿Dónde está el maldito...?

—No tan rápido. Más despacio, Patrick.

—Así. Con tu permiso. —Insarka se acerca y abre la tableta virtual con un gesto suave—. Con dulzura.

¿A quién quiero engañar? No soy más que un viejo diablo. Ni aprender cosas nuevas ni pollas.

Entre el *bishraw*, la tecnología tan puntera y los androcallos que dejamos fuera de juego gracias a los disfraces, creo que todos estamos contentos. Lo único que necesito ahora es que el café de pega haga efecto y me encontraré bien durante un rato.

—Eh... —balbuceo cuando noto la cabeza más despejada y los mofletes colorados—. ¿Alguien más lo nota?

—Ya lo creo. —Bumper mira el fondo de su taza como si acabara de encontrar oro—. Es el néctar de los dioses.

—Me siento como si acabara de meterme cinco Red Bulls —añade Z-Lo.

Dirijo la atención de todos a la pantalla holográfica y pongo oficialmente en marcha la sesión de planificación.

—Muy bien, Phantoms. Veamos qué tenemos.

Insarka pulsa en su teclado y vuelve a aparecer una representación holográfica de la IPM6, solo que esta vez la cúpula está mucho más detallada. En lugar de formas generales y contornos imprecisos, esta versión parece un compuesto de imágenes reales. El exterior de la cúpula geodésica tiene un aspecto plateado y liso, y un corte transversal deja ver un entramado kilométrico de tubos, conductos de ventilación, pasillos, habitaciones, cableado... todo muy detallado. Por lo que a mí respecta, el plan de Insarka para obtener información ha merecido la pena y, a juzgar por su entusiasmo, diría que la teniente opina lo mismo.

Insarka gira el mapa con las manos y ajusta la perspectiva y la escala hasta quedar satisfecha. En cuanto a la disposición general, la cúpula parece constar de tres partes principales. La primera es lo que yo llamaría el tope, que es una pequeña porción del punto álgido de la cúpula, de unos seis kilómetros de ancho. La segunda es la parte más grande, situada justo debajo del tope, y parece un enorme espacio abierto sostenido por cerchas entrecruzadas. La tercera es el nivel inferior, que parece estar formado por edificios, puentes y túneles enormes. Parece que hay otra sección debajo de esta formada por otros niveles subterráneos.

Junto a la imagen hay un menú de navegación bastante exhaustivo que no estaba en la versión del general en absoluto. Pulso sobre el primer elemento, «Puertas de llegada», y un centenar de pequeños círculos verticales se iluminan a lo largo de un segmento del ala oeste de las instalaciones. Parece extraño que algo tan valioso esté situado en un ala exterior, pero prefiero no aventurarme a sacar conclusiones hasta que vea el resto.

—¿Eso son...? —Aaron no logra terminar la frase.

—Puertas de llegada.

—¿Crees que ahí es donde llega la gente? —pregunta Z-Lo.

Hago un esfuerzo por no caer en el sarcasmo, pero a veces simplemente no puedo evitarlo.

—¿Qué le hace sospechar algo así, señor Laszlo?

El muchacho tarda un segundo en interpretar mi tono y me dedica una sonrisa tímida.

—Así dicho parece una terminal de aeropuerto. —Bumper mueve la cabeza y resopla—. ¿Y además hay cien?

Insarka asiente y pulsa sobre la opción del menú que dice «Exportar puertas». Aparecen cien anillos más en el ala este. Luego selecciona «Pasillos de circulación» y aparece una maraña de líneas brillantes.

—Parece la autopista de Los Ángeles —comenta Z-Lo—. Multiplicada por un millón.

Es cierto que parece una vista aérea de una red de autopistas, pero más compleja. Las curvas, los giros, las bifurcaciones y el entrelazado de los tubos tienen un aspecto caótico. Hay líneas que se extienden hasta convertirse en bultos y otras terminan sin razón aparente. Pero si se interpreta como un todo, el embrollo tiene una orientación.

—Son arterias. Para la gente —dice Espectro.

—Correcto—añade Insarka—. Los anillos de las principales ciudades de vuestro planeta depositan a la gente aquí. —Señala las puertas de llegada—. Son conducidos a través de los pasillos de circulación del centro y finalmente abandonan la instalación por el este. Aquí. —Señala las puertas de exportación.

—Dios mío —continúa Aarón, poniendo voz a lo que todos tenemos en la cabeza—. ¿Doscientas puertas? ¿De cuántas personas hablamos? Por día quiero decir.

—Si esta instalación funciona como otras de las que hemos conocido, con su capacidad actual estimo que cada portal puede transportar una media de veinticinco terrícolas a la vez cada tres segundos. Eso es... —Comienza a teclear—. Aproximadamente treinta mil por hora, multiplicado por cien vías... y veinticuatro de vuestras horas terrestres... —Pulsa una última tecla y levanta la vista—. Setenta y dos millones por día.

—Santo Dios Bendito —dice Aarón mientras se cubre la boca con la mano.

Comparto la sorpresa de Aaron, al igual que todos los demás en torno a la mesa.

—Eso son más de setecientos millones en diez días —añade Yoshi.

Insarka asiente.

—También disponen de medios para acelerar el proceso. Así que tened en cuenta que solo estoy proporcionando mis estimaciones básicas.

—Lo entendemos —respondo—. Gracias.

Hollywood se inclina hacia delante.

—Así que traen a la gente, la hacen caminar treinta kilómetros a través de un sistema de autopistas infernales y luego la obligan a salir por el otro lado.

Me acaricio la mandíbula durante un segundo y observo el nivel intermedio.

—Pero tiene que haber alguna razón para que hayan puesto tubos. Están separando a la gente y moviéndola de un lado a otro intencionadamente.

Mi mente me transporta a la vieja imagen de los campos de concentración nazis. Concretamente a la puerta principal de Auschwitz-Birkenau, en Polonia. Llevaban a los judíos en vagones para el ganado, los separaban, los clasificaban y los enviaban a todos los extremos del ya de por sí enorme campo de concentración. Visité el lugar en una ocasión y una parte de mí jamás pudo olvidar la experiencia.

—La razón de ser de esta red es que tu especie se convierta en... —Insarka parece incapaz de pensar en la palabra correcta. O tal vez sabe lo que quiere decir y se está demorando por empatía.

—¿En qué? —le pregunto finalmente.

—Productos más rentables.

—Productos más rentables —repite Hollywood—. No lo entiendo, ¿qué quieres decir?

Insarka toma aire y se sienta.

—Normalmente hay una docena de categorías en las que se puede clasificar una especie. Son cosas bastante comunes que el imperio ha perfeccionado. Sin embargo, los humanos son poco comunes. Son una mercancía mucho más lucrativa.

—¿Y eso por qué? —pregunta Bumper.

—Porque vuestro genoma es muy flexible. Se puede manipular para satisfacer exigencias mucho más fácilmente que con otras especies.

—¿De qué tipo de exigencias hablamos? —pregunta Aarón.

Insarka se frota el cuello por los lados como haría un humano en las sienes.

—Soldados. Obreros. Esclavos sexuales. También está el alojamiento simbiótico, la investigación, la regeneración de tejidos. Y, naturalmente, vuestra carne está considerada un preciado manjar.

—Así que te gusta nuestro sabor. —Bumper tamborilea con los dedos sobre la mesa. Aaron se tira del cuello de la camisa y mira a la teniente.

—¿No irás a...? Ya sabes...

—¿A comeros? Yo soy... ¿se dice herbívora? —Insarka me mira en busca de confirmación.

Aaron habla.

—En realidad solemos decir vege...

Silencio a Aaron con una mano y miro a Insarka.

—Hervíbora está bien, teniente.

Insarka parece feliz con la elección de palabras.

—En cualquier caso, no tomaré parte en ningún banquete que incluya vuestra carne, si eso es lo que te preocupa.

—Menos mal —responde Bumper.

—¿Eso es lo que significa esta categoría? —Señalo la palabra «Aumentación» en la lista de navegación mientras se me revuelven las tripas.

—Me temo que sí —responde Insarka.

Pulso y al menos un centenar de nodos se iluminan por toda la instalación, todos ellos en distintas ubicaciones y con diferentes formas y tamaños. Algunos están situados en el centro y parecen cámaras de varios pisos, mientras que otros recorren los bordes de la circunferencia del mapa en forma de muchos puntitos. Pero todos los nodos tienen algo en común: la extensa red de túneles que los alimenta.

—Son subestaciones —digo con tristeza, pensando en Auschwitz—. Subestaciones de procesamiento.

—No me lo puedo creer —dice Hollywood con un suspiro fugaz.

—Son nazis —dice Lada en un tono similar—. Mucha maldad.

—Es lo que pensaba ——añade Aaron—. Clasificación y envío sistemático de vida humana.

—¿Qué crees que...? —Z-Lo se agarra la garganta y se la frota—. ¿Qué crees que les hacen?

—Mal rollo —dice Hollywood. Usó la misma expresión para los ángeles de la muerte cuando nos conocimos.

Me doy cuenta de que si nos dejamos llevar por el tormento que el enemigo está suponiendo para la humanidad, perderemos eficiencia en la planificación de la misión. Estoy casi seguro de que una de estas subestaciones abastece la cantina que vi con los restos de los humanos que no sobrevivieron a la travesía desde la Tierra. Pero eso no es importante ahora mismo.

—Lo único que hemos de tener en mente es que están atacando a la humanidad. No nos centremos en los detalles y quedémonos con la visión general del asunto. ¿Entendido?

Los Phantoms asienten, pero sé que no lo hacen convencidos. La imaginación humana puede ser peligrosa.

El siguiente elemento de la lista de navegación es «Usos». Tiene un submenú con la siguiente lista: «Energía», «Soporte Vital», «Mecánico», «Residuos», «Comunicaciones», «Nutrientes» y «Expurgo», que a saber qué quiere decir. Cuando empiezo a pulsar sobre cada elemento, aparecen grupos de nodos, todos de distintos colores.

El siguiente elemento del menú es «Administración». Cuando lo toco, la tapa de la cúpula ilumina un grupo de edificios de unos cien pisos de altura. Las subdivisiones del menú incluyen «Ejecutivo», «Contabilidad» y «Personal», cada uno de ellos situado en agrupaciones de plantas específicas. Encima del tope hay más de cien plataformas de aterrizaje marcadas de la misma manera que designaríamos un helipuerto, pero en skrawl.

—Las plantas superiores de todas las instalaciones de procesamiento de mercancías están destinadas a la administración —dice Insarka—. También son el lugar donde los ejecutivos del imperio se reúnen con clientes para discutir las condiciones y revisar la calidad de la mercancía. En el caso de la IPM6, estoy casi segura de que hay un flujo casi constante de clientes para inspeccionar la mercancía.

—¿Te importaría dejar de referirte a los humanos como mercancía? —pregunta Espectro. Insarka se inclina.

—Claro, lo siento.

Espectro asiente pero no dice nada más.

Las dos últimas pestañas de la lista son Transporte y Supervisión.

La primera ilumina el equivalente a un mapa tridimensional de metro con rutas multicolores que conectan cada edificio a través de las tres secciones principales de la instalación.

La última pestaña, «Supervisión», me tiene intrigado. Cuando la selecciono, aparecen dos subopciones: «Seguridad» y «Sala para coordinación de exportaciones». Al seleccionar «Seguridad», aparecen cientos de pequeños diodos que recorren el nivel inferior.

—Observación y control —afirma Espectro.

—Sí —confirma Insarka—. Vigilancia, aplicación y respuesta de emergencia.

—¿Y este? —Señalo la opción de «Sala de coordinación de exportaciones». En cuanto pulso, se ilumina una cámara en los subniveles.

—Aquí se calibran las puertas de llegada y exportación —responde.

—Joder —dice Bumper—. Volemos eso entonces.

Pero Insarka se muestra dubitativa.

—¿Qué pasa? —Pregunto.

—No es tan sencillo —responde—. Si destruyéramos la SCE, no se cerrarían las puertas. Solo se quedarían abiertas en función de su última configuración hasta que otra IPM pudiera obtener el control. E incluso si pudiéramos cerrarlas, los resultados serían catastróficos.

—Tiene razón —añade Espectro. Una vez más, el tejano de pocas palabras atrae la atención de todos con un solo comentario.

—¿Qué quieres decir? —pregunta Bumper.

Pero Espectro no parece dispuesto a dar explicaciones.

Maldita sea. Este tipo tiene más demonios que un censo en el infierno. Pero yo también al fin y al cabo. Lo único que me ha ayudado mucho ha sido hablar de ellos con personas que entendían mi mirada porque tenían un poco de lo mismo. O al menos con personas que parecían fiables. No son fáciles de encontrar, pero hacen mucha falta. Y si Espectro quiere ser algo más que un revientacabezas en este equipo, va a tener que abrirse antes o después. No le voy a forzar para que lo haga, desde luego que no: si fuera yo, noquearía al que lo intentara más de una vez. Pero eso no significa que no pueda ofrecerle una invitación. Y no hay mejor momento que el actual.

—Entiendo que has visto algo así antes, ¿no, Espectro? —Hago un gesto hacia la mesa para cederle el foco.

Me mira con cautela, entrecierra los ojos y se rasca el costado de la cabeza antes de hablar.

—¿Habéis visto alguna vez un convoy de refugiados cruzar la frontera? —Mira a su alrededor, pero nadie dice nada.

—Una o dos veces —respondo.

Espectro asiente y luego sus ojos se quedan paralizados como si estuviera viendo algo distante.

—Antes de que se cerrara la frontera turca, estuve en Siria investigando algunas... noticias falsas, por así decirlo. Cientos de miles de refugiados huyendo para salvar sus vidas y puntos de congestión tratando de detener la hemorragia.

»Los sistemas así tienden a encontrar su propio equilibrio. Pero son frágiles, no hay infraestructura. No hay nada que ayude a gestionar un aumento repentino de la presión. Y todo lo que se necesita es un imbécil con un AK para asustar al rebaño. Un disparo y miles de personas se abalanzan sobre una puerta cerrada sin ni siquiera darse cuenta de que están aplastando a sus propios hijos.

»Pero el otro lado de la frontera está igual de mal, porque entonces las fuerzas de seguridad entran en pánico. Intentan mantener la paz, pero les falta personal. En un lado se pierden vidas por la presión, en el otro se pierden por la falta de control.

Y ahí estaba yo, observando desde una posición privilegiada sin poder dispararle a nada para mejorar la situación. Lo único que podía hacer era mirar.

Un silencio denso invade la sala. Y con razón: el francotirador acaba de hacernos un regalo. Creo que mucha gente no reconoce una historia como un regalo. Pero cuando viene de alguien que ha hecho cosas que el resto de la humanidad no debería hacer nunca y se siente lo suficientemente cómodo como para compartirlas, se trata de un regalo de un valor incalculable.

El Equipo Phantom reacciona bien. Bocas cerradas y miradas fijas viviendo el momento. Nada de «siento que tuvieras que vivir algo así», porque la gente como Espectro va allí por voluntad propia. Era mayorcito y sabía lo que hacía. Y tampoco entra nadie en el juego de a ver quién lo ha pasado peor, porque no hay nada que cabree más a un veterano de guerra que esa puta mierda. «¿Y eso te parece fuerte? Yo una vez tuve que ir andando al trabajo porque se me estropeó el coche». Bla, bla, bla.

Por cosas así es por lo que no encajamos. No empatizamos con las historias de los civiles cuando se quejan de sus problemas diarios. Y no los culpamos: esa es su realidad, simplemente no nos sentimos identificados. No después de todo lo que hemos visto. Y oído. Y hecho.

Lo que más me duele es que me gustaría poder volver atrás en el tiempo. Ojalá pudiera. Siempre escuchas historias de gente que dice que no tiene remordimientos y que no cambiaría ni un solo día por nada en el mundo. Y por una parte lo entiendo: la hermandad, la lucha, el propósito, el sentido de pertenencia y de hacer lo correcto. Yo no cambiaría eso.

Pero para justificar el infierno hay que saber llevarlo dentro. Y no me importa quién seas: ¿que no te arrepientes? ¿Y qué hay de celebrar un cuatro de julio tranquilamente en el porche sin saltar de la silla cada vez que tiran fuegos artificiales? ¿Y tener que decirles a tus sobrinas y a tus sobrinos que el tío Pat tiene que irse dentro un ratito porque, si no, podría acabar haciendo algo y nunca más lo mirarían con los mismos ojos? Joder, daría lo que fuera por que me vieran como era antes, con paz en el alma. Pensé que eso era lo que me iba a proporcionar mi cabaña. Pero ahora me inclino más por la segunda alternativa: una siesta a dos metros bajo tierra.

—¿Bic?

Miro a Hollywood y me doy cuenta de que lleva un rato llamándome.

—Dime.

—Eh... Tenías como... la mirada perdida. ¿Todo bien?

—Solo estaba pensando.

Asiente con la cabeza y me doy cuenta de que sabe que me está protegiendo. Pero en este grupo no creo que haya muchas razones para esconderse. Y me alegro de que Espectro también se dé cuenta de ello.

—Lo que Espectro quiere decir es que no podemos ir con toda la artillería volando zalastros al azar. Los androquíes... —Me detengo y pienso que es mejor no usar el nombre de la especie de una manera genérica para referirme a nuestros oponentes, aunque solo sea por Insarka—. El imperio ha creado un sistema que tiene un equilibrio. Un flujo. Si lo arruinamos, les haremos daño, claro. Pero a costa de nuestra gente.

—Y supongo que cerrar un portal en nuestro lado no significa necesariamente que la cúpula deje de funcionar en la Tierra, ¿verdad? —le pregunta Aaron a Insarka.

—Son dos sistemas independientes —confirma—. Los portales se controlan desde la SCE, cuyo sistema de alimentación está aquí en Karkin Cuatro, mientras que las cúpulas de la Tierra se alimentan y se controlan localmente desde cada anillo respectivo.

Aaron se pasa una mano por el pelo.

—Así que imaginad lo que le pasaría a esa gente si cerramos el portal pero no la cúpula. Pánico descontrolado, disturbios, represalia extraterrestre, seguramente montones de...

—Lo pillamos, Aaron. Gracias.

—Ya. Lo siento —dice mientras se acurruca en su asiento.

—Y si cerramos un portal de exportación... —dice Bumper—. Sería como Siria pero a una escala mucho mayor.

—Y si no podemos sabotear los anillos, ¿qué opciones tenemos? —pregunta Hollywood—. Creía que era el motivo para venir hasta aquí.

—Tengo algunas ideas —responde Insarka—. Hay maneras de dañar al imperio sin poner en peligro a vuestro pueblo. Sin embargo, creo que debéis prepararos para las consecuencias. Sospecho que no es algo que deseéis escuchar.

Cruzo las manos sobre la mesa.

—¿De qué consecuencias estamos hablando?

—Creo que el señor Espectro tiene razón en su evaluación de riesgos. Cerrar las puertas es peligroso tanto aquí como allí. Ya ha habido... fallos de funcionamiento en el pasado.

—¿Errores en la tecnología androquí? ¿Sí? —pregunta Hollywood.

—En la tecnología del imperio —digo para corregirla.

Levanta una ceja por un segundo y luego lo pilla.

—¿El imperio tuvo problemas? ¿O se los buscasteis vosotros?

Insarka ofrece la versión extraterrestre de una sonrisa, pero tiene un aire melancólico.

—Cortesía de la Guardia de la Sangre, sí. Pero los resultados fueron catastróficos. Murieron millones de personas. Y esa sangre aún mancha nuestras manos.

»Es en parte el motivo por el que el general quería que os quedarais con nosotros. Él no es malo. Pero teme que vuestras acciones puedan poner en peligro vidas inocentes. Aunque se preocupa más por los intereses androquíes, no es un... ¿Monstruo es la palabra?

—Sí, monstruo —respondo.

—No es un monstruo.

—Pero el general Cordan también sabe que no puede deteneros. No puede detenernos —corrige con cierto orgullo.

—¿Y qué hay entonces de las otras consecuencias? —pregunta Hollywood—. ¿Sugieres que dejemos que el imperio siga recolectando humanos?

Insarka asiente.

—Así es. Pero eso no significa que vuestra gente no pueda estar a salvo.

—Continúa —digo.

—Los portales de exportación están controlados por un elaborado sistema que necesita una supervisión y calibración continuas. Es posible alterar los puntos de destino de los anillos de exportación sin poner en peligro las especies objetivo.

Aaron chasquea los dedos.

—¿Estás diciendo que hagamos aparecer a los humanos en otro lugar?

—Sí. En otros lugares realmente. Cuantos más destinos podamos emplear, mayores serán las posibilidades de supervivencia de vuestro pueblo.

Me siento como si alguien me hubiera dado un puñetazo en las costillas, pero no quiero sacar conclusiones demasiado rápido.

—¿Destinos dentro de la Tierra?

Insarka no responde de inmediato, sino que se dedica a estudiar mi rostro con sus extraños ojos iridiscentes durante unos segundos.

—No, Patrick-Bic. Destinos en planetas donde vuestra gente estará a salvo. Me temo que la Tierra nunca será una solución para los que se han ido.

Ahí va el puñetazo en las costillas. ¿A quién quiero engañar? Es un golpe de derecha, un gancho de izquierda y un *uppercut* a la vez.

—Pero si podemos llevarlos a otros planetas, ¿por qué a la Tierra no? —pregunta Aaron con voz tensa. Insarka duda antes de responder.

—Tal vez a algunos. Pero es muy peligroso y nunca podría hacerse con la eficiencia que creo que deseas.

—Si los anillos se pueden recalibrar, ¿por qué no evitar que los de la Tierra envíen a gente a Karkin Cuatro? —pregunta Aaron—. ¿No sería lo más fácil?

Con cada nueva pregunta que plantea, se anima más. Es casi como si se estuviera castigando a sí mismo por lo de la Antártida y estas preguntas fueran su intento de redimir sus errores.

—Los portales de exportación pueden recalibrarse —dice Insarka con seriedad—. Los de la Tierra no pueden. Están... ¿programados?

Asiento con la cabeza.

—Están programados para entregar una especie objetivo solo a Karkin Cuatro. No se puede cambiar. —Insarka espera un momento, como si quisiera dejarnos unos segundos para asimilar la noticia—. Sé que no es lo que os gustaría escuchar, pero lo mejor que podéis hacer ahora es centraros en interrumpir la operación del enemigo recalibrando el portal de exportación y así contener el flujo.

—Eso es poco si no conseguimos que la humanidad vuelva a la Tierra, teniente —dice Hollywood.

La miro con cautela, pero me ignora. Está muy agitada.

—Entiendo tu frustración —dice Insarka, que ha notado la tensión en la voz de Hollywood—. Pero aquí hay cosas en juego que escapan a vuestra comprensión.

Hollywood se cruza de brazos.

—Ah, muy bien, claro. ¿Qué tal si nos iluminas un poco?

Miro a la sargento con la ceja levantada.

—Lo que creo que Hollywood quiere decir es que nuestro objetivo principal es devolver a la población humana capturada a la Tierra.

—Y lo que yo digo es que debéis admitir que es necesario modificar vuestro objetivo para obtener resultados más realistas. —Parece que quiere decir algo más, pero se interrumpe—. Patrick-Bic, vuestra especie no realiza viajes espaciales, ¿correcto?

—Todavía no —responde Aaron con entusiasmo—. A menos que cuentes nuestra propia luna. Pero tenemos... Teníamos planes para llegar a Marte, y luego...

—No, nuestra especie no viaja por el espacio —le digo a Insarka.

Aaron se queda como un niño al que le acaban de explotar un globo en la cara, así que lo miro y me encojo de hombros para hacerle ver que lo siento.

—Así que sois engendrados en vuestro mundo de origen —dice.

—Si la pregunta es si nos gusta la Tierra, sí. Somos bastante parciales.

—Como era de esperar.

Insarka utiliza las manos para disminuir el complejo de la IPM6, se abre paso a través de algunos nuevos menús en skrawl y abre una lista que se extiende por toda la mesa. Junto a cada entrada hay un pequeño icono circular. Tardo un poco, pero me doy cuenta de que cada icono es un planeta que, aparte de unos pocos valores atípicos muy coloridos, se parece a la Tierra.

—En los otros universos a los que ahora tenéis acceso hay...

—Espera, espera —dice Aaron—. ¿Acabas de decir universos en plural?

—Eso es correcto, señor doctor.

—Dios mío, es verdad. —El tono reverencial de Aaron se convierte en un susurro mientras se le pierde la mirada—. Si Everett y Penrose nos escucharan...

—¿Quiénes? —pregunta Yoshi, y Aaron vuelve de golpe al presente.

—¿Hugh Everett y su interpretación de los muchos mundos de la mecánica cuántica? ¿Sir Roger Penrose, ganador del Premio Nobel en 2020 por su trabajo sobre la cosmología cíclica conforme? —Mira a todas las caras inexpresivas en torno a la mesa—. ¿No? ¿Nada?

—Tengo cero idea —responde Lada—. Pero eres muy *sexy* cuando hablas ahora.

—Vamos a escuchar al teniente. —Redirijo la atención a Isarka—. Por favor, continúa.

—Esta es una lista de todos los planetas que satisfacen las necesidades biológicas de vuestra especie y tienen anillos operativos. Entran sin problemas dentro de la escala tinzariana y se requiere poca o nada de educación avanzada para la supervivencia inmediata.

—¿Alguien más se ha quedado sin palabras? —pregunta Hollywood.

—Lo que quiero decir es que ahora estáis al alcance de universos en los que no hay simplemente un planeta que se adapte a las necesidades de vuestra especie. Hay cientos, si no miles. Y cuanto antes lo aceptéis, más rápido os daréis cuenta de que el destino de vuestra gente no es ni mucho menos tan importante como asegurarse de que llegan a salvo.

—Entonces quieres decir que la Tierra queda fuera de juego inevitablemente —afirma Aaron.

—No mientras yo viva —dice Bumper.

—Lo secundo —añade Espectro.

Si Insarka interpreta las reacciones como resistencia, no se preocupa en mostrarlo.

—No estoy en desacuerdo con vuestros sentimientos, señores. Y no estoy descartando a la Tierra como un hogar viable para los que aún están allí si logramos frustrar las actividades del imperio. Lo que estoy diciendo es que es hora de que aceptéis la realidad.

—¿Y qué realidad es esa? —pregunta Hollywood.

—Que si antes no erais una civilización que viajara por el espacio, ahora sí.

CAPÍTULO 20

22:50, domingo, 27 de junio de 2027
Karkin Cuatro
Cuartel general de la Guardia de la Sangre, barracón del
Equipo Phantom

TODO EL MUNDO está bastante nervioso, así que le digo al equipo que nos tomemos cinco minutos para despejarnos. Espectro va al baño, Hollywood hace un poco de *footing* dando vueltas a la mesa y Bumper tiene cara de querer matar a alguien. Vlad y Lada, en cambio, están extrañamente tranquilos.

—Te veo bastante relajado —le digo a Vlad mientras me pongo a su lado.

—No es enorme noticia para nosotros.

—¿Esperabas que te llevaran a un exoplaneta?

—No es tanto exoplaneta como sensación de no estar en casa.

—¿No estar en casa? —Miro a Lada, que asiente ante las palabras de su hermano.

—Somos rusos, ¿sí? —pregunta en tono retórico.

—Eso tengo entendido —respondo

—Para nosotros, no tenemos mismos sentimientos por país que estadounidenses. Vosotros estáis orgullosos de qué representa gobierno estadounidense. Nosotros estamos menos orgullosos de gobierno ruso, pero seguimos estando orgullosos de ser rusos. Vosotros tenéis motivos para gritar y cantar en partidos de béisbol, nosotros tenemos motivos para celebrar resistencia bajo tiranos brutales y seguir sobreviviendo. Vosotros vivís en libertad y hacéis una vida mejor, nosotros resistimos y hacemos una vida mejor. Vosotros invitáis con orgullo a pueblos a pasar por debajo de Estatua de la Libertad, nosotros nos hacemos fuertes para sobrevivir en nuevas tierras. ¿Ves diferencia? Así que, cuando vosotros os sentís fuertes en casa, nosotros siempre nos sentimos fuertes siendo *brodyagas*.

—¿*Brodyagas...*? —Observo a Vlad.

—Significa... vagabundos.

—Te entiendo.

—Así que si mujer loca extraterrestre dice que nos mudemos a nuevo planeta, es buena noticia —interviene Lada—. Tal vez sea mejor para nosotros. Nueva vida. Es algo muy ruso.

—¿Y eso?

—Estamos condenados a morir, pero vida está condenada a continuar.

Su típico fatalismo ruso me saca una sonrisa. Pero el realismo es útil de alguna manera. Me percato de que el resto del equipo también ha oído la declaración de Lada y asiente con cierta comprensión mientras todos vuelven a tomar asiento.

—Bueno, no vamos a dejar atrás la Tierra —digo—. Hay una larga lucha por delante y un montón de almas que aún no han abandonado el planeta. Así que hasta que alguien diga que no hay vuelta atrás, asumimos que podemos hacerlo, aunque eso signifique reubicar temporalmente a la humanidad en otro lugar.

Insarka parece satisfecha con mi lógica. Puede que no esté totalmente de acuerdo, pues aún percibo un poco de condescendencia por su parte. Tiene todo el derecho a pensar que soy un cabeza de chorlito y no la culpo. Pero no voy a echar mi planeta por la borda.

—Quiero asegurarme de que entendemos todo a la perfección, teniente —le digo a nuestra nueva amiga extraterrestre—. Podemos recalibrar los anillos de exportación para poner a salvo a los que ya han cruzado desde la Tierra.

—A los que estén en la IPM6 en el momento del cambio, sí. Pero a los demás... —Se detiene y todos esperamos que termine la frase, pero en una inesperada muestra de simpatía, a Insarka no le salen las palabras—. Lo siento —dice por fin, tratando de serenarse—. Ya no podemos ayudarlos.

—Y un cuerno —dice Z-Lo con el pecho hinchado—. Una vez lo tengamos todo listo, podemos...

—Ahora no, chaval —le respondo, y Z-Lo se hace una bola en el asiento como si fuera un gatito.

—Lo siento.

Algo en el tono de Insarka me hace pensar que a las víctimas que ya no están en la IPM les ha pasado algo malo, aunque no sepa qué exactamente. Y no puedo hacer más que imaginármelo. En la Tierra, si un niño desaparece o secuestran a una mujer y la meten en una furgoneta, hay muchas probabilidades de que sus seres queridos no vuelvan a verlos. Los sistemas son demasiado complejos y las redes demasiado amplias como para poder hacer algo al respecto. Sabe Dios que me encantaría tener un millón de Liam Neesons a mi cargo para que utilizaran su «serie de habilidades concretas». Pero hasta entonces, las víctimas que ya han cruzado las puertas de exportación son una causa perdida. Y me odio por tener que dejarlas atrás.

Pero no pienso olvidarme. Porque cada hijo de puta al que disparemos y cada humano al que salvemos contribuirá a equilibrar la balanza de la justicia hasta que se me acabe la munición o deje de respirar. No voy a dejar de intentarlo.

—Si somos capaces de recalibrar los destinos, ¿estás segura de que nuestra gente estará a salvo? —Incluso mientras hago la pregunta, me doy cuenta de que no me refiero solo a los estadounidenses cuando digo «nuestra gente». Me refiero a todo el planeta. Es raro, pero me gusta—. ¿Tienes alguna certeza de que la humanidad estará a salvo en estos nuevos planetas?

—Estarán bien —dice Z-Lo antes de que Insarka pueda responder.

Estoy a punto de volver a regañar al chico cuando veo que está mirando la lista de planetas. Parece pensativo, incluso relajado.

—¿Y cómo lo sabes? —le pregunto con curiosidad.

—No tenía mucho de pequeño. Hasta que cumplí los diez dormíamos todos en la misma habitación, antes de mudarnos de Los Ángeles a San Diego. Recuerdo acompañar a mi madre con los cupones en la mano para que nos dieran comida, los trabajillos aquí y allá con mis hermanas, a mi padre metiendo los ahorros en la hucha. Pero sobrevivimos. Nos las arreglamos con lo poco que teníamos. Luchamos y luchamos por salir adelante. Y lo conseguimos.

»Por eso sé que van a estar bien. En el fondo, los humanos somos supervivientes. A veces nos hace falta mucho dolor para darnos cuenta. Pero si somos capaces de soportarlo, descubrimos que somos más de lo que nos creemos. Al menos eso pienso.

La sala se vuelve a quedar en silencio; parece que está de moda. Pero es una buena moda mientras nos haga mantenernos concentrados y crecer como equipo.

—Eso ha sido casi poético, chaval —dice Yoshi—. Casi se me saltan las lágrimas.

—Gracias por compartirlo, Z-Lo. Bien dicho —añado.

—Guay —responde, recuperando algo de su actitud habitual.

—La voluntad de supervivencia de vuestra especie será de gran ayuda. Y dondequiera que haya un anillo, lo más probable es que haya una especie simbiótica dispuesta a ayudar. El resto depende del destino y de los dioses.

—Yo sigo queriendo hacer explotar algo —afirma Bumper.

—Yo puedo ayudarte con eso —sugiere Franky de sopetón.

Lleva un rato callado y seguramente sea mejor así. Pero lo cierto es que he echado de menos sus comentarios aleatorios.

—Resulta que es uno de mis puntos fuertes. Uno de tantos —añade el rifle.

Hollywood le sonríe a Franky y luego a Bumper.

—Me pregunto si hay manera de sabotear algunos de los sistemas de procesamiento más nocivos sin salpicar al flujo de personas.

Insarka considera las palabras de Hollywood durante un momento.

—Es posible. Y muy... compasivo. Hagamos lo que hagamos, hemos de tener en cuenta el bien mayor que subyace. Pero creo que se pueden salvar muchas vidas con precisión estratégica.

—Esto... Es que parece que no queramos ayudar a la humanidad, ¿sabes? —afirma Hollywood con el ceño fruncido.

—Lo mismo digo —añade Bumper.

—Porque hay algo más. —Insarka dedica una especie de mueca al complejo IPM6—. Quiero que los clientes le declaren la guerra al imperio.

Todo el mundo se incorpora en la silla.

—¿Podrías desarrollar esa idea un poco más? —pregunto.

Tiene cara de enfadada. Joder, ya lo creo. Y al hablar me doy cuenta de que no me equivoco.

—Hace tiempo le dije al general Cordan y a los ancianos que lo mejor que podíamos hacer era lograr que la galaxia se volviera contra nuestros hermanos. Pero ellos insistieron en que no lo hiciéramos, alegando que había demasiado que perder.

—Una guerra podría suponer que la legítima reina madre se encontrara sin nada que gobernar —digo.

Insarka me dedica un único asentimiento cargado de ira.

—¿Y eso qué importa si todo lo que le ofrecemos a la galaxia es sufrimiento? No. Perdimos nuestro derecho a gobernar cuando no garantizamos la seguridad de la galaxia frente a los de nuestra especie.

—Eso no es lo que se dice tener en cuenta los intereses de tu pueblo —dice Hollywood como si le impresionara el fatalismo de Insarka.

—No. Y es por eso que los ancianos no tuvieron en cuenta mis ideas. Pero si realmente deseáis liberar la Tierra, creo que ese es el único camino. Hay que lograr que todos los que se proveen del imperio viertan su ira sobre él.

—No entiendo qué aportará eso, más allá de poner en peligro más vidas —dice Hollywood—. Sin ánimo de ofender.

Insarka se inclina hacia delante como si fuera a revelar un secreto.

—Porque, en caso de guerra, el imperio suspenderá la operación en la Tierra.

—¿Dejarán de esclavizar a la población? —pregunta Aaron.

—Sí.

—¿Pero eso no sería una olla a presión como lo que ha contado antes Espectro? —pregunta Bumper.

Insarka niega con la cabeza.

—No, porque no habrá cúpulas ni portales ni ejecuciones. Si el imperio se ve obligado a parar la operación, tendrá que retirar sus tropas de la Tierra.

—Sería una gran victoria temporal —afirma Hollywood con satisfacción—. ¿Pero no volverían en cuanto se acabara la guerra?

—No —dice Insarka apretando los labios—. Solo hay un período posible para las operaciones de esclavitud. Si se interrumpe, es el fin. No hay vuelta atrás.

No hay vuelta atrás. Esas no son las palabras que quería escuchar. Ni que hay un tiempo limitado, pero está bien saber que la operación del enemigo no puede ser de carácter indefinido. Todas las películas que he visto hasta la fecha hacían de las invasiones extraterrestres una ocupación y esto es más bien un robo a mano armada.

—Entonces, sobre el período... —le digo a Insarka—. ¿De cuánto tiempo hablamos?

—Normalmente no dura más de siete días. De los cuales ya han pasado dos. En el caso de la Tierra, creemos que el imperio intentará alargarlo a juzgar por lo lucrativa que les resulta vuestra especie. Ya han llegado ofertas que eclipsan cualquier operación anterior.

—¿Cuánto lo pueden alargar?

—Creo que intentarán llegar a diez días. Catorce si el sistema es capaz de mantener la integridad, pero entonces se arriesgan a un fallo de conexión y a dejar a sus efectivos tirados en la Tierra. Teniendo en cuenta las ganancias potenciales, les resultará fácil justificar esas pérdidas.

—¿Y cómo van a conseguir hacerse con más gente? —pregunta Yoshi—. ¿Moviendo los anillos de sitio?

Insarka asiente.

—Buscarán lugares con mucha agua en las proximidades de las siguientes zonas más densamente pobladas y luego ampliarán la red: será una red más rápida, pero ligeramente más débil.

—¿Por qué tanta prisa? —pregunto—. ¿Por qué condensarlo todo en tan poco tiempo si la humanidad les resulta tan lucrativa? Han derribado nuestras defensas, el planeta está paralizado, no hay ejércitos. No entiendo por qué tanta prisa.

Insarka se me queda mirando. Estas miradas tan largas empiezan a resultarme incómodas, sobre todo porque no soy capaz de interpretarlas.

—¿Recuerdas cuando le preguntaste al general sobre la Unidad de todas las cosas?

—No recuerdo las palabras que utilicé, pero no parecía muy comunicativo al respecto. ¿Por qué lo dices?

—Los Arcos de la Unidad controlan los portales y los Arcos solo pueden mantener la integridad de la dilatación temporal durante cierto tiempo.

—Claro que sí, ahora todo tiene sentido —dice Hollywood burlándose.

—Por favor —le reprende Aaron a Hollywood—. Estoy intentando concentrarme.

Insarka se lleva ambas manos a los hombros.

—Lo siento. Sé que lo que digo suena misterioso.

—No, no, no, todo bien. ¿Puedes explicar lo de la dilatación temporal? —le pregunta Aaron a Insarka.

—Es complicado. Y no soy la más indicada para responder a tus preguntas. Pero basta con decir que los universos entran y salen del tiempo entre sí.

—Mecánica cuántica.

Ella asiente.

—Hostia puta —dice Aaron.

Me quedo sorprendido ante la expresión porque Aaron no suele usar ese vocabulario.

—Poca broma, ¿no? —le digo. Aaron asiente sin apartar la vista de Insarka.

—Significa que tienen alguna forma de manipular el espaciotiempo.

—No es manipular —dice Insarka—. Es más bien suspender. Es costoso, peligroso y no dura mucho. También es totalmente ilegal. Pero es lo que le permite al imperio descubrir posibles planetas que explotar y viajar hasta ellos cuando están en su mejor momento.

—Como en la Tierra. —Aaron se levanta de un salto—. Vosotros... El imperio colocó el anillo de origen en las montañas subglaciales Ellsworth hace milenios y regresaron cuando la evolución humana había llegado a un punto determinado.

—La evolución también, pero sobre todo la población. El esfuerzo debe merecer la pena.

Levanto el dedo para pedir el turno de palabra.

—Entonces lo que queréis decir es que estos Arcos de la Unidad permiten al imperio echar un vistazo a los planetas suspendiendo momentos en el tiempo para luego... avanzar rápidamente y suspenderlo de nuevo.

—Sí, Patrick-Bic. Es un resumen preciso aunque muy poco técnico.

—¿Por qué no eliminamos los Arcos de la Unidad? —Bumper pregunta lo que supongo que se nos ha pasado a todos por la cabeza—. Me da la impresión de que haríamos un favor a los universos.

—Y con consecuencias catastróficas por... —Insarka parece elegir cuidadosamente sus palabras—. Por muchas razones. Parte de la población de la Tierra quedaría atrapada dentro de las cúpulas activas, que carecerían de portal de salida, y los millones que actualmente están en la IPM6 quedarían varados.

Esa noticia no sienta bien al equipo y un silencio incómodo llena la sala.

—No me gusta ninguna de esas opciones —digo tras unos segundos. Luego echo un vistazo a la pantalla holográfica y me vuelvo hacia Insarka—. Entonces, ¿tienes alguna idea de cómo empezar una pelea con la clientela del imperio?

Ella asiente con la cabeza.

—Unas cuantas. Pero hará falta una planificación minuciosa. Y tener en cuenta lo que sea que queráis hacer con las Instalaciones de Aumentación. Como ya he dicho, vuestra especie es muy valiosa y creo que esto juega a nuestro favor a la hora de provocar hostilidades entre el imperio y sus diversos clientes.

—Quieres sabotear las reuniones —dice Aaron.

—No solo las reuniones. Creo que esta es nuestra oportunidad para un asalto múltiple.

—Continúa —digo con curiosidad.

—Para que podamos causar un revuelo adecuado, debemos crear una ilusión convincente de que se trata de un acto deliberado de desafío. Los accidentes por sí solos no lo harán. Debemos mostrar agresividad en nombre del imperio. Por ejemplo, una explosión que perjudique a los clientes, a las instalaciones o a los seres humanos se puede descartar fácilmente como un accidente desafortunado por alguna circunstancia. En una planta de esta envergadura hay accidentes constantemente. Incluso los errores de contabilidad son habituales, al igual que las muertes como parte de acuerdos oscuros. Pero la Asociación Intergaláctica de Especies Sintientes no aplica ningún tipo de sanción.

Aaron se inclina hacia delante.

—¿Hay un consejo de gobierno para toda la galaxia?

—Esa definición es exagerada. Las galaxias son, a fin de cuentas, espacios inmensos. Pero hay suficientes planetas y especies que desean asociarse como para que exista una administración que vigile los derechos de los seres sintientes y los proteja frente a la violencia a gran escala y la manipulación del mercado. Sin embargo, Karkin Cuatro no está en ese mapa en particular y el imperio no lo declara como parte de sus posesiones.

—Dios mío. —Aaron tiene pinta de estar a punto de mearse en los pantalones y no sé si es por el *bishraw*, por el repentino descubrimiento de la política extraterrestre o por ambas cosas.

—Entonces lo que sugieres es que, si queremos hacer creer que al imperio le ha dado por montarse su película y no acatar normas, tenemos que cuidar hasta el último detalle —dice Bumper.

Insarka asiente.

—Y de tal manera que no haya más víctimas humanas —añade Espectro.

—Correcto.

—Entonces hemos de decidir cada jugada con cautela. —Bumper se cruje el cuello y se masajea el hombro derecho—. El peor entrenador que tuve en el instituto siempre utilizaba las mismas jugadas ofensivas, todas dependientes de los linieros. Como podéis imaginaros, los linieros estaban contentísimos, pero también los arreaban de lo lindo. Y lo que es peor aún: ese sistema reveló muchas debilidades en el equipo y perdimos la mitad de los partidos de la temporada solo porque el entrenador Mitchell quería que corriéramos y corriéramos sin rumbo. A un padre le dio un aneurisma y la junta escolar se vio obligada a despedir al tipo.

»Pero en mi último año tuvimos al entrenador Nellis. —Bumper sonríe—. Mi entrenador favorito. Reescribió todo el libro de jugadas y nos hizo trabajar duro. Creo que aún me acuerdo de la mirada de las jugadas y eso es mucho decir teniendo en cuenta la cantidad. Siempre nos decía: «La fortaleza reside en la diversidad. Mantén al enemigo en vilo y no dejes que te vea llegar ni desaparecer. No le dejes averiguar lo que estás haciendo».

»Bueno, no sé cómo lo hizo, pero el entrenador Nellis nos convirtió en expertos tácticos ese año. Conseguimos el título estatal como invictos y nos llevamos a casa la copa. Todos trabajamos en equipo y ganamos. Ganamos a lo grande.

Una sensación de nostalgia parece llenar la sala cuando Bumper deja de hablar. Hablar de los años de instituto cuando estás atrapado en un planeta lleno de extraterrestres es como oler a palomitas y que te entren ganas de ir al cine.

—No entiendo muchas palabras, Bumper —dice Insarka—. Pero creo que concuerdo con tus sentimientos implícitos. Si logramos explotar todas las habilidades del equipo, creo que tenemos una gran oportunidad de hacer que nuestro asalto encubierto parezca un acto de guerra a ojos de muchos clientes.

—No quiero ser aguafiestas —le digo a la teniente—. ¿Pero qué pasa si armamos demasiado jaleo?

—Ah. ¿Temes que el asalto de un enemigo del imperio pueda poner en peligro a tu pueblo en la IPM6?

—Es algo que se me ha pasado por la cabeza.

Insarka parece ansiosa por responder.

—Tanto si provocamos una respuesta a pequeña o a gran escala, el imperio actuará con todo.

—Batallas en el espacio —dice Aaron con los ojos muy abiertos.

De nuevo, Insarka asiente a mi amigo el entusiasta.

—Nosotros lo llamamos «el vacío», pero entiendo lo que quieres decir. En cualquier caso, un asalto al vacío tardaría varias semanas, si no meses, en romper las defensas de Androquía Prime.

—¿Androquía Prime? —Le dirijo a Insarka una mirada de sorpresa—. Querrás decir Karkin Cuatro.

—No. Cualquier represalia tendrá la capital como objetivo.

—Contra la reina —añade Hollywood.

—Correcto.

—Que es también lo que quiere el general Cordan —ofrece Espectro.

—Admito que esto parece jugar a favor de los intereses del general Cordan. Sin embargo, tened en cuenta que nunca dije que sus objetivos fueran erróneos, solo insuficientes y miopes. Mi intención al redirigir la hostilidad hacia Androquía Prime es lograr que la Guardia de la Sangre esté al servicio de los intereses terrícolas. Será una lucha que mi gente no podrá resistir. —Insarka toma aire y eleva los hombros—. Me he pasado la vida adulta intentando convencer al general de que sea como el entrenador Nellis del que hablabas. En lugar de eso, es el entrenador Mitchell.

»Pero esta es mi oportunidad de ayudar a la Guardia de la Sangre y llevarnos la copa a casa, aunque muramos en el intento. Vosotros nos ayudáis sin incurrir en riesgos adicionales y conseguís más apoyo si el general muerde este anzuelo amable. A vosotros no os importa lo que le ocurra al imperio una vez alcancéis vuestros objetivos, y yo os ayudaré a conseguirlos. Pero cuando nuestros caminos se separen, yo aún tendré mucho trabajo por hacer.

»Por lo tanto, si somos capaces de actuar ahora, contribuirá a vuestra misión de asegurar la salvación de vuestra especie y a mis intereses de provocar una reacción en cadena que, una vez iniciada, sea imposible de detener.

No cabe duda de que Insarka lleva mucho más tiempo que nosotros pensando en el asunto. Lo que parecía una misión de espionaje para invertir el flujo de humanos se ha convertido en un complot intergaláctico para derrocar a un régimen malvado.

—Jesús, María y José. —Me masajeo los ojos con el pulgar y el índice.

—¿Quiénes son esos? —pregunta Insarka.

—Solo gente muerta que espero que nos escuche más en este universo que en el anterior.

—Ah, ancestros. Entiendo.

—Algo así. —Miro a todos sentados frente a la mesa y me crujo los nudillos—. Muy bien, Phantoms. Que empiece la guerra.

Capítulo 21

23:15, domingo, 27 de junio de 2027
Karkin Cuatro
Cuartel general de la Guardia de la Sangre, barracón del
Equipo Phantom

Tras un breve debate y un análisis sobre los mejores puntos de infiltración y exfiltración de la IPM6, Insarka vuelve a liderar la conversación. Parece que ha identificado una oportunidad que podemos explotar y que no solo provocará un conflicto con los clientes del imperio, sino que también nos permitirá dañar enormemente la infraestructura que está diezmando a la humanidad.

—Hay dos clientes muy importantes que llegan mañana a las nueve. Observad. —Insarka vuelve dar un golpecito con los dedos y aparecen ante ella dos expedientes. Los amplía y los empuja por encima de la instalación hasta el centro de la mesa.

El archivo de la izquierda muestra a un extraterrestre de rostro delgado, piel morada y ojos amarillos con pupilas azules. El archivo de la derecha muestra una figura mucho menos atractiva con una arruga rosa en el cuello que se extiende por el pecho y los hombros como si alguien le hubiera desinflado la cabeza; parece una salchicha gorda venida a menos. Insarka señala al extraterrestre morado.

—Este es Srin Ock Tall, embajador de los sci-rung. Aunque se presenta como un estadista destacado y defensor de las relaciones exteriores, tiene una participación del quince por ciento de los beneficios de Karkin Cuatro.

—Viene a inspeccionar la mercancía —dice Bumper.

—Justo.

—¿Y don Cuello Asqueroso? —Señalo la figura de la derecha.

—Este es Lordamin Partitious, de los gahnree. Un *pinscreat* desagradable que representa al mayor sindicato de tráfico sexual del cuadrante de Kormari. Aunque tiene menos influencia que Srin Ock Tall, tiene mayor poder de compra y viene para comprobar cómo progresan sus compras de la primera ola.

—¿Entonces crees que nos tenemos que centrar en ellos dos? —pregunta Hollywood. Me lanza una rápida mirada como para hacerme ver que está comprometida con la misión. Pero no me hace falta nada: le guiño un ojo y le sonrío.

—Sí. Pero como he dicho antes, no se trata simplemente de deshacernos de ellos.

—Me ocurren opciones lentas y dolorosas para ellos —dice Lada—. Sobre todo para él —dice señalando al gahnree.

—Creo que lo que Insarka quiere decir es que tenemos que hacer que parezca que el imperio está cambiando de marcha intencionadamente —digo.

—Entonces, ¿qué jugada toca, Bic? —pregunta Bumper. Le doy un sorbo al *bishraw* y miro a todos a mi alrededor.

—Hablemos de la ejecución. Tiene que parecer intencionado. Algo que podamos vender como una doble traición.

El SEAL se cruje los nudillos y luego mira a Insarka.

—¿Con cuántos transportes suelen venir estos peces gordos?

—De ocho a diez cada uno.

Bumper deja escapar un silbido.

—Más de lo que esperaba. Pero, con tantos... Sí. Estoy pensando que unos pasteles de Dios en cada nave bastarían para perforar los núcleos de trinium. Elimina toda sospecha de que el fallo provenga de los pilotos, sobre todo si los configuro para que se produzca una detonación simultánea. No les cabrá duda de que ha sido un sabotaje del imperio.

Insarka sonríe ante la idea de Bumper.

—Apuntar a sus transportes sería una señal clara de intención hostil, siempre que vaya acompañada de las muestras de empatía correspondientes.

—¿Crees que tú y tu C4 galáctico podréis encargaros? —le pregunto.

Bumper se lleva una mano al pecho en señal de sorpresa.

—¿Crees que voy a dejar sin regalos de Navidad a los niños? Por favor... —Bumper aprieta los labios—. Dependiendo de las zonas de aterrizaje, igual necesito que me echen una mano.

—Si necesitas asistencia, yo puedo asistenciar —ofrece Vlad.

—Bien por mí —le responde Bumper con el pulgar en alto.

—Bien. —Miro al resto—. ¿Qué más?

—Crear rastro de dinero —dice Lada—. Es más sutil que los bum bum de Bumper, pero quizá tiene efectos mayores grandes.

—¿Manipular la contabilidad y las transacciones? —pregunta Insarka.

—Sí —responde Lada.

—Pero no basta con meterse en sus cuentas bancarias —dice Aaron—. Si en la Tierra ya son comunes las actividades fraudulentas, aquí no me lo quiero ni imaginar.

Yoshi asiente.

—Al haber tantos planetas y especies conectados, eso supone una cadena de seguridad frágil, de manera que se podría interpretar que el boicot viene de cualquier eslabón. El fraude queda descartado.

—Exacto. —Aaron se frota la barbilla—. Así que, si queremos hacerles creer que hay corrupción, los jefes tienen que ser testigos de primera mano y luego alertar a sus redes. Eso lo eleva de fraude a robo.

—Muy astuto, doctor Campbell —dice Franky con tono altivo—. Recordadme todos que me aleje de él si algún día no estamos de acuerdo en algo.

Aaron suelta una carcajada de agradecimiento.

—Gracias, sir Franky.

—¡Ja! Nunca te has alejado de mí cuando no hemos estado de acuerdo en algo, Franky —digo.

—Eso es porque me amenazas constantemente.

—¿Que yo te amenazo?

—La ventanilla del coche, los lenguados... Seguro que pronto se te ocurrirá algo nuevo. La cuestión es que mantener la distancia contigo no es una opción para mí. Además, tienes las manos enredadas en mis apéndices y amenazas con golpearme como un macho adolescente que acaba de descubrir el pequeño placer de la mastur...

—Bien, bien, ya está, buen chico. —Miro al resto y me encojo de hombros—. ¿Por dónde íbamos?

—El dinero —dice Aaron mientras intenta disimular una amplia sonrisa.

—Bien. Insarka, creo que te tienes que encargar tú. Ninguno de nosotros está lo suficientemente familiarizado con el skrawl ni con vuestras normas de contabilidad.

—Bueno, yo sí, pero claro, no te has molestado en preguntarme —interviene Franky. Insarka sonríe.

—Sir Franky podría navegar e interactuar con la mayoría de los sistemas necesarios, sí.

—¿La mayoría? —pregunto.

—Por razones de seguridad, para activar el pirateo hay un paso manual inquebrantable que ha de realizar una persona física; es una de las pocas medidas de la era cuántica que han permanecido. Asimismo, aunque Franky tendrá acceso a muchos de los sistemas globales de la IPM6, tendremos que restringirlo para evitar que haya una exposición innecesaria.

—A mí me arrestaron una vez por exposición —dice Z-Lo.

—A ti te arrestaron por exhibicionismo, Carnada —dice Hollywood—. Bobo.

Insarka frunce el ceño ante el intercambio y luego continúa.

—Tendremos que crear los archivos financieros esta noche y entregarlos mediante una tarjeta de datos una vez que estemos en el lugar. Pero como tendré que estar en otro lugar para la recalibración de portales, la activación la tendrá que hacer otra persona, preferiblemente alguien que pueda aprender algunos de nuestros sistemas pero que también tenga experiencia en materia de seguridad.

—Yo me ofrezco —dice Aaron—. La navegación, la arquitectura extranjera y el análisis forense son más o menos mis puntos fuertes. Es la primera vez que estoy aquí, pero suelo aprender rápido cuando se trata de software. Siempre y cuando pueda ver las cosas traducidas y no haya zalastros que compliquen las cosas

—¿Zalastros? —Insarka cambia la mirada de Aaron a mí—. Os he escuchado utilizar esa palabra terrícola y no la conozco.

—*Nah*. Eso es Franky en estado puro. —Le doy unas palmaditas al arma—. Se la ha inventado él.

—¿Y qué significa?

—Bueno... —Le ofrezco una media sonrisa—. Tú utilízala cuando estés enfadada o no se te ocurra otra palabra mejor para hablar de lo que sea.

—Zalastros —dice Insarka como si probara el sonido de la palabra—. Me gusta.

—Otro cliente satisfecho —interviene lord Phantom—. Aquí Franky para servirles desde... Bueno, desde hace dos días.

—Así que provocaremos un fraude —digo—. Pero aún necesitamos que los objetivos verifiquen la doble traición antes de que Bumper los mande a paseo.

—¿Por qué siempre le toca a Bumper lo más divertido? —Hollywood le guiña un ojo al SEAL y luego mira a Insarka—. Has dicho que estos dos jefes están aquí para inspeccionar la mercancía, ¿verdad?

—Correcto.

—Así que por qué no le concedemos a Lada su deseo con don Arrugas. Ella y yo podemos asegurarnos de que se enteren de la traición una vez que Aaron lo tenga todo a punto, y encargarnos de que se caigan por las escaleras... o algo más trágico.

—Es arriesgado —dice Insarka—. Los clientes suelen viajar con mucha seguridad.

—No si ejecutamos el plan por fases. —Me vuelvo hacia mi pizarra holográfica, pulso un botón que dice «Presentar para el resto» y me pongo a escribir—. La primera fase consiste en dejar que nuestros objetivos lleguen según lo previsto. Al cara morada lo llamaremos Oscar Mayer Uno y a don Arrugas lo llamaremos Oscar Mayer Dos.

—¿Oscar Mayer? —me pregunta Insarka, pero ignoro la pregunta y sigo escribiendo.

—Cuando los objetivos abandonen las naves, el equipo Nuketown, formado por Bumper y Vlad, se dirigirá a las naves. —Miro a Insarka—. ¿Cuánta vigilancia podemos esperar?

—Muy poca —responde la teniente—. Rara vez hay ataques en las instalaciones del imperio Androquí.

—¿Y qué hay de cuando jugamos a ser robots? —pregunta Bumper—. ¿No estarán alerta?

—Los altos mandos no sabrán lo que hemos robado hasta que sea demasiado tarde —responde la teniente—. Y aunque lo supieran, son demasiado orgullosos como para hacer o decir algo al respecto. Los efectivos de la pista de aterrizaje proporcionarán una patrulla por cada contingente de clientes y vigilancia limitada. Todo esto forma parte de la rutina y nadie se atreve a meterse con los sci-rung, los gahnree o el imperio.

—El orgullo precede a la caída —dice Espectro. Le hago un gesto con la cabeza y me vuelvo hacia Insarka.

—¿Alguna conjetura sobre hacia dónde se dirigirán los objetivos?

—Sus itinerarios son de fácil acceso y sé por experiencia que Oscar Mayora Uno querrá ver las fosas de clasificación.

Ignoro su error al nombrar al objetivo número uno porque solo con escuchar el término «fosas de clasificación» se me pone la piel de gallina.

—¿Tienes una ubicación exacta?

Vuelve a comprobar el itinerario en su tableta y luego manipula el mapa holográfico y muestra varias salas grandes cuyas entradas se expanden en múltiples desembocaduras.

—Srin Ock Tall ha adquirido la costumbre de empezar por aquí. —Señala una zona al oeste—. Luego avanza hacia el centro. Mientras tanto, el Oscar Mayo Dos...

—El nombre en clave es Oscar Mayer —digo.

—Ah. Mis disculpas. Él, Lordamin Partitious, siempre va al mismo lugar. Laboratorio de esterilización A.

Cuando la gran sala ovalada se ilumina en el mapa, noto el escalofrío que recorre la piel de todos los Phantoms. Yoshi tiene los ojos más abiertos que nunca.

—¿Acaba de decir Laboratorio de esterilización? ¿Para...?

—Para suprimir la biología reproductiva —dice Franky. Insarka asiente.

—Al jefe de los gahnree le gusta inspeccionar y comprobar todos los procedimientos por sí mismo.

No sé si el nudo que se me forma en el estómago es por la manera de hablar despreocupada de Insarka o por la idea repugnante de que una babosa extraterrestre se acerque a mis semejantes con intenciones sexuales. Seguramente es por las dos cosas. Se me pasa por la cabeza la cara de Josef Mengele, el ángel de la muerte nazi.

—Debe morir —dice Hollywood. Lada asiente con énfasis.

—Como ya he dicho, puedo ofrecer menú especial a él.

—Su posición estática hace que sea el más fácil de ambos objetivos —indica Espectro—. Recomiendo que Hollywood y Lada estén en posición mucho antes de que él llegue.

—Bien. Hollywood y Lada serán el equipo Minx. —Lo escribo en mi tableta virtual e indico su posición para la fase uno: el laboratorio de esterilización. Luego señalo a Espectro—. ¿Y tú?

El francotirador vuelve al mapa y pulsa en el menú de Supervisión y luego en Seguridad. Cientos de nodos se iluminan por toda la instalación. Espectro mueve la pantalla y estudia los puntos de referencia durante varios segundos antes de hablar.

—Mi mejor posición será esta. —Señala la enorme cámara atmosférica abierta en el corazón de la instalación que recibe el nombre de Red de Entramado de la Biosfera—. Está por debajo de las secciones de administración y tiene vistas a la posición de Hollywood y Lada. Y si Oscar Mayer Uno decide salir a toda prisa y volver al este, vendrá justo hacia mí. Pero voy a necesitar un observador de tiro.

—Yo puedo —dice Z-Lo. Espectro asiente con la cabeza.

—El muchacho tiene buena vista —responde Espectro. Z-Lo sonríe.

—Muchas horas jugando a videojuegos.

Escribo sus nombres en la pantalla.

—Espectro y Z-Lo serán el equipo Nighteyes.

—¿No tendré que estar en posición antes de toda la puesta en marcha? —pregunta Aaron.

—Sí. —Miro a Insarka—. ¿Cuál es el objetivo del doctor?

La teniente toma el control del mapa y muestra la sección de administración. El tope de la cúpula está lleno de kilómetros y kilómetros de oficinas, pasillos, salas de conferencias e incluso algo que parece un alojamiento para estancias de larga duración. Hace que el Apple Park de Cupertino parezca una fonda de pueblo.

—¿Son habitaciones de hotel o algo así? —pregunta Hollywood.

—Tiene pinta de que ahí vivan androcallos —añade Bumper.

—Los altos cargos de la IMP rara vez abandonan sus puestos, excepto para... ¿días feriados? —dice Insarka.

—El término es correcto —interviene Franky—. Pero seguramente querías decir vacaciones.

Insarka vuelve al mapa y se centra en un espacio de los pisos intermedios del complejo administrativo.

—El doctor Campbell tendrá que acceder a la sala de servidores principal situada aquí.

Aaron se queda pálido.

—Pero eso está justo en el corazón del edificio.

—¿Algún problema? —pregunto. Aaron se acomoda en su asiento.

—Es solo que pensaba que iba a ser algo más... No sé; como meter la tarjeta en un cajero automático y marcharse.

—No has visto muchas películas de espías, ¿verdad? —dice Z-Lo con las manos bajo la barbilla y batiendo las pestañas. Aaron niega con la cabeza y entonces me dirijo a Yoshi.

—Tú te encargarás de la seguridad de Aaron y de echar un segundo vistazo a los ordenadores.

Yoshi asiente una vez y añado sus nombres en mi tableta.

—Vosotros sois el equipo Sneakers.

—¿No hablabas de películas de espías? Pues ahí tienes un clásico —le dice Yoshi a Z-Lo.

—¿Y nosotros qué hacemos? —me pregunta Franky.

—Buena pregunta. —Me dirijo a la teniente—. ¿Cómo hacemos para recalibrar los anillos de exportación?

Insarka vuelve a mover el mapa, esta vez hacia una serie de plantas que parecen subterráneas.

—Dios mío, este lugar es enorme. Tardaríamos días en cruzar a pie —dice Hollywood.

—Enseguida hablaremos de los medios de transporte. —Insarka hace zum en una planta diez niveles más abajo hasta enfocar una gran sala—. Esta es la Sala de Coordinación de Exportaciones. Todos los puntos de destino se establecen aquí.

—¿Y ahí es donde tengo que ir yo? —pregunto.

—Tenemos —corrige ella—. Te será imposible navegar por esos sistemas sin mí.

—Y sin mí —dice Franky—. Tienes talento para muchas cosas, pero navegar por los sistemas operativos no es una de ellas.

—Sé entrar en Facebook —digo en señal de protesta. Todas las miradas se vuelven hacia mí—. ¿Qué pasa?

Franky se aclara la garganta.

—En cualquier caso, este es nuestro objetivo de la fase uno, ¿correcto?

—Sí —responde Insarka—. Desde aquí podremos llevar a los humanos a planetas seguros.

—¿Y el imperio Androquí no se dará cuenta? —pregunta Hollywood.

—Al menos no durante un rato. Programaremos los anillos para que parezca que siguen enviando a los planetas originales. También enviaremos mensajes a los clientes informando de que el transporte se ha detenido temporalmente debido a un mantenimiento inesperado. Nada fuera de lo normal.

Bumper se relame los labios y levanta la barbilla ante la pantalla.

—¿Y cómo sabemos que el imperio no tirará del hilo y deshará todo el trabajo una vez hayamos terminado?

Insarka me sonríe.

—Ahí reside la genialidad del plan. Los mundos a los que los enviaremos están afiliados a la AIES o son simpatizantes.

—Esas siglas son... —Aaron chasquea los dedos—. La Asociación Intergaláctica de Especies Sintientes.

—Correcto.

—Así el imperio se lo pensará dos veces antes de adentrarse en esos territorios —añado.

—Exacto.

—¿Y cuánto tiempo nos llevará recalibrar?

—Aproximadamente quince minutos, naturalmente con tu ayuda y con la participación de sir Franky.

—Por fin —dice Franky—. Puedes contar conmigo, teniente Kindesh. Es agradable que me reconozcan por algo más que por mis disparos.

Hollywood le lanza una mirada irritada.

—Pero si desde que te conocemos te has pasado la mitad del tiempo sin disparar.

—Y aun así Patrick se moría de ganas de que me repararan.

—Bueno, en realidad yo lo que esperaba era...

—¡La, la, la! ¡No te oigo!

Meneo la cabeza con exasperación y me vuelvo hacia Insarka.

—¿Decías?

—Llevará quince minutos. Pero necesitaremos la distracción de Nuketown para la ejecución. Si no, nos arriesgamos a que nos pillen.

—Entendido —apunto mi nombre y el de Insarka junto a la SCE y pongo entre paréntesis el nombre de nuestro grupo: Phantom Actual—. Una vez que todo el mundo esté en su sitio y tengamos la confirmación de que los registros financieros fraudulentos han sido cargados, comenzaremos la fase dos. Nuketown, no volaréis más de la mitad de las naves de transporte. Debería ser suficiente para que una buena parte de los equipos de seguridad de nuestros objetivos se dirija a las zonas de aterrizaje para investigar.

—Demolición por etapas. —Bumper sonríe—. Me gusta.

—Minx, esto os dará tiempo de entreteneros con Oscar Mayer Dos en el laboratorio de esterilización. Pero tenéis que aseguraros de que le entre en la cabeza el supuesto fraude y de darle un poco de tiempo para que se ponga en contacto con su red.

—¿Y una vez lo haga? —pregunta Hollywood.

—Muy despacio damos dolor —dice Lada.

—Me temo que no habrá tiempo de ir despacio —respondo—. Neutralizad al enemigo y salid de ahí.

—¿Neutralizar? —Lada se cruza de brazos—. Yo solo sé aniquilar.

—Lo que sea, pero rápido.

—¿Y qué hay de los sistemas de sabotaje? —pregunta Hollywood.

—Es algo secundario. Si tenemos tiempo y no perjudica la misión, genial; si no, lo pasaremos de largo. —A continuación me dirijo a Espectro y a Z-Lo—. Nighteyes, si tenéis acceso visual a Oscar Mayer Uno, entablad combate. Eliminad cualquier escolta que le quede pero no lo eliminéis a él hasta que estemos seguros de que ha tenido tiempo de revisar los datos financieros y de llamar a casa por teléfono... o lo que sea.

—Llamar a casa por teléfono es un término apropiado, sí —confirma Franky—. Excelente uso de un clásico, Patrick.

—¿Y nosotros? —pregunta Yoshi.

—Sneakers, quiero que os reunáis con Nuketown en la parte superior tan pronto como hayáis terminado. Entrar y salir, ningún objetivo secundario. Con las fuerzas enemigas ocupadas investigando las explosiones deberíais de tener un buen margen. Mientras tanto, Insarka y yo usaremos la distracción para recalibrar los portales.

»La tercera fase consistirá en eliminar las naves restantes y proceder a la exfiltración. Los objetivos secundarios pueden incluir la eliminación de la escolta restante de Oscar Mayer Uno y Dos, así como el procesamiento del sabotaje, pero... —Me inclino para dar énfasis a lo que quiero decir—. No a expensas de vuestra seguridad o la del equipo. Quedan muchas peleas por delante y quiero que todos estemos disponibles para lo que venga. ¿Está claro?

—Entendido —responde el equipo.

—Bien. —Me vuelvo hacia la teniente—. Basándote en lo que has visto, ¿sigues pensando que las zonas de aterrizaje superiores son buenos puntos de infiltración y exfiltración?

Insarka se queda pensando durante unos segundos.

—Sí. Como ya he dicho, puedo organizar fácilmente los códigos de autorización de seguridad y múltiples naves para una llegada escalonada. Las naves no podrán quedarse, pero es fácil llamarlas para que vuelvan.

—¿Las pilotará gente de confianza? —pregunta Espectro.

Insarka asiente con la cabeza.

—El teniente Tersmik se ocupará personalmente de los pilotos.

—¿Farkoo? —No puedo evitar la sorpresa—. Pensaba que todo esto era cosa tuya y de nadie más. El general dijo que...

—El general no lo sabrá. Farkoo tiene tanto interés como yo en crear una oportunidad aprovechable para la Guardia de la Sangre. Ha pasado por mucho y está comprometido con la causa.

—Necesitaremos un plan B en caso de que el punto primario de exfiltración se ponga en riesgo. Y un plan C —dice Bumper. Insarka señala un gran rectángulo al sur y dos estaciones más pequeñas al norte.

—Estas tres terminales son los principales puntos de salida del subnivel. Este de aquí, en el sur, es para todo el personal no administrativo.

—¿Y los dos más pequeños al norte? —pregunto.

—La izquierda está reservada para los equipos de mantenimiento, mientras que la derecha es para los suministros.

—Ahí lo tenemos —dice Hollywood.

Asiento con la cabeza.

—Si algo sucediera arriba, priorizamos la salida de suministros primero y la de mantenimiento después.

—¿Y si nos separamos después del punto de exfiltración? —pregunta Hollywood—. ¿Dónde nos encontramos?

Miro a Insarka.

—Necesitamos una ubicación exterior.

La teniente frunce el ceño.

—El entorno exterior no es ideal. Pero hay intersecciones de transporte en toda la zona que conectan todas las instalaciones. Las naves podrían aterrizar fácilmente en uno de los cruces al este de la IPM6. —Se aleja y señala el lugar donde se cruzan varias líneas.

—Llamaremos a este punto Tequila Sunrise y nos veremos allí en caso de que nos separemos. —Tomo nota en mi bloc holográfico y luego me vuelvo hacia Insarka—. Has dicho que el exterior no es ideal. ¿Qué significa eso?

—No es adecuado para sobrevivir.

—Tenemos trajes —dice Z-Lo, pero Insarka niega con la cabeza.

—No, la atmósfera respirable no es el problema. Bueno, sí, es un problema para vosotros, pero no me refería a eso. No aguantaréis mucho tiempo en la gravedad no condicionada de Karkin Cuatro. Es un poco más pesada para vosotros. Además, en esta región habitan grandes depredadores muy hostiles. Nada dura mucho tiempo fuera del perímetro de la instalación sin protección.

—Tengo toda la protección que necesito. —Z-Lo levanta el brazo derecho y se da palmaditas en el bíceps, pero Insarka lo mira extrañada—. ¿No?

—No —responde Insarka.

—Bueno, tenemos armas.

—La respuesta sigue siendo no. Los najeel son particularmente feroces y no discriminan. Fuera de una terminal de intersección, no hay ningún punto de encuentro en la superficie en el que podáis estar seguros.

—Así que si algún equipo no llega a tiempo a alguna nave, tendrá que permanecer en la IPM6 hasta que podamos enviar un equipo de búsqueda y rescate —digo.

—Pero el general Cordan dijo que estaríamos a nuestra merced una vez nos deje en la IPM6 —dice Hollywood.

Insarka sonríe.

—También dijo que no recibiríais ningún apoyo de la Guardia de la Sangre, pero aquí estamos.

Hollywood levanta el pulgar derecho.

—Cierto, sí.

—Teniente Kindesh —digo intentando conservar un tono neutral—. ¿Dónde es «aquí» exactamente? —con el mentón señalo el mapa.

—¿Que dónde se encuentra el cuartel general? —pregunta.

—Sí.

Insarka junta las manos para minimizar aún más la IPM6 hasta que adquiere el tamaño de una pelota de tenis. Curiosamente, toda la cúpula, excepto la cima, está enterrada bajo la superficie del planeta; un área de unos tres o cuatro kilómetros de ancho. Mi corazonada de que el edificio estaba enterrado era correcta a fin de cuentas. Lo que también explica por qué pudieron permitirse colocar los anillos de alto valor alrededor de la circunferencia. Al este, el Centro de Operaciones de Despliegue, del tamaño de una moneda enana, se muestra como una pieza dentro de una rueda que alberga más centros, pero parece completamente subterráneo. Diría que el radio entre los COD y cada una de las diez IPM es de unos cincuenta kilómetros, más o menos.

También es la primera vez que me puedo hacer una idea del terreno en el que nos encontramos porque el nuevo mapa de Insarka tiene una topografía semitransparente. La superficie parece tener partes iguales de agua, roca y bosque espeso, al menos en la sección que vemos ahora. Largos lagos fluyen a través de montículos de tierra, como si Dios hubiera dibujado sobre la superficie con la punta de los dedos.

Alrededor de las IPM y del COD hay amplias franjas que imagino que son zonas de amortiguación entre cada instalación y el entorno circundante.

—No es el paraíso, pero no me importaría veranear aquí —dice Yoshi poco interesado en ocultar su sarcasmo.

Tras unos instantes de silencio en los que todos asimilamos las imágenes y lo expuesto, Aaron se pasa la mano por el pelo.

—Esto... Esto es mucho que digerir así de repente.

Le ofrezco una sonrisa tranquilizadora.

—Sí —respondo. Joder, si hace solo unos días estaba disfrutando de mi jubilación cortando leña al son de Frank Sinatra.

—¿Estamos justo aquí? —le pregunto a Insarka mientras señalo un pequeño punto brillante en la ladera de una montaña baja con vistas al COD.

—Correcto. Estamos lo suficientemente alejados y resguardados dentro de los pliegues de la ladera de la montaña para no aparecer en los sensores enemigos y las rutas de vuelo. Pero estamos lo suficientemente cerca de la superficie para poder beneficiarnos de la estrella del planeta.

Recuerdo la iluminación que vimos en el arboreto.

—¿Las claraboyas?

—Sí. La luz es esencial para mantener la función fotosintética y la salud a largo plazo de todas las especies a nuestro cargo.

—¿Función fotosintética? —Aaron inclina la cabeza hacia Insarka—. Estáis... Sois... —Lucha por encontrar el término adecuado—. Sois de origen vegetal.

—Dicho de forma sencilla, sí.

Aaron mira hacia abajo como si estuviera haciendo algún tipo de procesamiento mental.

—Y la luz del sol os mantiene. De modo que... —Levanta la cabeza—. Por eso tu tono de piel es verde y los otros androquíes que hemos encontrado son grises.

—Muy perspicaz, doctor Campbell. Dado que el imperio se enorgullece de llevar a cabo sus operaciones en la oscuridad, por así decirlo, sus empleados, al menos aquí en Karkin Cuatro, se ven obligados a encontrar alternativas para su salud, ninguna de las cuales produce los mismos resultados que la exposición natural al sol.

—Fascinante —dice Aaron.

—*Feed me, Seymour!* —Yoshi se pone a cantar—. *Feed me all night long!*

Doy un sorbo a mi *bishraw* y luego me aclaro la garganta.

—Bueno, volviendo al tema que nos ocupa, el cuartel general de la Guardia de la Sangre está demasiado lejos para que sirva como plan de contingencia.

—A ochenta y un kilómetros de la IPM6 para ser exactos —responde Insarka.

—¿Y qué hay del sistema de comunicaciones? —pregunta Espectro

—Yrag ha conectado en red vuestras armas con núcleo de inteligencia sintética pinacular en un conjunto de canales de firma cuántica —dice Insarka—. No hay posibilidad de pirateo sin la clave y solo la tiene sir Franky.

—¿Habéis oído? —interviene Franky—. Soy el tipo más importante de esta misión. Si me dejáis atrás y me hacen un borrado, jamás podréis volver a comunicaros.

—Oh, no, ¿qué vamos a hacer? —digo sarcásticamente.

—Hagas lo que hagas, sin mí estás jorobado. —Entonces Franky me dice en voz baja—: Tú solo intenta que no me disparen, ¿vale?

—Haré lo que pueda, amigo.

—Gracias.

Insarka da unos golpecitos con el dedo y abre una nueva ventana holográfica que se parece al HUD de nuestros cascos.

—Yrag también ha actualizado el software de integración de vídeo para que podáis tener acceso instantáneo a las cámaras de los cascos y al visor de cualquier miembro del equipo. —Simula el movimiento ocular necesario para que aparezcan tres miniventanas diferentes dentro del HUD, cada una de ellas etiquetada con las palabras «Casco-delantera», «Casco-trasera» y «Visor», además de las designaciones pertinentes: Phantom Dos, Phantom Tres y Phantom Cuatro.

—Menudo zalastro —dice Z-Lo.

—No te distraigas con tanto juguete, chaval —le digo.

—Entendido.

—Has dicho que nos hablarías del medio de transporte dentro de las instalaciones —le dice Hollywood a Insarka.

La teniente cierra el HUD, vuelve a poner el mapa de la IPM6 y pulsa la opción «Transporte» en el menú. Mientras las arterias principales se iluminan como el mapa multicolor anterior, noto que Insarka empieza a seleccionar grupos de líneas concretos.

—Estas líneas verdes sirven como conductos principales para desplazarse lo más rápido posible entre grandes distancias con el mínimo número de paradas. El NISP de vuestras armas guardará la información, y también vuestros cascos por si acaso le ocurre algo a vuestros rifles. Las líneas amarillas tienen una mayor frecuencia de paradas y son más lentas que las verdes. Las líneas rojas tienen el mayor número de paradas y son las más lentas.

—Una pregunta, teniente —dice Bumper—. ¿De qué tipo de transporte estamos hablando? ¿Algún tipo de vagón de tren subterráneo?

Insarka repite las palabras hasta que un destello de comprensión aparece en su rostro.

—No, no es ningún transporte ferroviario. Es transporte *neuma*.

—¿*Neuma*? ¿De neumático? —pregunta Aarón.

—Sí. Aire a presión.

—No puede ser —dice Z-Lo.

—Al contrario, sí puede ser. Aunque usar inventos del imperio androquí me resulta repugnante, hay que admitir cuando algo está bien construido. Mínima necesidad de mantenimiento, disponibilidad constante y alta eficiencia. Solo hay que entrar en el conducto, cruzar los brazos y aguardar la transferencia.

—Igual resulta un poco más difícil viajar con mucho equipamiento, pero suena bien —dice Yoshi.

—Si necesitas medios más tradicionales, puedes utilizar estas líneas de carga. —Insarka selecciona los tubos de color azul. Las líneas que salen de las salas de mantenimiento y suministro de la IPM6 también se vuelven azules.

—¿Todo esto es seguro? —pregunta Aaron—. Para humanos me refiero. No lidiamos muy bien con distintos tipos de presión.

—Sé que es una pregunta importante —le susurra Z-Lo a Hollywood—. Solo que no sé por qué.

—Quiere saber si nos van a estallar los oídos y si el tejido blando se nos va a desgarrar.

—Oh. Buena pregunta.

—Más allá de un posible malestar estomacal para los propensos al mareo, no, no hay efectos secundarios adversos para el cuerpo humano siempre que permanezcáis en las cápsulas de inercia —dice Insarka.

—¿Hay alguna razón por la que pudieran llegar a cerrar los conductos? —pregunto—. ¿Será una preocupación durante el asalto?

—Solo en casos muy raros o durante fases de mantenimiento —responde Insarka—. Como han de estar disponibles para los cuerpos de vigilancia en caso de emergencia, nunca las clausuran. Aunque tampoco tengo constancia de que se haya intentado llevar a cabo una operación como la nuestra, así que no puedo decirlo con certeza. Además, llevaréis el mismo uniforme que ellos, así que no tendrán ningún motivo para cerrar los conductos a menos que...

—¿A menos que...? —pregunto tras unos segundos.

—A menos que averigüen vuestras identidades. Y me temo que esto nos lleva a hablar de lo más importante hasta el momento.

—¡Oh! ¿Vamos a hablar de las empanadillas congeladas? —exclama Franky—. Son fascinantes. Crujientes por fuera, calientes y llenas de carne artificial por dentro. Y qué decir de las vegetarianas para los que no comen carne pero quieren tener diarrea. Esas increíbles bombas de hojaldre y cáncer se cocinan con una radiación casera poco regulada que socava la evolución humana. El hecho de que vuestra especie haya sobrevivido tanto tiempo es un verdadero testimonio de la resistencia de vuestro ADN. Pero las empanadillas congeladas parecen tan deliciosas en los anuncios...

—Creo que la teniente se refiere a mantener nuestra identidad en secreto, chef Boyardee —digo.

—Ah. Fallo mío entonces.

—Sí.

Insarka se aparta la capa y saca un pequeño objeto rectangular del cinturón. Es una especie de caja de cerillas de metal con un solo botón en uno de los dos lados planos, rodeado de ledes.

—Como ya he dicho, toda esta operación depende de que les vendamos a los sci-rung y a los gahnree la idea de una guerra. Si el imperio llegara a sospechar que vuestra especie o incluso que la Guardia de la Sangre tiene algo que ver, podría no declararse la guerra. Y eso tendría consecuencias inmediatas en la Tierra y me temo que cataclísmicas.

—A modo de represalia —digo.

—Sí. En lugar de cancelar las operaciones en vuestro planeta para apoyar una batalla en el vacío, redoblarían los esfuerzos para asegurar la captación de la mayor cantidad de población posible antes de...

Pasan unos segundos incómodos.

—¿Antes de qué? —pregunto.

—Antes de que borren vuestro planeta.

—¿En plan la Estrella de la Muerte? —pregunta Z-Lo. Insarka lo mira con curiosidad.

—No conozco el arma que mencionas, pero no. El imperio androquí no posee ningún arma capaz de hacer volar un planeta entero. Pero sí tiene la capacidad de... Cómo decirlo... —Mira hacia arriba y levanta un dedo—. Esterilizar el planeta.

Las miradas son de inquietud. Z-Lo pone los codos sobre la mesa.

—Así que ninguna criatura y nada de vida vegetal.

Insarka estrecha los ojos ante el muchacho.

—Me sorprendes, joven luchador. Te consideraba un bruto y además muy poco inteligente. Tal vez dañado de raíz. O podado prematuramente. Pero ahora sospecho lo contrario.

—¿Gracias? —dice Z-Lo.

—¿Y qué pasa con cajita? —pregunta Lada.

Insarka se aparta de Z-Lo y levanta el objeto.

—Me he tomado la libertad de expedir para cada uno un DDP: dispositivo de detonación personal. Si os capturan o teméis que descubran vuestra identidad, el DDP garantizará que vuestro cuerpo sea irreconocible tras la detonación. Asimismo, si os matan durante la operación, el DDP se activará cuando vuestra armadura no detecte pulso. Se puede acceder a la secuencia de detonación a través del menú de navegación del casco o enfocando el ojo en el icono correspondiente del HUD durante tres segundos.

»Creo que debo recordaros también que, pase lo que pase, no debéis quitaros los cascos por ningún motivo. Vuestros movimientos ya serán lo suficientemente sospechosos, pues estoy segura de que ya habéis comprobado que los cuerpos humanos se mueven de forma diferente a los nuestros. Pero ver una cabeza humana bajo una armadura androquí daría lugar a la secuencia anteriormente mencionada.

—Que no nos quitemos el casco y que la cajita de cerillas nos hace explotar —dice Z-Lo—. Entendido.

El pequeño resumen del chaval es un baño de realidad. Una cosa es intentar una operación que ponga en peligro la vida de tu equipo y otra muy distinta que haya todo un planeta en juego. Poca presión.

—Me sigo sintiendo mal sabiendo que vamos a estar cerca de toda esa gente y no vamos a poder hacer nada por ellos. Yo... —Yoshi mueve la mano con desdén y señala la IPM6—. Solo quiero hacer saltar todo por los aires, ¿entiendes?

—Te entiendo —responde Insarka antes de que ninguno de los otros Phantoms pueda compadecerse del sentimiento de Yoshi—. La gran frustración de mi vida ha sido luchar pero nunca hacer el daño suficiente. Mucha planificación y pocos resultados. Si pudiera, habría volado todas las instalaciones hace tiempo. Te preocupan tu gente y tu planeta. Y con razón. Pero yo... Yo cargo dentro de mí con el daño hecho a muchas especies, con cada planeta que mi gente ha atacado y esclavizado. Es el dolor que arrastro y un mal que quiero corregir.

»Y me acabo sentando en una mesa con vosotros, que sois extraños. Y sin embargo también sois amigos, aunque nos acabemos de conocer. Tenemos un propósito común. Esperanzas comunes: destruir el mal, liberar a los cautivos, acabar con los sistemas que oprimen. Y aunque creo que lo que queremos hacer no es mucho, también debo concluir que al menos es algo. Que le importa a alguien. Y nuestro único algo es más poderoso que nadas infinitas.

Otro largo silencio llena los barracones mientras la gente da sorbos a su *bishraw* asintiendo a los ecos de las palabras de Insarka en sus cabezas.

—Mi padre me contó una historia cuando era niña —dice Hollywood—. Estábamos en la costa de Jersey y había encontrado una estrella de mar muerta en la playa. Me dijo que las estrellas de mar no están duras cuando están vivas, que se vuelven así cuando quedan varadas y se secan bajo el sol. Entonces me contó que una niña como yo se encontró con un viejo en la playa. Había mil estrellas de mar que habían sido arrastradas a la orilla. Y el anciano las estaba recogiendo una a una y arrojándolas de nuevo al océano. La niña, al ver lo imposible de la tarea, le dice: «Señor, ¿por qué devuelve las estrellas de mar de una en una? No podrá devolver todas al océano antes de que se mueran. Así no logrará nada».

Los ojos de Hollywood brillan con emoción. La sargento respira y esboza una media sonrisa.

—El anciano recoge otra estrella y la arroja al mar. «Algo he logrado para esta», dice, y luego agarra otra estrella. —Hollywood resopla y se pasa el dorso de la mano por los ojos—. Parece que Insarka lleva mucho tiempo devolviendo estrellas al mar. Y sin mucha ayuda. Tenemos la oportunidad de ayudarla a devolver más estrellas de mar al océano antes de que mueran. Puede que no lo logremos para todas, pero las que salvemos... nunca lo olvidarán.

—Ha sido una historia maravillosa, sargento. —Z-Lo se aclara la garganta y casi parece tener los ojos llorosos—. Gracias.

Hollywood se acerca y le da unas palmaditas en la espalda.

—¿Estás bien, chaval?

—Sí. Yo solo... Solo quiero salvar estrellas de mar, ¿sabes? A la gente. Quiero marcar alguna diferencia.

—Lo lograrás. —Hollywood se inclina y le susurra—: No te desmorones, ¿vale?

Z-Lo asiente con la cabeza y resopla con la nariz llena de mocos.

—¿Insarka? —pregunto.

—¿Sí, Patrick-Bic?

—Antes dijiste que no nos importaba lo que le ocurriera al imperio después de alcanzar nuestros objetivos. Pero quiero que sepas que sí me importa. Nos importa. Si estás dispuesta a ayudarnos, entonces queremos ayudarte. Así es como funcionan las amistades. Las buenas al menos. No estoy seguro de cuánto tiempo podremos quedarnos aquí o de cómo van a salir las cosas. Pero si hay algo que podamos hacer para ayudaros, haremos todo lo posible por intentarlo.

Insarka se inclina hacia mí y luego toma mi mano.

—Ya lo habéis hecho al estar dispuestos a enfrentaros al enemigo en su propia fortaleza. Y al haberme escuchado. Gracias, Patrick-Bic y Phantoms. Gracias a todos. Al final, hacemos lo que podemos. Lo demás no depende de nosotros.

—Bueno, creo que ya tenemos el nombre en clave para la misión —digo tras unos segundos de silencio—. Operación Estrella de Mar.

—Me gusta —dice Hollywood con una sonrisa tranquila.

—A mí también —añade Bumper.

Noto algunos ruidos procedentes de Franky.

—¿Quieres añadir algo, Franky?

—¿Puedo ofrecer un nombre en clave alternativo? —pregunta Franky. Al no negarle la pregunta, añade—: Oíros hablar así me recuerda a la Revolución americana. Subterfugios. Guerrillas. Y eso me lleva a pensar en vuestro pájaro nacional más temido.

Todos compartimos miradas entre la confusión y la diversión.

—¿Quieres que se llame Operación Águila? —pregunta Z-Lo.

—¿Quién ha hablado de águilas?

—Bueno, has dicho que...

—Me refería al pavo.

Se produce una pausa y se escucha una risa ahogada.

—¿El pavo? —pregunta Aaron.

Le hago un gesto para que calle. Sabe Dios que nos vendrá bien un poco de alivio cómico ahora mismo.

—Sí, el pavo —continúa Franky—. En vuestro primer Día de Acción de Gracias alabasteis a vuestro mesías judío, os asociasteis con los pueblos indígenas y cazasteis el símbolo de vuestra recién descubierta libertad: el pavo salvaje norteamericano. Dios mío, qué criatura tan aterradora, con su plumaje, su larga barba y sus afiladas garras. No es de extrañar que Benjamin Franklin lo apreciara tanto. Solo una mirada a sus ojos brillantes y a su cuello me asustaría a mí también. Pero no a vosotros, descendientes de los peregrinos de Plymouth Rock. Descuartizasteis a los pavos como también descuartizasteis a los estúpidos ingleses que querían cobraros impuestos por respirar. Luego freísteis al enemigo y os disteis un festín con la carne mientras os bañabais en salsa de arándanos, puré de patatas y leche hecha con trigo y caldo de carne. Con ese sustento adherido a vuestros huesos aprendisteis a luchar en los centros comerciales en busca de felicidad *made in China* para compartirla con vuestras familias durante la Navidad.

—Entonces, ¿cuál es el nombre que propones, Franky? —pregunto con una amplia sonrisa en mi cara.

—Bueno, viendo que estos pájaros son lo único que me da más miedo que un lenguado, quiero proponer con humildad el nombre Operación Pavo-Estrella de Mar.

—¿Es verdad lo de pavos? —me dice Vlad, y luego baja la mirada a sus manos—. No tenía ni idea de esta historia. Pavos rusos no son tan mortales. Estoy haciendo nota mental para mantenerme alejado, ¿sí?

—Operación Pavo-Estrella de Mar —dice Hollywood—. ¿Todos a favor?

La mesa da su apoyo unánime.

—Moción aprobada —sentencia Hollywood.

Para haber planeado una operación con una alta probabilidad de que nos maten o capturen, el ambiente es relativamente relajado, todo gracias a lord Phantom. La verdad es que lo he echado de menos. Estos momentos de frivolidad son más importantes de lo que la mayoría de la gente reconoce. Quién iba a pensar que un rifle superinteligente nos ayudaría a mantenernos en contacto con nuestra humanidad.

—Muy bien, Phantoms —digo—. Preparación de la misión hasta las cero treinta de la noche. Luego quiero que todos limpiemos, reunamos los materiales necesarios y durmamos un poco si el *bishraw* nos lo permite.

—También tengo algo para eso —añade Insarka.

—Café, Ibuprofeno y Ambien —dice Hollywood—. Las vitaminas C, I, A del soldado.

Le guiño un ojo y me dirijo a Bumper.

—Quiero que tú y Hollywood os encarguéis de preparar el nuevo equipamiento.

—Entendido —responden ambos.

—Insarka, si te parece bien, quiero que Aaron y Yoshi te observen mientras preparas el pirateo. No está de más que adquieran algún conocimiento interno de cómo funcionan los sistemas.

—Perfecto —responde ella.

—Espectro, te necesito conmigo en la planificación de la ruta.

—Entendido.

—Todos los demás ayudaréis a Bumper y a Hollywood a preparar los materiales necesarios. Luego apagaremos las luces a más tardar a la una y nos levantaremos a las cinco treinta. Tendré un programa completo de la misión para cuando os despertéis. Hasta entonces, haced lo posible por relajaros y aseguraos de que armas y cerebro estén en orden. Si necesitáis hablar con alguien, no hay que avergonzarse de ello. Hacedlo. Pero cuando salgamos de aquí, nos meteremos a la boca del lobo y necesito que cada uno de nosotros se concentre y esté listo. ¿ECN?

—ECN —responde el equipo al unísono.

—Bien. Vamos allá.

TERCERA PARTE

Capítulo 22

06:15, lunes, 28 de junio de 2027
Karkin Cuatro
Instalación de Procesamiento de Mercancías 6

Los equipos Nuketown y Minx están en la Nave Alfa con Insarka y conmigo, Phantom Actual, mientras que Sneakers y Nighteyes están detrás de nosotros en la Nave Bravo de Farkoo. Insarka nos había informado de que dos naves levantarían menos sospechas que una y me ha parecido fantástico asumir la menor cantidad de riesgos posible. Tras cuarenta minutos de vuelo, el ambiente es relajado y todo parece ir bien.

Hablar de cualquier cosa y compartir historias es una práctica común entre guerreros cuando hay desplazamientos, así como escuchar música, podcast y audiolibros. Personalmente, me quedo con lo último. Los audiolibros es lo único para lo que utilizo un maldito *smartphone*. Las grabaciones son largas, así que son una buena inversión por lo que cuestan y me permiten evadirme mejor que cualquier otra alternativa, sobre todo si el narrador es bueno. El puto Bon Shaw me hace viajar con su voz.

Franky ha puesto toda su discoteca a disposición del equipo. Como es natural, no tiene todo lo publicado hasta la fecha, pero sí lo suficiente como para contentar a todo el mundo. Casi todos tenemos los cascos puestos y en mi HUD puedo ver las canciones que cada Phantom ha seleccionado. Tener acceso a las cámaras me permite echar un vistazo a sus vidas personales. Bumper mueve la cabeza al ritmo de Marvin Gaye, Z-Lo está medio dormido a pesar de estar escuchando unas viejas glorias como Pantera y Vlad está cantando *Because You Loved Me* de Celine Dion. Perfecto.

La única persona que no escucha nada es Aaron.

Utilizo los ojos para pausar mi audiolibro y abro un canal de vídeo privado con él.

—¿Todo bien? —le pregunto a Aaron, que se sobresalta al oír mi voz—. Perdona, no quería asustarte.

—No pasa nada. Todavía me estoy acostumbrando a... todo.

—Entendido. Escucha, solo quería decirte que me alegro de que estés aquí. De que seas parte del equipo.

—Oh... Me alegro de estar aquí y serte de ayuda, Pat.

Respiro mientras un incómodo silencio se interpone entre nosotros. Ya he dicho lo que le quería decir.

—Bueno, tú no levantes mucho la cabeza y quédate cerca de Yoshi. Todo irá bien.

—Vale, tomo nota. —Transcurre un segundo—. Oye, Pat, quiero que sepas que siempre lo he dicho en serio.

Lo miro a través del vídeo.

—¿Cómo?

—Lazos más allá de la sangre. Para mí no es un mero ripio. Cuando lo digo va en serio. Siempre.

Estoy a punto de responder, pero entonces continúa:

—Sé que has pasado por mucho y has visto cosas que jamás entenderé. Pero ahora estoy aquí. Y quiero ayudar.

—Gracias, Aaron.

—Y si hubiera podido, también habría ayudado a Jack.

Joder, ¿qué demonios se supone que tengo que contestarle a eso?

—No nos para ni el fuego ni el barro ni el hambre —dice Aaron mirándome a los ojos.

—Ni el fuego ni el barro ni el hambre —respondo.

Estamos cerca de la zona de aterrizaje Hotel California, nuestro principal punto de infiltración en la cúpula, y necesito sacarme de la cabeza el comentario de Aaron sobre Jack. Me quito el casco y compruebo tres veces mi equipo en la zona de carga. Pero como superamos el tiempo previsto en el aire, decido subir para que Insarka me ponga al día.

—¿En serio tienes Facebook, Bic? —me pregunta Hollywood justo cuando empiezo a subir la escalera hacia el puente de la nave.

—Me lo crearon mis sobrinos —confieso—. Dijeron que así podríamos estar en contacto y que todos los viejos tienen Facebook.

Se ríe pero no sé por qué.

—¿Y tú dijiste que sí? ¿El mismísimo Bic? ¿Don Ermitaño en persona?

—Los obligué a usar una VPN. Malditos espías. El nombre de usuario es Tío Bic. Pero no publico nada.

—Tío Bic. —Me dedica una amplia sonrisa—. No sabía que tenías más familia.

—No tengo —le digo poniéndome serio pero guiñándole el ojo.

Hollywood me sigue hasta arriba y me siento entre Insarka y un piloto de la Guardia de la Sangre.

—¿A qué se debe el retraso, teniente?

—Solo estoy esperando a que acepten nuestros códigos de seguridad desde el puesto de mando —dice sin emoción—. No deberían tardar más de uno o dos minutos.

Estamos rodeando la IPM6 a una altitud de setecientos cincuenta metros y desde esta altura nadie sospecharía que la cúpula de ocho kilómetros es la punta de este iceberg de esclavitud terrestre. La luz de la mañana ilumina su superficie plateada en este cielo sin nubes. A su alrededor fluyen afluentes azules que brillan bajo el sol y transitan formaciones rocosas negras y densos bosques.

—Entonces, ¿están ahí? —Hollywood dice detrás de mí mientras mira la pantalla envolvente.

—Resulta difícil de creer, ¿no?

—Es enorme. Y es solo la punta.

—Eso es lo que dijo ella —declara Franky, incapaz de contenerse y no utilizar la clásica frase de Michael Scott.

—Te la he puesto a huevo —le dice Hollywood entre risas.

—Y no podía desperdiciar la oportunidad, sargento. Gracias.

Escucho algo en skrawl proveniente del casco del piloto, que responde y al instante corta la comunicación.

—Tenemos autorización para aterrizar. —Insarka levanta el dedo índice—. Un minuto.

Asiento con la cabeza y le indico a Hollywood que baje por la escalera. Una vez en el hangar de carga, cojo el casco y me lo pongo. En el lado derecho de mi HUD aparece una lista recién diseñada de todos los miembros del equipo junto con varios iconos y flechas desplegables. Todos tienen un nodo verde a la izquierda de sus nombres y me imagino que ese color significa que están bien.

—Equipo Phantom, aquí Phantom Actual. ¿Me recibís?

—Alto y claro —dice Bumper.

En cuanto habla, veo que aparece una ventana de vídeo de la cara de Bumper junto con una segunda pantalla de la cámara frontal de su casco. A medida que cada uno de los miembros del equipo responde, aparecen sus respectivas imágenes. Todo el grupo se redimensiona para mantener las imágenes manejables y para mostrar a la persona que está hablando en ese momento.

Este trasto es inteligente. Muy inteligente.

—Mirad, también podemos chatear —dice Hollywood detrás de mí—. ¡Oh, qué bien! Solo hay que pensar en las letras y aparecen.

Efectivamente, hay una ventana de texto translúcido y empiezan a aparecer mensajes.

Bumper: probando

Z-Lo: xo q coño s sta mvida

Hollywood: esa boca

Z-Lo: prdn, ¿xo cmo funciona?

—Conexiones neuronales en el forro del casco —dice Franky como si fuera lo más normal del mundo.

—Muy bien, ya os enviaréis mensajes con vuestros amigos luego, gente —digo.

—Treinta segundos —informa Insarka por el sistema de comunicación interno.

Tiene nuevo casco y nueva armadura, y se ha quitado la capa. Ya no es la rebelde pintada de rojo, ahora Insarka es un ángel de la muerte estándar como nosotros. Lada incluso se ha tomado la libertad de pintar la calavera androquí en su hombro. Al principio me preocupaba que el emblema fuera un insulto para ella o algo así, hasta que recordé cuántos de nuestros parches terrestres llevan una calavera humana. No hay problema. Insarka incluso usó sus cuatro pulgares a modo de aprobación cuando lo vio en los barracones.

—Recordad que somos encargados de seguridad. Caminad tranquilos, no corráis. Moved todo el rato la cabeza, pero tampoco os detengáis para mirar. Los puntos de referencia están guardados en vuestro HUD. Consultad vuestro NISP en caso de duda. También tenéis a Franky si lo necesitáis.

Aparecen pequeños iconos dorados de confirmación.

—¡Joder! —grita Z-Lo en la otra nave—. Estaba pensando en decir «entendido» y de repente apareció esa flechita que brilla.

—Este software es ligeramente más inteligente que la última versión que teníais —dice Insarka—. De nuevo es gracias a Yrag.

—Yo también soy inteligente. Gracias a mí mismo —dice Franky—. Y a Yrag también. Pero sobre todo a mí.

Nos ponemos frente a la puerta de la rampa de carga de popa y nos agarramos para mantener el equilibrio. Los motores repulsores giran a mayor velocidad creando un gran estruendo y van variando a medida que nos acercamos a la zona de aterrizaje. Entonces, sin previo aviso, la nave aterriza y todos los cascos se mueven hacia delante a la vez.

Insarka pulsa el botón de apertura y el sistema hidráulico empieza a chirriar. Mi visor fotosensible se ajusta rápidamente a la luz brillante que entra por la brecha que se abre en el techo y en un santiamén podemos contemplar el horizonte plateado. Otra docena de naves van y vienen desde las plataformas de aterrizaje en la distancia. El rugido de repulsores se escucha por todas partes.

Bajamos por la rampa y me vuelvo para asegurarme de que Bumper y Vlad están manejando bien los dos carros flotantes. Mi HUD me ofrece una traducción visual defectuosa del texto en skrawl que Insarka ordenó escribir en los costados: «Artículos de limpieza para baño». Mejor eso que «Pasteles de Dios para reventaros», aunque también tendría su encanto algo así.

En cuanto las cajas están colocadas en la zona de recepción de carga de la plataforma, recuerdo lo que hemos estado mencionando durante el vuelo.

—Columnas de a dos. Permaneced juntos hasta que converjamos en el Punto 101.

Iconos de confirmación aparecen en mi HUD junto a los nombres de todos.

Aunque nuestros trajes están climatizados, siento el calor del sol. Poca broma con la estrella de este planeta, pero eso es lo único que me permito pensar sobre el entorno que nos rodea. El Punto 101 está en el nivel inferior al nuestro y podemos ver los marcadores de ruta superpuestos a lo largo del suelo en colores graduales así como las distancias.

La ventana del chat de grupo se ilumina con una nueva entrada.

Z-Lo: ¿pilláis d q va l rollo?

Bumper: es como con el robot. Pero somos nosotros.

Z-Lo: si mrimos duele +

Bumper: no mueras entonces

Miro a la derecha y veo la Nave Bravo a unos cuarenta metros de distancia en una plataforma de aterrizaje adyacente. Nighteyes y Sneakers están descendiendo. Según la nueva etiqueta emergente de mi HUD, la nave está a 46,778 metros. Bueno, bastante cerca. Lo que realmente me impresiona es la claridad en las comunicaciones. Incluso estando entre naves, no hay ningún tipo de estática.

—No vayáis andando y mandando mensajes a la vez, idiotas —dice Yoshi por comunicación interna a los que siguen utilizando el chat.

—Sí, no vaya a ser que os caigáis en algún agujero —advierte Aaron.

—¿Qué tipo de agujero, doctor? —pregunta Lada.

—Dejemos libres los canales de comunicación —digo—. Acudamos al primer punto establecido. Primer enemigo a la vista, a mis doce.

—También tenemos uno por aquí —añade Espectro—. A nuestras doce en punto.

En la imagen de su cámara veo a un guardia de pie junto a una escalera metálica que desciende desde la plataforma de aterrizaje y desaparece bajo la cúpula. Los marcadores de objetivos resaltan automáticamente tanto al de la cámara de Espectro como al de mi HUD.

—Armas abajo. Evitamos cualquier enfrentamiento.

En cuanto pronuncio estas palabras, los dos iconos de objetivo se convierten en círculos rojos y unas líneas diagonales los atraviesan. Qué astuto es este chisme. Y yo que pensaba que era necesario un recordatorio verbal general por aquello de que nunca está de más ser repetitivo, especialmente con el primer contacto. En una cúpula gigante. En un planeta extraterrestre. Lleno de millones de humanos desnudos camino de un mercado de esclavos. Cosas sin más que a nadie le harían perder la compostura. Pero que el casco de lujo haga hincapié en mi advertencia verbal al equipo hace que me sienta bien por dentro. Igual debería comprarme uno para mí cuando todo esto se termine.

—Me está mirando raro —dice Z-Lo.

—Deja de mirarlo, lumbrera —responde Hollywood.

—Ah, sí. Perdón.

Que el equipo pueda ver las caras y las perspectivas de los demás es una ventaja. Todos hemos usado alguna vez cámaras corporales o monitores, pero nunca nada de tan alta tecnología. Las perspectivas ampliadas nos darán una ventaja que nunca hemos tenido antes, sobre todo para quien lleva la voz cantante, es decir, yo. Tomo nota mental de darle las gracias a Yrag cuando regresemos.

Pasamos de largo frente a los guardias sin incidentes y bajamos las escaleras. Tan pronto como entramos en las sombras, puedo sentir el cambio de temperatura incluso a pesar del traje. El puto sol es brutal. La escalera gira hacia la derecha y hay un pequeño rellano con una puerta a la izquierda, aunque la escalera continúa interminablemente hacia abajo si uno quiere.

—Entrando en el pasillo —digo por comunicación interna.

Espectro dice lo mismo para Nighteyes y Sneakers y vuelvo a apreciar lo claras que son las señales de audio y vídeo. Maldita sea. Tengo que averiguar cuál es la cerveza favorita de Yrag.

El camino punteado en mi HUD conduce a un pasillo negro mate. Barras de ledes rojos recorren las paredes y el techo cada cinco metros y el suelo está recubierto de un acabado abrasivo antideslizante.

Un indicador vectorial en mi HUD muestra una distancia de veintiocho metros hasta el Punto 101 mientras que un segundo icono vectorial muestra una distancia de treinta y cuatro metros hasta los equipos Nighteyes y Sneakers; ambas medidas disminuyen a cada paso que damos y en el caso del último lo hace a gran velocidad.

—Todo despejado a las seis —dice Hollywood.

—También aquí —responde Yoshi.

A pesar de que nuestros equipos están a casi medio campo de fútbol de distancia dentro de un complejo enemigo, las transmisiones del HUD hacen que nos sintamos más unidos. Lo cual es bueno y malo a la vez. Bueno porque la conciencia de la situación del equipo es fundamental para la seguridad y el éxito de la misión. Pero es malo porque toda esta información visual y auditiva puede distraer. Centrémonos en lo bueno, Pat.

—Os vemos, Phantom Actual —dice Espectro al doblar una esquina.

A medio camino entre nosotros hay un círculo azul en el suelo con la palabra «Preparación» en blanco. El marcador de realidad aumentada reproduce el icono en miniatura de mi lista de tareas. Tras unos segundos más de marcha constante, todo el equipo se reúne en el círculo azul, que está en una intersección de cuatro vías.

Z-Lo está ocupado levantando los pies del suelo y mirando debajo. A través de la cámara de su casco veo que el círculo se comporta como si estuviera pintado justo en el suelo.

—Es como los gráficos de los juegos de deporte, joder. Mirad.

—El chaval se pone a bailar claqué.

—Para —dice Espectro—. Vas a conseguir que nos disparen.

—Muy bien, Phantoms. Ahora sí que sí. La fase uno da comienzo ya.

Vuelvo a comprobar la hora en mi HUD: la he configurado para que muestre la hora de Nueva York tal y como figura en mi Casio

G-Shock GA700-1B. Que le den al huso horario galáctico, yo soy terrícola hasta el final.

—Ahora mismo son las 06:21, lo que nos da dos horas y treinta y nueve minutos hasta que los Oscar Mayer lleguen a la superficie. Confirmad cuando estéis en posición. Que nadie deje a su compañero de equipo atrás y ojo con ligar con algún extraterrestre, no vaya a ser que luego os quiera presentar a la familia. —Varios Phantoms sonríen—. Nos reuniremos en la zona de aterrizaje Hotel California a menos que alguien dé la señal de alarma para usar la salida secundaria. El tiempo empieza a correr a partir de ya. —Miro a todos los lados antes de continuar—. Manos en el centro.

Todo el mundo cierra el puño hasta que los nudillos se tocan. Bueno, todos menos Insarka, que necesita un poco de ayuda. Cuando su puño está en el centro, todos los demás dicen:

—Lazos más allá de la sangre, no nos para ni el fuego ni el barro ni el hambre. Que todos teman a los más grandes.

—Ya lo irás pillando —le dice Hollywood a Insarka con una sonrisa.

—ECN, Phantoms —digo—. Hagamos honor a nuestro nombre. Pasad desapercibidos y disfrutad de la cacería.

* * *

Insarka y yo tomamos el pasillo occidental hacia una línea de transporte verde mientras que Nuketown se dirige al este, hacia las zonas de aterrizaje programadas para el objetivo entrante. Minx y Nighteyes se dirigen al norte hacia las líneas de transporte amarillas que los llevarán a sus respectivas ubicaciones: el laboratorio de esterilización y la sala central.

Por lo pronto, las armaduras están teniendo el efecto deseado entre los miembros del imperio. Los androquíes de piel gris, con diversos uniformes, no se detienen ante nuestro porte de ángel de la muerte cuando caminamos. Solo otros ángeles de la muerte parecen prestarnos atención. Algunos hacen un gesto de reconocimiento con la cabeza y otros parecen recibirnos con más frialdad. Con cada escuadrón de androcallos que dejamos atrás, aumenta mi confianza en nuestros uniformes.

El tráfico peatonal crece para Insarka y para mí a medida que nos acercamos a la entrada de la línea roja que debemos tomar para acceder a los subniveles de la instalación. El pasillo en el que nos encontramos se expande hacia una gran sala que alberga un cilindro central. La cámara semitranslúcida me recuerda al conjunto de huecos de ascensor de un centro comercial al aire libre. Pero en lugar de cinco o seis puertas de entrada a los ascensores, cuento al menos veinte puertas y tubos interiores tan solo en nuestro lado del cilindro. El tubo principal acumula docenas de líneas más pequeñas que llevan a los pasajeros a lugares desconocidos.

Observo cómo un androquí entra en una cápsula vacía y cruza los brazos. Dos puertas transparentes se cierren detrás de él mientras su cuerpo parece estar envuelto en un capullo de plástico transparente en forma de píldora. Un instante después, la cápsula sale disparada y desaparece. Pero entonces llega otra cápsula y libera a un pasajero.

Los tubos y las cápsulas en forma de píldora me recuerdan al sistema circulatorio humano. Recuerdo que en la escuela nos ponían vídeos de glóbulos rojos luchando por mantener la posición mientras se precipitaban por las arterias y las venas. Solo que este método de distribución parece mucho menos caótico.

—A esta fila de aquí —dice Insarka por el canal de comunicación interno.

Se dirige a una larga cola que parece reservada a los ángeles de la muerte; los androcallos sin armas y vestidos de civiles parecen tener sus propias colas.

Al observar el resto de la sala, me fijo en un puesto de guardia elevado y sin ventanas construido en la pared sur. Tres cascos de ángeles de la muerte asoman por encima de la cornisa inferior y controlan la sala a través de pantallas holográficas. Estoy a punto de dar un suspiro de alivio al saber que no hay tiranos cuando, hablando del rey de Roma, una enorme silueta entra a grandes zancadas en el puesto de seguridad con el casco bajo el brazo. No sé de qué me sorprendo, ¿por qué no iba a tener esta instalación alguna implicación militar?

Me encojo de hombros por el escalofrío que me recorre los brazos y entonces noto que mi HUD identifica automáticamente al tirano y a los tres ángeles de la muerte como objetivos. Ni siquiera se lo he pedido, pero lo ha hecho. No solo eso: marca a los cuatro enemigos por orden de prioridad; primero el tirano y luego los ángeles de la muerte, empezando por el más cercano a mí.

—Eh, Franky —digo—. ¿Sigues pensando que el software de este casco es estúpido?

—Naturalmente, Patrick.

—A lo mejor tendrías que replanteartelo, porque tiene unos buenos zalastros.

—Pssss... Por favor. ¿De verdad crees que eso lo hace el casco? Me quedo dubitativo.

—Bueno, eso creía hasta que tu última frase...

—Me siento decepcionado. Me resulta desconcertante que pienses que un casco anticuado pueda tener la impecable destreza computacional que tengo yo, el inigualable lord Phantom.

—Insarka dijo que Yrag había hecho algunos ajustes.

—¿Y crees que eso incluye soluciones avanzadas de focalización?

—Se me había pasado por la cabeza.

—Entonces sugiero que te lo *despases*. Todo lo que ves es producto de lo que ejecuto para ti en las sombras. También me he tomado la libertad de... ¿Quieres echar un vistazo al mensaje?

No me da tiempo a preguntarle de qué mensaje habla cuando aparece el nombre de Bumper en el chat.

Bumper: el casco marca los objetivos por orden de prioridad

Z-Lo: jo-der. M flipa hermano

—Iba a decir que he dado instrucciones al resto de los FA-NJC del Equipo Phantom para que proporcionen un apoyo similar. Parece que están siguiendo las órdenes según lo indicado.

—¿Órdenes? —Sonrío para mis adentros—. ¿Eres su comandante?

—Naturalmente. Alguien tiene que evitar que estos NISP pierdan la cabeza. ¿Te imaginas lo que pasaría si desarrollaran personalidades propias y se les dejara sin supervisión?

—Me puedo hacer una idea, sí.

—Sería como dejar a dos adolescentes con las hormonas a mil mientras los padres se van de viaje a la nieve. En menos que canta un gallo tendrían ortodoncia contra ortodoncia y, pum, un bebé en septiembre. Simplemente me niego a ser parte culpable de tan atroz negligencia.

—Me alegro de que estés de nuestro lado, Franky.

—Yo iré primero —dice Insarka antes de que Franky pueda responder. Inclina la cabeza hacia las puertas de entrada—. Observa lo que hago y haz lo mismo. Mantén los brazos cruzados durante todo el viaje. Cuando llegues a la siguiente parada, sal y sígueme. Estaré justo delante de ti y apareceré marcada en tu HUD.

—Entendido.

—Ah, y no te alarmes si vomitas esta primera vez. Es común. Tu traje absorberá los fluidos.

—No vomitar. El traje es una esponja. Entendido.

El siguiente ángel de la muerte de la fila entra en el tubo de transporte y desaparece. Es el turno de Insarka. Se coloca el fusil a la espalda y avanza. Las puertas se abren, entra y cruza los brazos sobre el pecho. Como estoy tan cerca, puedo ver con más detalle la caja de plástico que la envuelve. Parece una pastilla pero hecha de un nanotejido altamente flexible. Algo raro. Una vez dentro, las puertas se cierran y la píldora se aleja con un sonido que recuerda al de una pelota de golf cuando la aspiran.

—Te toca, Bic —me digo.

—En efecto —responde Franky—. Vamos allá, grandullón.

Decido no hacer ningún comentario y le doy una palmada en la espalda mientras aguardo que se active el sonido de apertura para acceder.

—Me estás dando un poco fuerte, ¿no crees?

—Es que soy un grandullón.

Cuando entro, lo primero que noto es que el suelo parece gelatinoso. Lo segundo es que, entre el suelo semitransparente y los tubos que lo rodean, me percato de lo alto que estoy. Una cosa es saber que estás en la planta superior de un edificio del que solo has estudiado los planos y otra muy distinta mirar hacia abajo y que la vista se te pierda en un pozo gigantesco y kilométrico.

—Me cago en todo. —Es lo único que alcanzo a decir mientras el estómago me da un vuelco. Una ciudad enorme se extiende hasta donde alcanza la vista.

—Patrick, tienes que cruzar los brazos —dice Franky.

Lo haría, pero no puedo apartar los ojos del paisaje.

—Patrick, por favor.

—¿Qué te pasa, gilipollas? —suena una voz robótica en mi casco.

No es de Franky, lo que significa... que es el ángel de la muerte que va detrás de mí en la fila. Y al parecer el software de traducción de la Guardia de la Sangre es mejor que la versión original. Mucho mejor. El ángel de la muerte tiene las manos apoyadas en los lados de la puerta y me mira como si fuera un novato, lo cual no deja de ser cierto. Echo un rápido vistazo a la cabina de seguridad y veo que el tirano también se ha percatado de mi pequeño retraso.

—A la mierda. —Levanto el dedo corazón hacia el ángel de la muerte y me cruzo de brazos.

—Muy sutil —dice Franky—. Aquí no significa lo mismo.

—No me importa.

La cápsula de plástico me envuelve en un tubo perfecto. Me inclino hacia delante para estudiar la intrincada trama hexagonal cuando el suelo desaparece.

Es como las atracciones de los parques acuáticos en las que estás de pie en una especie de cubículo que es como una ducha y de repente una trampilla se abre justo debajo. Solo que en lugar de caer por el mero efecto de la gravedad, aquí hay una especie de ventilador industrial que te empuja. Y yo que hablaba de un vuelco en el estómago; ahora las tripas directamente han suplantado al cerebro y me siento como cuando comes comida china en mal estado y buscas un baño a toda prisa.

—¡Frankyyyyyyy!

—Bueno, parece que no eres tan grandullón a fin de cuentas.

Es como si la cápsula de plástico se hubiera derrumbado sobre mí. Estoy seguro de que está estropeada, parezco un burrito envuelto. Intento aferrarme a las paredes con las manos y una enorme vibración me sacude todo el cuerpo.

—¡Aaaah! Voy a...

Vomitar.

Mucho.

Durante un segundo me preocupa ahogarme con mi propio vómito. Pero entonces la bilis me sube por la cara y me llena la nariz y los ojos. Está ardiendo, joder.

Entonces un segundo sonido de succión se une al del exterior, pero este viene de dentro de mi casco. Noto algo frío que me rocía la cara, pero estoy demasiado ocupado precipitándome hacia la muerte para averiguar qué es.

Entonces, de repente, el vómito en mi nariz y mis ojos desaparece y logro ver de nuevo.

—Intenta relajarte, Patrick. Será mejor si cruzas los brazos.

—Pero yo...

—¡Cruce los brazos, soldado!

—Marine —le corrijo.

En cuanto le hago caso, la vibración se detiene y la caja de gelatina se ajusta a mi armadura. Es como si me envolviera un condón del tamaño de un humano. Encajo a la perfección.

—¿Mejor? —pregunta Franky. Tardo un poco en recuperar el aliento.

—Creo que la palabra mejor no se puede aplicar a nada de lo que hay aquí.

Vuelvo a orientarme y veo que todavía estoy a una docena o más de kilómetros por encima del intrincado valle que es la IPM6. Por lo que recuerdo, debo de estar pasando por las capas superiores de cien alturas o más que conforman los niveles base de la instalación. Y utilizo la palabra valle con toda la intención porque la arquitectura asciende y desciende. Es como estar en Wine Country, excepto que las estructuras no están pensadas para cultivar y cosechar uva, sino seres humanos.

Hay rascacielos tecnológicamente avanzados, pasarelas y coliseos en forma de cúpula, a falta de mejores términos. Ni con todo lo que nos mostró Insarka podría sentirme preparado para algo de esta magnitud. Es impresionante. Y en el peor de los sentidos, porque, cuando me fijo en uno de los enormes tubos transparentes de unas cuantas manzanas de ancho, veo gente. Decenas de miles de personas caminando hacia un destino incierto como ovejas hacia el matadero.

Y hay cientos de tubos. Dios mío.

Surcar el aire a esta velocidad endiablada me hace sentir pequeño de repente. Como si fuera a aparecer un ave rapaz gigante y fuera a abalanzarse sobre mí y a tragarme entero. Pero entonces recuerdo que ya no estoy en el exterior. No es el sol candente el que ilumina ya, sino montones de puntitos a lo largo del techo. Se produce el extraño efecto de la luz de las estrellas, pero mucho más brillante. Da una sensación extraña de cielo estrellado y no se parece en nada a la luz del sol, claro. Pero puedo ver con todo detalle el infierno que se expande ante mí.

—¿Es más grande de lo que creías? —me pregunta Franky.

—Sí. ¿Cómo lo sabes?

—Pura intuición. Bueno, eso y que estoy revisando algunos testimonios de otros refugiados de la Guardia de la Sangre que fueron rescatados de sus propias IPM. En todos ellos dicen que el tamaño de las instalaciones era mayor de lo que imaginaron.

—Coincido con ellos.

Hay una breve pausa en la conversación mientras caigo en picado hacia la ciudad con el aire silbando en mis oídos. Pasamos cerca de varias estructuras que parecen atravesar el cielo, y me pregunto si forman parte de la Red de Entramado de la Biosfera en la que se han de instalar Espectro y Z-Lo. Si es así, tendrán una gran vista. Y un montón de terreno que cubrir.

—Una vez te acostumbras no está tan mal, ¿verdad? —pregunta Franky. No sé si se refiere al horror del cual soy testigo o al viaje.

—Ya no tengo ganas de vomitar. Al menos no por el movimiento.

—¿Pero sí por ver a los humanos siendo esclavizados?

—Algo así.

—Al menos eres un humano que podrá hacer algo al respecto.

Frunzo el ceño en señal de aprobación.

—Esa es una forma de verlo, sí. Imagino que la gente de ahí abajo se debe de sentir bastante...

¿Bastante qué, Bic? ¿Bastante aterrorizada? ¿Bastante desesperada al pensar en sus seres queridos? ¿Bastante asustada por lo que está a punto de sucederles?

Vuelvo a recordar la pila de piezas biomecánicas que los robots barrían frente al portal del puente de Brooklyn. Un día vas a visitar a tu abuelo y, cuando te descuidas, está tirado en el suelo a tu lado, desnudo, con un enorme agujero en la cadera. O en el pecho. O en cualquier otro lugar donde tuviera un implante médico. Y te ves obligado a seguir avanzando mientras un cabrón con armadura espacial agarra a tu abuelo y lo echa a un agujero.

—¿Patrick? —pregunta Franky.

—¿Sí?

—Has vuelto a poner esa mirada medio perdida y no estaba seguro de si querías terminar la frase o no.

Eso no me gusta. Trago saliva mientras la cápsula sigue avanzando hacia el centro de la ciudad.

—La gente de ahí abajo probablemente esté bastante asustada ahora mismo. Y me alegro de que podamos intentar darles algo de esperanza.

—Yo también, Patrick. —Pasan unos segundos más antes de que mi rifle añada—: En treinta segundos llegaremos al próximo punto de referencia. Por favor, resiste el impulso de sacar los brazos de nuevo hasta que se abran las puertas.

—Entendido.

Durante el siguiente medio minuto, la ciudad sale corriendo a mi encuentro y el horizonte se hace más plano y distante. Debajo de mí, los edificios se revelan como enormes agujas con pasarelas interconectadas, lo que los hace menos parecidos a rascacielos individuales construidos sobre una base común y más parecidos a una red de estructuras de múltiples capas con una jerarquía compleja.

Siento que se me cierra el estómago cuando nos acercamos a la cima de los edificios.

—Una cosa, Franky.

—¿Sí, Patrick?

—Este tubo... —Muevo la cabeza de lado a lado—. Saldremos de aquí de una sola pieza, ¿verdad?

—No seas tonto. Pues claro que sí. Ah, ya veo. Te preocupa lo cerca que están los edificios.

—Sí.

—Ah, muy bien. Bueno, no hay por qué preocuparse. En unos segundos todo tendrá un aspecto más aterrador todavía. Pero te prometo que sobrevivirás. Probablemente.

—¿Probablemente?

—¿Lo he dicho en voz alta?

Estoy a punto de decirle que sí cuando veo que la parte superior de un edificio se acerca rápidamente. Entonces digo:

—¡Jodeeeeeeeeeeeeeeeeer!

Los edificios me engullen y veo mil luces pasar a toda velocidad. Entonces empieza el frenazo y el estómago se me baja hasta los tobillos. Aprieto los dientes para evitar desmayarme. Me ha bajado toda la sangre a las piernas.

—¿Estás estreñido? —pregunta Franky.

Lo maldigo con los dientes apretados y lucho contra el impulso de sacar las manos y hacer fuerza. Así que me quedo de pie, con los brazos cruzados, aguantando el castigo como un prisionero de guerra al que le da una paliza un espía de la CIA.

Una habitación luminosa se abre paso en la oscuridad y mi cápsula se detiene.

Y vuelvo a vomitar. No queda nada en mis entrañas. Pero el pequeño sistema de aspiración interior vuelve a ponerse en marcha y algo me rocía la cara. Parpadeo a través de la niebla cuando veo que se abren las puertas. Salgo como puedo y siento que algo me golpea en el bíceps.

—Semilla novata —dice el software—. Ve a rebrotar.

Hasta ahora he aprendido que los androquíes crecen como los árboles y, sin embargo, saben cómo ser unos gilipollas; al menos eso es lo que me está enseñando el programa de traducción.

Ignoro la novatada y busco a Insarka. No es difícil localizarla, ya que una línea de puntos me lleva hasta donde se encuentra, a solo diez metros de distancia y junto a la entrada de un pasillo. Me recompongo y camino hasta ella con rapidez.

—¿Has disfrutado el viaje? —me pregunta con suficiente deleite en su voz como para que sepa que me está tomando el pelo.

—Ya lo creo. Me muero de ganas por montarme otra vez.

—No te preocupes por eso. Vamos —dice señalando hacia un pasillo adyacente.

—Perfecto.

Nos dirigimos a otra sala con un cilindro de transporte más pequeño en el centro que cuenta con diez juegos de puertas de acceso.

—No te preocupes —dice Insarka—. Este viaje será más corto.

Menuda manera de motivarme.

Se pone en la fila y pasa por encima del icono de punto de referencia que proyecta mi casco. Cuando le llega el turno, entra, se cruza de brazos y desaparece bajo la cubierta en cuanto se cierran las puertas. La sigo y esta vez consigo mantener los brazos cruzados y no vomitar.

En lugar de viajar a través del espacio abierto de la biocúpula, esta línea nos lleva a las profundidades del subsuelo, hacia lo que mi HUD dice que es el nivel de destino. Bien, eso significa que estaremos un rato sin viajecitos de estos. No es que me dé miedo ni nada por el estilo, es solo que... Bueno, no quiero que algo tan divertido se vuelva aburrido.

Cuando salgo a trompicones del ascensor, la línea de puntos en el suelo nos lleva a Insarka y a mí por debajo de otra caseta de seguridad con un tirano y por un largo pasillo hacia el siguiente punto de referencia. Según el mapa topográfico que ha aparecido en mi HUD, cortesía de Franky, el marcador está justo fuera de la Sala de Coordinación de Exportaciones, nuestro destino.

Ni la pantalla holográfica del cuartel ni el mapa de mi HUD ofrecen tanto detalle como para decirme exactamente qué nos espera, pero, basándome en todo lo visto hasta el momento, estoy seguro de que la SCE será más grande de lo que creía.

Giramos una esquina, atravesamos una serie de puertas de seguridad de cristal y salimos a un anfiteatro que recorre la circunferencia de la gran sala. Quince metros por debajo de nuestra posición hay dos pisos circulares concéntricos uno encima del otro. Es como un pequeño estadio deportivo con solo dos niveles. Es cierto que ambos pisos tienen unos veinte metros de profundidad, pero el punto más alejado del círculo debe de ser...

Una herramienta de medición aparece en mi HUD.

—¿Desea conocer el diámetro de la sala, caballero? —pregunta Franky.

No me da tiempo de responder. Una especie de vara de medir de realidad aumentada fija un punto en la pared del fondo y otro en mi pecho. Paso la mano por la línea que los conecta para ver qué pasa.

—No hagas eso —dice Franky—. Pareces idiota. En cualquier caso, tal y como muestra tu HUD, la SCE tiene 251,28 metros de diámetro.

—Recibido. ¿Y qué son esa especie de ordenadores que rodean la circunferencia?

—Ordenadores.

—Listillo.

—Zoquete.

—Son los terminales de regulación del portal —dice Insarka—. Quizá sean las interfaces de las operaciones más importantes de toda la instalación... a excepción de los sistemas y el soporte vital, claro.

—Lógico.

Señalo una enorme pantalla redonda en medio de lo que sería el terreno de juego en caso de que esto fuera un estadio deportivo. Su superficie de cristal brilla con todo tipo de datos y diagramas holográficos. Justo encima hay una enorme lente negra que se parece a las de la sala de reuniones del general y la de nuestro barracón, pero cien veces más grande.

—Eso es lo que llamamos Vigía de Arcos de la Unidad. VAU en vuestra jerga militar. Supervisa los sistemas centrales que alimentan los portales.

—¿Entonces los portales beben de eso? —pregunto.

—No. Como digo, es un sistema de supervisión. Y muy potente e importante. Pero la fuente de alimentación de los portales en sí proviene de los Arcos de la Unidad.

—¿Y dónde están?

—Aquí no.

Le frunzo el ceño, consciente de que puede ver el gesto en su HUD.

—Entonces, ¿dónde?

—¿La verdad? No lo sabemos.

Me doy la vuelta y la miro.

—Cómo olvidarse de dónde hay un reactor nuclear...

—Disculpa que te interrumpa, Patrick, pero de lo que habla Insarka es mucho más complejo y peligroso que una de tus minúsculas centrales nucleares terrícolas.

—Más razón para saber dónde están —respondo—. No sigo la lógica de ninguno de los dos.

—Patrick, por favor, presta atención a tu lenguaje corporal.

Miro a mi alrededor y me doy cuenta de que algunas personas de los niveles inferiores nos están mirando.

—Ven. —Insarka se desplaza por el anfiteatro hacia la izquierda—. Nos corresponde la seguridad del próximo turno. Agarra el arma y ponte en posición. Así.

Desenfunda su rifle y lo cruza sobre el pecho de forma parecida a lo que sería una posición de porte táctico para un marine. Me quito a Franky de la espalda y hago lo mismo.

—¿Y ahora qué?

—Caminamos en círculos hasta que lleguen los objetivos.

Compruebo la hora en mi HUD y veo que son las 06:41.

—Quedan dos horas y diecinueve minutos.

—Correcto.

Es mucho tiempo, lo cual confirma que el lema militar de «date prisa y espera» no solo se aplica en la Tierra, sino también en otros planetas. Sin embargo, teniendo en cuenta nuestra misión y su alcance, un margen de dos horas no es que sirva justamente para relajarse. Sobre todo por todas las incógnitas a las que nos enfrentamos. Pero lo hemos hecho lo mejor que hemos podido para trazar un plan con el tiempo que teníamos.

Mientras Insarka, Franky y yo arrancamos con la primera de las muchas vueltas que nos va a tocar dar por la sala, pienso en cómo estará el resto del equipo. No me preocupa mi vida, yo sé que estoy en tiempo de prórroga. Estar junto a alguien y que una bala le perfore el cráneo es de esas cosas que se te quedan grabadas. Si te pasa más de una vez, te preguntas si es un milagro o si acaso es Dios que está jugando contigo.

Lo que me preocupa son los demás, a excepción de Espectro, que es un cabrón gruñón como yo. Pero ¿el resto? Todavía tienen años de vida por delante. Hollywood y Bumper tienen que irse a vivir juntos. Lada le ha de dar un masaje en la espalda a Aaron mientras se bebe una cerveza. Vlad le ha de enseñar a Celine Dion el tatuaje de su firma que tiene en el trasero; yo pagaría por ver esa escena. A Yoshi le vendría bien un viaje a Japón para conectar con su pasado. ¿Y qué decir de Z-Lo? Joder, el chaval tiene toda la vida por delante.

¿Y yo qué estoy haciendo con todas sus vidas? Estoy jugando al ajedrez con ellas. En la oscuridad. Contra un oponente al que ni siquiera veo.

Entonces se me ocurre una idea.

Aristóteles dijo: «Cuando estés solo, cuando te sientas un extraño en el mundo, juega al ajedrez. Esto levantará tu espíritu y será tu consejero de guerra». Estoy seguro de que nunca pensó que habría una invasión extraterrestre y que lo de «extraño en el mundo» fuera a resultar tan acertado. Pero sus palabras resuenan en mi alma de otra manera. Es cierto: puede que no sepa todo lo que hay que saber sobre esta instalación. No cubrimos suficientes puntos del SMEAC, y si un superior revisara la misión, me quitaría el rango. Y no conozco al oponente que está al otro lado del tablero. Al menos no todo lo que me gustaría.

Pero sí que sé jugar al ajedrez como menciona Aristóteles.

Conozco los movimientos. Conozco los límites. Y sé cómo obligar a un rey a rendirse.

También conozco las piezas de las que dispongo. Incluso sin pensarlo, veo los puntos fuertes y débiles de cada Phantom como si fuera un menú en mi HUD. Y anoche, cuando todo esto se estaba gestando, mi intuición llevó a cabo la mayor parte de la formulación.

Porque conoces el juego, Pat. Y conoces las piezas con las que cuentas. Si eso es todo lo que tienes, que sea suficiente para ganar.

Pero también hay algo más. Algo que me recuerda que esto no es una lucha justa.

Tenemos el factor sorpresa.

Es una ventaja que no durará mucho, claro está. Pero de los dos jugadores frente al tablero, es mi oponente el que no sabe lo que le espera. Y se va a enterar.

Estoy viendo por vídeo al Equipo Phantom colocarse en posición y el enemigo no tiene ni la más remota idea. Puede que no estemos preparados para decapitar a la bestia, pero no nos hace falta. Podemos cortarle las arterias y tirarlo al agua. Dejaremos que los tiburones hagan la mayor parte del trabajo mientras nosotros nos encargamos de lo sutil. Entrar. Apuñalar. Salir.

Quedan dos horas hasta entonces y mucho por andar. Espero que este traje tenga un contador de pasos.

CAPÍTULO 23

08:55, lunes, 28 de junio de 2027
Karkin Cuatro
Instalación de Procesamiento de Mercancías 6, Sala de
Coordinación de Exportaciones

HACE DOS HORAS que el Equipo Phantom está en posición. Insarka y yo hemos estrenado las botas de lo lindo. Tenemos todo lo más a punto que podemos y, cuando faltan cinco minutos para que el cronómetro de la misión llegue a cero, noto cómo crece el nerviosismo en el equipo.

Nighteyes ha dado con un buen lugar en una amplia celosía metálica a unos cien metros por encima de las Instalaciones de Aumentación donde se encuentra Minx. Espectro tiene su SFA- NJC sobre las rejillas metálicas y Z-Lo utiliza el visor del casco y del rifle como instrumentos de observación. Curiosa y nostálgicamente, Espectro tiene abierta su Moleskine junto al arma. El cuaderno de datos de un francotirador es su diario personal de los disparos efectuados y las lecciones aprendidas. Desde el viento, la humedad y la temperatura del aire hasta el terreno, la distancia y la caída de la bala, el libro cataloga las experiencias de un francotirador y las convierte en combustible para lo más importante: su próximo disparo.

A decir verdad, me sorprende que Espectro lo llevara cuando nos conocimos en Jersey. Pero supongo que no debería de sorprenderme. Para alguien de su calibre —mierda, de tanto estar con Franky se me cuelan juegos de palabra—, supongo que llevarla encima se ha convertido en algo natural. Seguramente se sentiría perdido sin ella. Si a mí con solo verla se me derrite el corazón, no puedo ni imaginarme lo que significa para él en este momento crucial.

301

En la parte superior, el equipo Nuketown está sentado sobre sus cajas de bombas como dos soldados rasos aburridos que se han quedado sin pescuezos que rebanar. Ya pasaron dos rondas de interrogatorios cuando los funcionarios les preguntaron por qué no se habían llevado las cajas abajo. Pero Insarka y Franky lo tenían todo preparado: valiéndonos de nuestro sistema cuántico de comunicaciones bla, bla, bla, lord Phantom pudo interactuar en tiempo real con los curiosos y hablar con ellos. Según sir Franky, las cajas habían sido requeridas para los baños del nivel ejecutivo, pero había que fumigarlas antes de entrar en el edificio. Al parecer, los suministros acababan de llegar desde la Instalación de Residuos 29; no sé qué es eso, pero los funcionarios se echaron atrás a toda prisa. Así que ahora solo falta que las naves de los Oscar Mayer aparezcan.

El equipo Sneakers encontró el camino hacia la sala de servidores en los niveles de administración y entró sin ser descubierto. Es cierto que supuso una ventaja que Franky tuviera acceso al sistema de seguridad de la planta, pero hay algo digno de mención: Yoshi desprendía absoluta serenidad pese a haber dejado la bebida, algo que me había preocupado de primeras, y Aaron mostraba una calma bajo presión que no le había visto desde el instituto, cuando clasificó al equipo de ajedrez para el campeonato y jugó ocho horas seguidas en una final que perdió. A pesar de la derrota, no se puso nervioso ni una sola vez.

Hubo un momento fuera de la sala de servidores en el que otros dos ángeles de la muerte acorralaron a Yoshi y a Aaron y empezaron a preguntarles por qué estaban ahí, ya que no figuraban en el orden del día. Franky se las arregló para modificar los registros y los ángeles de la muerte preguntones se marcharon. Puede que ayudara el hecho de que Aaron estaba envalentonado por el pirateo de Franky y el excelente software de traducción de la Guardia de la Sangre, porque levantó los brazos e incluso le clavó un dedo en el pecho a un ángel de la muerte. Casi me da un ataque al corazón porque normalmente por cosas así te llevan al calabozo. Pero los dos enemigos siguieron su camino y dejaron en paz al equipo Sneakers.

Con las instrucciones de Insarka y Franky pudieron acceder al terminal necesario, insertar la tarjeta de datos y cargar el pirateo en menos tiempo del estimado. Insarka insistió en que los archivos no tardarían mucho en expandirse por los sistemas centrales del imperio androquí y en viajar hasta todos a los que queríamos cabrear.

Tras cumplir con su cometido, el equipo Sneakers abandona el nivel del servidor para ejercer de centinela y verificar que nuestros objetivos lleguen. Quiero que confirmen que Oscar Mayer Uno y Oscar Mayer Dos se dirigen a las ubicaciones que programamos. Si no, nos tocará hacer algunos ajustes.

De todos los equipos, Minx es el que más difícil lo tiene. No porque puedan levantar más sospechas, sino porque están en primera fila presenciando las atrocidades de los androquíes contra la humanidad.

Hollywood y Lada llevan dos horas en el infierno. La cámara de Hollywood ha estado enviando sin parar imágenes de un proceso masivo y automatizado de deshumanización que rivaliza con cualquier genocidio sistemático sobre el que haya leído. Pero en esta ocasión, el sufrimiento de los humanos no va a concluir pronto. No los van a llevar a cámaras de gas ni a fosas comunes: los están preparando para convertirse en propiedad de alguien y los están instruyendo para proporcionar dolor o placer.

Miles de seres humanos, aparentemente elegidos al azar, pues no alcanzo a distinguir ninguna característica común de edad, raza o género más allá de que todos tienen un aspecto relativamente sano y conservan sus extremidades, llegan a través de tubos a un lado de una sala abovedada de medio kilómetro de ancho. Por dentro parece el Astrodome de Houston, pero, en lugar de asientos y terreno de juego, hay bancos interminables de máquinas blancas que parecen de hospital en filas dispuestas ordenadamente.

A los pacientes los llevan a un extremo de las máquinas y brazos robóticos automatizados les aplican inyecciones. Ahí empiezan los gritos de dolor. Luego les inmovilizan muñecas y tobillos y colocan a las víctimas sobre mesas blancas brillantes. Las sujeciones mantienen a las personas en su sitio mientras las plataformas se deslizan hacia una serie de unidades cubiertas que parecen máquinas de resonancia magnética.

Unos tres minutos después de que Hollywood y Lada tomaran la posición, les pedí que silenciaran sus micrófonos. Los gritos no iban a ayudar a nadie, y menos aún a ellas mismas. Pero eso no significaba que no pudiéramos seguir imaginando los lamentos en nuestra cabeza.

Entre las primeras máquinas se ven cuerpos humanos con genitales mutilados y sangre corriendo por las mesas. Cuando emergen del siguiente grupo de máquinas tienen implantes insertados debajo de la piel en brazos, piernas, torso y frente. La piel se estira a lo largo de protuberancias angulares y espirales puntiagudas. No sé si intentan imitar el esqueleto de otras especies o si sirven para fines más sádicos. Probablemente ambas cosas.

Cuando las víctimas llegan al último grupo de máquinas, ya han limpiado la sangre y parece que los cuerpos ya estén curados de las espantosas operaciones. Incluso las bocas que antes gritaban ya no están abiertas; supongo que les administran sedantes. Nadie puede soportar tanto y seguir vivo.

Sin embargo, lo más extraño es que cuando algunas de las víctimas caminan hacia los túneles de salida, su carne desnuda parece cambiar de color. Algunas de color azul, otras de color morado y otras de color verde y rojo. De primeras creo que se debe a una gangrena o a una infección grave. Pero en cuanto una chica de unos veinte años se volvió y miró hacia Hollywood con ojos amarillos brillantes, supe que no era por eso. No podía ser una enfermedad.

—Es una terapia de mutación genética —dijo Aaron por comunicación interna—. Los están... —Pero Aarón no terminó la frase.

No le hizo falta.

No era solo un proceso de esterilización. La sala también hacía honor a su nombre categórico. «Aumentación». Esterilización y aumentación sexual.

Dios bendito.

Nadie dijo nada durante los primeros minutos.

Finalmente, Franky se ofreció a enseñarles a Hollywood y a Lada cómo manipular las viseras de sus cascos. Pero ninguna aceptó la ayuda y prefirieron continuar mirando. ¿Cómo pudieron? No lo sé. Cerré los canales unos cinco o seis minutos después. No quería tener esas imágenes revoloteando por la cabeza. ¿Pero ellas? Me dio la sensación de que eso alimentaba su determinación. Su rabia. Si es lo que necesitan y pueden controlarlo, la decisión es suya. Pero yo ya presencié lo suficiente como para bajar a las puertas del infierno. Aparte de que me han entrado más ganas todavía de volar hasta el último zalastro de este puto planeta.

* * *

—Es mi padre, ¿sabes? —me dice Insarka durante nuestra enésima vuelta. El reloj indica que ya queda poco.

—¿Cómo?

—El general Cordan es mi padre.

—¿Eres...? ¿Eres su hija?

Ella asiente.

—Joder.

Aunque no sé por qué me ha soltado semejante bomba, algunas cosas ya me encajan: las miradas de reojo y los comentarios entre ambos durante nuestra reunión, las críticas de Insarka a los planes del general y sus ganas de ayudarnos a espaldas de él sabiendo que acabaría por aceptarlo. Son cosas que haría una hija de carácter fuerte. Pero no me lo vi venir.

—Los tienes bien puestos, teniente. Joder.

—Mi madre decía algo parecido.

—Me lo creo. ¿Y por qué me lo dices ahora?

Se encoge de hombros.

—He pensado que debías saberlo. Por si... Ya sabes.

Que Insarka quiera compartir un secreto tiene dos efectos en mí. Bueno, tres, pero trato de mantener el último a raya o de lo contrario me desordenará los pensamientos.

El primer efecto es que la teniente está asumiendo la posibilidad muy real de morir en los próximos minutos. Es algo normal que le pasa a todos los guerreros, al menos a los mentalmente estables.

El segundo es que la confesión significa confianza. No se le cuenta algo personal a cualquiera. Te lo guardas para las personas que significan o representan algo valioso para ti. Me siento privilegiado por lo que ha compartido y aumenta mi sentimiento de aprecio hacia ella y mi empatía por todo lo que ha debido de pasar en su vida y por lo que está haciendo con esta misión.

Pero esto me lleva inevitablemente al tercer punto, que, ahora que lo pienso, puede que tenga que ver con su motivación principal: discusiones y enfrentamientos con su padre. Esa rabia que te lleva a querer demostrarle algo a los demás, a ti mismo o a tu padre, que en este caso es el puto general de la resistencia.

¿Se entiende por qué no me hace gracia?

Pero ya no importa. El equipo está entregado y en posición. Independientemente de los motivos de Insarka, tanto si es consciente de ellos como si no, todos hemos elegido estar aquí y asumo la responsabilidad de esta operación y de todos los implicados. Y punto.

—Puede que tu padre no esté muy contento contigo una vez esto haya terminado, pero has hecho un buen trabajo, teniente —respondo al fin—. Y para mí es un honor luchar codo con codo contigo.

—Gracias, Patrick-Bic. El sentimiento es mutuo.

—Phantom Actual, aquí Nuketown. —La voz de Bumper nos devuelve a la realidad—. Estamos detectando múltiples naves entrantes.

—Me alegra ver que vuestros sensores avanzados funcionan como es debido, Nuketown —responde Franky—. Nunca se sabe con esos cascos medievales.

—¿SITREP? —le pregunto a Bumper mientras una copia de su pantalla de sensores aparece en mi HUD.

—Veinte naves divididas en dos escuadrones: diez desde el este y diez desde el noroeste. Distintas altitudes, pero parece que todas se dirigen a nuestra posición. Tiempo estimado de llegada: dos minutos.

—Las del noroeste serán de Oscar Mayer Uno —dice Insarka—. Srin Ock Tall en su nave estelar entrando en la órbita planetaria. Las naves inferiores hacia el oeste pertenecen a Lordamin Partitious. Probablemente se ha reunido con los líderes del imperio en el COD.

—Entendido —responde Bumper.

Veo que aparecen etiquetas para cada nave que designan a qué grupo pertenecen.

—¿Hay alguna posibilidad de saber en qué nave va cada Oscar Mayer? —le pregunto a Insarka.

—No. Solo si se lo mencionan a la torre de control.

—Mientras tanto, marcaré del uno al diez en cada grupo para que Nuketown tenga una referencia.

—Me parece bien —dice Bumper.

—Bueno, Phantoms, tenemos objetivos no confirmados en camino. Nuketown, quiero que lo comuniquéis en cuanto los identifiquéis. Sneakers, en cuanto establezcáis contacto visual, quiero que subáis a ayudar a Nuketown. Todos los demás manteneos en posición y esperad a que baje el espíritu santo.

Aparecen iconos de confirmación en mi HUD.

—Ya podéis largaros —dice el software de traducción de mi casco.

Al principio me pregunto qué miembro del equipo ha dicho eso. Pero entonces miro a Insarka y veo que está frente a dos ángeles de la muerte.

—Oh, mira —dice Franky—. El relevo. Y llegan una hora antes. Qué atentos.

—No os necesitamos hasta dentro de una hora —dice enseguida Insarka. Mi casco utiliza una muestra de la voz real de la teniente para traducir su skrawl.

—Negativo —dice el ángel de la muerte de la izquierda—. Nos han dado la orden de...

—La orden está mal. —Insarka se toca la parte inferior del antebrazo y gira algo en la muñeca.

Aparece una pequeña proyección holográfica con una docena de líneas en skrawl, pero a mi HUD no le da tiempo de traducirlas. Entiendo que es un calendario.

—¿Ves? —dice Insarka—. No os toca hasta dentro de una hora.

Los recién llegados se miran y luego se encogen de hombros.

—Bueno, pero ahora ya estamos aquí, así que podemos daros el relevo. Más tarde nos invitáis a una ronda.

No sé los androquíes, pero ningún humano en su sano juicio dejaría pasar la oportunidad de salir del curro antes de tiempo. ¿Y la única vez que estos cabrones deciden ser generosos es ahora? Por el amor de Dios. Si dejamos pasar la ocasión, será muy sospechoso. No sé si Insarka tiene un as bajo la manga, pero más vale que lo saque rápido.

La teniente se resiste.

Espero que Franky tenga alguna idea.

—No es que queramos rechazar el favor —digo—. Pero nos han asignado esta patrulla como castigo. Nos pillaron probando la mercancía, no sé si sabéis lo que quiero decir. Si el jefe ve que nos vamos antes de tiempo, nos va a caer una buena. —Hago una pausa y luego le pregunto a Franky—: ¿Lo has pillado todo?

—Sí. He hecho los cambios apropiados, naturalmente.

—¿Habéis probado la mercancía... ilegalmente? —pregunta un ángel de la muerte.

Pero estoy demasiado ocupado comprobando la hora y no le presto mucha atención a lo que el comentario encierra.

—Sí. Nos repartimos uno entre los dos. Qué puta delicia.

Los dos ángeles de la muerte se miran el uno al otro. A juzgar por el lenguaje corporal de Insarka, creo que algo va mal.

—¿Por qué os dejaron vivir? —pregunta el otro ángel de la muerte.

—Es un acto castigado con una ejecución inmediata —dice Insarka por un canal privado.

Mierda.

—Más vale que se te ocurra algo, Patrick —añade Franky.

—Y tú más vale que no vuelvas a traducir ningún zalastro que me pueda meter en líos. —El cerebro me va a mil por hora y digo lo único que se me ocurre—. Un tirano nos reclutó para transportar unas cajas en la Terminal A3. Dijo que nos podíamos quedar con una cuando acabáramos. Cuando nos pillaron por la noche, nos quedaba lo justo para sobornar al soplón.

Los dos ángeles de la muerte se vuelven a mirar y luego nos dan unos golpecitos en los brazos.

—Muy listos —dice el primero.

—Nos la apuntamos —afirma el otro.

—Es un clásico —respondo.

La voz de Bumper irrumpe en el canal general.

—Phantom Actual, aquí Nuketown. Los pájaros han aterrizado. En posición para identificar objetivos.

Acuso recibo de la transmisión, pero estoy demasiado ocupado tratando de no destapar el pastel.

—Pero eso no explica por qué os han ampliado el turno —dice el primer androcallo. Incluso a través del software noto un tono de sospecha en su voz.

—Resulta que el chivato tenía más hambre de la que podíamos permitirnos —responde Insarka.

—Sí. Solo le dimos media pierna y un zapato, y entonces nos asignó un doble. Para darnos una lección.

Los dos androcallos niegan con la cabeza en señal de comprensión (aún me cuesta acostumbrarme) y luego se relajan.

—Vaya, siento que os dieran un turno extra.

—Sí —dice el otro—. Y la próxima vez guardadnos un poco, ¿eh?

—Claro, cómo no —respondo—. Mejor aún: os conseguiremos una nave llena de gente armada hasta los dientes a la que le encantaría volaros la cabeza.

—No voy a traducir la mayor parte de lo que has dicho —dice Franky.

—Pero lo de volarles la cabeza sí, ¿no?

—Muy gracioso.

—Phantom Actual, aquí Nuketown —dice Bumper—. Ambos objetivos confirmados.

—Por los pelos —le digo a Insarka.

En mi HUD, las cámaras de los cascos de Bumper y Vlad muestran las naves principales vacías. Bumper está observando al embajador de color morado de los sci-rung mientras que Vlad se centra en la gran masa hinchada que es el traficante sexual. A medida que las naves restantes se vacían de personal de apoyo, me doy cuenta de que los séquitos son más numerosos de lo que habíamos previsto.

—Cuento seis enemigos por nave —añade Bumper.

—Entendido, Nuketown —digo—. Sneakers, aquí Phantom Actual. Mantened los ojos abiertos. ETA: treinta segundos.

—Entendido —responde Yoshi—. Estamos en posición.

—Entendido. Minx, aquí Phantom Actual. Esperad la orden. ETA... —Miro a Insarka, que debe de tener una idea mucho más clara del tiempo que tardará el objetivo en llegar a la sala de esterilización.

—Diez minutos —dice la teniente.

—Entendido —responde Hollywood, pero su voz suena más sombría que de costumbre—. Me muero de ganas de conocer a este hijo de puta en persona.

Algo me dice que a Oscar Mayer Dos igual no le da tiempo de comprobar los registros financieros que hemos preparado para él. Quizás estoy loco, pero creo que sé reconocer cuándo una sargento está cabreada.

—Minx, necesito vuestra confirmación de que no os vais a desviar del plan.

—Oh, desde luego que no —responde Hollywood como si fuera una leona cazando una gacela—. Que no te quepa duda.

—Y de que os encargaréis de que al objetivo le dé tiempo de abrir el regalo de Navidad.

—Así lo haremos, Phantom Actual. No se moverá de nuestro lado.

No es la respuesta más tranquilizadora. Pero ya estamos en marcha. Solo espero que el Equipo Minx logre mantener la calma lo suficiente para que todo valga la pena.

—Recordad, Minx. No estamos aquí para salvar una sola vida. Estamos aquí...

—Para salvar a la puta humanidad —interrumpe Hollywood—. Lo pillamos, Bic. Haremos lo necesario

—Haremos jodidamente necesario —responde Lada.

Este gahnree se va a arrepentir de haber nacido.

CAPÍTULO 24

09:10, lunes, 28 de junio de 2027
Karkin Cuatro
Instalación de Procesamiento de Mercancías 6, Sala de Coordinación de Exportaciones

TRAS CONTABILIZAR UN total de setenta y cinco unidades gahnree y noventa sci-rung, Yoshi y Aaron se reúnen con Bumper y Vlad para ayudarlos a «desinfectar» las naves recién llegadas. Observo pacientemente cómo los cuatro operarios llevan mochilas con equipos de limpieza a las distintas plataformas de aterrizaje y empiezan a mezclarse con el personal habitual de vuelo que atiende a las naves.

Y entonces Aaron tropieza.

Dos bolsas de explosivos se deslizan por la cubierta y él se cae de morros.

—Levántate —me digo a mí mismo.

Se me hace un nudo en la garganta al darme cuenta de lo lejos que está mi amigo de la infancia. Si lo atrapan ahora, si algo sale mal, estoy a quince o veinte minutos de distancia. Y para entonces no habría nada que hacer.

Pero después de superar mi preocupación instintiva, convengo que Aaron está con un SEAL, un miembro de los equipos de pararrescate y un sargento mayor del ejército ruso pluriempleado como teniente de la Bratva. ¿O es un teniente de la Bratva pluriempleado como sargento mayor del ejército ruso? Supongo que no hay mucha diferencia. Con todo, Aaron está en buenas manos. Literalmente: Vlad y Yoshi lo ayudan a levantarse y a recuperar las mochilas antes de que alguien se dé cuenta de lo acontecido

Buen trabajo.

311

Bumper está ocupado colocando su cuarto pastel de Dios en la parte inferior de las naves de Oscar Mayer Uno. Coloca el compuesto oscuro en el casco y luego introduce una profundidad de 2,14 metros utilizando la interfaz NISP de su arma en su HUD. Esa es la profundidad exacta que, según Insarka, hará que sea posible penetrar la pared del escudo del núcleo de propulsión en la sección superior de popa sin fundirse con el propio trinium.

Apenas Bumper activa el modo de detonación a distancia, el compuesto comienza a fundirse con el casco. Ya se lo he visto hacer tres veces, pero todavía me vuela la cabeza. Tras diez segundos, el material desaparece sin dejar rastro del sabotaje. Se me hace la boca agua.

—Phantom Actual, aquí Minx —dice Hollywood en un tono bajo y neutro—. Contacto visual establecido.

* * *

Tengo los ojos fijos en la cámara de Hollywood; la he redimensionado para que ocupe más de la mitad de mi visor. Ahora mismo su mundo es el centro de nuestro universo. Lo que ocurra a continuación puede hacer que la operación sea un éxito o un fracaso y aún no hemos concluido la primera fase.

—Minx, aquí Phantom Actual —digo.

—Adelante —responde Hollywood.

Rompo la disciplina de comunicación y hago una pregunta muy personal, pero creo que es fundamental para Hollywood y su equipo.

—¿Cómo estás, sargento?

—¿Más allá de las ganas que tengo de rasgarle la garganta a este hijo de puta? Estoy como una rosa.

—Entendido. Pero actuarás según el plan antes de vengarte de él, ¿cierto?

—Claro.

—¿Cierto?

—Afirmativo.

Oscar Mayer Dos camina por la línea de máquinas más cercana a Hollywood y Lada junto con su amoroso séquito de setenta y cinco lacayos. Todos llevan un extraño aparato mecánico a la espalda con múltiples tubos que desaparecen entre los pliegues de la capa a lo largo del pecho y el tronco. Los tubos de Lordamin Partitious son los más llamativos de todos. Las líneas amarillentas y costrosas se abren paso entre las capas de su envejecida piel, que se bambolea mientras se arrastra.

—Nuketown, aquí Phantom Actual. ¿Cuánto tiempo os queda?

—Tres minutos más —responde Bumper.

—Cuanto antes, mejor.

—Entendido.

El obeso extraterrestre se detiene entre los huecos de las máquinas de aumentación para observar a un hombre que acaba de salir con un hueso que le recorre el pecho. El asqueroso enemigo levanta la mano y la cadena de montaje se detiene. El personal androquí comienza a corretear y a inspeccionar los paneles de control mientras le grita a la comitiva gahnree. Un androcallo con uniforme y gorra negros parece especialmente angustiado.

—Phantom Actual, algo está pasando —dice Hollywood.

—Lo estamos viendo. Manteneos en posición —respondo.

—Es habitual —me dice Insarka por nuestro canal privado—. Es parte de su fetiche de muestreo.

—Por Dios. —Vuelvo a cambiar a Hollywood—. Parece ser que es algo normal. Continuad en posición.

—Entendido.

Cada vez se escuchan más gritos y nuestro enemigo se acerca para ver mejor. Entonces su pandilla de compinches se arremolina en torno a él y al humano como cuervos dándose un festín con un animal atropellado. Seguramente sea mejor que el aleteo de las túnicas obstruya la visión del equipo porque los sonidos son de por sí infernales. Los gritos del humano acaban por ser silenciados. Medio minuto después, el jaleo de la banda cesa y vuelve a reinar una especie de paz. Cuando el líder gahnree levanta la mano, funcionarios androquíes retiran el cadáver del humano de la mesa y se lo llevan. Entonces la cadena de producción se reactiva y Partitious continúa su camino. Sus tubos muestran un nuevo líquido amarillo.

—Permiso para aniquilarlo —dice Hollywood.

—Negativo, sargento —digo, con la esperanza de que al mencionar recurrentemente su rango recuerde su profesionalidad. Entonces me dirijo a Bumper—. ¿Cómo van las cosas por ahí?

—Faltan cuatro. Noventa segundos.

—Tienes sesenta.

Justo entonces alguien le llama la atención a Bumper. Pero no es la voz de un miembro del equipo: es la voz robótica del software.

—Nos hemos topado con un curioso —dice Bumper.

A través de la cámara de su casco veo a un ángel de la muerte que le hace gestos para que salga de la nave bajo la cual esta agazapado. Afortunadamente, el SEAL consigue activar el pastel de Dios antes de que el enemigo doble la esquina por completo.

Al mismo tiempo me doy cuenta de que Oscar Mayer Dos se detiene frente a otro hueco entre máquinas, esta vez justo fuera de la etapa de esterilización primaria. Hay una chica joven con aspecto de haber bajado a los infiernos. Y ahora está frente al mismísimo diablo.

Partitious vuelve a alzar la mano y la línea de producción se detiene.

—¿En serio vamos a permitírselo otra vez? —dice Hollywood, y sé que la pregunta va dirigida a mí—. Porque ni de coña pienso dejarle.

Y Bumper está ocupado intentando deshacerse del fisgón.

—Nuketown, aquí Phantom Actual. Que baje el espíritu santo.

—Me cago en todo —responde el SEAL.

Bumper le da un derechazo al androcallo y el ruido del golpe inunda el sistema de comunicación. Luego le dice a los otros que se pongan a cubierto y empieza a correr hacia el extremo de la pista de aterrizaje. Da un salto en el aire y grita:

—¡Que baje el espíritu santo!

Y entonces el cielo se convierte en fuego.

* * *

Diez explosiones simultáneas se extienden por las plataformas de aterrizaje como un bombardeo en alfombra de Vietnam. La onda expansiva llega hasta los cuatro Phantom y durante varios segundos, los micrófonos de los cascos son puro ruido. En la cámara de Vlad veo paneles de la nave estallando y motores detonando como si fueran dinamita. Las bolas de fuego se expanden hacia el cielo y saltan chispas en todas las direcciones. Y entre tamaño despliegue de violencia oigo a Vlad gritar:

—¡Día de libertad para Estados Unidos!

Mientras el malestar incorpóreo de ver pero no sentir cómo la artillería destroza la mitad de los escuadrones enemigos juega con mis sentidos, una voz en las comunicaciones me devuelve a la realidad.

—Las noticias vuelan —dice Hollywood.

Notificaciones sobre los efectos de la segunda fase inundan los teléfonos móviles de los lacayos de Lordamin Partitious. Vale, sí, no sé si los cacharros que esconden entre tanto michelín asqueroso son teléfonos móviles, pero se están sacando tabletas del culo a toda prisa como si fueran adolescentes haciendo ClockTocks o como se diga.

Oscar Mayer Dos se aleja de la joven para hablar con su séquito.

—Vaya —dice Franky con voz aguda—. Alguien ha roto mi nuevo triciclo.

Acto seguido baja la voz tres octavas.

—El mío también. ¿Ahora cómo voy a volver a casa de tu madre?

—No lo sé —dice con voz aguda de nuevo—. Será mejor que vayamos a averiguar qué ha pasado.

—Te sigo.

Y como si hubiesen escuchado a Franky, varios miembros de la comitiva gahnree salen pitando tan rápido como sus obesas piernas se lo permiten.

—Nuketown, aquí Phantom Actual. Alrededor de cincuenta enemigos se dirigen hacia vuestra posición.

—Phantom Actual, aquí Nighteyes —interviene Espectro—. Tenemos contacto visual de unos sesenta sci-rung que regresan por donde vinieron. ETA hasta la posición de Nuketown: diez minutos.

—¿Habéis oído, Nuketown? —pregunto.

—Recibido —responde Bumper—. Desplegaremos la alfombra de bienvenida.

—Ahora es nuestro turno —me dice Insarka—. ¿Estás listo?

Estoy a punto de responder a la teniente cuando veo que Hollywood se acerca al objetivo con el arma en alto. Mierda. Si lo elimina antes de que confirme la doble traición del imperio, pondrá en peligro la misión. Pero también lleva dos horas en el infierno y yo sé bien que la niebla de guerra puede nublarte el juicio, nunca mejor dicho.

En la cámara de Hollywood veo el torso de Partitious y siento que el tiempo se ralentiza.

Venga. Sé fuerte, Hollywood.

Como si hubiera escuchado mis pensamientos, la sargento baja el arma.

—¿Patrick-Bic? —me pregunta Insarka.

—Un minuto más —respondo.

—Bueno, entonces, ¿ha llegado el momento de darles el aguinaldo? —me pregunta Franky mientras observo al gahnree en la cámara de Hollywoood.

—Justo, Phantom Grinch. Adelante.

Los veinticinco gahnrees restantes vuelven a mirar sus tabletas: Franky les está enviando nuevas notificaciones. Curioso por el nuevo alboroto, Lordamin Partitious se acerca a quien parece ser su mano derecha.

—¿Qué pasa? —dice Franky con voz chillona para animar la escena.

Quería escuchar la traducción real de lo que dicen los gahnree, pero cuanto más habla Franky, más me gusta su versión.

—Creo que te han robado todas las piruletas, Cara Pan —dice Franky.

—¿Las que me meto por el culo y lamo después?

—¿Así que por eso saben tan bien? —dice la voz más grave—. No sabía por qué era.

—¿Sabes quién ha sido?

—No, ojalá lo supiera, porque me encantaban esas piruletas. Un momento. La tableta esta asquerosa que tengo aquí dice que... ¿¡Cómo!? ¿Que los androcallos han cuadruplicado sus tarifas y que han saqueado nuestra cuenta bancaria?

—¿¡Cóóóómo!? —dice Franky con voz chillona justo cuando Oscar Mayer Dos le arranca la tableta de las manos al esbirro—. ¡No es posible!

Cuando Partitious alza la vista, la cabeza le ha aumentado de tamaño hasta el punto de que me pregunto si va a estallar.

Entonces el líder gahnree agarra por el cuello con su manaza al funcionario androquí más cercano y lo levanta en vilo. Simultáneamente, los otros veinticinco lacayos se sacan la pistola de debajo de la túnica y rodean a su líder con las armas en alto.

El funcionario mueve los pies frenéticamente y lucha por quitarse la mano del cuello, pero el líder gahnree es demasiado fuerte. Partitious levanta más al androcallo y dice algo en su idioma.

—¡Nos has traicionado! —dice Franky con voz chillona.

—¡Te juro que yo no tengo nada que ver, tío! —responde una voz grave y profunda—. ¡De verdad!

—¡Anda que no! Me has robado la pasta y luego has ido a que una ramera te haga una paja con las tetas, ¿verdad?

—No —responde la voz grave como si se estuviera ahogando—. No... No fue así..., lo juro.

El androquí muere y se queda inerte con la mano de Partitious cerrada en torno al cuello. Finalmente, Partitious lo libera, y cae.

—¿Puedo acabar con él ya, Phantom Actual? —pregunta Hollywood.

—Negativo. Espera a que haga la llamada.

—¿Y cómo lo sabremos cuando la haga?

—Yo te lo diré —dice Franky.

Hay una breve pausa y luego Oscar Mayer Dos agarra la tableta de su asistente y empieza a teclear.

—Ajá —dice Franky—. Ya puedes acabar con él.

—Ya era hora —responde Hollywood con una sonrisa aterradora.

* * *

No sabemos qué tenían en la cabeza los gahnree en los tensos momentos previos a que el equipo Minx abriera fuego, pero seguro que no esperaban que sus anfitriones los masacraran. De un momento

317

a otro pasan de estar echando un vistazo a la mercancía humana mientras adulan a su líder demente a verse envueltos por el caos.

Hollywood y Lada sacan sus FA-NJC y apuntan a los lacayos más cercanos. Sus armas emiten un silbido y un chasquido patentados cuando dos proyectiles explosivos atraviesan el aire. Los dos primeros lacayos estallan en una lluvia de tela y piel mojada. El equipo Minx vuelve a disparar, esta vez ráfagas de bajo. Siete u ocho de los enemigos se desploman y mueren antes de que sus cabezas grasientas golpeen contra el suelo.

Los gahnree aún no han tenido tiempo de devolver los disparos y ya acumulan doce bajas. Pero no tienen buena puntería y Hollywood y Lada continúan avanzando sin problemas hacia el premio gordo: el líder.

Pero Partitious no está dispuesto a caer sin luchar. Agarra de un zarpazo el arma de su ayudante y le da un empujón al frente. Entonces el canalla empieza a disparar mientras utiliza a su propio trabajador como escudo.

Lada le dispara en el pecho al ayudante, que sale despedido en medio una lluvia de chispas.

Hollywood le quita el bláster de la mano a Partitious con una ráfaga enormemente precisa. Ha sido demasiado efectiva para que pueda ser un accidente y está demasiado enfadada para matarlo tan pronto. Así que el enemigo hace lo que hacen todos los cobardes desarmados: se esconde. Pero aún alcanzo a ver el culo del cabrón asomando detrás de unas máquinas de esterilización, y si yo puedo, Hollywood aún más. Partitious grita órdenes al aire y dice algo así como que los androquíes son unos traidores. Música para los oídos.

El equipo Minx continúa alternando disparos mientras avanza, dejando que los rifles se abran paso entre las filas enemigas restantes. Hollywood le atraviesa la cabeza a un soldado con tanta potencia que también alcanza al enemigo de detrás de él. Ambos se desploman en el suelo. Lada aumenta la potencia de su rifle y dispara una ronda de alto rendimiento a un grupo de tres asaltantes agrupados. La explosión resultante destroza al de enmedio y parte a los otros dos por la mitad. Los restos se pegan contra las máquinas más cercanas.

Los últimos cinco enemigos se cubren igual que su intrépido líder: detrás de máquinas que explotan y utilizando a humanos desafortunados como escudo.

Las dos Phantom Minx se separan para confundir a los enemigos restantes; los gahnree incluso disparan a dos ángeles de la muerte recién llegados, algo que no hace más que echar gasolina al fuego de la doble traición. Lada y Hollywood disparan como si un director de orquesta invisible las estuviese dirigiendo con una sincronización absoluta mientras abren agujeros en sus víctimas y rocían las herramientas de tortura con la sangre del enemigo. Grandes arcos de fluidos se esparcen por el aire cuando los últimos disparos dan en el blanco.

El escudo humano, una mujer de mediana edad de pelo moreno, grita y se cubre los pechos sin saber dónde ponerse a cubierto.

Así que Hollywood señala hacia la salida y le dice:

—Corre.

El único gahnree que sigue vivo entre máquinas en llamas es el propio Lordamin Partitious. Sigue agachado detrás de una máquina de la que sobresale medio cuerpo humano. Y parece que está lloriqueando y seguramente pidiendo clemencia.

Justo en ese momento suena una alarma de emergencia parecida a un claxon en los cascos de Hollywood y Lada.

—Cierre de emergencia —dice Franky en el canal general.

—Les ha llevado un rato. —Hollywood se abre paso entre los escombros y los arroja a un lado como si fuera un toro—. Que salga todo el mundo.

En la cámara de Lada veo cómo el resto de máquinas se detienen. Los brazos robóticos liberan a las víctimas y cientos de personas se bajan de las mesas. Asimismo, los anillos luminosos alrededor de los conductos comienzan a parpadear en rojo, seguramente para evacuar la valiosa mercancía antes de que sucumba a cualquier amenaza. El personal androquí parece dividido entre acorralar a los humanos y quedarse mirando a los dos ángeles de la muerte que acaban de hacer polvo al gahnree.

—Por lo que a ellos respecta, Hollywood y Lada son fuerzas de seguridad que responden a la hostilidad de Partitious —dice Franky—. Esto juega a su favor.

—Durante algunos minutos más quizá —dice Insarka—. Pero hemos de darnos prisa. Patrick-Bic, tenemos que empezar.

—Sí.

Me dirijo a las escaleras, pero sigo demasiado ocupado observando las cámaras del equipo Minx. Ambas soldados son aterradoras, letales, hermosas. Y monstruosas.

—Ahí estás.

Hollywood arranca un trozo de metal de una máquina y aparece el extraterrestre petrificado con los tubos de la piel fuera de su sitio. Pero de repente, el gahnree se saca una pistola de la túnica y dispara.

Un indicador rojo de advertencia se enciende en mi HUD. Indica que a Hollywood le han disparado en el abdomen.

—¡Hollywood! —grito instintivamente.

—¿En serio? —responde ella.

No sé si está hablando conmigo o con Partitious. Entonces veo que sus sensores médicos están de color verde. No ha sufrido ningún daño.

—Dios mío, ¡estás usando el generador de escudo individual de Yrag!

—Soy una caja de sorpresas.

Hollywood aparta la pistola de una patada y le da un golpe en la entrepierna a Partitious.

Si acaso había alguna duda de que los gahnree tuvieran los genitales en el mismo sitio que los humanos, el chillido agudo de Partitious lo confirma.

—No ibas muy desencaminado con tu imitación —le digo a Franky.

—¿Te pensabas que estaba improvisando? Ja. Novato.

Estoy al pie de la escalera cuando Lada saca su cuchillo Duradex y lo clava en el mismo lugar en que Hollywood le ha propinado una patada a Partitious. El extraterrestre vuelve a soltar un gemido, pero esta vez es más agónico. Sus labios gordos balbucean algo en su lengua materna y hace un intento de sacarse el cuchillo de la ingle. Pero Lada le aparta las manos y luego retuerce la hoja.

—Minx, aquí Nighteyes —dice Z-Lo por el canal del equipo—. Hay veinticuatro... veintiséis... veintiocho... eh... Hay un montón de ángeles de la muerte yendo hacia vuestra posición.

—Tenéis que salir de ahí, Minx —digo—. No hay otra opción.

—Recibido, Phantom Actual.

Pero por el tono de Hollywood sé que no se va a ir sin más. Ella y Lada agarran el par de manos robóticas más cercano y las acercan a las muñecas y los tobillos de la babosa. Luego Hollywood se dirige al panel de control correspondiente y espera a que su HUD interprete el texto. Pulsa con un dedo sobre un botón luminoso que dice «Anulación manual» y luego otro que dice «Reinicio».

Las manos robóticas se abren, escanean las extremidades de Partitious con láseres incrustados y luego se cierran sobre él. Pero sus miembros son demasiado gordos para los mecanismos diseñados para manejar la anatomía de tamaño humano. Así que cuando los ganchos se cierran, se le clavan en la carne y hasta el hueso.

Partitious suelta otro grito cuando los brazos lo levantan y lo colocan sobre una mesa. Lada le arranca el cuchillo de la ingle y le entrega a Hollywood algo que la cámara no capta. Estoy a punto de preguntar qué está pasando cuando veo que Hollywood tiene un pastel de Dios en la mano.

—¿De dónde ha sacado eso? —le pregunto a Insarka, pero Franky responde primero.

—¿Tú qué crees?

Bumper, cómo no.

Lada corta la túnica de la babosa y deja al descubierto los pliegues flácidos que le cubren la tripa. Hollywood mete el pastel de Dios entre dos capas y luego ajusta la profundidad en su interfaz de armas NISP a 0,25 metros. En cuanto sus ojos se posan sobre el botón de «Iniciar» en su HUD, Partitious comienza a gritar. Observo con asombro cómo el pastel de Dios se fusiona con su carne. Lucha contra las ataduras sin éxito.

Lada mira hacia una de las entradas.

—Ángeles de la muerte.

—Fuera de ahí, Minx —ordeno.

Hollywood le muestra el dedo corazón a Partitious mientras pone en marcha un temporizador de veinte segundos y pulsa «Activar» en su HUD. Entonces las dos mujeres se dan la vuelta y salen corriendo de entre las máquinas y saltan por encima de los escombros en llamas en dirección hacia la puerta por la que habían entrado. Partitious vuelve a gritar mientras su cuerpo se desliza dentro de una de las máquinas de resonancia magnética y un taladro retoma el trabajo que había empezado la hoja Duradex de Lada.

El escuadrón de ángeles de la muerte que llega le da órdenes a las Minx mientras huyen, pero los extraterrestres parecen confundidos por los restos y los cádaveres de gahnree que hay por todas partes. Un androcallo en particular hace señas a los demás para que se acerquen a la máquina que está dejando a Lordamin Partitious sin ovarios. Pulsa con rabia sobre el panel de control y el sonido de la perforación se detiene. Pero la cuenta atrás de Hollywood no.

Tres...

Dos...

Uno...

CAPÍTULO 25

09:28, lunes, 28 de junio de 2027
Karkin Cuatro
Instalación de Procesamiento de Mercancías 6, Sala de Coordinación de Exportaciones

EN LA CÁMARA del casco de Lada veo la silueta de Hollywood uniformada como ángel de la muerte huyendo de la explosión. Las llamas y los escombros llenan la sala de esterilización y desgarran el hardware fila por fila. El fuego atraviesa las máquinas como si fuera un dragón en una aldea medieval. Y en algún lugar están los restos vaporizados de Lordamin Partitious.

Mientras la sargento del ejército despeja la salida, su cámara enfoca hacia la parte superior de la instalación, que parece un estadio. Una humareda negra se eleva hacia el cielo y hay explosiones secundarias reventando partes del techo.

—Yo diría que hemos logrado un objetivo secundario, ¿no, Phantom Actual? —dice Hollywood.

—Por los pelos con el numerito con el pastel, sargento —respondo—. Más tarde tendremos una charla, ¿entendido?

—Entendido.

—Ahora moved el culo y acudid al punto de extracción.

—Recibido.

—Debemos empezar, Patrick-Bic —me dice Insarka por nuestro canal privado.

Estoy bajando a paso ligero las escaleras hacia los pisos de control cuando le doy a Franky la señal.

—Vamos a darles a estos técnicos un motivo de evacuación, ¿de acuerdo?

—Será un placer.

Agarro un DSV que llevo pegado a la cadera y selecciono la modalidad humo en mi HUD. Luego lo lanzo a la sección inferior junto a la Vigía de Arco de la Unidad. Se oye un «pom» fuerte y unas espesas columnas blancas llenan la sala. Insarka ha hecho lo mismo y empieza a dar instrucciones a los técnicos para que evacuen. Al mismo tiempo, Franky piratea el sistema de emergencia local y activa una alarma y luces estroboscópicas.

—¡A menear esos culos grises! —digo—. ¡Venga, venga, venga, más rápido!

—Verlos correr es lamentable, ¿no? —dice Franky—. Son como ratas topo desnudas intentando abandonar un barco que naufraga. Me encanta.

Entonces mi casco empieza a traducir una voz que suena por la habitación.

—Secuencia de autodestrucción iniciada. Aniquilación de la sala en treinta segundos.

En el visor térmico de mi HUD veo que Insarka se gira y me mira. Mierda.

—Eh, Franky.

—¡No te alarmes! —responde, y se queda callado durante más rato del habitual—. ¿Lo pillas? Suena una alarma y yo te digo que no te alarmes, ¡ja!

—Aniquilación de la sala en veinte segundos —dice la voz.

—¡Franky!

—Relájate, ¿quieres? Si soy yo. Me apeteció darles un motivo más a los androcallos estos para que salieran corriendo.

—¡Podrías haber empezado por ahí! —le grito.

—¿Y dejar pasar la oportunidad de decirte «no te alarmes»? Psss. Eres un aburrido, Patrick.

—Aniquilación del teatro en diez segundos.

—Apágalo ya —digo mientras los últimos técnicos se retiran.

—Sí, claro, si es que... estoy intentando apagarlo.

—¿Como que estás intentando apagarlo? ¿Me estás diciendo que la secuencia es real?

—Bueno, es que tenía que asegurarme de que...

—Aniquilación del teatro en cinco... cuatro...

—¡Franky!

—Tres...

—Un momentito —dice.

—Dos...

—¡No queda tiempo! —Me cubro la cabeza y me agacho.

—Uno... —Hay una pausa—. Secuencia de autodestrucción cancelada.

—¡Por Dios, Franky! —grito—. ¿Lo has hecho...?

—¡Jaaa! ¡Si te hubieras visto la cara! Por la reina y sus caballos, qué bueno ha sido. Un punto para sir Franky, lord Amante de las Bromas.

Aprieto la mandíbula con rabia mientras salgo de detrás de una silla giratoria.

—Te juro que, en cuanto nos encontremos con un pavo, te voy a servir en bandeja de plata.

—Menos mal que no hay pavos en Karkin Cuatro.

Insarka se ríe mientras toma asiento detrás de una de las cien terminales de anillos de exportación.

—¿Tú lo sabías? —le pregunto.

—¿Yo? No. ¿Cómo iba a saberlo?

—Joder... —Tomo aire, le doy una palmadita a Franky y me dirijo a la posición de Insarka—. Dime qué tengo que hacer ahora.

* * *

Insarka me imparte un tutorial exprés de recalibración al insertar y activar una de las seis tarjetas de datos. Me mira desde el primero de los cien terminales.

—¿Lo has entendido?

Asiento con la cabeza, pero no puedo evitar sentirme afligido por las miles de personas que veo en la pantalla holográfica de la consola. Las víctimas caminan hacia la puerta de exportación empujadas por barras de energía automatizadas a lo largo de las paredes. Cualquiera que se detenga o, peor aún, que se atreva a darse la vuelta, recibe una descarga y es enviado hacia adelante. La mayoría de la gente está desnuda y hay quien no parece humano.

—¿Patrick-Bic? ¿Estás bien?

Asiento con la cabeza, aunque es mentira. De repente Espectro me saca de mi estupor.

—Phantom Actual, aquí Nighteyes. Contacto visual con Oscar Mayer Uno al oeste de nuestra posición. Se dirige al norte hacia el centro de transporte.

Pongo la cámara de Espectro mientras cojo mis tarjetas de datos y me dirijo al siguiente de los tres terminales en el sentido de las agujas del reloj; Insarka se mueve en sentido contrario. El humo se está disipando y el claxon ya no suena, pero las luces estroboscópicas siguen parpadeando. Me siento y empiezo a seguir el procedimiento de Insarka mientras observo de reojo la cámara de Espectro.

Veo la silueta larguirucha y morada de Srin Ock Tall, que camina por un puente al aire libre hacia un centro de transporte acompañado por no menos de treinta matones.

—¿Ha contactado con los suyos con respecto al asunto del dinero? —pregunto

—Lo ignoro —responde Espectro—. Es la primera vez que lo vemos.

Concluyo el proceso de la tarjeta y me desplazo hasta el siguiente terminal para repetir el procedimiento. Trato de no pensar en el tiempo que me va a llevar llegar a las cien estaciones. De una en una, Pat.

—Un momento —dice Z-Lo—. Está consultando una tableta.

La HUD del chaval aparece en una ventana más pequeña y veo su visor haciendo zum sobre el enemigo. Efectivamente: le da golpes con los dedos al dispositivo como si estuviera tocando una sinfonía al piano.

—Parece bastante agitado.

—Entendido —dice Espectro—. ¿Lo aniquilo?

—Adelante.

La imagen de la mira de Espectro aparece en el encuadre y veo con absoluta claridad la cabeza de Oscar Mayer Uno. El telémetro indica una distancia de 938,67 metros, algo que me parece imposible de alcanzar, al menos a mí. Pero yo no soy Espectro, y su arma dista mucho de ser convencional. Sería justo decir que en un rifle láser la caída del proyectil no tiene tanto peso.

Intuyo que el francotirador está a punto de disparar cuando el enemigo se gira, lo mira directamente y se agacha hasta perderse de vista. Espectro dispara. Un destello blanco llena la pantalla. Y entonces veo una cabeza estallar, pero no es la del objetivo: es uno de sus lacayos.

—Mierda —susurra Espectro.

—¿Qué coño ha sido eso? —dice Z-Lo—. Ha sido como... ¡Como si pudiera ver tu alma!

—Sexto sentido —responde Espectro—. Demasiadas miradas sobre él.

—Los sci-rung son intuicones —dice la teniente a cinco terminales de mí—. Son capaces de sentir a muchos niveles.

—Habría estado bien saberlo antes —le responde Espectro mientras se prepara para el siguiente disparo.

—Supuse que no iba a ser un problema a esa distancia.

—Suponer es una mierda.

Ock Tall vuelve a ponerse en pie y corre hacia el centro de transporte protegido por sus secuaces. La mira de Espectro enfoca el centro del grupo y dispara. Otro esbirro cae, pero no el objetivo prioritario.

El terminal de mi primera tarjeta emite un sonido.

—Hecho —dice Insarka—. A por el siguiente.

Mientras busco la nueva tarjeta, me invade una ola de emoción inesperada. Acabo de... Acabamos de salvar a gente. Los próximos humanos que pasen por el anillo que acabo de recalibrar no llegarán a su perdición, sino que encontrarán libertad.

—Patrick-Bic —dice Insarka para sacarme de mi ensoñación—. Hay que continuar.

—Sí. —Saco la tarjeta y continúo.

Otro destello de luz blanca aparece tien la ventana del visor de Espectro. Luego otro. Y otro más.

—Puto cabrón escurridizo. No te escaparás.

En los pocos días que llevo con Espectro, no lo había visto errar un disparo. Ni tampoco había hablado tanto. Ambas cosas me llevan a pensar que Oscar Mayer uno le está causando más dificultades de lo que esperaba, así que creo que me corresponde decir algo.

—Se dirige a la zona de transporte. Estará expuesto durante unos segundos antes de que la cápsula acelere. Ahí tendrás una buena oportunidad.

—Pero si se escapa lo hará a toda veloci...

—Cállate —le decimos Espectro y yo a Z-Lo al unísono.

—Perdón

—Tú puedes, Espectro. Toma aire y concéntrate.

—Entendido. —El francotirador espera un instante y luego dice—: Gracias.

—Yo cubro tus seis.

—Y yo cubro tu... otra espalda —dice Zo-Lo—. Treinta segundos hasta el transporte.

Aparto la mirada de Nighteyes justo cuando suena el timbre de la segunda estación de trabajo. Es otra victoria para la humanidad. Estoy haciendo algo que vale la pena. Estamos marcando un antes y un después. Cojo la tarjeta expulsada y corro hacia el siguiente puesto abierto, ansioso por salvar más almas. Es emocionante tener un sistema que funciona y saber que estamos salvando vidas. Millones de vidas.

—Phantom Actual, aquí Nuketown —dice Bumper—. Los secundarios están arriba.

—Recibido. Detonación a tu discreción.

—Entendido.

La cámara del casco de Bumper muestra a varios enemigos metiéndose en sus respectivas naves y enviando a centinelas a inspeccionar los restos en llamas en otras plataformas de aterrizaje. Los enemigos tienen las armas en alto y hay mucho jaleo. Mientras tanto, Nuketown y Sneakers están a cubierto en el lado sur de la cúpula en una buena posición para observar.

—Entrad un poco más —dice Bumper como si hablara con los gahnree y los sci-rung que inspeccionan sus naves sin detonar—. Eso, eso.

—¿Las vas a volar ya? —pregunta Aaron, pero Bumper niega con la cabeza.

—Queremos que algunos despeguen. Para que se confíen. ¿Ves a esos rezagados?

Veo la cabeza de Aaron asentir en mi HUD.

—Están dudando. Y aunque seguramente ya podríamos tostarlos, los queremos fritos, ¿sabes?

—Eh... bueno... sí, lo que tú digas.

Bumper deja escapar una suave carcajada mientras los enemigos siguen investigando las naves.

—Muy bien, doc.

Una de las muchas cosas positivas de los pasteles de Dios de Yrag es que las naves de transporte no muestran signos de sabotaje. Desaparecen como la peste y se arrastran hasta las entrañas de la nave. Joder, me pongo cachondo de pensar en lo que va a pasarles a esos cabrones.

—Ángeles de la muerte —dice Yoshi—. A mis tres en punto.

—Yo también veo —dice Vlad—. En lado izquierdo.

—Vienen en respuesta a la explosión —advierte Bumper—. No están aquí por nosotros.

En efecto, los ángeles de la muerte han acudido como respuesta a la primera ronda de destrucción de Nuketown.

—Permiso para detonar —me pregunta Bumper de repente—. Queremos una guerra, ¿verdad?

—Afirmativo —respondo, sabedor de lo que Bumper tiene en mente.

—Entonces hagamos que se disparen los unos a los otros. Tal vez incluso podemos hacer que todos se cubran en las naves.

—Adelante con ello, Nuketown —ordeno.

—Con mucho gusto, Phantom Actual.

—Objetivo a la vista —dice Espectro.

Srin Ock Tall disminuye la velocidad al acercarse a las puertas de una cápsula de transporte. Pero sus guardaespaldas siguen rodeándolo y, si Espectro dispara, Oscar Mayer Uno se agachará y logrará escapar. Me sorprende que incluso se arriesgue a escapar tal y como están las cosas. Si supiera lo que le conviene, se habría dado la vuelta tras los primeros disparos de Espectro.

Vuelvo al visor de Bumper y oigo que grita:

—¡Salgamos, Phantoms!

Nuketown y Sneakers salen de su escondite y empiezan a disparar a las fuerzas de seguridad de los sci-rung y los gahnree. Al principio, los otros ángeles de la muerte se vuelven contra los Phantoms con las armas en alto, pero en cuanto los otros comienzan a disparar, los ángeles de la muerte se unen a Bumper y el resto del equipo, totalmente ajenos a la doble traición.

—Quitaos de en medio —dice Espectro.

Me vuelvo a centrar en Nighteyes.

—Te estás retrasando, Patrick-Bic —dice Insarka.

—Es verdad.

Agarro la tarjeta de datos del puesto que acaba de sonar y me apresuro a ir al siguiente terminal, pero me tropiezo con una silla y casi me caigo. Son demasiadas cosas, pero tengo que estar al tanto de todo

Veo que Espectro se esfuerza por encontrar un pequeño margen que le permita disparar a Ock Tall, que ya está dentro de la cápsula. Echo un vistazo al visor de Z-Lo, menos ampliado, y veo que el tubo se aleja del centro de transporte a unos cien metros por encima de la plataforma y se desplaza en paralelo a la ciudad. Parece que esta línea va hacia el este antes de redirigirse hacia la sección de administración, varios kilómetros más arriba.

—¡Maldita sea! —grita Espectro.

Empieza a disparar, consciente de que la oportunidad se le escapa. Sus dos primeros disparos eliminan a los matones que bloquean la entrada de la cápsula de Ock Tall. Pero hay más a la vista y entonces la cápsula de Ock Tall se aleja.

—¡Se va! —exclama el chico—. Está...

—Lo sé —grita Espectro.

La mirilla de su objetivo recorre el tubo transparente, rastreando la cápsula de color blanco lechoso, y entonces se produce un destello. Una pequeña explosión estalla en la línea. El tubo se rompe y la cápsula se detiene. Un material blanco sale despedido por un agujero del tamaño de un melón y por el interior del tubo cae líquido. La cápsula de pasajeros de Ock Tall se ha partido en dos: una mitad cae a través de la tubería en una pulpa ensangrentada y la otra mitad sale disparada por el agujero causado por el disparo.

—¡No es el objetivo! —grita Z-Lo.

—Maldita sea —dice Espectro cuando ve a Oscar Mayer Uno corriendo para cubrirse detrás de la carcasa central del cilindro de transporte.

—Cuidado con el flanco izquierdo —ordena Bumper.

Vuelvo a comprobar su cámara y veo a Vlad ponerse a cubierto justo en el momento en que los disparos de armas pequeñas se reflejan en la esquina de un contenedor de transporte.

—Estúpidas gonorreas —exclama Vlad.

—Se llaman gahnree —corrige Aaron mientras dispara a un grupo de sci-rung que se dirige a una nave que está flotando a medio metro de la cubierta.

—Nuketown, aquí Phantom Actual. Adelante con la ejecución —digo.

—Ejecutando. —Bumper fija sus ojos en el botón del HUD que dice «Detonar».

Parpadea tres veces en señal de confirmación y las diez naves restantes estallan en pedazos. Los paneles de blindaje giran hacia las naves adyacentes mientras los motores repulsores salen disparados como cohetes artificiales. La erupción de trinium de una nave engulle a otra mientras enormes bolas de fuego vuelven a iluminar el vértice de la cúpula.

La sucesión de explosiones posteriores aniquila a los sci-rung más rezagados. Hay un enemigo especialmente desafortunado al que le golpea una rampa de descenso en el pecho con tanta fuerza que le corta el torso en dos antes de que la explosión lo calcine.

En la cámara de Vlad veo a los dos gahnrees que le habían disparado salir volando por los aires. Sus cuerpos en llamas dejan manchas negras en la superficie plateada de la cúpula mientras se deslizan por el lateral.

Incluso los ángeles de la muerte salen volando. Algunos, sin embargo, consiguen activar sus *jet packs* y descienden hacia las plataformas de aterrizaje aún sanas con las armas en alto en busca de enemigos.

—¿Has visto eso, Franky? —le pregunto mientras me apresuro hacia la siguiente terminal.

—Claro, Patrick. ¿Acaso tengo pinta de querer perderme algo de semejante magnitud?

—No sabía si estabas ocupado viendo un partido de críquet o algo por el estilo.

—Ah. Una afirmación sabia. Los partidos de ese deporte son horrorosamente largos.

—Tú lo has dicho.

—No sale —le dice Z-Lo a Espectro—. Creo que está asustado.

—Se ha escapado —señala Espectro mientras se guarda el rifle. Varios disparos impactan en el armazón a la derecha de Z-Lo.

—¡Nos han visto!

—Tenemos que largarnos —responde Espectro, que esquiva el fuego entrante rodando por la superficie.

Z-Lo hace lo mismo y se pone de pie agarrando los peldaños de una escalera metálica de acceso. Más disparos de bláster resuenan en la estructura mientras el chico y Espectro se agachan y corren por la pasarela.

—Franky, ¿puedes ayudarlos en su retirada de alguna manera?

—Hmm. Quizá. ¿Tengo permiso para hacer estallar lo que sea? Miro a Insarka.

—Mientras no afecte a ningún humano, bien por mí.

—Por favor, esperad.

Pasan varios segundos. Yo estoy ocupado introduciendo comandos clave en la pantalla holográfica de mi última estación de trabajo mientras Bumper y el resto de su equipo se paran para inspeccionar los daños. Pero Espectro y Z-Lo son los que están más apurados.

—Nighteyes, aquí Phantom Actual. Utilizad vuestros escudos individuales —les digo.

—Entendido —responde Espectro.

Aparece un campo de fuerza azul. Y menos mal, porque dos ráfagas impactan contra el escudo de Espectro y una tercera se estrella contra el de Z-Lo.

—No sabía que tenían rifles de francotirador —dice Z-Lo.

—No tienen —dice Insarka mientras teclea apresuradamente—. Como dije antes, son intuicones. Aprovecharán al máximo lo que tienen. Son rifles estándar. A esa distancia... Un momento. —Teclea algo, se levanta y agarra una tarjeta de datos—. A esa distancia, esos disparos no te matarán, pero te inmovilizarán si no andas con cuidado.

—Escapad de ahí —digo.

—Vale, ya lo tengo —dice Franky por fin.

—Date prisa.

Los dos Phantoms continúan por la pasarela y se dirigen a una escalera semicerrada que se extiende hacia la parte superior del edificio. Los sci-rung no dejan de dispararles.

—¿Franky? —pregunto agitado.

—Un segundo, ¿quieres? Por toda la familia real inglesa.

En la cámara de Espectro veo que varias ráfagas golpean a Z-Lo con tanta fuerza que el chaval se cae de lado y pierde su generador de escudo individual.

—¡Es ahora o nunca, Franky!

—Todo el mundo preparado —responde.

Un extraño chasquido suena en los dos micrófonos externos del equipo Nighteyes. Espectro gira la cabeza y mira hacia la plataforma de transporte. Su cámara no enfoca bien al principio y, cuando por fin se ajusta, veo que él y Z-Lo están tan confundidos como yo.

—¿Pero qué cojones haces, Franky?

—La buena mierda, Patrick. He roto el sistema de presión de la alcantarilla del bloque.

Una erupción de lodo de color marrón negruzco de al menos un metro de diámetro se precipita sobre la plataforma principal y derriba a los sci-rung.

—Esperaba una solución más permanente, pero servirá —digo.

—¿Permanente? ¿Pero tú sabes cuánto les llevará sacarse el olor? Y si te refieres a una explosión de tipo incendiario, yo no tengo acceso a ese tipo de sistemas. Por favor. Para eso estás tú.

—Ha funcionado —dice Z-Lo—. Gracias, lord Phantom.

—¿Lo ves? —me dice Franky—. Alguien que valora mis esfuerzos.

—Id al punto de exfiltración —le digo a Nighteyes, y luego cambio a las señoras Phantom—. Minx, aquí Phantom Actual. SITREP.

Aparecen en mi HUD tanto el visor de Hollywood como los rostros de ambas. Las dos corren por un pasillo lleno de ángeles de la muerte y varios tiranos.

—Planta de administración. Noveno piso. Nos dirigimos al tejado. El ambiente está caldeado.

—Entendido. No os caldeéis vosotras.

Suena otro de mis terminales: más almas que hemos salvados. Es una sensación fantástica. Solo espero que sirva de algo.

—¿Sigues de acuerdo con utilizar el punto de exfiltración primario en la parte superior? —le digo a Insarka, que asiente sin mirar.

—He contactado con Farkoo. Dice que su ETA es de quince minutos.

Miro alrededor de la Sala de Coordinación de Exportaciones y me doy cuenta de que estamos a mitad de camino.

—¿Crees que será suficiente?

—¿Para los Phantoms? Sí. ¿Para nosotros? —Echa una mirada nerviosa por toda la sala—. Ve más rápido.

—Entendido.

Introduzco la siguiente tarjeta y, de repente, se oye un enorme bum proveniente de la puerta que hace temblar el suelo.

—¿Qué es eso, Franky?

—Parece que los androquíes desean retomar el control de su sala de mando. Y diría que no quieren tardar mucho a juzgar por las herramientas que están empleando.

Otro gran bum hace temblar la sala y hace caer polvo y escombros del techo.

—Prepárate para la incursión, Patrick —avisa Franky—. Creo que están un poco... nerviosos.

CAPÍTULO 26

09:36, lunes, 28 de junio de 2027
Karkin Cuatro
Instalación de Procesamiento de Mercancías 6, Sala de
Coordinación de Exportaciones

—¡No te detengas! —grita Insarka—. Hemos de completar la secuencia de calibración.

—Entendido. —Llevo casi la mitad de mis estaciones cuando me vuelvo hacia la teniente—. ¿Por qué has dicho «secuencia» de calibración?

Insarka deja de hacer lo que está haciendo el tiempo suficiente como para lanzarme una mirada de preocupación y luego vuelve a centrarse en su terminal.

—Tenemos que recalibrar todas las estaciones.

—Bien —respondo, pero me da un vuelco el estómago mientras saco una tarjeta de datos—. ¿Me lo quieres contar ahora o luego?

Insarka deja escapar un largo suspiro.

—No quería ponerte más presión. —Se levanta y se apresura a la siguiente estación.

Otro bum sacude las puertas delanteras.

—Hemos de concluir todos para que se inicie el protocolo de recalibración —dice.

—¿Me estás diciendo que aún no hemos rescatado a nadie?

Ella niega con la cabeza.

—Pensé que tendríamos mucho tiempo y no quise agobiarte.

—Por todos los santos. —Arranco la tarjeta de datos más cercana de su ranura y me dirijo al siguiente ordenador—. Teniente, si el enemigo no te mata, igual acabo haciéndolo yo.

—Lo entiendo. Solo quería evitar...

335

—Pues no lo hagas. Nunca. ¿Entendido?

Asiente con la cabeza, se vuelve hacia su terminal y suelta un sí en voz baja.

—En defensa de la teniente, he de decir que el tiempo inicial estipulado para la misión era suficiente para... —dice Franky.

—Ahora mismo estoy dudando entre lenguado y pavo, Franky. ¿Tienes alguna preferencia?

—Eh... No. Ninguna de las dos, de hecho.

—Entonces cierra la boca a menos que tengas algo que aportar sobre el enemigo que está golpeando la puerta.

—Tus deseos son órdenes, Patrick.

Me acerco a mi cuadragésimo terminal, al igual que Insarka, cuando resuena otro fuerte bum, pero esta vez también suena un crujido.

—Abro la boca para informarte de que el enemigo ha entrado en la sala —dice Franky.

Nada más pronunciar estas palabras, nos empiezan a disparar desde las puertas blindadas. Las ráfagas rebotan y hacen saltar chispas sobre Insarka y sobre mí. Me percato de que el enemigo no tiene buena puntería. El fuego se detiene y se escuchan gritos en skrawl.

—No se arriesgarán a dañar los terminales —dice Insarka—. ¡Rápido! Hemos de terminar antes de que lleguen.

—No hace falta que me lo digas dos veces.

Lleno los dos siguientes ordenadores con tarjetas de datos y preparo mi cuadragésimo tercer terminal cuando un sonido de metal desgarrándose inunda el teatro. Miro hacia el anfiteatro y veo a un tirano arrancando las puertas delanteras con manos mecánicas.

Perfecto.

Suena otro terminal, saco la tarjeta de datos y me apresuro a llevarla al siguiente.

—Ahora podría ser un buen momento para empezar a disparar, Patrick —dice Franky.

Me lo quito de la espalda, apunto al invasor y disparo una ráfaga de media potencia contra el objetivo. Le acierto en la armadura verde mate y saltan chispas junto a la puerta, pero no consigo más que cabrear al enemigo.

—Te sugiero que aumentes la potencia, Patrick.

—Haz lo que tengas que hacer, lord Phantom.

Suena otro terminal y continúo.

—Prueba ahora —dice Franky.

Con la tarjeta en la mano, me giro hacia la puerta y disparo. El rifle emite un chillido y luego deja escapar un plom ensordecedor cuando una descarga de energía de alta frecuencia empuja al enemigo hacia atrás a través del agujero y lo hace estallar contra la pared lateral del pasillo.

—Esto ya es otra cosa.

—Tendrás que cambiar el cargador de condensadores si quieres volver a hacerlo, Patrick. Mi nivel de energía es del cincuenta y uno por ciento después de eso.

—Recargando —le digo a Insarka, pero me doy cuenta de que probablemente desconoce la disciplina de fuego de los marines. Guardo el cargador medio lleno en el costado del rifle y meto uno nuevo.

—Carga del condensador al cien por cien —dice Franky con gusto—. Apunta, Patrick. Quiero venganza. Quiero que sepan que se acerca la muerte. Y que no hay nada que puedan hacer para detenerla.

—¿Has...? ¿Has visto *Rambo*?

—Sí, todas.

—¿Y? —digo mientras apunto hacia la puerta.

—¿Cómo que «y»? Me dieron un subidón de energía. Y me conectaron mucho más contigo, Patrick. Creo que ahora te entiendo de verdad. Tú me completas.

—Por Dios...

—¿Qué? ¿Tienes miedo del tirano que acaba de entrar?

—No. —Apunto a la cabeza del enemigo—. Has visto *Jerry Maguire*. Eso es lo que me da miedo.

Aprieto el gatillo. El rifle emite otro plom que silencia los sensores de audio de mi casco, y el casco del tirano explota. El cuerpo sin cabeza cae entre gritos de los androcallos del exterior.

—Lo siguiente que van a intentar es aturdirnos —dice Insarka mientras se acerca a sus tres últimos terminales—. Tienes que defendernos. Yo me encargaré de completar las calibraciones restantes. Deja tus tarjetas.

—Entendido. —Vuelvo a comprobar el nivel de energía de Franky. Está al sesenta y tres por ciento. Suficiente para un disparo más como el que acabo de disfrutar. O...—. Franky, ¿tienes algún as en la manga para defendernos de granadas aturdidoras?

Franky emite un sonido de disgusto.

—¿Que si tengo algún as en la manga? ¿Pero tú sabes con quién estás hablando?

—¿Fraaanky?

—Exacto. Estás hablando con...

—¡Franky, ya!

Un objeto del tamaño de una pelota de béisbol se cuela por la abertura y se dirige hacia mí. Apunto a Franky como si estuviera practicando tiro al plato y le rezo a Dios para que mi rifle parlanchín tenga de verdad un as en la manga.

Cuando aprieto el gatillo, un amplio campo azul se expande por toda la habitación. La onda envuelve la granada de aturdimiento y me protege de la explosión resultante; acto seguido redirige la explosión hacia la entrada. Y todo en tres segundos.

—Ha sido increíble —digo mientras bajo a Franky.

—No. Eso solo ha sido la modalidad de disrupción. Yo soy increíble.

Ignoro su autoelogio y echo un vistazo a su nivel de energía restante. El cargador está al cuarenta y nueve por ciento.

—Recargando.

Otra granada de aturdimiento vuela a través de la abertura.

—¡Patrick! —grita Franky.

Pero estoy en pleno proceso de recarga.

De la nada, Insarka salta desde su terminal, se eleva cinco metros por encima de la Vigía de Arcos de la Unidad y atrapa la granada en el aire. Con un movimiento fluido lanza el artefacto a través de la brecha de la puerta, y este detona con un ruido ensordecedor.

Siento que me entra flojera en las manos.

—Pero ¿qué...?

—¿... demonios ha sido eso? —Franky completa la frase por mí.

—Encárgate de los tres últimos. —Insarka señala los terminales restantes—. Y cúbreme.

—Bien. Yo te cubro. Entendido.

Todavía un poco aturdido por lo que acabo de ver, me apresuro hacia los últimos terminales y veo las tarjetas de datos en las estaciones de trabajo adyacentes. Con un ojo puesto en Insarka, que ahora está en el nivel del anfiteatro y se acerca a la puerta, y el otro en los terminales, empiezo a teclear los pasos de iniciación necesarios antes de insertar las tarjetas de datos. Pero el proceso se interrumpe cuando una explosión arranca las dos puertas de la pared y las lanza por los aires.

Los paneles blindados aterrizan en la base de la VAU y casi provocan un daño catastrófico. Un tirano entra por la brecha humeante.

—Phantom Actual, aquí Minx —dice Hollywood—. ¿Cuál es la situa...? ¡Cuidado!

Tengo a Franky en alto apuntando al pecho del tirano.

—¡Patrick, recarga! —grita—. ¡Recarga!

Maldita sea, no terminé la recarga antes y dejé el cargador en el suelo. ¡Como un novato!

Me saco otro del cinturón y lo coloco en el receptor inferior antes de volver a apuntar al tirano. Pero Insarka ha saltado sobre el enemigo y se ha colocado sobre sus hombros: le dispara a bocajarro en la base del cuello. Un sonido entrecortado atraviesa el aire mientras rápidos destellos de luz perforan el pecho del intruso. Cuando el enemigo cae hacia delante y sobre la barandilla, Insarka salta y aterriza de nuevo en el suelo.

—¿¡A qué esperas!? —grita.

—Yo estaba... Hay... Joder.

Esta mujer no necesita que la cubra. Me doy la vuelta e introduzco la secuencia requerida en las tres máquinas restantes.

De repente las luces de la sala se atenúan y la VAU brilla más que nunca.

—Felicidades, Patrick-Bic —dice Insarka mientras dispara a través de la brecha—. Acabas de salvar a millones de humanos.

* * *

Estoy subiendo los escalones para reunirme con Insarka en el anfiteatro cuando Hollywood me llama de nuevo. Tiene cara de estar muy preocupada.

—Phantom Actual... Joder. ¿Estás bien, Bic?

—Seguimos aquí. —Saco un DSV, lo pongo en modalidad de fragmentación y lo lanzo hacia la puerta—. ¡Granada va!

La teniente se aleja de la explosión y el pasillo se llena de fuego. Entonces Insarka se asoma por la esquina y dispara. Una ráfaga que responde a sus disparos la obliga a entrar de nuevo.

—Esto no va bien —me dice—. Han traído refuerzos. Estamos atrapados.

—¿Hay alguna puerta secundaria antiexplosiones que podamos utilizar? —pregunto.

—Negativo.

Más ráfagas salpican la entrada.

—¿Qué tal una granada de interrupción de frecuencia? —digo recordando cuando Insarka nos rescató en el hangar y se metió en el tiroteo sin ser detectada.

—No servirá —responde—. Puede que logremos avanzar un poco, pero no lo suficiente.

Maldita sea. Vamos, Pat. Tiene que haber alguna forma de salir de aquí.

—Franky, ¿hay alguna alcantarilla por aquí?

—Vaya, así que ahora ya te gustan las alcantarillas.

—Sí.

—Bueno, siento decepcionarte, pero no.

—Yo también siento decepcionarte.

Tras unos segundos, Franky pregunta:

—¿Crees que aquí se acaba, Patrick? ¿Es tu última batalla? ¿Es aquí donde se produce una muerte épica?

—Los marines no morimos, Franky. Solo vamos al infierno y allí nos juntamos todos de nuevo.

—Ajá, me lo apunto. Los rifles con NISP tampoco morimos, nos llevan con Yrag y nos hacen la cirugía plástica. Se le dan muy bien las liposucciones.

—¿Se encuentra bien? —me pregunta Insarka.

—No sé qué decirte.

Aprieto la mandíbula mientras pienso en nuestras opciones, pero por desgracia no veo muchas.

—Hmmm —dice Franky.

—¿Qué te pasa?

—Es solo... Bueno, puede que no sea nada.

—Escúpelo.

—Parece que hay una línea de transporte que pasa por debajo de esta sala.

Miro a Insarka.

Se encoge de hombros.

—Continúa —digo.

—Una hipótesis es que ambos entréis en el tubo... Un momento.

—¿Quieres que nos montemos un momento?

—No. Estoy comprobando algo, idiota. Ah, aquí está. Sí, es una línea amarilla, lo que significa que podríais tomarla hasta el eje central de la sala principal y luego tomar una línea verde hasta las plantas de administración.

Más disparos de bláster impactan contra la pared a nuestro lado.

—Están avanzando —dice Insarka, y luego devuelve el fuego a ciegas. Se saca un DSV del cinturón, lo prepara y lo lanza por el pasillo. Una luz brillante y una fuerte explosión silencian el fuego entrante, pero solo durante unos segundos.

—Cuéntame ese plan hipotético, lord Phantom. Suenas dubitativo —le digo a Franky.

—Habría que arrastrarse por el subsuelo y hacer un agujero en el tubo presurizado lo suficientemente ancho como para que pudierais entrar sin desestabilizar la línea. Suponiendo que lo consiguierais, habría que introducirse en el tubo teniendo en cuenta dos cosas muy importantes.

—¿Qué cosas?

—Por una parte, no introducirse cuando haya una cápsula aproximándose. Eso significaría...

—Cosa mala. ¿Qué más?

—Sí. Bueno, luego está el hecho de introducirse en la corriente de aire a doscientos cincuenta kilómetros por hora sin la carcasa amortiguadora de inercia.

—¿El envoltorio ese que parece un capullo?

—Sí, aunque los androquíes lo llaman crisálida de distribución de energía. Bueno, técnicamente, son los novia minoosh los que...

—¿Entonces sin envoltorio hacemos pum?

—Lo más probable es que tus entrañas se rompan, sí. Por no hablar de que te desmayarás por la aceleración sin paliativos.

—Eso si sobrevivimos a la rotura de órganos —añado.

—Correcto. Vaya, aprendes muy rápido, Patrick. Bravo.

—No me gusta cómo suena eso, Bic —interviene Hollywood.

—Ya, a mí tampoco. —Le doy un toque a Insarka en el hombro—. ¿Alguna otra idea brillante?

Insarka niega con tristeza.

—Esta sala fue construida para limitar el acceso y la salida. Desconozco el tubo de transporte que hay debajo. Pero si Franky dice que está ahí, entonces es nuestra única ruta de escape, además del pasillo.

Una fracción de segundo después de que termine de hablar, una granada aturdidora enemiga rebota en los montones de cadáveres.

—¡A cubierto! —grito.

El dispositivo estalla y llena la puerta de fuego y trozos de cadáveres. Maldita sea. Han lanzado una granada de fragmentación.

—Están dispuestos a poner en riesgo la integridad de la sala —grita la teniente.

—¿Pueden deshacer nuestro trabajo? ¿Cerrar los portales una vez que nos vayamos?

—Con toda la atención que hemos atraído, sin duda. Esperaba que pudiéramos evitar algo así.

—Entonces eso es un sí.

Asiente con la cabeza.

—También pueden ver dónde los hemos depositado. A menos que destruyamos el hardware.

—Entonces destruyámoslo, mejor para nuestros intereses. ¿Cuántos DSV tienes?

—Dos —contesta ella.

—Yo tengo uno. ¿Crees que bastará, Franky?

—Bueno, todo depende de...

—¡Franky!

—Sí —dice enrabietado—. ¿No puedes aguantar unas pocas explicaciones espontáneas?

—Negativo. —Juro que voy a darle esta pistola a un pavo para que se la coma y luego le daré lenguados para que se los coma también—. Ahora dinos dónde nos conviene meter los DSV y cómo demonios salir de aquí.

—Bueno, no sé si los tres, pero al menos uno te lo podrías meter por el...

—¡Franky!

* * *

Fijamos dos DSV a la parte inferior de los terminales en los extremos opuestos de la sala y el último lo colocamos debajo de la VAU en modalidad de humo. Nuestra esperanza es que la pantalla de humo nos haga ganar algo de tiempo y enmascare nuestra huida. Luego seguimos las instrucciones de Franky hasta una escotilla de acceso que nos lleva al subsuelo. Y así, sin más, desaparecemos.

Insarka nos guía por una pasarela por la que avanzamos a cuatro patas. El oscuro espacio solo tiene un metro de altura pero se extiende en todas las direcciones. Está lleno de enormes conductos eléctricos, estaciones de regulación que vibran y una infraestructura de comunicaciones que pondría cachondos a Verizon y SpaceX.

Utilizar los DSV como cobertura y como sabotaje es un ejercicio de equilibrismo. Activar el humo y retrasar la detonación de las granadas de fragmentación permite que más androcallos entren a investigar, *ergo* eliminaremos a más cuando se produzca la gran explosión. Pero si esperamos demasiado, corremos el riesgo de

343

que el enemigo descubra lo que hemos hecho con los anillos de exportación e informe por radio.

¿Y si no salimos de aquí para entonces? Bueno, entonces ya nos recogerá el camión de la basura. La guerra tiene sus riesgos, y suelen ser desagradables.

Pero para ganar aún más tiempo, Insarka agarró dos rifles de los enemigos caídos, los apuntó hacia el pasillo y los dejó en modo de autodisparo con proyectiles de bajo rendimiento y un solo impulso cada tres segundos hasta agotar los cargadores. Por lo pronto están manteniendo al enemigo a raya, pero no por mucho tiempo.

—Phantom Actual, aquí Minx —dice Hollywood—. Exfil en cinco minutos.

—Poco tiempo para nosotros —respondo.

—Recibido. Esperaremos.

—Negativo, Minx. Proceded a la zona de aterrizaje Hotel California para la exfiltración y luego acudid a Tequila Sunrise tal y como dijimos. Utilizaremos el exfil secundario y nos veremos allí.

Franky interviene.

—¿Eso significa que deseas cambiar de destino, Patrick?

—Sí. Y voy a necesitar al arma más inteligente...

—NISP —corrige.

—Al NISP más inteligente que conozco para que nos guíe.

—Eso suponiendo que sobrevivas a la aceleración inicial —añade.

—No me lo recuerdes.

Hollywood pregunta:

—¿Estás seguro, Bic?

—¿Desde cuándo la certeza es un requisito para sobrevivir, sargento?

—Nunca —responde con una sonrisa.

—Eso es. Subid y marchaos. Nos veremos después

—Nos vemos en Tequila Sunrise —confirma—. Minx fuera.

En medio del laberinto de conductos, tuberías y hardware, Insarka y yo finalmente nos topamos con el tubo transparente que se curva hasta perderse de vista. Oigo el constante chorro de aire que atraviesa el tubo a doscientos cincuenta kilómetros por hora.

La energía parecía tan mansa cuando accedí al tubo por el puerto seguro y me encerré en la cápsula... Pero ahora que lo tengo al alcance de la mano y veo la fuerza con la que discurre todo a través de él, me siento inquieto.

Por si fuera poco, una cápsula de color blanco lechoso pasa por delante de nosotros con un fuerte golpe que hace temblar la pasarela.

—¿Te lo estás pensando, Patrick? —pregunta Franky.

Entrecierro los ojos y miento.

—No. ¿Por qué lo...?

—Bueno, tu presión sanguínea se ha disparado, tus pupilas se han dilatado y tus niveles de adrenalina...

—Soy cautelosamente optimista, amigo, ¿vale? No me hace gracia la idea de acabar hecho pasta de dientes.

Veo en mi mente la imagen del sci-rung saliendo por el agujero tras el disparo de Espectro.

—Una comparación acertada —admite Franky.

En ese momento el sonido constante de dos FA-NJC disparando cada tres segundos se detiene.

—Ya no queda munición —dice Insarka.

—Entendido. Y entonces, ¿cuál es tu gran idea para pinchar el tubo, Franky?

—Mi ajuste de distorsión. Normalmente se utiliza para desestabilizar los enlaces iónicos de los oponentes cubiertos por obstáculos tales como paredes, suelos y puertas. Es algo así como un microondas que calienta una empanadilla por dentro hasta cocinarla, pero sin afectar la corteza.

—¿Así que piensas cocinar el tubo?

—Por así decirlo. Mediante el HUD puedes alterar la profundidad efectiva y el rango de mis capacidades de ionización. Sugiero poner mi cañón a veinticinco centímetros de la superficie del tubo y fijar el punto de inicio del alcance de la onda en veintiséis centímetros. Eso debería producir el efecto deseado.

—¿Qué tal si te encargas tú de aplicar las medidas? Y yo me dedico a sostenerte.

—Me parece correcto.

—¿No cerrarán la línea una vez que detecten una brecha? —le pregunto a Insarka.

—El puesto de mando general cerrará los puntos de entrada para que los nuevos pasajeros no puedan subir, pero continuarán el flujo de aire hasta que todos los pasajeros en tránsito hayan salido—. Se detiene—. Están bajando las escaleras hacia los pisos inferiores. Hay que hacer estallar los otros DSV.

Asiento con la cabeza y luego dejo que mis ojos se concentren en el botón del DSV que dice «Detonar». Un segundo después oigo un fuerte estallido procedente de la dirección por la que nos arrastramos, seguido de gritos y del sonido de cuerpos chocando contra sillas y el suelo.

—Creo que estarán entretenidos durante un rato.

—El tubo —dice Insarka señalándolo.

Es insistente, de eso no cabe duda. Agarro a Franky, vuelvo a comprobar que tiene todos los modos y los números correctos... Ah, demonios, ¿a quién quiero engañar? Solo actúo como si supiera lo que estoy haciendo.

—Allá va.

Aprieto y mantengo el gatillo, pero no pasa nada.

—¿Algo va mal?

—No —dice Franky—. Tú no te detengas.

—Pero no está pasando...

—Esto no es tu típico piñau, piñau, Patrick. Es radiación focalizada. Ahora, por favor, estate quieto.

Hago lo que me dice, pero quito la mano izquierda para señalar a Franky mientras le dirijo a Insarka una mirada como diciendo: «¿Tú entiendes a este tío?».

—Mantén tus manos sobre mí —me regaña Franky—. Santo cielo, eres peor que un amante desinteresado. Lo próximo que haré será cambiarme el nombre a Sheila y empezar a usar lencería traviesa solo para que sigas viniendo.

—¿Qué?

—¿Sois...? ¿Sois amantes? —pregunta Insarka.

Franky dice que sí y yo digo que no a la vez.

—Ya veo —responde Insarka con la ceja levantada—. Sois amantes.

—¡Preparaos! —grita Franky.

En el poco tiempo que llevamos hablando, la pared del tubo parece haberse derretido y una sección de un metro de ancho empieza a hincharse hacia nosotros. Justo cuando empiezo a apartar a Franky, Insarka me agarra por los hombros y me aparta. La pared que se está inflando estalla y una ráfaga de aire como un huracán irrumpe en el espacio de acceso.

—¡Tú primero! —grita Insarka.

—¿Seguro?

—¡Sí! ¡Tengo que hacer estallar mis DSV!

Asiento y luego miro hacia la apertura.

—Que sea lo que Dios quiera.

Estoy luchando contra la corriente de aire cuando Franky ruge en mi cabeza.

—¡Espera!

Al instante una cápsula gira a la curva y se engancha en el borde del agujero. La mitad del cuerpo sale mientras que la otra mitad continúa por el tubo. El sonido de huesos que se rompen y carne que explota es tan repentino que apenas tengo tiempo de pensar en lo que ha pasado.

Insarka me toca el hombro cubierto de sangre y luego me dice:

—Ha muerto.

—¿Tú crees?

—Sí. Estoy segura.

—Mmm. —Me pongo a Franky a la espalda y me dejo llevar por la corriente de aire—. Me planteo si esto va a funcionar, amigo.

—No hay de qué preocuparse, Patrick. Se me dan muy bien las matemáticas.

—No es que me tranquilice mucho eso. ¿No nos hará falta uno de esos capullos amortiguadores de inercia?

—La brecha en el flujo de aire ha hecho que los vectores de fuerza sean ahora más accesibles.

—¿Cómo de accesibles, Franky?

—Tú solo tienes que abrirte paso a través del flujo de aire tributario e introducir las piernas en la arteria principal. La presión del aire se encargará de todo lo demás.

—¿No me partirá por la mitad?

—Negativo. El androquí de antes ha tenido la mala suerte de usar nuestra ubicación como salida. Tú la usarás como entrada. Hay una diferencia neumática marginal.

—Un momento, ¿cómo que marginal?

—¡Ya, Patrick! ¡Ahora!

Utilizo la pasarela para meter las piernas en el agujero.

—Algo me dice que voy a...

CAPÍTULO 27

09:45, lunes, 28 de junio de 2027
Karkin Cuatro
Instalación de Procesamiento de Mercancías 6, línea de
transporte

LA VIOLENTA PRESIÓN del aire succiona mis piernas hacia el tubo y arrastra el resto de mi cuerpo con ellas. Todo ocurre tan rápido que no podría haberlo evitado aunque lo hubiera querido. Y ahora voy a toda mecha por la oscuridad sin la seguridad de una cápsula.

—¿Estás consciente, Patrick? —me pregunta Franky.

Digo algo, pero lo que me sale es una especie de grito.

—Lo tomaré como un sí. Intenta relajarte, Patrick. Estabilizar tu cuerpo te ayudará a tener una experiencia mucho más agradable.

—No creo... que sea... posible.

Doy vueltas por el interior del tubo con tanta fuerza que apenas puedo hablar. Creo que estamos subiendo, pero no lo sé al cien por cien. Tengo la sensación de que la sangre se me sube a la cabeza y luego me va toda a los pies con cada giro.

—Oh, por favor. Haz como la última vez y cruza los brazos sobre el pecho. Las piernas rectas, los tobillos juntos, la cabeza hacia atrás. Ah, y tose.

—¿Qué?

—¡Más atención, marine!

Hago lo que me dice y prácticamente de forma instantánea me estabilizo.

—¿Y bien, Patrick? ¿Mejor?

De repente el tubo se llena de luz y casi me ciega. Mi visor tarda una fracción de segundo en ajustarse y, cuando lo hace, reconozco la ciudad a mi alrededor. Estamos volando entre los edificios como una bala.

—¡Santo cielo, Franky!

—Sí, Patrick, eres como Superman.

El tubo hace un giro en una curva que abarca una docena de manzanas. Veo androquíes y vehículos muy por debajo. Incluso hay gente en los edificios: todos parecen estar en puestos de trabajo.

Tengo la sensación de que los pies me van a chocar con cada esquina a la que nos acercamos, pero el tubo sigue adelante, esquivando por poco edificios y puentes. Me siento como si estuviera en un trineo de lujo e incluso logro disfrutar un poco la sensación. Hasta que veo un enorme edificio delante. Mi cerebro sabe que el tubo lo atravesará, pero mi amígdala me dice que estoy a punto de morir. Al parecer, mis pulmones y mi boca también se han puesto del lado de mi instinto de supervivencia.

—¡Nooooo, mieeeeeerd...!

El edificio me engulle como una ballena. Vuelvo a estar en la oscuridad, pero se produce una fuerte sacudida y pequeñas luces blancas pasan por delante de mi cabeza. Entonces el tubo comienza a doblarse hacia abajo, de modo que mis pies vuelven a estar debajo de mí, donde en principio les correspondería. Las luces blancas cambian repentinamente a azul y siento que el cuerpo va perdiendo velocidad.

—¿Todo bien? —le pregunto a Franky.

—Desde luego. El sistema de control de emergencias te está desviando a un túnel para recibir a los pasajeros sin cápsula. Es totalmente normal. Bueno, casi normal.

—¿Cómo que casi normal?

—Cuando un pasajero no va en una cápsula, normalmente es porque... Ya sabes.

—No, no sé.

—Bueno, como el tipo de antes.

—¿El muerto partido por la mitad?

—Eso es.

—¡Franky!

Una ráfaga de viento me golpea las suelas de las botas y la ingle y luego me arranca los brazos del pecho. Estoy seguro de que también me va a arrancar el casco de la cabeza, pero entonces la velocidad va disminuyendo hasta que quedo suspendido sobre una rejilla metálica un metro por debajo de mí.

Suena una alarma de emergencia, las luces cambian a rojo y me tiro al suelo. Las puertas se abren a mi derecha y dos técnicos androquíes me sacan con cara de sorpresa, o lo que yo entiendo por sorpresa.

—¿Estás vivo? —dice un técnico a través del software de traducción de mi casco.

—Nunca hemos tenido uno vivo —afirma el otro.

—Por favor, pase por aquí —dice un tercer androcallo que me hace señas para que me acerque.

Veo un montón de restos ensangrentados que salen de la mitad de una cápsula de inercia a mi izquierda; seguramente es el desgraciado que estaba antes que yo. Oigo que las puertas se cierran y me doy la vuelta. Veo a una segunda persona que sale del tubo.

—¿Me echabas de menos? —dice Insarka por el sistema de comunicaciones.

—Me alegro de que lo hayas conseguido —respondo—. ¿Y los DSV?

—Todo bien.

—Es lo que quería oír.

Observo cómo se abren las puertas y los técnicos ayudan a Insarka a salir. Las voces de los trabajadores se llenan de sorpresa cuando miran a los dos recién llegados vivos.

—Parece que les has alegrado el día —dice Franky.

—Que vayan a jugar a la lotería después.

Insarka se abre paso entre tanto androquí animado y me estira el brazo.

—Ven. Tenemos que llegar a la siguiente sala de transporte. Por aquí.

Sigo a la teniente por un tramo de escaleras y entro en un ascensor muy normal, muy lento y muy previsible que utilizamos para subir varios pisos.

—Phantom Actual, aquí Minx. ¿Estáis bien?

—Acabo de lanzarme en tobogán —le digo a Hollywood.

—¿En plan comando? Muy bien, tenías cara de que te iba a gustar. Escucha, las naves ya están aterrizando. Contacta con nosotros cuando sepas a dónde os dirigís.

—Entendido. Franky compartirá las coordenadas para el rescate.

—Entendido. Nos vemos en el exterior. Fuera.

—A propósito —les digo a Franky e Insarka—. ¿A dónde estamos yendo?

—Teniendo en cuenta el informe de la misión, recomiendo la idea de Insarka de salir de la IPM6 desde el Muelle de Suministros Norte; desde el Pabellón Cuatro para ser precisos. Parece que tiene la menor cantidad de actividad a juzgar por la limitada inteligencia que he podido encontrar.

Miro a Insarka para confirmarlo.

—Sí, estoy de acuerdo —responde ella.

—Bien; muéstranos el camino, amigo mío.

Nada más pronunciar las palabras, aparece en mi HUD un nuevo icono con la etiqueta Final Feliz. Asimismo, los marcadores de ruta de realidad aumentada aparecen en el suelo a la espera de que se abran las puertas del ascensor.

—¿Final Feliz? —le pregunto a Franky—. ¿Le has cambiado el nombre?

—Sí —responde—. Pensé que era más adecuado.

El ascensor se ralentiza y suena un timbre de llegada. Entonces Insarka me dice que respire hondo mientras salimos del ascensor y entramos despreocupadamente en otro centro de transporte. Pero el vestíbulo parece más ajetreado que los anteriores y supongo que se debe al revuelo que hemos montado.

En la sala de observación, a nuestra izquierda, hay cuatro ángeles de la muerte y dos tiranos que vigilan el tráfico de individuos que entran y salen de los tubos del cilindro principal y revisan las imágenes de la pantalla holográfica. Veo a otros cinco ángeles de la muerte apostados en la sala, con las armas en posición de porte táctico y mirando a todos lados. Esto no pinta bien. Nos están buscando. Pero hasta que no haya pruebas de que somos distintos de otros ángeles de la muerte, aquí no ha pasado nada.

—Mirada al frente, manos a los lados —dice Insarka—. Tienes que relajarte.

—Estoy relajado.

Pero incluso mientras protesto, noto que estoy tenso. Lo único que me separa de un millón de extraterrestres es una armadura de combate. No es muy tranquilizador.

Insarka y yo nos ponemos en fila, ella va en cabeza. Uno de los ángeles de la muerte más cercanos a nuestro puerto de entrada previsto le hace una señal. Ah, zalastros.

—¿De dónde venís? —le pregunta el centinela con el arma aún sobre el pecho. Hasta aquí, todo bien.

—Fosa de clasificación 21F —responde Insarka sin dudar con nuestro canal de comunicaciones abierto, supongo que para que me entere de todo sin problemas. Habla en su skrawl nativo, pero mi casco traduce a ambos.

—¿Qué destino?

—Suministros Norte, Pabellón Cuatro —dice.

El centinela inclina la cabeza.

—¿Por qué dos turnos?

Me señala con la mirada.

—Horas extras para los dos. Un error de asignación.

El ángel de la muerte se encoge de hombros.

—Le puede pasar a cualquiera.

Insarka asiente y yo me encojo de hombros.

—Que tengáis un buen día —dice el centinela, y vuelve a su posición.

—Por los pelos —digo mientras la cola avanza.

—Todavía no estamos a salvo —responde Insarka—. Está hablando con el puesto de control.

—Mierda.

—No es buena señal. Calculo que descubrirá que nuestras etiquetas de identificación son fraudulentas en sesenta segundos.

Miro hacia las puertas y observo al siguiente pasajero subir.

—No es tiempo suficiente.

—¿No me digas, Sherlock? —dice Franky—. Pero tengo una idea que creo que te gustará.

—¿Ah sí?

—Sí. Empieza a disparar.

—¿Qué?

—Apúntame a las puertas de entrada del tubo, hazlas estallar y luego salta dentro —dice Franky.

—¿Ese es tu plan? —pregunto.

—Tiene razón —interviene Insarka—. Es la mejor opción.

—Vale, ¿pero qué hay del capullo amortiguador de inercia y tal?

—Tendrás que renunciar a eso otra vez —añade Franky.

—¿Pero eso no nos matará sin un agujero en el tubo?

—Por eso digo que dispares a las puertas, Sherlock Holmes. Dios, a veces parece que te falte un hervor.

—¿Perdón?

—Ya voy yo. —Insarka se quita el FA-NJC de la espalda y apunta a las puertas—. Empiezo yo.

La teniente aprieta el gatillo y se desata el caos.

* * *

Los restos de la puerta vuelan por el tubo mientras una ráfaga de aire inunda la sala. Vuelve a sonar la alarma que parece un claxon. Todos los que aguardaban su turno en fila corren para ponerse a cubierto y los centinelas levantan las armas, pero no tienen claro si disparar a las dos personas que corren hacia el tubo de transporte que acabamos de sabotear. Y es que alguien en sus cabales no se lanzaría por un conducto de ventilación roto, pero no hay que olvidar que soy un marine jubilado y cabezón, así que tampoco es que esté en mis cabales.

—¡Salta! —grita Insarka.

Me cruzo de brazos por adelantado y la teniente se gira para disparar al ángel de la muerte más cercano. Vislumbro una fuente de chispas que envuelve el lado derecho de la sala justo cuando el viento golpea mi cabeza como las cataratas del Niágara. La fuerza tiene el desafortunado efecto de empujar mi cabeza hacia abajo y dentro del tubo, y me quedo con los pies hacia arriba.

La sangre se me acumula en las piernas mientras recorro el tubo a toda velocidad con la cabeza por delante. Gruño y trato de no desmayarme, pero la aceleración es tan fuerte que me duele todo.

—Bueno, esta posición no es la ideal —dice Franky.

—¿Ah sí? —Parpadeo varias veces—. No me había dado cuenta.

Me dirijo hacia el suelo del edificio a una velocidad de vértigo con los brazos cruzados sobre el pecho. Una fracción de segundo después, salgo disparado hacia un espacio cavernoso bajo la superficie que parece una ciudad en sí misma. La extensión cilíndrica está horadada en el planeta. Pero entonces el tubo se curva hacia arriba y me envía a la pared lateral rodeada de balcones y luces. Una vez más mi amígdala me dice que estoy a punto de morir aplastado, pero me abro paso y me sumerjo en la oscuridad.

—Estás a punto de desviarte de nuevo, Patrick. Aguanta —dice Franky.

Efectivamente, hay un cambio brusco de dirección y las pequeñas luces blancas vuelven a aparecer. Entonces el tubo se dobla de manera que me quedo boca abajo y las luces cambian a azul mientras voy perdiendo velocidad. La ráfaga de viento me golpea en la cabeza y los hombros hasta que quedo suspendido sobre la rejilla del suelo. En cuanto las luces se vuelven rojas, la presión disminuye y caigo de cabeza.

Aterrizaje perfecto.

Las puertas se abren y yo salgo del tubo, donde me ponen en pie los asistentes, que parecen ansiosos por sacarme del pozo, seguramente porque saben que hay alguien más en camino.

Pero entonces alguien me pone los brazos en la espalda y me inmoviliza poniéndome algo en las muñecas. Miro por encima del hombro y veo a un tirano sin casco que me mira con desprecio.

Maldita sea.

—Agáchate —dice Insarka en mi HUD. Pero ella aún no ha llegado al pozo.

—¿Me ves? —Es una pregunta tonta, más un acto reflejo que otra cosa. Tanta tecnología de lujo sigue siendo nueva para mí.

—Agáchate —repite mientras aparece una figura en el tubo y las puertas se separan—. ¡Ahora!

Me tiro de rodillas justo cuando Insarka dispara una ráfaga contra el tirano. Entonces me pongo de espaldas para enfrentarme a mi agresor, pero le falta la cabeza.

—Siempre hay que cubrirse —me digo—. Vaya novato.

La teniente me ayuda a levantarme, me quita lo que me inmovilizaba las muñecas y señala unas puertas al final del pequeño pasillo en el que estamos.

—Vendrán por ahí.

Sé que se refiere a los refuerzos.

—Entendido.

Me quito a Franky de la espalda y me pongo detrás de una columna metálica de apoyo a la izquierda mientras Insarka hace lo mismo a la derecha. Tengo a Franky en posición cuando veo que se abren las puertas y entran cuatro ángeles de la muerte. Se detienen cuando ven al tirano sin cabeza sostenido únicamente por los servos de su traje y su gesto de duda es lo único que necesitamos para actuar.

Insarka y yo abrimos fuego al mismo tiempo y aniquilamos a ambos pares de asaltantes en cuestión de segundos. Luego nos hace señas para que avancemos, y nos dirigimos a la salida.

Seguimos los indicadores de ruta de nuestros HUD y giramos a la izquierda por la puerta y avanzamos diez metros por un pasillo. Giramos a la derecha por una escalera de caracol y salimos a un enorme almacén por el que estoy seguro que Amazon daría el huevo derecho. El lugar está repleto de imponentes estanterías metálicas, cargadores aerodeslizantes y cintas transportadoras industriales.

Nos dirigimos a toda prisa hacia el icono de Final Feliz que sale reflejado en el suelo cuando me doy cuenta de que en realidad no lleva a ninguna parte, es solo un emblema en el centro de la cubierta.

—¿Por dónde, Franky? —pregunto.

—Parece que hay un surtido de opciones de evacuación, Patrick. No sabría determinar cuál es la mejor.

—Yo sí —responde Insarka—. Por aquí.

Sale al trote. Es un buen ritmo para indicar a los curiosos que tiene prisa pero que no es una emergencia. Es como el ruido blanco de la transferencia bípeda. Algunos trabajadores androquíes nos miran con curiosidad, pero la mayoría no nos presta demasiada atención. Parece que la noticia de los androcallos que acabamos de freír aún no ha llegado a este lugar.

—Ahí.

Insarka hace sonar una especie de vagón de carga aposentado en una de las varias docenas de plataformas elevadas del sistema ferroviario. Según los datos que proporciona mi herramienta de medición del HUD, el vagón tiene más o menos las mismas dimensiones que un contenedor de carga de la Tierra. Solo que este bicharraco tiene ventanas delanteras y traseras, dos enormes puertas correderas en los laterales y lo que parece una torreta de dos cañones en el techo. Transporte Blindado Ferroviario, a falta de un término mejor: TBF.

Dos estibadores con aspecto de estar poco contentos con su salario están descargando el TBF.

Subimos los peldaños de la plataforma elevada y luego rodeamos algunas de las cajas más grandes que salen del vagón.

El primer estibador nos ve y estrecha los ojos.

—¿Qué queréis?

—Inspección sorpresa —responde ella.

—¿Estáis robando? —pregunto con la esperanza de ponerles algo de presión. Franky me traduce.

El trabajador, indignado, se pone una mano en el pecho.

—¿Yo? No. ¿Por qué iba a hacer eso?

—Porque sabes que te gusta lo que hay aquí, ¿no? —Golpeo con los nudillos el lado metálico de la caja para enfatizar mis palabras—. Tienes hambre, ¿eh? Te mueres de ganas de compartirlo con tus amiguitos.

El trabajador mira la caja y luego vuelve a mirarme con la versión androquí de confusión.

—Mira, no sé bien lo que estás pensando, pero te aseguro que yo... yo no como de esto.

—Yo me encargo de esto, ¿vale? —me dice Insarka disimuladamente por comunicación interna.

—Desde luego.

Mientras ella habla con él, miro el albarán pegado a la caja y dejo que mi casco lo traduzca. El resultado es contundente. Suministros médicos: pomada para hemorroides.

Después de que Insarka le diga al hombre que le vamos a dar un repaso al TBF, agrega:

—Creías que era carne humana, ¿no?

—He visto bastantes contenedores del imperio como para saber lo que hay dentro a estas alturas.

—Ya, claro. —Luego deja escapar una suave carcajada—. No cabe duda de que le hemos hecho sentir incómodo.

—Perdona. Casi arruino nuestra tapadera.

—No, al contrario, resulta que sí que estaba robando. Aquí todo puede llegar a ser muy valioso. Solo te pedí que me dejaras porque sabía que podía hacer que confesara.

—Vaya, no me esperaba eso.

—Ha dicho que nos tomemos todo el tiempo que haga falta porque le he dicho que no soy una... ¿Cómo se dice? Una chivata.

—Aprendes rápido, teniente.

Insarka sonríe.

—Gracias. Por aquí.

Caminamos a lo largo del vagón hacia una puerta. Cuando Insarka la abre, asomo la cabeza y hay una cabina con dos asientos y un parabrisas envolvente. El TBF es un utilitario, incluso hace que los equipos militares de la Tierra parezcan elegantes. Pero eso también significa que probablemente sea a prueba de balas y fácil de conducir.

Insarka y yo nos sentamos en los sillones de mando y ella insiste en que me abroche el cinturón. Con el cargador de Franky pegado al muslo, me paso el cinturón en el asiento de la izquierda mientras Insarka realiza los procedimientos de puesta en marcha.

—¿Has conducido uno de estos antes? —pregunto.

—Un par de veces. Es... ¿como montar en bicicleta?

—¿Tenéis bicicletas aquí?

—No. Pero esta es una de vuestras expresiones, ¿no?

—Sí.

—Me pareció que encajaba para decir lo que quería.

Acciona unos interruptores; uno de ellos enciende los faros, que iluminan un túnel enorme.

—Muy bien. —Echo un vistazo a la consola—. ¿Puedo hacer algo?

—Sí. Cierra las puertas principales con esos botones.

Señala unos botones gemelos. Mi casco traduce el texto de las pegatinas desconchadas como «Babor» y «Estribor». Aprieto ambos y oigo el sonido de los motores hidráulicos que chirrían en el compartimento principal. Le siguen rápidamente los gritos de los trabajadores del muelle en skrawl. Mi programa de traducción no logra discernir lo que dicen, pero basándome en el tono...

—No creo que estén muy contentos con nosotros —le digo a Insarka.

—No. Pero yo no diré que iban a robar crema para las hemorroides a menos que tú lo digas —me dice guiñándome un ojo a través de la cámara—. Un momento.

Tras pulsar un botón de encendido que hace que el vehículo se eleve unos centímetros, Insarka manipula dos palancas y el vehículo avanza. Para ser todo un armatoste, es sorprendentemente ágil. Si no lo supiera, diría que levita.

—¿Maglev? —le pregunto a Insarka cuando hemos cogido velocidad.

Me mira entrecerrando los ojos un momento y luego asiente con la cabeza dando muestras de comprensión.

—Sí. Resistencia electromagnética. Núcleo de trinium. —Le da una palmadita a la consola—. Rápido, fiable. Y tiene armas.

—Sí, me he dado cuenta. Entonces, ¿adónde nos dirigimos?

—Hacia el este. Iremos a la superficie. Una vez allí aminoraremos la marcha y podremos reunirnos con Farkoo y las demás naves.

Eso me recuerda que tengo que contactar de nuevo con el Equipo Phantom. Joder, tenemos bastante que celebrar. Es entonces cuando soy consciente de que lo hemos logrado. Joder. Lo hemos conseguido.

—Minx, aquí Phantom Actual —digo—. SITREP.

Pero solo hay silencio.

—Minx, aquí Phantom Actual. Comprobando comunicaciones. Silencio.

—¿Hay algún problema de comunicación, lord Phantom? —pregunto.

—Negativo, Patrick.

—¿A lo mejor es porque estamos a mucha profundidad?

—No. Tenemos una conexión cuántica establecida. No funciona como vuestras adorables ondas de radio.

—¿Adorables? En fin, no digo nada. ¿Entonces cuál es el problema?

—Hasta donde yo sé, no hay ningún problema. Al menos por lo que respecta a nosotros.

—Prueba con otro canal —sugiere Insarka. Entonces cambio a Bumper.

—Phantom Tres, aquí Phantom Actual. —Cuento hasta tres antes de decir nada más.

—Lo siento, Patrick —dice finalmente Franky—. Parece que no hay respuesta.

Me entran ganas de preguntar por qué. Pero no es necesario. El nudo en el estómago que intenta sacarme el corazón del pecho está extrayendo conclusiones que mi cabeza se niega a aceptar.

Pero entonces se me ocurre algo. Las barras de estado en mi HUD. Utilizo los ojos para llegar hasta ellas. Veo la flecha desplegable junto al nombre de Hollywood. Se abre un submenú y aparecen todos los nombres. El rectángulo vertical se llena de iconos, de datos...

Y también muestra la frecuencia cardíaca.

—Está viva —digo en voz alta aliviado.

—Ah —dice Franky—. Ahora entiendo el motivo de tu preocupación. Para ayudar a calmar aún más tu ansiedad, sí, todos los miembros del equipo Phantom parecen estar en condiciones estables con respecto a su salud.

—Gracias, lord Phantom.

Aprieto las manos y asiento hacia el cielo, suponiendo que haya uno en este infierno. Pero entonces un segundo pensamiento me asalta. Es la elección de palabras de Franky.

—Con respecto a su salud.

—¿Qué? —Insarka me mira confundida.

—Franky, has dicho «con respecto a su salud».

—Así es.

—Este sistema informa de las funciones básicas.

—Exacto —responde.

—¿Y qué hay de otras funciones?

Franky espera un momento antes de hablar:

—No sé si te sigo, Patrick.

—Los cascos rastrean los pensamientos. Saben a quién quiero ver con solo pensarlo e incluso nos permiten escribir mensajes simplemente pensando en las letras.

—Sí, ¿y?

—Entonces..., ¿no podemos saber también cuál es su estado mental? —Compruebo el resto de los datos biométricos de Hollywood—. ¿No habría..., no sé..., actividad de ondas cerebrales o algo así?

—Por todos los duques del reino, ya sé por dónde vas. —Franky se retira durante unos segundos y luego vuelve a hablar con fuerza—. Parece que el conjunto de sensores de la armadura de cada miembro está operativo y transmite a través de nuestra conexión cuántica patentada. Sin embargo, aunque todos los sistemas de los cascos están intactos, no están transmitiendo nada.

—Porque no hay datos que transmitir. —Me dirijo a Insarka—. No llevan los cascos.

La revelación es a la vez aliviadora y aterradora.

—Al menos podemos concluir que no están en una atmósfera hostil. —Insarka conduce el vehículo a toda velocidad mientras revisa el HUD igual que yo—. Si no estuvieran respirando oxígeno, lo veríamos en la alimentación de toxicología de la sangre.

—Tiene razón —añade Franky—. Y eso es una buena señal.

—Sí. Pero también significa que están en problemas.

—¿Cómo lo sabes? —pregunta Insarka.

—Ninguno de mis soldados se quitaría el casco durante la exfiltración. Al menos no hasta que estuvieran bien lejos de la zona de combate, y probablemente no hasta que regresaran a la base de operaciones. ¿Que alguno podría hacerlo? Sí, si necesita tomarse un respiro, ajustar el equipo o algo así. ¿Pero que lo hagan todos? ¿A la vez? —Niego con la cabeza—. Eso no es posible. Algo pasa.

—Entonces, ¿crees que les han obligado? —pregunta Insarka—. ¿Que están retenidos contra su voluntad?

—Es lo primero que se me ocurre dada la estabilidad de sus otros signos vitales. ¿Puedes contactar con Farkoo?

—¿Con el teniente Tersmik? Sí, claro.

Justo antes de que abra un nuevo canal, le pongo una mano en el brazo.

—Con mucho cuidado. No bajes la guardia.

Asiente con la cabeza y luego saluda hablando en nuestro idioma y no en skrawl.

—Nave Alfa. Aquí Phantom Actual.

—Te recibimos, Phantom Actual —dice una voz skrawl traducida al inglés—. ¿Teniente Kindesh?

—Sí, Farkoo, soy yo. ¿Va...? ¿Va todo bien?

—Desde luego ¿Cuál es tu ubicación?

—Estamos...

Le hago señas para que no desvele nuestra ubicación real. Es una corazonada que tengo.

—Estamos todavía en la IPM6. —Me mira para confirmar—. Intentando alcanzar el exfil primario en el techo.

Le enseño el pulgar a modo de aprobación.

—Entonces esperaremos a que lleguéis.

—¿Está el resto del equipo ahí? —pregunta.

—Claro. Nos mantenemos a la espera. Nave Alfa fuera.

Insarka cierra el canal y me mira fijamente.

—Algo va mal, Patrick-Bic. Muy mal.

CAPÍTULO 28

10:05, lunes, 28 de junio de 2027
Karkin Cuatro
Dirección este desde la Instalación de Procesamiento de
Mercancías 6, línea de transporte de suministros

ADEMÁS DE LO que sea que haya inquietado a Insarka durante la llamada con Farkoo, mi propio sentido arácnido se dispara. Había ordenado a Hollywood que se reuniera con nosotros en la zona secundaria y no en la zona de aterrizaje inicial en la cúpula. Fue una orden directa, y ni siquiera Hollywood, con su terquedad, se atrevería a desobedecer algo así. Y no solo eso: Hollywood sabía que Insarka y yo nos dirigíamos al punto establecido a veinte kilómetros al este, de manera que no hay motivo para que se hayan quedado en la zona de aterrizaje. A no ser que los estén reteniendo en contra de su voluntad.

—¡Maldito hijo de puta! —Golpeo la consola del TBF. Insarka se sobresalta.

—¿Qué?

—Ese puto zalastro... Farkoo. Es él quien los tiene secuestrados.

—¿Farkoo?

Asiento con la cabeza y me muerdo el labio inferior. Las sospechas de Hollywood eran ciertas.

—Pero eso no es... Él no es capaz de algo así. —Insarka se vuelve hacia mí como buscando confirmación a sus palabras—. Además, ¿cómo iba a hacerlo? Los Phantoms son...

—Los Phantoms son muy buenos, pero no son invulnerables. Los pilló en plena exfiltración.

—Sobre la cúpula.

Asiento con la cabeza.

—El momento de la exfiltración siempre es peligroso. Detrás está el enemigo, y delante, el vehículo de huida. Estás expuesto. Te dedicas a avanzar hacia lo que crees que es seguro.

—Y en este caso no era así. —dice Insarka con el ceño fruncido—. ¿Estás seguro?

—Sí.

—Pero... ¿por qué Farkoo?

—Creo que tú puedes responder a esa pregunta mejor que yo. Es cierto que he tenido mis dudas sobre él, pero no eran más que intuiciones. Tú eres quien lleva combatiendo junto a él desde hace... ¿Desde cuándo?

—Diez años como poco. —Se vuelve hacia el túnel y mira fijamente más allá de lo que iluminan los faros, como si la oscuridad pudiera contener alguna respuesta—. No encaja que él haga algo así.

—Bueno, todo el mundo puede cometer locuras en las circunstancias adecuadas.

—¿Qué quieres decir?

—¿Tiene familia que el imperio pueda haber tomado como rehén?

—No. La mataron hace años.

—¿Estás segura?

—Fue durante un ataque muy notorio —responde Insarka mientras asiente.

—Si no es por la familia, suele ser por dinero.

—Pero... nosotros no nos dejamos llevar por ese tipo de cosas. Y a la Guardia de la Sangre no le hace falta riqueza.

Me rasco la barba.

—Puede que sea cierto, pero aún no me he topado con nadie a quien no le resulte atractivo recibir una pequeña fortuna.

—No. —Insarka mueve la cabeza de lado a lado—. Es que... me cuesta creer que te traicione a ti, que me traicione a mí... por dinero.

—Bueno, hay una tercera opción, pero es aún más radical.

—¿Cuál?

—Una promesa de lealtad y poder.

—¿Al imperio? —Hace la pregunta como si yo hubiera perdido la cabeza—. ¿Lo dices en serio?

—Sí.

Insarka deja escapar un gruñido.

—Tu planeta debe de estar lleno de gente turbia.

—No te imaginas cuánta —digo riéndome.

—Pero Farkoo no es así. Él odia al imperio.

—¿Estás segura?

—Desde luego que sí. El general Cordan lo acogió porque bombardeó un transporte pesado. Mató a más de un centenar de soldados del imperio y lo hizo con gusto. Dijo que lo haría hasta mil veces más si pudiera.

—Qué casualidad. —Me cruzo de brazos y me inclino hacia atrás.

—¿Casualidad?

—Que volara un objetivo codiciado y Cordan se percatara de ello.

Insarka reflexiona durante unos instantes y luego niega.

—Ya entiendo a dónde quieres llegar. Pero no es la conclusión correcta.

—Ah, ¿no? —Me inclino hacia delante—. Dime, ¿cuántas veces ha habido alguien que haya matado a tantos soldados del imperio?

—Pues... muchas.

—¿Cuántas?

La teniente mueve la boca, pero no le sale ninguna palabra.

—Doy por hecho que pocas. ¿Y cuándo lo nombró Cordan teniente?

Insarka respira profundamente.

—El general Cordan no tiene nada que ver.

—Y no he dicho lo contrario. Solo estoy tratando de encajar piezas.

—A la semana.

—Hmmm. ¿Por qué tan pronto?

—Porque... Porque Farkoo había sido oficial del imperio antes de desertar y unirse a nosotros.

—¿Entonces un día se levantó, dijo que estaba harto y mató a unos cuantos soldados para fastidiar al imperio?

—Asesinaron a su familia —insiste Insarka—. Estaba harto de sus mentiras.

—Y ahora nos ha traicionado a ti y a mí. Y todo apunta a que hay mucho que tú y el general desconocéis de él.

Pasamos varios segundos en silencio mientras el TBF sigue avanzando por las vías. No puedo demostrar nada de lo que le estoy diciendo a Insarka, pero ella tampoco puede desmentirlo, y eso es preocupante. Aún no soy un experto en lenguaje corporal androquí, pero diría que ella también lo encuentra preocupante. O eso espero.

Al fin Insarka me mira con cierta tristeza en su rostro.

—¿Crees de verdad que podría matar a cien de sus soldados solo para entrar en nuestras filas?

—He visto cosas similares. Los regímenes malvados no valoran la vida a menos que puedan obtener un beneficio. Y si creen que pueden conseguir algo simplemente matando a su gente, lo harán sin pensárselo dos veces.

Insarka escucha con atención mis palabras, pero aún no está convencida de que Farkoo pueda haber llegado tan lejos.

—Teniente, ni se te ocurra pensar que a un imperio malvado que se beneficia de la venta al por mayor de especies inocentes le puede crecer un corazoncito de repente. Son capaces de matar tanto a los suyos como a enemigos si eso significa avanzar en el poder. Solo quieren que pienses que son como tú. Y ahora mismo te cuesta creer que puedan hacer algo así precisamente porqueno eres como ellos.

—Pero eso fue hace diez años, Patrick-Bic. Diez años. Ha tenido mucho tiempo para acabar con la Guardia de la Sangre.

—Sí, pero, dado el precio de entrada, no iba a cortarle la cabeza a la serpiente si descubría que había un dragón.

—¿Quieres decir que descubrió más de lo que el imperio androquí se imaginaba?

Asiento con la cabeza.

—Piénsalo bien. Te metes hasta el fondo y te hacen teniente de los enemigos. Entonces te das cuenta de que la operación del enemigo tiene un alcance mucho mayor de lo que nadie se había imaginado. Los has tenido planeando complots en tus narices durante años, incluso décadas. Entonces cambias de táctica, empiezas a informar al imperio de todo lo que sucede y esperas a que haya una operación de una gran magnitud.

—La operación en la IPM6.

—Exacto. Tú misma has dicho que los humanos son una especie codiciada. ¿Y no era acaso la primera vez que tu padre permitía que unos guerreros de una especie en pleno proceso de esclavización atacaran al imperio androquí?

—Pero Farkoo no reveló el plan. Y ha salido... bien.

—Quizá por lo pronto parezca así. A lo mejor algo le impidió dar el soplo.

—¿Cómo qué?

—Muchas cosas. Las comunicaciones, el acceso a la cadena de mando, tal vez incluso dudas acerca de su lealtad al imperio y si había desertado realmente. Mucho puede cambiar en una década. Pero luego hay una razón de mayor peso.

Insarka me mira.

—¿Cuál?

—El orgullo. Una fuerza rebelde causa estragos en una IPM y boicotea las relaciones con los clientes. Entonces Farkoo Tersmik, ausente durante años, detiene a los perpetradores y los entrega. Si solo se dedicaba a informar de posibles acontecimientos, seguramente habría otro que se llevaría el mérito de la operación, más aún si prácticamente se han olvidado de él. La gente como Farkoo, que ha arriesgado tanto durante tanto tiempo, quiere justificar su sacrificio de la manera más imponente posible.

—¿De qué manera?

—Siendo un héroe.

* * *

—Nave Alfa —dice Insarka en skrawl—. Aquí Insarka.

—¿Cuál es tu ubicación? —oigo la voz de Farkoo traducida.

—Cambio de planes. El humano conocido como Bic ha sido eliminado. —Insarka me mira con una ceja levantada—. Voy en dirección a Tequila Sunrise.

Se produce una pausa, tal y como esperaba. A nadie le gusta que le digan que su presa principal ha muerto. Pero si Farkoo de veras ha secuestrado al resto del Equipo Phantom, aún tiene mucho a su favor para hacerse con un buen cargo en el imperio androquí. Pero solo en caso de que le salga bien la jugada. Y no va a caer esa breva.

—Entiendo —responde Farkoo—. Nos desplazamos al lugar convenido. Tiempo estimado: cinco minutos.

—Entendido, Nave Alfa. Nos vemos en cinco. Fuera.

En cuanto Insarka cierra el canal, es como si los hombros se le hundieran por la decepción.

—¿Estás bien? —pregunto.

—No es él mismo. Está...

—Está mostrando cómo es de verdad. Todos lo hacemos en algún momento.

Insarka se queda mirando el túnel mientras la luz de la superficie empieza a abrirse paso entre la oscuridad.

—No me ha preguntado si estaba bien, ni cómo habías muerto ni...

Le alcanzo el brazo con la mano. Lidiar con una traición nunca es fácil, y mucho menos cuando viene de alguien con quien has pasado años construyendo una amistad. En estas circunstancias, el tiempo no es más que un agravante.

—Si es cierto que es un traidor, ahora mismo solo tiene una cosa en mente. Intenta no tomártelo como algo personal, eso solo te nublará el juicio. Concéntrate en lo que tienes que hacer.

—¿Crees que saldrá bien?

—Bueno, si no lo logramos, tampoco es que vayamos a tener tiempo para pensar en que la hemos cagado.

Insarka se ríe.

—Eso es verdad. —Se calla unos segundos y luego añade—: Tengo que enviarle un mensaje a mi padre. No es que pueda hacer nada por nosotros, pero tiene que enterarse de esto. Si Farkoo ha revelado la ubicación de nuestro cuartel general...

—Lo atraparemos —digo.

Cuando el TBF sale finalmente a la superficie, entrecierro los ojos ante la luz que me llega de cara hasta que el HUD se ajusta adecuadamente. El raíl de maglev se eleva cinco metros por encima del suelo y atraviesa una llanura rocosa que se extiende hacia el este. Hay un bosque frondoso a la izquierda y un lago azul cristalino a la derecha.

—Treinta segundos —dice Insarka cuando el TBF empieza a frenar.

Acaba deteniendo el vehículo en medio de una plataforma elevada de cemento y metal de unos ciento cincuenta metros de diámetro. Hay más raíles que se entrecruzan y la línea en la que nos encontramos ofrece la opción de seguir recto o desviarnos hacia el norte o hacia el sur.

Insarka se queda inmóvil en su asiento.

—No puedo creer que nos haya estado engañando durante tanto tiempo.

—Eso significa que es bueno en su trabajo, teniente. Y ahora te toca ser buena en el tuyo. —Miro mi reloj—. Dos minutos.

—Sí.

Insarka se levanta y vamos al espacio de carga. Vuelvo a comprobar su armadura por costumbre y me aseguro de que su arma está bien sujeta a su espalda. Asimismo, tiene la única granada de interrupción de frecuencia que nos queda y dos dispositivos de detonación personales, que puede utilizar en modalidad de fragmentación llegado el caso.

—Tú solo atente al plan —digo.

—Atenerse al plan. Nunca pensé que algo así fuera a pasar.

—Me lo dices a mí...

Pulso el botón y la pesada puerta de carga del TBF se abre. Aunque estoy en la sombra, el calor y la humedad del día hacen que los ventiladores de mi traje se pongan en marcha casi al instante. También me percato de que mi cuerpo pesa más de lo que recordaba y respiro más rápido de lo normal.

Insarka se da cuenta de mi lentitud de movimientos.

—La gravedad del planeta es...

—Algo mayor, sí. Lo recuerdo.

—Necesitarás emplear más energía para moverte y tu corazón también se esforzará más en bombear.

—Entendido.

—El traje será de ayuda, pero no mucho.

—Será mejor que salgas. Franky y yo te cubriremos las espaldas.

—Puedes contar con nosotros, teniente Kindesh —dice Franky.

—Gracias —responde ella. Luego, con la mayor determinación que ha mostrado desde que ha sido consciente de la traición de su amigo, añade—: Ahora vamos a detener a ese hijo de mil putas.

—Que así sea.

* * *

—Es una ADG 40 —informa Franky mientras me subo a la torreta superior del TBF—. Abreviatura de Ametralladora Doble Giratoria 40. Seguramente te acuerdas del arma de la nave o del Rinotor de la Terminal A3.

—Sí, no se andaban con chiquitas. —Me crujo los nudillos y coloco las manos sobre el arma—. No está mal ser el anfitrión de la fiesta para variar.

—¿Y Farkoo es el invitado?

—Exacto. Veo que sigues aprendiendo rápido.

—Eso intento.

Me familiarizo con los mandos de la consola y con la cúpula de cristal tintada que me cubre. Aparecen nuevas pestañas en mi HUD y dos nuevas mirillas que se mueven de manera independiente.

—¿Estás añadiendo datos a mi pantalla, Franky?

—Naturalmente, Patrick. Ahora estás conectado con el sistema de disparo de la ADG 40 gracias a mí, lord Phantom, Amo y Señor del Conocimiento Oculto.

—¿Entonces eres un ASCO?

—¡Qué sabrás tú!

Vectores de advertencia aparecen en mi HUD apuntando hacia arriba y hacia el noreste.

—Patrick, por favor, ten en cuenta que...

—Los veo. Dos vehículos a las diez.

—Correcto.

Mi HUD hace zum sobre las naves Alfa y Bravo mientras descienden.

—¿Hay alguna forma de determinar dónde está nuestra gente?

—Enseguida —responde Franky. Al poco aparecen indicadores de recuento de pasajeros junto a cada nave—. Aunque mis sensores no pueden obtener una lectura fiable sobre el número exacto de ocupantes ni el bloqueo positivo del transceptor, los motores repulsores de la nave Alfa están rindiendo un treinta y cinco por ciento por encima de lo normal. Esto me lleva a concluir que la nave lleva seiscientos treinta y cinco kilogramos adicionales, lo que me hace concluir que ahí se encuentran los ocho miembros restantes del Equipo Phantom.

—Así que crees que están en la Nave Alfa.

—Creer es un verbo muy subjetivo, Patrick. La probabilidad de que se encuentren en la Nave Alfa es de un 96,1125%.

—Y yo que pensaba que tu precisión era impecable, don ASCO.

—He pensado que un valor de... Un momento. ¿Me estás tomando el pelo, no?

Ignoro su comentario.

—¿Y Farkoo?

—Si fueras él, ¿en qué nave estarías?

—En la de los rehenes. Entendido. ¿Y qué hay de nuestra cobertura? ¿Pueden vernos?

—Mi cobertura jamás se pone en duda. La tuya, sin embargo...

—Franky...

—El emisor de disrupción electromagnética está activo. Y, según veo, solo tú tienes autoridad para tomar el pelo.

—Por ahora sí.

—Un día seré de los guais —dice con un suspiro.

Insarka levanta un brazo para protegerse el casco cuando llegan las naves y los motores repulsores barren la plataforma. Siento que la presión sube a través de la puerta abierta del TBF y que llega hasta mi asiento.

—El espectáculo va a comenzar —les aviso a Insarka y a Franky—. Vayamos con calma.

Insarka hace un leve gesto de asentimiento y luego baja el brazo mientras las puertas de la sección de carga de popa de ambas naves se abren. Trato de escudriñar el interior en busca de los Phantoms, pero me distrae la cantidad de tropas de la Guardia de la Sangre que bajan por la rampa. Si en algún momento Farkoo quiso ser sutil, ahora ya no. Aunque nadie camina con las armas en alto, su intención queda clara cuando ocho individuos uniformados como ángeles de la muerte crean un semicírculo frente a Insarka y esperan a su jefe.

—Así que Farkoo no ha ido por libre —le digo a Franky.

—O quizá los ha sobornado con empanadillas. Yo me lo pensaría también.

—Es bueno saberlo.

—Patrick, los datos me indican que hay ocho individuos de más en la Nave Alfa.

—Entendido.

Farkoo es el último en salir y entra en el círculo para dirigirse a Insarka.

—Teniente Kindesh, ¿eres tú?

—¿Qué es todo esto? —responde ella señalando a los guardias. Farkoo mira de izquierda a derecha.

—Seguridad. Por si acaso.

—¿Por si acaso qué?

—Por si acaso has estado conspirando junto con los humanos. Insarka vacila y yo me inclino hacia delante en mi silla.

—¿A qué te refieres? Pues claro que sí, igual que tú.

Farkoo se lleva las manos a la espalda y comienza a caminar alrededor de Insarka.

—¿No será que te he apoyado para ofrecerle a tu padre pruebas de tus fechorías?

—¿De mis fechorías?

—A fin de cuentas, ¿no fuiste tú quien utilizó a los androides para obtener los planos de la IPM6? ¿Acaso no pusiste en riesgo la clandestinidad de la Guardia de la Sangre con un plan irresponsable para...? ¿Cómo era? Ah, sí: para iniciar una guerra contra el imperio. Me pregunto qué pensará tu padre cuando le cuente todo.

—Estará de acuerdo tanto con mis medios como con mis métodos. Tú, en cambio...

—Silencio.

Insarka se pone tensa cuando los soldados de Farkoo alzan sus armas y la apuntan.

—¿Podemos disparar ya? —me pregunta Franky.

—Todavía no —respondo con la mano en alto.

—Oh, maldita sea. Bueno, vale.

—¿De verdad pensaste que saldría bien, Insarka? —pregunta Farkoo—. ¿Creías que podías ser más lista que el imperio? Claro que sí. Eres joven e ingenua.

—¿Y entonces qué? ¿Vas a matarme y luego vas a decir que me impediste cometer una traición contra la Guardia de la Sangre? ¿Eh? ¿Para ganarte el favor de mi padre?

—Esa era una posibilidad, sí. —Farkoo completa un circuito alrededor de Insarka y se detiene frente a ella.

—¿Y la otra?

—¿No te parece obvio? Llevarte a ti y a estos humanos ante el Mandatum Imperial para que os juzguen y luego revelar las coordenadas del cuartel general de la Guardia de la Sangre.

—Tenías razón —me dice Franky—. Quiere ir de héroe.

—No sé de qué te sorprendes.

—¿Podemos disparar a alguien ya?

—No. Aún necesitamos más de él. Y ella tiene que resolver sus dudas ahora o nunca podrá.

—¿Por qué?

—Porque las partes del cuerpo de Farkoo capaces de hablar no funcionarán una vez haya acabado con él —digo sonriente.

Insarka le devuelve la pelota a Farkoo.

—Así que todo fue una estratagema. Lo de sabotear la nave hace tantos años. Mataste a tus propios soldados.

Farkoo deja escapar una risilla engreída.

—Ja. No entiendes el coste de la victoria, ¿verdad, Insarka?

—No, pero conozco el coste de la lealtad, cobarde. Y de luchar por el bien y la verdad, dos cosas que tú jamás conocerás. ¿A cuántos más has corrompido? —dice señalando al equipo de seguridad—.

¿A cuántos has sobornado hasta sentirte lo suficientemente fuerte como para dar el paso?

—A pocos, sorprendentemente. No me ha hecho falta más de un puñado de soldados para lograr mis propósitos. Mira qué fácil ha sido derrotarte.

—Entonces, ¿solo vienes con ellos? Supongo que los refuerzos deben de estar de camino y que el imperio ya está al corriente de tu plan contra nosotros.

—Todavía no —dice Farkoo mientras se mira el dorso de la mano—. Pero pronto sí. Espero que no tarden en acudir.

—Eso es lo que queríamos saber —le digo a Franky antes de abrir el canal de comunicación con Insarka—. Listo para el fuego.

—Eh, Farko —dice Insarka.

—¿Sí?

—Eres un zalastro hijo de mil putas que no merece ni que lo recuerden.

Insarka activa la granada de disrupción de frecuencia en su espalda y se arrodilla. El estallido de humo blanco brillante oculta a todo el mundo, pero con el HUD puedo ver a través del campo de partículas y una fracción de segundo después aprieto los dos gatillos.

La ADG 40 dispara dos cañonazos que impactan en el torso de Farkoo y lo fulminan. Solo quedan sus botas. Una fina niebla verde se arremolina en la cortina de humo y se extiende por la plataforma. Pero hay poco tiempo para saborear la muerte del corrupto: los guardias se alejan a trompicones del cráter que ha dejado el disparo y se apresuran a refugiarse en las naves. Mientras disparan por encima del hombro a ciegas, Insarka se arrodilla y les devuelve los disparos, consiguiendo eliminar a varios objetivos.

—Eh, ¿adónde vais con tanta prisa? —pregunta Franky a los enemigos por comunicación interna—. Mi mejor amigo, Patrick, tiene algo para vosotros.

Como no me gusta decepcionar a nadie, coloco las mirillas sobre el grupo que huye hacia la Nave Alfa y aprieto. La ADG 40 vuelve a enviar una doble carga devastadora y todos saltan en pedazos.

—Tengo que comprarme una cosa de estas. —Muevo la torreta hacia el grupo en dirección a la Nave Bravo. La nave ya está despegando cuando el último guardia salta sobre la rampa—. Siento que no lleguéis a tiempo para comer, androcallos. Pero que no os falte un poco de ardor de estómago.

La ADG 40 emite un rugido y los proyectiles de energía impactan contra el casco de la nave y dejan un agujero enorme. La nave gira y luego va más allá de la plataforma. Entonces explota y el suelo retumba.

—¡Todavía hay un piloto a bordo de la Nave Alfa! —grita Insarka.

Miro y la veo correr hacia la nave, que empieza a elevarse.

—¡Maldita sea!

Giro la ADG 40 y apunto a uno de los motores.

—Destruirás toda la nave —dice Franky.

—Lo sé. —Por eso no aprieto los gatillos.

Pero Insarka sigue corriendo.

Cuando la nave comienza a alejarse de la plataforma, la teniente salta y utiliza los propulsores de su uniforme de ángel de la muerte. Unas estelas de propulsión de color azul aparecen e Insarka se impulsa unos veinte metros. En cuestión de segundos rebasa a la nave y aterriza en la puerta de popa, pistola en mano.

Cambio a la cámara de su casco y enseguida veo al resto del Equipo Phantom atado y amordazado. Pero cualquiera que fuera la atmósfera de la Nave Alfa que los había mantenido con vida debió de cambiar en cuanto Farkoo abrió las compuertas de la nave. El hijo de puta ni siquiera lo tuvo en cuenta. Todos tienen muy mal aspecto.

Siento que la boca se me seca mientras le hablo a Insarka.

—¿Están...?

—Están vivos. Pero están inconscientes y no les queda mucho tiempo. Voy a liberar a quien pueda y luego me dirigiré al puente.

—Entendido.

Y de repente me veo solo, en un vehículo blindando, sintiéndome impotente a más no poder mientras observo a mi equipo alejarse a toda velocidad y con su destino en manos de una rebelde androquí.

Entonces escucho un grito fuera del TBF. Es tan fuerte que los altavoces lo silencian. Cuando el ruido finalmente se desvanece, me estiro y miro hacia el bosque.

—¿Franky? —pregunto.

—¿Sí, Patrick?

—¿Has...? ¿Has oído eso?

CAPÍTULO 29

10:25, lunes, 28 de junio de 2027
Karkin Cuatro
Al este de la Instalación de Procesamiento de Mercancías 6,
Tequila Sunrise

INSARKA TIENE LA puerta de popa asegurada y está introduciendo oxígeno en la bahía de carga. Pero parece que el piloto se ha atrincherado en el puente.

—Solo haz que se despierten y libéralos —le digo a Insarka—. Ya me encargaré yo del piloto en cuanto abandonéis la nave.

—Si crees que los propulsores nos permitirán descender de esta altitud, te equivocas —responde la teniente.

—Tiene toda la razón, Patrick —añade Franky—. Insarka debe llegar hasta el puente para poder...

—Joder, Franky, que ya lo he pillado.

Escucho otro chillido aterrador que mi sistema de audio silencia durante algunos segundos.

—Oh, no. —Insarka hace una pausa mientras le quita una especie de esposa a Bumper, que sigue inconsciente.

—¿Oh, no? ¿Qué le pasa a Bumper? —pregunto.

—No es por él. Es por ti, Patrick-Bic. Son los najeel. La explosión debe de haberlos atraído.

—No hay problema. —Le doy una palmadita a la ADG 40—. Estoy bien protegido, tú solo...

—No, Patrick. Tienes que irte.

—No me voy a ninguna parte hasta que el equipo esté a salvo.

—No lo entiendes, tú...

—Negativo, teniente. Lo entiendo y no me moveré hasta que...

Una bestia reluciente y de piel lisa sale del bosque y aterriza en la plataforma a mi izquierda como si fuera un tráiler caído del cielo. Agacha la cabeza, que parece la de una anguila, y se vuelve hacia el TBF. Escupe otro chillido y juro que en ese momento creo que va a destrozar la cúpula de la torreta.

—Mierda. —Empiezo a mover el arma hacia la izquierda—. ¡Vamos, muévete, pedazo de cabrón!

El najeel vuelve a chillar, esta vez mientras pisa con fuerza la plataforma con uno de sus cuatro pies con garras.

—Patrick-Bic, tienes que...

—¡Ya lo sé!

Las mirillas del arma están casi en el blanco.

Pero el najeel se mueve hacia mí adoptando una postura que es claramente de caza. Una postura que seguramente ha ido perfeccionando durante una larga y exitosa evolución.

Grita una vez más y se lanza contra el TBF. Pero el arma está en el blanco y disparo.

La ADG 40 escupe dos disparos al animal, uno de los cuales le da en la boca, y el otro, en el hombro derecho. Mientras que el primero parece que consigue destrozar parte de sus fauces, el segundo sale rebotado como si el hombro estuviera hecho de una armadura impenetrable.

—Muy bien. —Muevo el arma para apuntar con ambas mirillas a la cabeza y disparo.

La boca de la criatura se parte en dos. El cuerpo del animal se tambalea de derecha a izquierda y las patas tardan unos segundos en ceder hasta que finalmente cae. Así que la boca es el punto débil.

No ha ido tan mal.

Me comunico con Insarka y veo que Bumper se pone el casco. En cuanto vuelve a estar en línea, abro un canal con él.

—SITREP.

—Estoy vivo. Me alegro de verte, Bic.

—Yo también, Bumper. ¿Cómo están los demás?

Veo desde los cascos de Bumper e Insarka al resto del equipo.

—Todo el mundo está bien —responde Bumper—. Nos han pillado desprevenidos.

—Lo sé. Ya nos lamentaremos más tarde, ahora tenéis que encontrar la forma de acceder al puente y bajar de las alturas.

—Entendido.

—Patrick-Bic, tienes que irte de ahí —insiste Insarka por enésima vez—. Ese najeel era un explorador de avanzadilla. Hay más en camino.

—¿Cuántos?

—Demasiados. Por favor, confía en mí.

—No pienso moverme hasta que sepa que estáis a salvo.

La teniente suelta un gruñido frustrado y se vuelve hacia Bumper.

—¡Ya lo has oído! ¡Encuentra una manera de acceder al puente!

Bumper levanta una ceja, no sé si dirigida a mí o a ella, y luego suelta:

—Sí, señora.

—No quiero añadir más a tu lista de tareas, Patrick, pero detecto cuatro naves que se acercan a nuestra ubicación desde el COD —dice Franky.

—¿Aliados? —pregunto con la esperanza de que el universo me dé un puto respiro.

—Ja. Muy gracioso.

—Mmm.

—Tiempo estimado de llegada en tres minutos y medio. Y si yo fuera tú, me abrocharía el cinturón.

—Si fueras yo, ¿eh? —Le tomo la palabra al rifle y empiezo a abrocharme el cinturón—. ¿Y tú por qué no?

—Porque no soy una masa de tejido blando con huesos variados, todos ellos propensos a un fallo catastrófico ante súbitos cambios de inercia.

Estoy a punto de responder cuando dos najeels aparecen por lados opuestos de la plataforma y gritan a la vez. Me pitan los oídos, el corazón me late a toda pastilla y me decido por el objetivo de la izquierda porque el arma está orientada en esa dirección. Como las mirillas necesitan un ajuste mínimo, suelto dos ráfagas y veo cómo alcanzan al monstruo en la cabeza. Se le cae un trozo de carne y la sangre sale a chorro, pero el animal apenas parece herido.

Vuelvo a disparar, pero se agacha y los disparos que le alcanzan en la espalda salen despedidos.

Estoy a punto de disparar por tercera vez cuando se produce un fuerte golpe y el TBF empieza a tambalearse. Si no me hubiera abrochado el cinturón, habría salido despedido del asiento, seguramente hacia la bodega de carga. Gracias, Franky.

Cuando el TBF vuelve a recuperar el equilibrio, veo un ojo plateado del tamaño de un melón encima de mí. El najeel que propinó el golpe está a un metro de la burbuja protectora de la torreta. Y mientras tanto el primer objetivo tiene sus garras clavadas en la popa y sube hacia mí.

—Sugiero que se te ocurra algo —dice Franky con voz tensa.

—¿No me digas?

Disparo a bocajarro sobre la boca abierta del najeel que se aproxima y veo cómo el rayo le sale por la parte de atrás de la cabeza. Entonces giro la torreta hacia la derecha, pero se detiene cuando los cañones chocan contra la sien de la segunda bestia. El animal se aparta con cara de fastidio y los cañones continúan su recorrido. Hay unos segundos de tensión en los que el najeel duda entre el arma y yo como si estuviera decidiendo qué hacer.

Finalmente el animal abre la boca e intenta tragarse la puta torreta entera. De repente me veo en la boca del cabronazo. Tiene hileras circulares de dientes que giran alrededor de la cúpula de cristal como si fueran sierras de cinta. La superficie protectora empieza a agrietarse, pero los cañones han entrado en la boca sin problemas y ahora el najeel parece que tenga arcadas.

—¿Qué pasa? ¿Te pica la garganta? Yo te curo.

Disparo y la cabeza del animal explota como si fuera una sandía. Lo único que queda es parte de una mandíbula enrollada alrededor de la torreta. Pero la cúpula está en las últimas y no aguantará otro encuentro igual.

—¿Cómo va todo por allí arriba, Phantom Tres? —pregunto.

Veo el rostro de Bumper en su cámara: tiene cara de esfuerzo y parece que está forcejeando con algo o alguien. Al cambiar a su cámara exterior, veo una barra de metal encajada dentro de las hojas en espiral de la escotilla del puente. Está intentando hacer palanca.

Un destello de luz y un fuerte ruido obligan a Bumper a retroceder, pero no del todo. Ha logrado abrir un poco y la barra sigue en su sitio.

—¡Venga, hijo de puta!

Por el hueco de medio metro de ancho se ve a un ángel de la muerte apuntando a Bumper. Me olvido de que lo que veo es una cámara y me echo a un lado. Acabo chocando contra la burbuja protectora de la torreta. Maldita realidad virtual.

—¡Voy! —grita Vlad mientras Bumper continúa agarrando con fuerza la barra.

Veo que la mano de Vlad atraviesa el agujero, agarra al ángel de la muerte por la muñeca y tira de él hacia abajo. El enemigo cae, pero se le dispara el arma y la cámara del casco de Bumper se ilumina. El SEAL gruñe y cae, y al dejar de hacer fuerza, la escotilla se cierra y corta al enemigo en dos. El torso del androcallo cae sobre Bumper y Vlad.

—¡SITREP, Phantom Tres! —grito.

—¿Me puedes dar un puto respiro, Bic? ¡Joder!

Siento que mi pecho se relaja.

—¿Te han dado? ¿Y a Vlad?

—Solo nos ha rozado, estamos bien los dos.

—Bien. Ahora volved aquí de una vez.

—Entendido. —Puedo oír la sonrisa que se forma en la voz de Bumper incluso antes de verla en su cara—. Voy a tener que meter de nuevo la barra en el agujero.

—Oye, lo que tú y Hollywood hagáis en vuestro tiempo libre es asunto vuestro. Pero no hay tiempo para zalastros ahora mismo. Necesito que regreséis lo antes posible.

—Patrick, naves enemigas a treinta segundos —dice Franky.

Veo que los vectores se actualizan en mi HUD y miro a través de la cúpula agrietada hacia el este. Cuatro mirillas aparecen sobre las naves junto con etiquetas de identificación y datos de posición.

—Este pepino puede alcanzarlas, ¿verdad? —le pregunto a Franky.

—Sí, pero las naves restantes aplicarán maniobras evasivas inmediatamente después de tu disparo.

—Una nave menos es una nave menos. —Coloco los cañones en posición y apunto, pero el eje de ascenso vertical está atascado—. ¡Maldita sea! —Veo un diente del najeel encajado, es lo que impide que la ADG 40 suba.

—Si lo que quieres es disparar, ahora es el momento oportuno, Patrick —dice Franky.

—Ya lo sé. —Alcanzo el diente y trato de arrancarlo, pero se me resbala.

—Pero no estás disparando.

—¿Y qué diablos crees que estoy haciendo? —El diente está atascado como una mala cosa, pero al fin logro arrancarlo—. ¡Por fin!

Me inclino hacia atrás, vuelvo a agarrar las empuñaduras y elevo la ADG 40 hasta que la nave de descenso de la izquierda está en el punto de mira. Los cañones rugen y dos disparos surcan el cielo hasta impactar en la puerta de carga delantera y salen por popa. Pero aunque el golpe haya barrido a la tripulación de la boda, la nave sigue funcionando. Y a juzgar por los proyectiles que se dirigen hacia mí, todavía puede disparar.

Los proyectiles que llegan explotan contra el casco del TBF y saltan chispas sobre la cúpula protectora. Me cubro la cabeza instintivamente cuando algunos impactos se producen demasiado cerca para mi gusto. Pero entonces vuelvo a agarrar los cañones y sigo a la nave de transporte más cercana que va hacia el norte.

La buena noticia es que los pilotos enemigos han dejado de atacar. La mala es que ahora saben dónde apuntar.

—¿Patrick?

—¿Sí, Franky?

—Igual... Bueno, a lo mejor..., quizá..., puede que sea un buen momento para dejar la torreta.

—No, ahora mismo es nuestra mejor herramienta, amigo. Un marine no renuncia a un arma de gran calibre solo porque esta lo convierta en un gran objetivo.

—Lo entiendo, Patrick. Pero te propongo algo. Puedo interactuar con el sistema de disparo del arma, siempre y cuando esté adherido a los puertos del receptor NISP bajo la consola de focalización.

—¿No puedes hacerlo a distancia?

—Me temo que la conectividad física es un procedimiento estándar para todas las plataformas de armas como esta. Pero así podremos mantener una superioridad de fuego limitada sin ponerte en peligro.

—Pero entonces estarás tú en peligro, Franky.

—Y eso es una situación desafortunada aunque fácilmente justificable dadas las circunstancias. Ahora, si me permites...

—Negativo. Un Phantom no deja a nadie atrá...

—Tus efímeros instintos de lealtad nublan tu capacidad de discernimiento, Patrick. No hay tiempo para charlas y tu razonamiento es insuficiente. Déjame y busca cobertura hasta que regrese la Nave Alfa. Siempre puedes volver a por mí más tarde si tanto te importo. Estaré bien bajo la cubierta del cañón.

—De acuerdo. Pero, si te matan, me voy a enfadar mucho contigo.

—Lo entiendo.

Saco a Franky y lo conecto en el puerto del receptor con forma de FA-NJC.

—Integración completada —dice Franky—. Sal de aquí.¡Vete! ¡Ve a casa!

—¿Eso es de *El mago de Oz*? —pregunto mientras estoy bajando del asiento.

—Me cayó bien el mago.

—Dales duro.

—Recibido, Dorothy.

Mientras escapo del TBF y me escondo detrás de un raíl, no puedo evitar pensar que he defraudado a sir Franky. Pero admiro que quiera sacrificarse por mí. Por todos nosotros. Maldito rifle estúpido.

* * *

Las cuatro naves se aproximan desde el norte a baja altitud.

—¡Sigue sobre el objetivo! —oigo decir a Franky—. ¡Sigue sobre el objetivo!

—¡Deja de decir frases de película y dispara de una vez!

—Eres la mitad de divertido de lo que dicen y el doble de lo que no dicen, ¿lo sabías, Patrick?

—¡Cállate y dispara!

—Vale...

La torreta dispara y dos rayos atraviesan las copas de los árboles. Franky vuelve a apuntar a la nave de descenso del centro hacia la izquierda y esta vez los proyectiles atraviesan la cubierta del puente y hacen que la nave caiga en el bosque. Una gigantesca columna de fuego emerge.

Pero Franky aún no ha terminado. La torreta gira hacia la derecha y derriba la nave que queda en el centro: primero acierta en los motores de estribor de la nave y luego en el casco y en el puente. La nave gira sin control y se une a la otra en el bosque.

—¡Dos menos, faltan dos! —exclama Franky mientras hace un barrido hacia la derecha. Pero la siguiente en esa posición se aleja y la restante acelera en dirección a Franky.

Un misil sale disparado de debajo del morro hacia el TBF. Me pongo en pie y salgo corriendo. El artefacto se estrella contra el vagón de carga y lo hace retroceder. La onda expansiva me golpea la espalda y me lanza hacia delante hasta que choco y me deslizo por la plataforma hacia el borde.

Peleo por agarrarme a lo que sea y finalmente logro alcanzar con la mano izquierda un canal de desagüe de la plataforma. Tengo las piernas colgando y, aunque la caída desde la plataforma no me mataría, prefiero no comprobarlo.

—¡Franky, SITREP! —digo mientras vuelvo a subir a la plataforma.

—Guau. Ha sido intenso.

—Oh, gracias a Dios —digo suspirando de alivio.

—Patrick, ¿acaso estoy detectando...?

—No.

—Yo diría que sí.

—Estoy... Estoy contento de que la torreta siga funcionando.

—Oh, no es el caso.

—¿No?

Se escucha otro chillido desde el bosque. ¿He dicho otro? Pues no, son tres en total.

Fantástico.

Capítulo 30

10:29, lunes, 28 de junio de 2027
Karkin Cuatro
Al este de la Instalación de Procesamiento de Mercancías 6,
Tequila Sunrise

—¿Tiempo estimado para el regreso, Nave Alfa? —Me doy prisa en volver hacia el TBF para recuperar a Franky, pero la gravedad ya me está pasando factura.

—Casi lista la escotilla —responde Bumper—. Un minuto más.

—Que sea rápido. Hay al menos tres najeels más de camino. Y no voy sobrado de disparos.

—Entendido.

Ya casi he llegado al TBF y veo que las dos naves restantes están dando vueltas, preparándose para otra ofensiva.

—¿Franky? ¿Dónde estás?

—Creo que me he caído y no puedo levantarme.

Me río, trepo por el lateral del vehículo haciendo un esfuerzo considerable y entro. Veo la culata de mi rifle entre unas cajas.

—¿Qué aspecto tengo, Patrick? ¿Estoy muy mal mal? ¿Podré volver a andar?

—Estás bien, soldado. —Le doy un repaso al arma y compruebo su nivel de energía. Está al sesenta y cinco por ciento—. Pero podrías haberte recargado más rápido.

—Bueno, estaba ocupado defendiendo la galaxia. Siento decepcionarte. Dicho esto, el cargador de condensadores que fijaste a mi receptor también ha estado ocupado recargándose. Te habías olvidado, ¿a que sí?

Saco el cargador y veo que está al noventa y dos por ciento.

—Sí.

Lo cambio por uno nuevo y empiezo a trepar por encima de las cajas en dirección a la cabina del TBF, que ya no tiene cristal delantero que la proteja, en lugar de volver por donde he venido.

—Igual estaría bien que te dieras prisa, Patrick.

—¿Y qué demonios crees que hago?

—No estoy muy seguro, a decir verdad. Para alguien perseguido por dos naves y tres najeels, no te veo muy entusiasmado por sobrevivir.

—A lo mejor, si suelto lastre, puedo ir más rápido.

Franky hace una pausa.

—Oh... No hace falta.

—Entonces cállate, amigo. Porque no me estás ayudando.

—Entendido, Patty.

—¿Patty? Mira, mejor me callo.

Me estoy deslizando por el marco del parabrisas cuando oigo el zumbido de las naves más cerca. Los indicadores vectoriales las sitúan a mi izquierda y veo que los indicadores de distancia marcan apenas mil metros.

—¡Más rápido, Patrick!

Lo haría, pero la pierna izquierda se me ha quedado enganchada con algo. Miro hacia atrás y veo que parte de la armadura se ha quedado atrapada en la consola. Maldita sea.

—Se están acercandooo —dice Franky en tono cantarín.

—Ya lo sé.

Utilizo la otra mano para liberar la pierna y salgo de la cabina rodando. Me pongo en pie ya en la plataforma y me alejo del TBF a toda prisa justo cuando veo el destello de dos misiles a la izquierda.

—¡Corre más rápido! —grita Franky.

Me entran ganas de decirle cuatro cosas al cabrón, pero estoy demasiado ocupado moviendo el culo. Los misiles pasan silbando y estallan contra el vagón de carga. La explosión me hace saltar por los aires y el TBF sale despedido fuera de la plataforma. Pero esta vez, en lugar de precipitarme hacia el borde, me estrello contra una sección de vías elevadas. La armadura sirve para amortiguar el impacto, pero aun así me siento como si un ruso que yo me sé me hubiera dado un puñetazo en las costillas.

—Por los pelos —dice Franky.

—¿Tú crees?

—Sí, eso creo. Por eso acabo de decir que por los pelos.

Justo en ese momento las naves nos pasan por encima a apenas diez metros y el rugir de los motores me empuja hacia el suelo.

Empuño a Franky y empiezo a apuntar al motor de babor de la nave cuando una sombra emerge desde el bosque. Un najeel. Las garras se aferran a la nave y la boca del monstruo muerde el casco. El peso es demasiado para la nave y esta desaparece entre las copas de los árboles.

—¡Por todos los zalastros! —grita Z-Lo por el canal de comunicaciones desde la silla del capitán de la nave—. ¿Has visto eso, sargento jefe de artillería?

—Lo acabo de ver en primera fila, chaval.

—¡Qué puta locura!

—¿Listo para que te recojamos? —pregunta Hollywood.

Me pongo de pie y veo en lo alto a la Nave Alfa acercándose a mi posición.

—Afirmativo. No le quitéis el ojo a la última nave. Se fue en dirección oeste.

—La vemos —responde Hollywood, y le dice a Z-Lo—: Haz el descenso con cuidado, chaval. No queremos que... ¡Bic, cuidado!

Noto que la plataforma tiembla y, cuando me doy la vuelta, veo a un najeel a unos diez metros de distancia. Abre la boca y deja escapar un chillido ensordecedor que hace que me piten los oídos. Pero no me pienso dejar deslumbrar por esta estrella del rock. Elevo a Franky casi como por acto reflejo y rezo por que tenga la modalidad de disparo adecuada.

Aprieto el gatillo

Franky emite un disparo de tal intensidad que el retroceso me golpea el hombro como la coz de una mula. El rayo perfora la boca del najeel y una especie de nube de restos de cerebro se forma encima del animal. La bestia cae al suelo con gran estruendo.

—Joder, cómo me gustas, Franky.

—Gracias, Patrick, para mí es...

—Me refiero a tu forma de trabajar.

—Hmm. Pensaba que ibas por otro lado.

Compruebo su nivel de energía y veo que ha bajado al 27%, muy por debajo de sus límites, así que me dispongo a cambiar el cargador restante y miro hacia arriba. La Nave Alfa está realizando la maniobra de descenso para posarse sobre la plataforma y la última nave enemiga está girando para acercarse desde el este.

Corro hacia la nave tan rápido como las piernas me lo permiten. La puerta se abre antes de que la nave aterrice y veo asomar el casco de Bumper.

Pego un acelerón luchando contra la gravedad y agarro el antebrazo extendido del SEAL, que me ayuda a subir.

—¿Nos has echado de menos?

—Más o menos.

—¿Lo tienes? —pregunta Hollywood.

—Afirmativo.

—Chaval, vámonos de...

Pero la voz de Hollywood se quiebra cuando un najeel aterriza a veinte metros de la popa. Y teniendo en cuenta el *modus operandi* que he observado de estos animales, seguramente haya otro en la parte de proa.

—¡Sácanos de aquí! —grito por el canal de comunicaciones al tiempo que la nave empieza a subir.

Pero es demasiado tarde.

El monstruo situado en popa da tres zancadas y se abalanza sobre nosotros. La cola de la nave choca contra el suelo y me caigo, pero Bumper me agarra del pecho.

—¡Te tengo! —grita.

Me agarro a su brazo y oigo a Z-Lo poner los motores repulsores a plena potencia.

El najeel chilla y sacude la nave.

Levanto a Franky y disparo a las patas de la criatura. Aunque los disparos no logran dañar su piel metálica, sí que despiertan la curiosidad de la bestia. Se acerca y baja la cabeza a la bodega. Cuando abre la boca para chillar, yo ya estoy preparado. Y Bumper, Vlad y Aaron, también.

Disparamos al unísono y llenamos la boca del hijo de puta de luz líquida. Sus fauces se convierten en una masa de carne y dientes rotos. El najeel grita y cae de la nave, y así logramos elevarnos al instante.

Un vistazo a la cámara del casco de Z-Lo muestra que a la otra bestia le falta la cabeza. Parece que a los najeels no les sientan bien los misiles.

—Buen tiro, chaval —digo.

—Gracias, sargento jefe de artillería. Tengo en el punto de mira la otra nave de transporte. —Z-Lo sigue ascendiendo para poner más distancia entre nosotros y la plataforma llena de cadáveres de najeels—. Pero es el último misil.

—¡Dispara! —grita Hollywood desde el puente.

—Con mucho gusto, sargento.

El misil sale disparado de debajo de la puerta de la sección de carga. Pero desde la cabina se escuchan los indicadores de advertencia.

—¡Se está acercando! —grita Yoshi desde el asiento del copiloto.

Nuestra nave se inclina a babor y un misil enemigo pasa por debajo de nosotros, fallando por apenas unos metros.

Nosotros tenemos suerte, pero la nave enemiga no. El misil de Z-Lo impacta de lleno en la proa y el piloto pierde el control.

—¡Sí! ¡El campo es nuestro, joder! —exclama Z-Lo.

La nave desaparece de nuestra cámara y acaba estrellándose en el bosque con una gran explosión.

—Bien hecho, Phantoms. —Pulso el botón para subir la rampa y me dirijo a la escalera del puente—. Ahora larguémonos de aquí.

—Arg —dice Franky con un tono irritado—. Patrick, que sepas que no me gusta ser portador de malas noticias, de verdad. Pero solo lo hago por tu propio bien, igual que un padre cuando dice que castiga a su hijo porque lo quiere. La verdad es que me pregunto si debería ir a terapia por todos los traumas infantiles que...

—¡Franky! —grito.

—Perdón, ¿por dónde iba?

—Por malas noticias.

—Ah, sí. Mis sensores de largo alcance han detectado a varias naves enemigas que se dirigen hacia aquí.

—Entendido. ¿Dirección y tiempo estimado hasta el encuentro?

—Bueno, ahí está la cosa. Vienen de direcciones distintas y cada una tiene un tiempo estimado de llegada. Las del este llegarán en cinco o seis minutos; las del noreste, en cuatro, y las del oeste, en menos de tres.

—Tenemos la opción de ir hacia el sur entonces —dice Hollywood—. Todavía podemos dejarlas atrás.

—Me temo que no será posible —dice Franky—. Porque las tres naves que vienen desde el sudeste están a menos de noventa segundos.

—Mierda —responde Hollywood.

—Necesito opciones, gente —digo.

—No tenemos más misiles —dice Z-Lo.

—Eso ya lo sé, Carnada. Otra idea.

—Entre las ametralladoras de la nave y nuestras armas quizá podríamos hacerles daño —sugiere Aaron.

Niego con la cabeza.

—Eso servirá para una o dos, pero no para todas.

—Abandonemos la nave y adentrémonos en el bosque —propone Yoshi.

Pero Insarka responde casi antes de que él termine.

—No. No sobreviviríamos.

—¿Hay alguna posibilidad de que podamos mezclarnos con las naves? —pregunta Hollywood—. A fin de cuentas, somos una nave del imperio androquí.

—Es una posibilidad —responde Insarka—. Si pensamos que Farkoo ha dicho la verdad con lo de que estaba manteniendo toda la operación en secreto, se puede entender que esta nave está respondiendo a una emergencia general. Pero aun así nos escoltarían de vuelta al COD y luego tendríamos que presentar un informe completo en persona, al ser la única nave superviviente.

—No pinta bien eso —presupone Bumper.

—Cuarenta segundos para el próximo contacto —añade Franky—. Y en otro orden de cosas, ¿te importaría no tamborilear en mi receptor, Patrick?

—¿Qué has dicho?

—He dicho que...

—El túnel de maglev, Insarka. ¿Qué anchura tiene?

—¿Cómo?

—¿Cabe una nave?

—Por Dios —dice Hollywood a mi lado—. ¿Estás loco?

—Loco de atar. Y me encanta mi vida.

—Una nave cabe, pero el riesgo de que...

—Todo es un riesgo. —Le doy un golpecito a Z-Lo en el hombro—. ¿Puedes hacer un Aaron Campbell?

—¿Un qué?

—Franky, marca la entrada del túnel que se dirige al COD y al cuartel general de la Guardia de la Sangre.

Al instante aparece un marcador en los HUD del equipo que designa una entrada de ferrocarril subterránea a dos kilómetros al este de la plataforma.

—Ahí. —Señalo la pantalla para que lo vean Z-Lo y Yoshi—. Quedan tres segundos y has de meter el triple. Haz que este cacharro corra como Aaron con la tostadora de vuelta a la granja de Dorothy en Kansas.

—¡No hay nada como el hogar! —dice Franky—. ¡Me gusta! Ups, que el imperio no nos vea. Dale duro a esos zapatos rojos, Carnada. Es hora de marcharse.

* * *

Z-Lo mueve las manos hacia delante y la nave se precipita en picado. Hollywood y yo nos agarramos a los asientos y hasta Yoshi parece incómodo con la velocidad de descenso.

—Igual estaría bien que te relajaras un poco, campeón —dice Hollywood.

—Todo en orden —responde el chico.

—¿No deberías pilotar tú? —le pregunta Hollywood a Insarka con nerviosismo, pero la androquí niega con la cabeza.

—Creo que lo tiene todo bajo control.

Z-Lo sonríe al escuchar sus palabras.

El indicador de velocidad del aire se vuelve rojo. La gravedad de Karkin Four contribuye a la agresiva maniobra de descenso de Z-Lo. Y cuando el indicador de altitud se acerca peligrosamente a cero, no puedo evitar doblar las rodillas y esconderme detrás del asiento del chaval. Como si eso fuera a servir de algo.

Nos acercamos a toda velocidad al túnel y la entrada no parece que sea lo suficientemente grande.

—¡Hos...! —Aprieto el respaldo de Z-Lo con todas mis fuerzas.

—¡Tia...! —Hollywood le da golpes a Yoshi en la cabeza.

—¡Puta! —concluye Yoshi con las piernas levantadas.

* * *

El túnel nos traga por completo. Chocamos contra el suelo y rebotamos contra el techo. El golpe me desequilibra: primero caigo de rodillas y luego salgo despedido contra Hollywood. Caemos apilados, nos miramos el uno al otro y luego miramos a Z- Lo.

—¡Estamos vivos! —exclama Yoshi—. ¡Por todos los zalastros, lo has logrado, Carnada!

—Pues claro. —Z-Lo mira a Yoshi—. Muchas horas jugando a videojuegos.

—¡Cuidado! —Hollywood le gira la cara al chaval para que mire hacia delante—. ¡Los ojos en la carretera, campeón!

—Tranquila, lo tengo todo bajo control. —La nave choca contra la pared del túnel y Z-Lo se corrige—. Más o menos.

—¿Todos bien? —pregunto por el canal.

Los integrantes del equipo responden. Dejando de lado algunos golpes y magulladuras sin importancia, todos están bien. Bueno, todo lo bien que se puede estar cuando vas por un túnel en una nave a... a saber cuánto.

—Una cosa, Patrick —dice Franky.

—¿Sí?

—Creo recordar que tenías una buena colección de vinilos en tu cabaña.

—Tenía y tengo.

—Sí, ya. ¿Y te acuerdas de la expresión que se utiliza cuando el vinilo no funciona bien y repite lo mismo todo el rato?

Lo miro con los ojos entrecerrados.

—¿A dónde quieres ir a parar?

—Bueno, esto... Me sabe fatal sonar como un disco rayado, pero parece que alguien nos ha seguido hasta aquí

—¿¡Qué!?

Me inclino hacia la pantalla y Yoshi selecciona las cámaras traseras. Una está averiada, seguramente cortesía de los najeels. Pero la otra muestra algo que se mueve en las sombras más allá de las luces traseras de la nave.

—¿Qué es eso? —le pregunto a Yoshi.

—No estoy seguro. —Yoshi ajusta el contraste de la pantalla y luego se inclina para ver mejor, al igual que Hollywood y yo—. ¿Pero qué coño...?

—Maldita sea —exclama Hollywood—. ¡Es un najeel!

—Me temo que hay más de uno —dice Franky.

—¡Y nos están alcanzando! —añade Yoshi.

Hollywood golpea la parte superior de la silla de Z-Lo.

—¿No puedes ir más rápido?

—Voy lo más rápido que puedo.

Hollywood se vuelve hacia Insarka.

—Te lo he dicho, tendrías que pilotar tú.

Me alejo de la pantalla y bajo las escaleras; Insarka y Hollywood me siguen.

—¿Nos queda algún pastel de Dios? —le pregunto a Bumper.

—Negativo —responde.

—¿Y cuántos DSV?

—Seis.

—Todavía tengo nuestros dos dispositivos de detonación personal—añade Insarka.

—Bien. —Le hago un gesto con la cabeza a Bumper—. Hemos de hacer algo para cortarles el paso. Usad los DSV y los DDP, a ver qué se te ocurre. Tienes noventa segundos.

—Entendido.

—Los demás, abrochaos el cinturón.

Mientras Bumper recoge los DDP de todos y se dispone a llenar una mochila con la artillería, el resto del Equipo Phantom se aferra a las paredes usando las correas. Estoy a punto de dar la orden de abrir la puerta trasera cuando la cola de la nave se estrella contra los raíles de maglev.

—Creo que monstruos asquerosos quieren jugar con nosotros —afirma Lada.

—Mejor no decepcionarlos entonces. —Señalo a Vlad, que está más cerca del botón—. Abre.

Vlad activa el botón. La puerta no se ha abierto ni medio metro y la nave vuelve a chocar contra el suelo y una garra corta el aire de izquierda a derecha. Una segunda garra se aferra a la puerta y empieza a tirar hacia abajo. Pero como el sistema hidráulico no se mueve, la cola golpea los raíles una y otra vez.

—¡Abrid fuego! —grito.

Los rayos de los blásters van directos a las garras y obligan a los najeels a retroceder mientras la puerta continúa abriéndose. Una vez extendida del todo, vemos a tres de los monstruos galopar hacia nosotros como sementales demoníacos.

—¡Freídlos!

Aprieto el gatillo de Franky y envío tres ráfagas de alta frecuencia desde la bodega de popa hasta la boca del najeel más cercano. El resto de los Phantoms barren a los otros dos y luego apuntan al restante: llenan las fauces abiertas de la criatura con toda la potencia de sus armas.

Uno, dos, tres; los najeels caen y sus cadáveres se deslizan por el túnel. Estoy a punto de decirle a Bumper que puede dejar de preparar la bomba, pero entonces tres najeels más saltan los cádaveres y veo que se dirigen a nosotros a toda mecha.

Los Phantoms disparan sobre los nuevos enemigos, pero estos mantienen la boca cerrada y la cabeza apartada hasta el último segundo. Uno incluso se acerca lo suficiente como para golpear el casco de popa con el brazo, pero entonces recibe una ráfaga de disparos en pleno ojo que lo obliga a retroceder.

—¡Necesito esa bomba ya, Bumper! —grito.

—¡Diez segundos!

Otro najeel envalentonado baja la cabeza y nos embiste, impulsando así la nave hacia delante. El morro se desliza por el raíl de maglev y estalla un torrente de chispas detrás de nosotros. El túnel se ilumina justo cuando Z-Lo recupera el control y acelera para intentar poner algo de distancia entre nosotros y nuestros perseguidores.

Mientras tanto, Espectro está ocupado con su rifle agujereando las fosas nasales del najeel: un punto débil que no se me había ocurrido. Cada ronda perfora el cráneo del monstruo y chorros de sangre emanan, iluminados por las luces traseras de la nave.

—Listo —dice Bumper con la mochila en la mano.

—¡Danos un poco más de espacio, chaval! —le digo a Z-Lo. La nave avanza, y entonces me dirijo al experto en demolición de los SEAL—. ¡Lánzala!

—¡Allá va! —grita y lanza la bolsa por la abertura.

La mochila se hace añicos con el impacto y los diversos objetos se esparcen.

—A la cama, que es tarde, cabrones —ordena Bumper, y luego selecciona la opción «Detonar» en su HUD.

* * *

El túnel se llena de luz antes de que oigamos o sintamos algo. Es como mirar al sol sin persianas en un día sin nubes. Pero al instante la onda expansiva se adentra en la nave y nos llena de escombros. Piedra, metal, hueso y carne quemada invaden la bodega mientras la fuerza de la explosión empuja la nave hacia delante y una gigantesca bola de fuego nos persigue.

Pasan tres segundos antes de que me dé cuenta de que todos estamos gritando a pleno pulmón, aferrados a las armas y a las correas como símbolo de nuestras vidas. Pero cuando el fuego se disipa, esos gritos de terror se convierten en gritos de exaltación.

—¡Lo has logrado! —le grita Hollywood a Z-Lo.

—¡Lo hemos logrado entre todos! —responde él—. ¡Menuda bomba, Bumper!

—No ha estado mal —responde el SEAL.

—¡Qué pasada! —grita Aaron, y levanta una mano para chocar los cinco con Bumper.

El SEAL se queda mirando la palma de la mano de Aaron durante un segundo y sonríe.

—Qué pasada, sí. —Le da una palmada y luego tira del brazo de Aaron para terminar con un apretón de manos de estilo callejero, pero Aaron no tiene ni idea de qué hacer. El resultado es una torpeza total que es mejor no describir.

—Ya mejoraremos el saludo —dice Bumper con una media sonrisa—. Buena puntería, doctor.

—Gracias.

—Y buen trabajo en equipo. ¿Queda alguna noticia inesperada precedida de un «Oh», lord Phantom? —digo.

—Oh... —dice Franky.

—Dios mío, ¿qué pasa ahora? —afirma Hollywood.

—No, no. Todos los sensores están sorprendentemente tranquilos. Creo... Creo que estamos a...

—¡No lo digas! —gritan casi todos.

—Salvo. Ups. Perdón.

CAPÍTULO 31

13:00, lunes, 28 de junio de 2027
Karkin Cuatro
Cuartel general de la Guardia de la Sangre

EN EL TIEMPO que el equipo ha tardado en ordenar todos los materiales, ducharse y ponerse ropa interior nueva —cortesía de Insarka—, Yrag ha reparado y limpiado los uniformes. Además de dos cajas de cargadores, DSV y suficientes pasteles de Dios para que Bumper sonría, también nos ha dado piezas de repuesto para el uniforme y kits de mantenimiento de armas. Todo nos servirá para estar bien equipados en la Tierra durante una temporada.

Insarka ha organizado una comida en la sala de reuniones de su padre y los Phantoms están decididos a arrasar con el bufé antes de que llegue el general. Aún no sé qué demonios estamos comiendo, pero anoche no me sentó mal, así que bien por mí. Además, el bishraw compensa con creces los sabores menos deseables. No sé de qué está hecha esta bebida, pero me tengo que llevar un poco a casa. De repente me viene a la mente una versión extraterrestre del *kopi luwak*. Retiro la taza humeante de mis labios y la miro. *Nah.*

Cuando el general Cordan se presenta, el ambiente es un poco tenso. A fin de cuentas, su hija (aún me cuesta decirlo) se saltó todos los protocolos e ignoró su rango. Pero en cuanto el general expone toda la información obtenida y los estragos que le hemos causado al imperio androquí, el ambiente se vuelve casi festivo. Joder, incluso sonrío cuando me pregunta:

—¿Seguro que no puedo convencerte para que te quedes, Patrick-Bic?

—Siento decir que no, general. Tenemos un planeta al que volver y gente a la que salvar.

Cordan asiente a la manera humana, algo que tomo como una señal de respeto.

—Lo entiendo, claro. Si alguna vez quieres volver, tendrás un asiento en mi mesa.

La idea de volver a Karkin Cuatro me resulta tan atractiva como una colonoscopia, pero agradezco la oferta.

—Gracias, general.

Un funcionario de alto rango entra en la sala y le entrega a Insarka una tableta. Ella le da las gracias y empieza a revisar el contenido. Tras unos instantes dice:

—Enhorabuena, Phantoms. Parece que el imperio se ha visto obligado a dejar de captar humanos en la Tierra. Y no se menciona nada sobre participación humana en el informe que hemos interceptado. Parece que el imperio androquí, los gahnree y los scri-rung sospechan los unos de los otros.

—¿Lo dices en serio? —Hollywood mira a Insarka y a todos a la vez—. ¿Eh?

—Sí, sargento. Lo digo muy en serio.

—Eh —exclama Espectro, mostrando una emoción nunca antes vista—. Eso son buenas noticias.

La alegría invade la sala de reuniones y todos empiezan a aplaudir y a celebrar. Z-Lo y Espectro golpean la mesa, Yoshi le da a Insarka una especie de abrazo bastante incómodo, Vlad solloza a pleno pulmón y Bumper y Hollywood se besan. Parece que a Lada le gusta el ejemplo de la parejita, así que agarra la cara de Aaron y tira de él hacia ella. Cuando por fin lo suelta, los ojos de Aaron se abren de par en par. Luego frunce el ceño en señal de aprobación y vuelve a acercarse a ella. Pero no llega muy lejos, ya que Vlad lo intercepta y le da un... Bueno, digamos que le regala un saludo típico de la antigua Rusia. En la boca.

Y yo aún no me creo lo que hemos logrado. Bueno, un poco sí. A fin de cuentas, hemos llevado a cabo la operación más jodida y más loca de la que jamás haya oído hablar. Imagino que en realidad nunca pensé que fuera a salir bien, y mucho menos que fuera a volver de una sola pieza.

—¿Todo bien, Bic? —me pregunta Hollywood.

—Sí, solo que... Bueno, ya sabes.

—Sí. Lo hemos logrado. —Me da un golpecito en la mano y un beso en la mejilla—. Gracias, sargento jefe de artillería.

* * *

Cuando el júbilo va disminuyendo, me vuelvo hacia Insarka.

—Bueno, teniente. Nosotros hemos aliviado a la humanidad y parece que tu guerra está en marcha.

Ella asiente, pero es el general Cordan quien responde primero.

—Ahora que el imperio androquí está en conflicto con sus clientes, tenemos una oportunidad sin precedentes de atacar con todo. Naturalmente, una gran cantidad de energía se destinará a determinar el alcance de esta nueva etapa, pero teniendo en cuenta los informes iniciales sobre el cuadrante de Kormari, está habiendo una movilización de tropas suficiente para mantener al imperio ocupado durante mucho tiempo. Srin Ock Tall se ha asegurado de que así sea.

—¿Ves, Espectro? —dice Z-Lo—. Al final vino bien que no le dieras.

Espectro aprieta los dientes y mira fijamente al chaval. Yo me aclaro la garganta y vuelvo a mirar a Cordan.

—Le deseamos lo mejor, general.

—Gracias —responde.

—Sin embargo, hay una cuestión pendiente.

Cordan me hace un gesto para que continúe.

—Se trata de todos los humanos reubicados en otros mundos.

—Sí. Imaginaba que ibas a preguntarme al respecto.

—¿Qué va a...? Bueno, como no preveo que vayamos a... Supongo que lo que estoy...

El general hace un gesto con la mano para rescatarme porque no me atrevo a decir lo que tengo que decir. Emociones de mierda.

—Parte de nuestra próxima fase de operaciones incluirá la búsqueda de aquellos a los que usted y la teniente han reubicado con sus valientes esfuerzos. Como ella ya le explicó, tenemos alianzas con la mayoría de los mundos a los que su gente ha sido enviada.

Y aquellos planetas con los que no tenemos relaciones tienden a no estar tan desarrollados de todos modos y, por lo tanto, ofrecen poco o ningún riesgo de que su especie vuelva a ser controlada por el imperio. Están fuera de la red.

El general toma aire y me aguanta la mirada por un momento.

—Entiendo que siempre sentirá la pérdida de estos refugiados. Y aunque nada podrá competir con la alegría de verlos regresar a su mundo natal, sepa que al menos tendrán una oportunidad de luchar por una nueva vida en otro lugar. De hecho —Cordan se dirige a Insarka—, le corresponderá a usted, teniente, informar sobre su seguridad.

—Acepto la responsabilidad con orgullo, general —dice Insarka con una inclinación de cabeza. Entonces me mira—. Ojalá pudiera enviarle noticias sobre su bienestar.

—¿No puedes enviarnos un mensaje por móvil o algo así? —pregunta el chaval, e Insarka lo mira con los ojos entrecerrados.

—La comunicación se detendrá una vez que los Arcos de la Unidad sean desconectados. Entonces nuestra conexión con vuestro mundo terminará para siempre.

—Entonces... Entonces no nos podrás mandar ningún mensaje por móvil.

—No, lo siento.

—Es hora de que volváis a la nave en la que llegasteis a la Terminal A3 y os pongáis en marcha antes de que se cierre la puerta de origen —dice el general Cordan. Supongo que tenéis todo lo que necesitáis.

—Así es, general, muchas gracias por su generosidad; le estamos muy agradecidos.

—El sentimiento es mutuo. —Se levanta, se inclina ante todos nosotros y luego hace un gesto al equipo de seguridad que entra en la sala—. Mi guardia personal os acompañará a la terminal del enemigo. Deberíais poder subir a vuestra nave sin problemas y luego seguir vuestro camino. Os sugiero que lo hagáis a toda prisa. El imperio no tardará en hacer un llamamiento a todos los efectivos.

—Entendido. De nuevo, gracias, general. Nunca olvidaremos todo lo que habéis hecho por nosotros.

—Nosotros tampoco, valientes humanos. Nosotros tampoco.

* * *

Insarka es la última en abandonar Dolores una vez dejamos todo a bordo y el equipo de seguridad se ha marchado. El hangar principal es un auténtico jaleo, sin duda a causa de nuestra misión, y ni un solo ángel de la muerte o tirano se ha molestado en preguntarnos a dónde nos dirigimos. Y ahora, a pocos minutos del lanzamiento, tengo una sensación rara. Es como si hubieran pasado semanas desde que dejamos la nave y en realidad fue ayer. Joder.

—Creo que ya está todo —le dice Insarka al equipo—. Tengo que irme.

—Sí, nosotros también. —Insarka se da la vuelta para irse—. Gracias por salvarme la vida, teniente. Por salvarnos a todos. Eres una auténtica bestia parda.

—No sé qué es una bestia parda. Pero supongo que tú también entonces.

El equipo se ríe y le dice adiós a la teniente.

—Os doy mi palabra, Patrick-Bic y Phantoms —dice finalmente Insarka—, de que haré todo lo que esté en mi mano para asegurar el legado de vuestro pueblo en la galaxia donde ahora habitan. No solo sobrevivirán, sino que florecerán. Y cuando contempléis las estrellas de vuestra galaxia, los recordaréis y pensaréis en nosotros.

—Gracias, Insarka —digo—. Por todo.

—Ha sido un honor, Patrick-Bic. Nunca os olvidaremos. ECN, Phantoms.

—ECN, Phantom Fury —responde el equipo al unísono.

La saludo, al igual que el resto del pelotón, e Insarka se pone un puño en el pecho y hace una reverencia. Luego baja la rampa y se marcha.

* * *

Todos están ocupados distribuyendo el equipamiento y Z-Lo y Yoshi están poniendo todo a punto para el despegue, así que aprovecho para acercarme a Hollywood en la parte trasera del puente, ya sin cascos.

—Oye, quería hablar contigo del laboratorio de esterilización.

—A ver... —responde ella.

—Me alegré al ver que guardabas el arma antes de que el objetivo hubiera leído el informe. Pero la forma en que actuaste con el objetivo y con la instalación al completo después fue imprudente y puso la misión en peligro. Por no hablar de que Lada y tú podríais haber acabado con un tiro en la sien.

—Bic, lo siento. Yo solo...

—Aún no he terminado, sargento.

Hollywood se calla y levanta la barbilla.

—Fuiste una insensata.

—Señor, yo...

—Pero por encima de todo, sargento, y lo que voy a decir lo digo muy en serio, todas y cada una de las víctimas de ese agujero infernal que vieron lo que tú y Lada hicisteis debieron de pensar que el mismísimo Jesucristo había acudido a lomos de un caballo blanco para traer consigo la furia de los cielos. Porque le disteis a ese hijo de puta su merecido y a esos pobres desgraciados la suficiente esperanza como para que algunos de ellos pudieran sobrevivir un día más.

Hollywood se está atragantando con sus propias lágrimas, pero mantiene la barbilla en alto.

—Gracias. Gracias, sargento jefe de artillería.

—No. Gracias a ti, sargento. No sé cómo aguantasteis tanto tiempo ahí, presenciando esas imágenes. Pero lo hicisteis, y luego luchasteis como auténticos demonios.

—Poniendo el nombre del equipo Minx en lo alto.

—Exacto. —La miro fijamente por un momento—. Y tus sospechas tenían fundamento. Farkoo al final resultó ser...

—Un *hajji* traidor que se mereció lo que le pasó.

Le sonrío.

—Tu padre estaría orgulloso; yo lo estoy. Misión cumplida.

Y entonces Hollywood hace algo que no me esperaba para nada. O quizá sí.

Me abraza.

* * *

—¿Y yo qué? —dice Franky mientras me coloco detrás de Yoshi y Z-Lo.

—¿Qué de qué?

—¿No vas, no sé, a decir lo orgulloso que estás de mí?

—¿Orgulloso por?

—¿Cómo que «por»? ¿Me lo dices en serio cuando los dos sabemos perfectamente lo que hice?

—Sí. Estoy en blanco.

—Bueno, Patrick, yo... me sacrifiqué y te salvé la vida. Varias veces incluso. ¿Pero todo lo del TBF? ¿Eso...? ¿Eso no te dijo nada?

—Ah, sí, claro. Gracias, amigo.

Si alguna vez me tuviera que imaginar a Franky boquiabierto, sería ahora mismo.

—¿«Gracias, amigo»? ¿Eso es todo?

—¿Qué esperabas?

Franky resopla.

—Pfff. Esperaba algunos dulces, pastel de chocolate, una carta de su majestad y que me nombraran Caballero de la Orden del Imperio Británico. Un título de verdad, no uno que te hayas inventado tú.

—Ya, bueno, siento que no te podamos dar nada de eso, amigo. —Apoyo a Franky en el salpicadero de Dolores y luego retrocedo para unirme al resto del Equipo Phantom, al que había preparado de antemano para este momento—. Pero sí que puedo decirte que te has ganado la admiración y la profunda gratitud del equipo.

Empiezo a aplaudir y el resto del equipo se une.

—¡Oh, Dios mío! —exclama Franky—. No... ¡No sé qué decir! —Parece que el pobre hombre está llorando—. Me siento abrumado. Es demasiado. ¡Por favor, parad, parad!

Aún me cuesta creer que el puto rifle NISP se ofreciera para manejar la ADG 40 y estuviera dispuesto a sacrifircarse para cubrirme. Si un marine hubiera hecho eso en la Tierra, le habrían dado una medalla y organizado un desfile en su honor.

—Y también creemos que te mereces esto —dice Hollywood mientras agita un bote de espray y ella y Lada se acercan a Franky

La rusa coloca una plantilla en el receptor de Franky y la sargento aprieta el aerosol. Luego se acerca Vlad y coloca un llavero metálico entre algunos rieles de Franky.

—Esto es demasiado —afirma Franky—. Me queda bien ¿no? Seguro que sí. ¿Alguien me podría acercar a un espejo para que me vea?

Me saco el casco de debajo del brazo y lo giro en orientación hacia Franky para que pueda usar la cámara. En cuanto ve la silueta de una medalla en el costado y la ficha de póker de la Bratva, se empieza a reír entusiasmado.

—¡Ooooh, ja, ja, ja! Tengo un aspecto tan...

—A ver qué dices... —le advierto.

—Valiente.

* * *

—¿Cuál es la situación, lord Phantom? —pregunto. Z-Lo está esperando mi orden y el resto del equipo está listo con los cascos puestos.

—Bueno, no puedo hablar por los demás, pero yo estoy guapísimo.

—Te dije que nos arrepentiríamos —me dice Hollywood por comunicación interna.

—Lo que quiero decir es si tenemos vía libre para partir, Franky —digo.

—Ah, ya veo. ¿Podrías ser más específico la próxima vez? A tenor de los acontecimientos recientes, tu pregunta se antojaba un tanto dudosa.

—Lord Phantom.

—¿Sí?

—¿Podemos volver a la Tierra sin que nos disparen?

Franky no responde de inmediato, sino que una melodía juguetona suena por el canal que todos compartimos.

—¿Está tarareando? —pregunta Yoshi.

—Eso parece —responde Bumper.

—Vaya. Pues no lo hace mal.

—¿Y bien, Franky? —pregunto.

—Todo listo para partir, jefe Phantom. ¡Dale gas! ¡A toda mecha! ¡Adelante!

Z-Lo me mira y luego pone las manos en los anillos de control naranjas. En cuanto los levanta, Dolores se eleva por encima de las otras naves. Luego Z-Lo la hace girar lentamente y va hacia el portal azul brillante.

—¿Todos listos? —pregunto en el canal del equipo.

Recibo respuestas como «¡Y tanto!», «¡Vamos allá!» y «Volvamos a lugar favorito Estados Unidos». Miro a Z-Lo.

—Volvamos a casa, chaval.

—Con mucho gusto, Phantom jefe.

LA SALA DE mando del Centro de Operaciones de Despliegue era un hervidero de actividad tras lo acontecido en la Instalación de Procesamiento de Mercancías 6. El personal entraba y salía con recados urgentes, datos y más datos inundaban las pantallas y la actividad en los canales de comunicación era incesante.

Al principio, el mayor general supuso que el comité de supervisión de la instalación, una vez más, había cometido alguna negligencia en las tareas de supervisión de algún sistema crítico. Menudos idiotas. Pero cuando a las explosiones en la cima de la instalación las siguieron voces de alarma en otras tres zonas, dos de las cuales estaban listas para recibir a los clientes de la mañana, la comandante empezó a sospechar.

Aparte de las fuerzas de seguridad de la instalación, el mayor general envió una respuesta militar, si bien pequeña. Las pruebas visuales apoyaban sin duda la teoría de que las fuerzas androquíes habían abierto fuego contra los gahnree y los sci-rung. Se le ocurrían varias razones para el ataque, incluido un sabotaje por parte de los propios clientes para justificar las represalias. Ya había ocurrido antes y no iba a ser la última vez.

Además, existía la posibilidad de que se tratara de un ataque insurgente. La probabilidad era pequeña, cierto, pero el general no la descartaba y no confiaba en que el comité de supervisión realizara una investigación adecuada.

Más allá del motivo, el daño estaba hecho, y la guerra con los dos mayores clientes del imperio era inminente. Mejor dicho, ya era una realidad: los sci-rung ya estaban desplegando naves desde el protoespacio. Aun así, al viejo comandante le picaba detrás del tallo de la raíz. Si esto había sido obra de aquel traidor, quería saberlo. Lo necesitaba. Porque ella querría respuestas.

—Comandante —dijo el oficial superior de comunicaciones desde detrás de su consola de operaciones—. Estoy recibiendo un archivo de datos atípico.

El general frunció el ceño, irritado.

—¿Y merece la pena interrumpirme por algo así?

—Está bloqueado, y está usando un código muy antiguo, señor.

—Esa no es razón suficiente.

—Tiene razón, señor. Sin embargo, cuando lo cotejo con nuestros archivos de personal, aparece un resultado que... figura como secreto.

Tal vez el general se había precipitado con el oficial de comunicaciones. Al fin y al cabo, el comandante estaba preocupado por las múltiples peticiones de la Reina Madre en busca de respuestas. Y a pesar de sus mejores esfuerzos por tranquilizar a su eminencia, esta se mostraba especialmente persistente y él apenas podía proporcionarle explicaciones, algo poco habitual.

—Ponlo en mi pantalla.

El oficial de comunicaciones obedeció y envió la notificación del cortafuegos a la pantalla holográfica del general. El aviso de que se trataba de contenido secreto apareció y el comandante introdujo su anulación administrativa. Al instante apareció el expediente personal de un tal Farkoo Tersmik, agente encubierto.

—¿Y de dónde ha dicho que se ha enviado esto? —preguntó el general.

—Aún no se lo he dicho, señor. Pero... —El oficial de comunicaciones se inclinó hacia su pantalla—. Parece que ha sido enviado desde a bordo de una nave al este de la IPM6.

—¿Dónde está la nave ahora?

—Parece que ha sido destruida. Por lo que puedo decir, el archivo de datos fue enviado automáticamente en respuesta a...

Tras una pausa de un segundo, el general alzó la vista.

—Continúa.

—La muerte del remitente, señor.

El comandante se acarició la barbilla mientras estudiaba la fotografía del expediente del informante. No se sabía nada del agente Tersmik desde hacía diez años; las notas del expediente parecían fiables y se le creía muerto.

—¿Y decides reaparecer ahora?

—¿Perdón, señor?

El general hizo un gesto despidiendo al oficial.

—Eso es todo.

—Sí, señor.

* * *

El mayor general se retiró a su despacho adyacente a la sala de mando. Durante los minutos siguientes revisó el archivo de datos y su interés fue aumentando con cada paquete que abría. Las venas de su piel se abultaron mientras examinaba las transcripciones de audio y reproducía los archivos de vídeo grabados con cámaras ocultas.

Era imposible. Y sin embargo ahí estaba ante él. La verdad detrás de las actividades de aquel día.

Eso y mucho más.

El archivo de datos tenía material fechado hasta la supuesta muerte del agente. Por qué había esperado tanto tiempo para revelar aquel conocimiento era un misterio. ¿O no? El general había conocido a muchos agentes que habían querido guardarse la gloria para sí mismos y que habían llegado a la conclusión, con razón, de que la Reina Madre jamás sabría de sus actividades a menos que se presentaran ante ella en persona.

Pero ¿acaso él era diferente?

El trabajo del agente Tersmik no había logrado nada para cambiar el curso actual del imperio. No había vuelta atrás, naturalmente. Pero había una manera en que la información pudiera resultarle útil al general.

Aunque el imperio ya había logrado sacar beneficio de la Tierra, la reina iba a estar molesta y mataría a muchos presa de la cólera por perder beneficios que le habían sido prometidos. ¿Y por qué no iba a hacerlo? Pero entre bambalinas había llegado la oportunidad de que el mayor general demostrara su valía. De hacer ver que no solo era digno de que le perdonara la vida, sino que también era digno de engendrar a las generaciones venideras: una descendencia que lo catapultaría a la eternidad.

409

No, el general no podía detener la guerra ni reanudar la actividad en la Tierra, pero podía tomar represalias. Podía mostrar la misma falta de piedad que ella demostraba y premiaba en otros.

Alguien llamó a la puerta del despacho.

—Adelante.

Entró su campeón, vestido con una armadura de Kire verde y negra que estaba permanentemente fusionada con su cuerpo aumentado. También llevaba los tres cortes del Ontishog, marcas que había infligido el propio mayor general, uniendo así para siempre al esclavo-asesino con su amo.

—Me había llamado, mi señor.

—En efecto, Gornath. Tengo una misión para ti. Una de suma importancia.

—A su servicio, mi señor.

Los servos mecánicos chirriaron mientras el guerrero se inclinaba. El general giró su pantalla holográfica para que su campeón pudiera ver la imagen que había en la pantalla.

—Quiero que acabes con este humano.

Gornath miró con desdén el pálido rostro del humano y su desaliñado pelo rojizo.

—Vuestros deseos son órdenes, mi señor.

—Y cuando hayas terminado, elimina la ciudad de la que procede e infecta el resto. El planeta lamentará el día de nuestra partida y deseará que nos hubiéramos quedado para terminar nuestra tarea.

Gornath sonrió.

—Así lo haré.

Agradecimientos

Estoy en deuda con la amabilidad de mis estimados lectores de Recon Alpha y Unity Alpha. Me siento orgulloso de poder decir que son mis amigos y no solo colaboradores clave. Estoy especialmente agradecido a quienes tan generosamente compartieron conmigo sus años de experiencia militar, algunos de los cuales lo hicieron estando en misiones en activo. Les estaré eternamente agradecido.

Mis Alfas especiales: Matthew Titus, Gary Guilmette, alias Yrag; Kevin Zoll, Steve Janulin, Eric Earley, John Walker, Jon Bliss, Shane Marolf, Mike McDonnell, Aaron Campbell, David Seaman, Matthew Dippel, Mauricio Longo, Elijah Cole, Geoffrey Morse, Christie Strahler, George Hain, Stephanie Gum, Sean Ross y Neil Rubenking.

A todos los *Renegade beta readers*: Kimberly Lasko, Sharon Mendez, Ben Wallace, Michael Belanger, Tracey Beattie y John Vermillion. Gracias por haber detectado las palabras incorrectas.

Como siempre, quiero dar las gracias a Jennifer Sell, nuestra editora, por sacar lo mejor de esta historia (y cortar todo lo demás). Eres increíble. A Kayla Curry, por su paciencia (¡cuántos cambios!) y su visión artística. A Chloe Cotter, por hacer vudú con el *marketing*. A James Brockwell, por sus superpoderes de carga. Y al resto de los autores del Variant Team por su apoyo, especialmente a Molly, Terry, Scott y Jason.

A Victoria Gerken, de Podium Audio, le doy las gracias por hacer que esta historia llegue a los oídos de la gente. Es un privilegio trabajar contigo.

A los amigos editores Jason Anspach, Wayne Thomas Batson, Bobby Bray, Brian Moore, Mike Kim y Jeremy Andrew Davis, gracias por vuestro apoyo constante.

A Jeff Chaney, por hacer arte para que la gente disfrute.

Y a mi mujer, Jennifer: eres la persona más valiente que conozco. Gracias por luchar a mi lado.

CHRISTOPHER HOPPER ES un autor galardonado con más de veinte novelas a la espalda. Vive con su mujer y sus cuatro hijos en Nueva York. Puedes encontrar todos sus libros, sus artículos y su podcast en christopherhopper.com.

* * *

J. N. Chaney es un autor que ha recibido el reconocimiento de USA Today en su lista de *best sellers*. Posee un máster en Bellas Artes en Escritura Creativa. Se considera un gran fan de Super Mario Bros. Si no está escribiendo o jugando, puedes encontrarlo conectado a jnchaney.com.

Se mueve bastante, pero fue visto por última vez en Las Vegas, NV. Cualquier avistamiento debe ser notificado, ya que es raro.

1   Se convirtió en acero en el gran campo magnético. Allí viajó
    en el tiempo por el futuro de la humanidad.